国家社科基金项目"中国现当代文学中的家园伦理问题"（08XZW013）最终成果

国家社科基金重大项目"中国现当代文学思潮中的古典传统重释重构及其互动关系史研究"（21&ZD267）阶段性成果

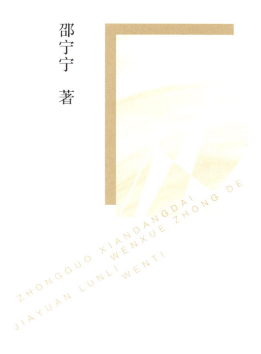

邵宁宁 著

中国现当代文学中的家园伦理问题

人民出版社

目　录

绪论: 作为人类普遍生存经验的"失乐园" 1

第一章　古典中国的家园世界及其生活伦理 29

第一节　"绝地天通"与中国家园世界的此岸性 29

第二节　家园想象中的社会生活及其伦理 38

第三节　陶渊明与传统中国的家园世界 50

第四节　唐诗中的空茫意绪 59

第五节　山水审美的历史转折
　　　　——以《永州八记》为中心 71

第六节　《南溟奇甸赋》与前现代中国的南岛想象 83

第二章　现代化境遇与传统生活诗意的消解 93

第一节　"吃人"的隐喻:《狂人日记》与中国传统文明 93

第二节　魂兮归来哀江南:鲁迅创作中的江南生活影像及其美学 ...107

第三节　牢笼抑或舟船:现当代文学中"家"的形象演变 125

第四节　老舍的感伤及其传统城市文明哀歌 135

第三章　阶级、民族革命年代的家、国想象与社会伦理..............150

第一节　《骆驼祥子》：一个农民进城故事........................150

第二节　家园彷徨：《憩园》的启蒙精神与文化矛盾............162

第三节　战时生活经验与现代国民意识的凝成

　　　　——以《四世同堂》为中心............................190

第四节　从国殇到国魂：抗战及战后中国的无名英雄纪念.............204

第五节　最后的古典家园梦想及其破灭

　　　　——李广田的《引力》................................224

第六节　现代中国的弥赛亚信仰与乌托邦想象..................240

第四章　城市化与文明秩序的重建............................259

第一节　乡土中国奉献于现代化的一只精神羔羊

　　　　——海子的诗及其人生悲剧..........................259

第二节　转型期现象与无家可归的文人......................288

第三节　生命：无望的逃离之旅

　　　　——张存学小说....................................297

第四节　"进城"：一个现代中国故事......................308

第五节　海岛文明的"失乐园"与"复乐园"................320

结语：乌托邦精神与新世纪家园伦理........................329

参考文献..334

后　记..341

绪论：作为人类普遍生存经验的"失乐园"

一、何处是家园——家园概念的语义及语用分析

在现代人的生活中，家园问题有着异常重要的意义，但有关家园问题的论说，一向散落在包括文学、哲学、宗教学、社会学、生态学等不同的学科领域。尽管有无数学者以种种不同的方式谈论家园，无数作家以不同的方式描绘家园，但不得不承认的是，我们对这一问题的认识，至今仍然缺少某些必要的系统和明晰。

《现代汉语词典》对家园一词的解释是："家中的庭园，泛指家乡或家庭"①，但这实在是一个过于简单的解释。在语言的实际运用中"家园"一词，含义较此远为丰富。在日常生活层面，家园是我们的栖居之所，是过去、现在甚或未来我们劳动生活的地方；在形而上的层面，家园是一种象征，指涉着人类生活的某些重要经验或人之为人的某种终极境域。事实上，自古至今，类似"乡关何处""何处是家园"一类的问题虽然一再被人提出，却始终不可能有一个统一、有效的答案。大多数时候人们对它的使用，语义总是在某些具体的或象征性的事物之间滑来滑去。分析现代生活与现代文学中的家园伦理问题，是一项至为繁复的工作，要想获得有实质意义的进展，必须

---

① 中国社会科学院语言研究所词典编辑室：《现代汉语词典》，商务印书馆 2006 年版，第 525 页。

做出多方面努力。而本书所能做的，也只不过是从文学表现的角度为它提供一些可资参考的思路而已。不过，为了对我在后面所要论述的内容有整体性的理解，在进入具体的论说之前，这里不得不先对所谓家园观念做一点简要的梳理。

（一）家园意识的空间与生命境域

1. 旧家 / 故土

对一个人来说，最早的家园意识，总是和旧家、故土联系在一起，故乡的记忆常常也就是童年的记忆。家园貌似只是一个空间概念，实际却总是渗入了更为本质的生命时间。对每个个体生命来说，正是旧家、故土和童年记忆的时空交缠，构成了他的生命原初记忆和最终归宿。俄国诗人阿赫玛托娃说："唯有过去对诗人才有意义——尤其是童年——那是他们渴望重生、渴望复活的情结。"[①] 作为人类精神现象，她所说的一切，其实并非只是对诗人才有意义，而是更普遍地存在于一般人们的深层心理之中。

普通意义上的家园，一般都和一个人的早期生活之地相关。但它也会随着人的生活范围的变化而变化。周作人说："我的故乡不止一个，凡我住过的地方都是故乡。"又说："故乡对我并没有什么特别的情份，只因钓于斯游于斯的关系，朝夕会面，遂成相识，正如乡村里的邻舍一样，虽然不是亲属，别后有时也要想念到他。"（《故乡的野菜》）看上去将人与故乡的关系说得极轻淡，但实际笼罩的却是一种与鲁迅《故乡》《朝花夕拾》一样的带有某种失落感的乡愁。鲁迅说"野人怀土，小草恋山"，[②] 早期生命记忆无论对谁，都是无法轻易拂去的。

但人要把一个陌生的地方真正变成家园，也并不容易。作家刘亮程在《住多久才算是家》一文中说："不知道多少年才能把一个新地方认成家。认定一个地方时或许人已经老了，或许到老也无法把一个新地方真正认成家。

---

① ［英］以赛亚·伯林：《苏联的心灵——共产主义时代的俄国文化》，潘永强、刘北成译，译林出版社 2010 年版，第 81 页。

② 鲁迅：《致李秉中》，《鲁迅全集》第 12 卷，人民文学出版社 2005 年版，第 258 页。

一个人心中的家，并不仅仅是一间属于自己的房子，而是你长年累月在这间房子里度过的生活。"① 这的确说出了家园的意识的真正所寄，也就是说，它并不是单纯的空间，而更是人在这个空间里的生活与记忆。而其中最重要的，无疑是一种心理认同。白居易说"我生本无乡，心安是归处"（《初出城留别》）；又说"无论海角与天涯，大抵心安即是家"（《种桃杏》）。苏东坡亦云："此心安处是吾乡"（《定风波·南海归赠王定国侍人寓娘》）。大概都是深感这种心理认同的重要性，而这种心理认同关键，则在它是否使人安居。不能使人安居的乡土，即便长期羁留，也未必能成为人的精神牵系。使人安居者，昔日以为异乡者，今日可成故乡。问题的关键，其实并不完全在你是否生于斯长于斯，而在它是否曾给了你真实的栖居感。唐诗云："客舍并州已十霜，归心日夜忆咸阳。无端更渡桑干水，却望并州是故乡。"为何会如此，也是很值得细思的。

人的家园意识最早系结于故土，然而却不会就此止步。余光中的《乡愁》里说：

> 小时候 / 乡愁是一枚小小的邮票 / 我在这头 / 母亲在那头 // 长大后 / 乡愁是一张窄窄的船票 / 我在这头 / 新娘在那头 //……而现在 / 乡愁是一湾浅浅的海峡 / 我在这头 / 大陆在那头

正可见，所谓乡愁，不但是家园情思，更生命中最深的眷念。而人的生命成长与世界的关系，也就像一个石子投入池塘激起的印迹，是会像水波的涟漪，一圈圈扩大的，从母怀、家庭一路推展向邦国、文化。米兰·昆德拉说："家园的大小仅仅通过心灵的选择来决定：可以是一间房屋、一处风景、一个国家、整个宇宙。"② 就个人而言，这种"心灵选择"所涉及的，可能更多是一个见识或襟怀问题。就人类而言，这则更涉及文明本身的一种历史性推展。

2. 自然 / 人寰

人类从什么时候开始形成家园意识，是一个很难确定其上限的问题。

---

① 刘亮程：《一个人的村庄》，春风文艺出版社 2006 年版，第 46 页。

② ［法］米兰·昆德拉：《小说的艺术》，董强译，上海译文出版社 2004 年版，第 159 页。

虽然从穴居野处的时代起，人就有回家的需要（中国古代传说中的"有巢氏"，正是这种需要的一种象征式表达），有归属于某个群体的欲求，但典型意义上的家园意识形成，必然是文明发展到一定阶段的产物。人类学家利普斯说："'我们回家吧'，在任何语言中这都是一句神圣的话。在外部世界，人们为生存而斗争，为保卫家人免于雨水、寒冷、炎热的侵袭和发生不测之祸而奋斗；而在家内，则可感到亲人的庇护以及火塘周围的轻松气氛……原始人认为自己生活在一个万物有灵和到处都是鬼魂的世界中，暴露在大自然的直接威胁之下，对家的这种感觉较之对大自然已有充分认识的文明人更为强烈。"① 虽然看上去仍是出自推测的话，但也的确合情合理。在人类生活的早期，所谓自然，在许多时候，无疑是一种异在的力量，像庄子或梭罗，将自然当作人的家园，大概已是较晚时候的事，它的出现，必然是在人已经能够比较自如地应对自然中的某些压迫性的力量，而非只能在它的非理性威灵面前，吓得瑟瑟发抖的时期。即此而言，从下面这则卡夫卡的寓言，更可以看出人对于"家园"对于一个人的真实意义。

　　　　我们在沙地上掘了一个窟穴，窝在里头十分舒逸。夜里我们蜷缩在一块儿，父亲便把树干架在穴顶，覆上枝叶，好像我们如此便可以避免暴风雨以及野兽的侵袭了。当天色暗了下来，就在树叶底下，我们时常害怕地呼叫"父亲"，但是父亲并未马上出现。不久，我们才透过罅缝看到他的腿，他溜进来我们的身边，轻轻拍抚我们，他的手使我们安静了下来，于是我们便沉入了睡乡。除了父母亲，还有五个男孩，三个女孩，这个洞穴对我们而言实在太小湫窄了，但是，我们若不如此相互靠近，恐惧便会立刻爬上我们的心坎。②

不难看出，人对"家园"的要求，从一开始，就不单纯是一个简单的空间，而更有一种社会归属感。人是社会性的动物，家园意识从来就包含着丰富的社会内涵。

---

　① ［德］利普斯：《事物的起源》，汪宁生译，敦煌文艺出版社2000年版，第1页。

　② ［奥地利］卡夫卡：《卡夫卡寓言与格言》，张伯权译，黑龙江人民出版社1987年版，第22页。

3. 城市 / 乡村

对一个中国人来说，说到家园，最晚想到的往往是和某种乡村生活方式联系在一起的一切，而较少想到它与城市生活的关系。但这两者的关系，其实远非人类的生活先在乡村、其后进入城市这样的理解这么简单。今天的人们说到家园，首先想起的大概都是一个个与私有制有关的生活空间，但人类历史上最早的家园，却可能更和氏族生活联系在一起。"庭"是"公庭"，"园"是"公园"。有人类学家指出："对于最原始的人来说，家的基本概念不是可蔽风雨和遮盖家庭过夜的较长久的或临时性的建筑，而是部落的土地整体。……单个家庭建立过夜住所的那一小块地方是无关紧要的，土地才是他们的家。土地属于所有人，所有人属于部落宣布作为己有的土地。"① 这就是说，所谓家园，从其最初就可能是一个公共空间概念。就人类生活来说，从自然中划出一块地界，打上自己的印记，充做栖居、劳动的空间，是历史的一个巨大的进步。所谓"部落宣布作为己有土地"，不但是一个人群对于另一个人群的宣告，而且是人从自然中发展出社会的开始。这样的公共空间，在氏族时代是聚落，到后来又发展为城市。也就是说，人对城市的热爱，并不必然地后起于乡村，而是从聚落生活一开始，就已具有普遍的意义。

不过，不可否认的是，即便在那时候，对每个具体的人，那个"可蔽风雨和遮盖家庭过夜的较长久的或临时性的建筑"之"私人性"的一面也有着丰富的意义。《现代汉语词典》将"家园"解说为"家中的庭园"，或许是一种典型的立足于农业文明的观念。《尔雅·释宫》"牖户之间谓之扆。其内谓之家。"郭璞注："今人称家，义出于此。"家园之"家"，突出的已是某种私人性的空间意义。庭园之"园"，《说文解字》中说"所以树果也"，也就是指果园。这都已与私有制，与农业文明的生产生活方式联系在了一起。也就是说，中国人家园意识的形成，与农业文明有着更为密切的关系。虽然从很古老的时候起，中国人就有家有园，但一种典型的个体性的家园意识的形成，大概

---

① ［德］利普斯：《事物的起源》，汪宁生译，敦煌文艺出版社 2000 年版，第 2 页。

是汉代以后的事。自汉末魏晋以来，中国产出了多少的田园文学杰作，是一个无须统计或举例都可以让人明白其重要性的问题，而到沈从文、汪曾祺的田园生活眷恋，也与此有着无法割离的关系。

现代意义上的城市的出现，是人类栖居方式的进一步演化，也是文明发展的加速器。城市为人类生活带来更多的便利，也人类社会带来更强的凝聚力，但城市社会的烦嚣，人际关系的复杂，又会产生对个体意志、人格的压抑、扭曲。于是，在偏于公共性的城市生活和偏于私人性的乡野生活之间，不免又产生出新的对立。而从个体精神自由的角度，人们也不免将乡村当作更为宜居的，也更有家园感的领域。但这却不会是那种纯粹原始的山野，而是经人类生活改造过的乡村。这也正是中国式田园文学或田园诗意得以滋生的基础。陶渊明说："静念园林好，人间良可辞"；"久在樊笼里，复得返自然"；这里的"人间"，所指正是一种城市（官场）社会，园林田园则是一种人化了的生态空间，也即人化的自然。人化了的自然，也便成了家园。所谓"复得返自然"之"自然"，不唯是一种环境，更是一种心境。

4.祖国／文化

从生命意识的自觉上说，人所能得到的最初家园，其实是母亲的怀抱，进而是我们的身心，再进一步，则是我们的人伦社会。就此而言，家园意识，其实始终又是和某种伦理观念结合在一起的，谈家园，不能不涉及与之相关的伦理，不能忽视其存在的某种现实的或精神的场域。

人是社会的生物，除了在自然中划出一片作为自己的世界，其在人群中的归属感也是极重要的东西。如果说孔子说"鸟兽不可与同群，吾非斯人之徒而谁与"（《论语·微子》），已以一种无奈的方式，表达了人的社群生活需要的话，在以赛亚·伯林看来，德国思想家赫尔德对浪漫主义的重要贡献之一，就是发展出了这样一个观点："即每个人都在寻找自己可以归属的群体，试图归属于某个群体，一个人若从群体剥落出来，他会感到孤独，找不着家了"。他甚至认为，"人在家园或人从家园连根拔起的观念，关于根的观念，以及整个关于人必须归属于某个群体、某个派别、某场运动的一整套观念，很大程度上可以说是赫尔德的发明"。而这从根本上，也是形成赫尔德式不以血缘而以语言与土地为纽带的民族观念的基础。①

在人类生活史上，民族国家的出现，也是一个至为重要的事件，但国家的发展及人对于国家的认同，也存在复杂的历史过程。从氏族时代的部落，到君权时代的邦国，再到近代意义上的民族国家，个人与国家的关系的变化，有着复杂的历史。时至近代，在一个以民族国家为基本单元的世界里，祖国的概念变得越来越重要。对现代人来说，"祖国"与"国家"常常被当作一个同一的东西。中国历史的完整性和延续性，也常让人忽略了对不同的人群祖国意识的形成可能有不同的意义和途径。对一些人买说，祖国是始终如一，不存在任何疑问的东西；而对另一些人来说，它也可能是一个有待确认、寻找的东西。即如德国诗人贝歇尔所说："一个统一的、自由的德国，是德国人的历史家园，为了寻找这个家园"，德国人"经历了漫长而灾难重重的歧途……"②虽然从理论上说，"祖国"即是"旧邦"，是文化血脉传统；"国家"是"新命"，是近代民族国家体系中的政治实体。两者既可能完全同一，又可能有所区别。然而，在一个日渐全球化的世界，属于"祖国"的东西的影响，也可能渐渐不再完全能为"国家"的界线所限定。或许正缘于此，我们才在现实中不断看到某些超越了民族国家界限的文化认同表述，诸如"文化中国"、"华文文学"之类。不再以疆域归属，而更以文化认同，在一个日益全球化的世界上重新凝聚某种具有共同体意义的归属感。在这样的意义上，人们对祖国的依恋也就越来越具有一种精神家园意义。

5. 地球 / 宇宙

伊利亚德发现"地母生出人类是一个得到广为流传的信仰、在大量的语言中，人类都被称为'土地生出者'。人们相信孩子'来自于'大地的深处，来自于洞穴、山洞、山谷；甚至来自于池塘、山泉、河流……垂死之人渴望着回归地球母亲，渴望着进入他'出生的地方'……""在全世界各地，

---

① [英] 以赛亚·伯林：《浪漫主义的根源》，吕梁等译，译林出版社 2008 年版，第 64—65 页。

② [德] 约翰内斯·罗伯特·贝歇尔：《我们的历史家园》，张黎译，叶庭芳编：《我们的历史家园》，百花文艺出版社 1999 年版，第 392 页。

我们都能发现它的无数的形式和种类。"荷马的《地球颂》说："结实的地球，古老的神祇，你养育了世上的万事万物……凡人的生命正是依你生杀予夺。"埃斯库罗斯也曾这样赞美地球："它生出万物，抚育众生，并再次地接纳它们回到子宫之中。"① 在中国古代，女娲造人也是一个流传久远的传说，在这个传说中，人类的始祖，也是用黄土抟成了她最早的孩子。对土地和它的内部——"黄泉"的回归，同样是一个普遍的意识和信仰。陶渊明说："死去何所道，托体同山阿"，普通的老百姓也都懂得"入土为安"。

对身下站立的这个家园的认识由"大地"转为"地球"，是中国文化现代性的一个重要标志。1919 年，郭沫若作诗《地球我的母亲》，开篇说："地球，我的母亲！／天已黎明了，／你把你怀中的儿来摇醒……"接下去，又说"地球，我的母亲！／你背负着我在这乐园中逍遥……"这些将地球比作母亲的诗句，当然融会了新的知识和新的人生想象。然而，鲁迅的笔下，我们还能看到这样的祈愿："仁厚黑暗的地母呵，愿在你怀里永安她的魂灵！"②

将宇宙看作是人类家园的意识，同样出现甚早。宗白华说："中国人的宇宙概念本与庐舍有关。'宇'是屋宇，'宙'是由'宇'中出入往来。中国古代农人的农舍就是他的世界。他们从屋宇得到空间的概念。从'日出而作，日入而息'（击壤歌），由宇中出入得到空间观念。空间、时间合成他的宇宙而安顿着他的生活。他的生活是从容的，是有节奏的。对于他空间与时间是不能分割的。春夏秋冬配合着东南西北。这个意识表现在秦汉的哲学思想里。"③

其实，早于秦汉，中国人就有了这种以宇宙为家的感觉。《庄子·让王》："舜以天下让善卷，卷曰：'余立于宇宙之中，……日出而作，日入而息，逍遥于宇宙之间而心意自得，吾何以天下为哉！'"秦汉之后，这种意识更加

---

① ［罗马尼亚］米尔恰·伊利亚德：《神圣与世俗》，王建光译，华夏出版社 2002 年版，第 77—78 页。

② 鲁迅：《阿长与〈山海经〉》，《鲁迅全集》第 2 卷，人民文学出版社 2005 年版，第 255 页。

③ 宗白华：《中国诗画中所表现的空间意识》，《美学散步》，上海人民出版社 1981 年版，第 106 页。

普遍深入于文人。《世说新语》中刘伶醉酒裸形，"人见讥之，伶曰：'我以天地为栋宇，屋室为裈衣，诸君何为入我裈中'"①。陶渊明《归去来兮辞》"寓形宇内复几时，曷不委心任去留"，都是以这个空间性的"宇"为居所，只是前者貌似心安，而后者微微流露出对于不息流逝的时间的一丝不安。北朝民歌"敕勒川，阴山下。天似穹庐，笼盖四野。天苍苍，野茫茫，风吹草低见牛羊"，表达的则是一种更纯朴的经验。李白说，"天地者，万物之逆旅"，仍然是将宇宙看作一所房子，不同只在他比陶渊明更明确地意识到，从终极意义上说，这里仍然不是一个"家"。

尽管如此，现代人之以宇宙为我们的家园，仍然有一种前所未有的意义。不同于那种想象性的安适，现代科学对宇宙的探寻，带来的其实是一种深刻的不安感。就如帕斯卡尔所说："这无穷空间的无终寂静使我颤栗。"②人，以及赖以栖息的地球在宇宙中的渺小，越来越使其失去从前那样的安全感。随着卫星上天，星际旅行时代的到来，人类所获得的并不是单纯的征服自豪，而是一种更加深刻的孤独感。就如埃德加·莫林和安娜·布里吉特·凯恩在《地球，祖国》中不无感伤地说："宇宙中的茨冈人，未知历险中的游客，这便是全球纪元第五世纪所揭示的人类命运。"③这样的感觉，不但是如《星际穿越》《火星救援》一类当代科幻电影的基本主题，而且是刘慈欣小说《三体》所表现的宇宙"黑暗森林"想象的基础，在这样的背景下，"把全球作为祖国和家园"，作为"我们在宇宙中的根基"，也就日渐成为一种人类共同意识。"现在我们知道，……渺小地球不仅是全人类的公共场所，它还是我们的家乡和故土，是我们地球家园。"于是"关于地球人命运共同体的意识"便成为人类当下生活中"最具关键意义的事件"，"接受地球公民的身份便是接受我们的命运共同体"④。

①　徐震堮：《世说新语校笺》下册，中华书局1984年版，第393页。
②　转引自朱光潜：《随感录（下）》，《艺文杂谈》，安徽人民出版社1981年版，第154页。
③　[法]埃德加·莫林、安娜·布里吉特·凯恩：《地球，祖国》，马胜利译，三联书店1997年版，第206页。
④　[法]埃德加·莫林、安娜·布里吉特·凯恩：《地球，祖国》，马胜利译，三联书店1997年版，第208页。

（二）从此岸到彼岸，或从彼岸到此岸

1. 乐园 / 天国

如前所述，家园意识的出现，首先与人的实际生活有关。家园概念所涉及的空间外延也随人的成长从个人的居所逐步向外扩展：从部落的土地、房舍、庭除到花园、果园、菜园、田园，一直扩展向村庄、城镇、省区、国家、世界、地球、宇宙。可能说，这大体上还是一个现实的、物质的家园——虽然其中也渗润着情感的、精神的内容，但和另一意义上的精神家园仍然并不相同。

除了现实之家，人还需要一个精神之家。如果说现实之家是此岸之家，形而下之家，那么，精神之家，则可是彼岸之家，形而上之家。而对后者的认识本身，又存在宗教想象与哲学想象之异。不过，两者也可能常常紧密地纠结、缠绕在一起。关于哲学上的家园问题，这里暂不讨论。下面讨论比较形象的宗教的或文学的家园问题。

必须看到的是，家园意识的形成和不同的文明传统也有着很大关系。在以宗教为民族文化之基的世界里，家园最终存在于某种彼岸的世界。譬如依迪丝·汉密尔顿的《神话——希腊、罗马及北欧的神话故事和英雄传说》一书的开头，我们读到的首先便是这样的诗句：

> 这些奇特而神秘的遗迹，承载着古代的荣耀，
>
> 见证了神界的最后岁月。
>
> 它们呼吸过天庭和奥林匹斯仙境的气息，
>
> 那是它们已然失去的远古家园。①

西方文化中的家园意识，始终与希腊及希伯来神话在其生活中的意义密切相关。希腊神话的世界，是一个已然丧失了世界，同时也是西方人的一个家园世界。更古老的表述，也见于《旧约·创世纪》之中。这个故事讲神

---

① ［美］依迪丝·汉密尔顿：《神话——希腊、罗马及北欧的神话故事和英雄传说》，刘一南译，华夏出版社 2010 年版，第 15 页。

在东方的伊甸为人类造了一个乐园，虽然随着人类始祖亚当、夏娃偷吃禁
果，这一乐园也早已失去，但一种"复乐园"的愿望，却就此贯穿了整个西
方世界的历史。而对彼岸之家的不断眺望和回归，也就构成了西方思想基本
的愿望和动力。也正因此，才有《新约·希伯来书》说那些有信仰的人："承
认自己在世上是客旅。是寄居的"，他们所羡慕的是"一个更美的家乡，就
是在天上的"①。也才有霍尔巴赫带点挖苦的说法："真基督徒在地球上没有
祖国；他们是另一个世界的公民：他们的祖国在天上。"② 同样的情况也存在
于其他的宗教中。譬如佛教虽然坚称"四大皆空"，但也不排除为信徒设一
个佛国"净土"。宗教性的思维总是怀疑此岸世界的真实性。虽然中国文化
自周秦时代就祛除了对于上界的信仰。在中国这样的世俗社会，家园意识
的存在，也始终与此岸的乡土及亲情伦理相关。虽然钱穆、李泽厚等都强
调中国只有现世世界或"一个世界"③，但同样不能否认，在传统中国的生活
中，一样不缺少对此岸生活意义的和怀疑和某些局部性的彼岸想象。远的有
从远古时代即已流传的神话以及后代仙道信仰中的种种洞府、天宫想象，近
的有近代以来民间不断泛起的某些颇有宗教意味的乌托邦追求，似乎都在说
明着并不能简单地将中国人的家园想象完全地归于此岸。一个十分有趣的例
证，或许如《红楼梦》第一回茫茫大士、渺渺真人对石头解说人间生活的那
段话："那红尘中却有些乐事，但不能永远依恃；况又有'美中不足，好事多
磨'八个字紧相连属，瞬息间则又乐极生悲，人非物换，究竟是到头一梦，
万境归空，倒不如不去的好。"稍后，甄士隐解说《好了歌》，又有所谓"乱
烘烘你方唱罢我登场，反认他乡是故乡"的感叹，都是以人间生活为非本真
的生命家园。只是值得回味的是，其所幻设的那些彼岸世界，无论是"大荒
山无稽崖"，还是"太虚幻境"，从名字就都显示了其本质的空虚。中国文化
特有的虚无主义与其非宗教倾向之间的张力，亦足耐人寻味。伊利亚德说：
"我们所考察的一切象征体系和范型都证明，无论神圣的空间和世俗的空间

---

① 《圣经·新约》（和合本），第 236 页。
② ［法］保尔·霍尔巴赫：《袖珍神学》，商务印书馆 1996 年版，第 44 页。
③ 李泽厚：《循康德、马克思前行》，《读书》2007 上，三联书店 2008 年版，第 9 页。

是多么地大相径庭，人类没有神圣的空间是须臾不能生存下去的。即使没有神显向他显示，人类也会按照宇宙论以及堪舆法则为自己构造一个神圣空间。""……它十分清晰地揭示出了人类在整个宇宙中所处的一种特别的地位，我们可以称之为'天堂的乡愁'。它是指这样一种愿望，总是要毫不费力地处在世界、实在以及神圣的中心，总之，通过自然的手段超越人类的地位，重新获得一种神圣的状态，也就是基督教所言人类堕落之前的那种状态。"①这样的认识，的确已超越了西方、东方的分界，而具有更为普遍的人类学意义。

2. 远方 / 未来 / 乌托邦

中国文献中的乐园想象，最早或见于《诗经》中的《硕鼠》一诗。虽然诗中并未明说"乐土"究竟在哪里，但不难想象，它决不会就在作者的近旁。《山海经》的时代，中国人就懂得将乐园放置于"远方"。张光直总结殷周两代"神仙世界"神话为三类，其二即为"远方异民之国，如《山海经》之毨民之国（《大荒南经》）、沃之国（《大荒西经》）……"②此后的中国文学，仍然不断涌现出这样的想象。而这种对"远方"殊地（乐土）的向往、想象，也不但存在于中国，而且存在于所有人类生活的地方。对"远方"的向往，几乎是所有浪漫主义文学的一个突出特征。不但屈原有《远游》，汉人小说有《穆天子传》，夏多布里昂以来的欧洲浪漫主义文学，也都将对"远方"向往当作一个不倦追求的对象。在现代中国人的精神结构里，也始终存在着一个"远方"的想象。就如三毛所说："不记得在哪一年以前，我无意间翻到了一本美国的《国家地理杂志》，那期书里，它正好在介绍撒哈拉沙漠。我只看了一遍，我不能解释的，属于前世的回忆似的乡愁，就莫名其妙，毫无保留的交给了那一片陌生的大地。"③"不要问我从哪里来，我的故乡在远

---

① ［罗马尼亚］米尔恰·伊利亚德：《神圣的存在：比较宗教的范型》，晏可佳、姚蓓琴译，广西师范大学出版社 2008 年版，第 359 页。

② ［美］张光直：《商周神话之分类》，《中国青铜时代》，三联书店 1999 年版，第 375—377 页。

③ 三毛：《撒哈拉的故事·白手起家》，哈尔滨出版社 2003 年版，第 170 页。

方，为什么流浪，流浪远方，远方……"（《橄榄树》），使无数的人都为之痴迷的"远方"，正是人对精神家园的一种追索。

在以赛亚·伯林看来，19世纪以来欧洲浪漫主义影响深远的思乡，隐含的是这样的逻辑："无限不可穷尽，我们永远不能贴近它，我们总是在追求却难以满足，因此我们患上思乡病。当有人问诺瓦利斯他思想的落脚点在何处、他的艺术是什么的时候，他说：'我总是在回家的路上，寻找我父亲的老宅。'某种意义上这句话具有宗教色彩，但他的主要是意思是，那些关于异乡、陌生之地、异国、奇异之域的创作，那些源于日常生活经验的创作，那些关于变形、幻化的玄幻故事，那些具有象征或寓言色彩的故事，内含许多批评家苦思索隐多年的神秘模糊的典故、隐秘叵测的意象，都是返乡的尝试，一股力量吸引着他回到老家，那就是著名的浪漫主义对无限的'向往'（Sehnsucht），正如诺瓦利斯所说，对蓝色花朵的追寻。对蓝色花朵的追寻，是自我吸收无限的尝试，是自我与无限合一的尝试，也是自我融入无限的尝试。"①

还要说到的是，这"远方"，既可以是空间意义上的，也可以是时间意义上的。时间意义上的"远方"，向前追溯，就是赫西俄德的黄金时代或中国先贤的上古至治之世；向后展开，模糊一点说就是所谓"未来"，清晰一点说就是所谓乌托邦。尽管作为一个专有名词，"乌托邦"这个意象到16世纪初才出现于英国人托马斯·莫尔的笔下，但类似的理想，实际上一直存在于人类精神的深处。而乌托邦和神话最不同的地方之一，就在于它将这个理想的家园在空间上设置于此岸，从时间上，却仍然被安放在远方或未来。支撑它的，既可以是一种思想理念，也可以是一种文学想象。理念中的乌托邦，最典型的自然是柏拉图的理想国。而马克思的"自由王国"，也既可以说是一种哲学理念，又可以说是一种乌托邦想象。

对所有乌托邦思想来说，家园只能存在于"未来"或"远方"。而这也

---

① ［英］以赛亚·伯林：《浪漫主义的起源》，吕梁等译，译林出版社2008年版，第106—107页。

就是为什么我们的歌里经常唱："我们奔向未来"，或"我们奔向远方"。两个多世纪以来，即便经历了无数的现实曲折，马克思主义哲学仍然不忘将"家乡"设置在"未来"。据说，1977年，布洛赫的生前好友 H.迈尔在其纪念会上就强调："布洛赫的'家乡'概念是他全部哲学的'焦点'，但他坚决反对保守主义或民族主义思想的家乡概念，因为这些人有意识地把家乡概念高度神话化，赋予'家乡'以'土地'、'血'和'种族'等特殊含义。与此相反，在布洛赫那里，家乡不是某种'充满污浊空气的乡土，不是恶魔般地亵渎神灵的疫源地'，而是某种'象征性的、间接的异地，充其量是某种鼓翅振飞的，尚未存在的家乡。'"① 在恩斯特·布洛赫看来，"历史的根源是劳动的、创造的、变革的和超越现实的人。当人不放弃、无异化地把握历史之根，并且把他的历史之根建立在真正的民主基础之上时，世界上就会出现某物，即出现某种仅仅显现在孩提时代中而尚无人到过的地方：'家乡'。因此，从这个'家乡'中，我们只能拥有显现于我们孩提时代的某种'前假象（Vorschein）'。我们的孩提时代曾拥有过一个更美好生活的梦，这个梦就是布洛赫意义上的'家乡'的前假象：幸福、自由、黄金时代、牛奶和蜂蜜如同泉涌的国度、永恒的女性等。"②

3. 道 / 理念 / 超感性世界

除了神话 / 宗教，人类所能设想的彼岸家园，还可以是某种哲理性的想象。譬如中国先贤的"道"，以及希腊哲学家的"理念"（理式）。《老子》以"道"为万物的本根，所谓"道生一，一生二，二生三，三生万物"（第四十一章），"为天下母"（第二十五章），"似万物之宗"（第四章），"周行而不殆"（第二十五章），最终"夫物芸芸，各复归其根"（第十六章）。"道"是什么，不同的人有不同的领悟。按海德格尔的领悟，老子之"道"的原型即道路③，

---

① 金寿铁：《家乡在哪里——恩斯特·布洛赫的"家乡"概念》，《中国社会科学报》2010年3月4日。

② 金寿铁：《家乡在哪里——恩斯特·布洛赫的"家乡"概念》，《中国社会科学报》2010年3月4日。

③ 张祥龙：《海德格尔思想与中国天道观》，三联书店1996年版，第424—425页。

但对它的发挥和想象，却绝不止于日常实际中所行之道路，而更包含了可称为大化运行的天地自然存在方式。所谓"道可道，非常道"。而所谓复返于道，最根本的就是人的作为，要回到周行不殆的大化运行之中。而这也正是庄子所谓"独与天地精神往来，而不敖倪于万物"（《天下篇》），陶渊明所谓"纵浪大化中，不喜亦不惧"，柳宗元所谓"悠悠乎与颢气俱，而莫得其涯；洋洋乎与造物者游，而不知其所终"（《始得西山宴游记》），所指向的根本生命境界。以"道"为"家"，既是古人的智慧，也是现代许多思想家文学家的领悟，关于这一点，即便是对现代人，还可以发挥出无穷的想象。

不同于《老子》这个"道"，西方思想也有它自己的本根论。譬如按柏拉图的理论，所谓感性的、具体的事物即不是真实的存在，而唯有理念的世界才是独立的、真实的、永恒不变的，也唯它才是作为精神实体的灵魂的真正的家。而海德格尔在有关尼采所谓上帝之死的阐说中，"上帝"和"基督教的"这两个名称，也被看作"根本上是被用来表示超感性世界的。上帝乃是表示理念和理想领域的名称。自柏拉图以来，更确切地说，自晚期希腊和基督教对柏拉图哲学的解释以来，这一超感性领域就被当作真实的和真正现实的世界了。与之相区别，感性世界只不过是尘世的、易变的、因而是完全表面的、非现实的世界。尘世的世界是红尘苦海，不同于彼岸世界的永恒极乐的天国。如果我们把感性世界称为宽泛意义上的物理世界（康德还是这样做的），那么，超感性世界就是形而上学的世界了"①。也正是这样的解说，带来了与现代人对那个彼岸世界的怀疑联系在一起的一切。

4.诗／语言／历史

海德格尔论述荷尔德林的诗时说："哀歌《返乡》并不是一首关于返乡的诗歌，相反地，作为它所是的诗，这首哀歌就是返乡；只消这首哀歌的话语作为钟声回响在德国人的语言中，那么，这种返乡就还将发生。"② 与之

---

① ［德］海德格尔：《尼采的话"上帝死了"》，《林中路》，孙周兴译，上海译文出版社2004年版，第231页。

② ［德］海德格尔：《返乡——致亲人》，《荷尔德林诗的阐释》，商务印书馆2000年版，第27页。

相呼应，中国当代学者李书磊在一篇有关唐诗的随笔中说："我许多次都想就《唐诗三百首》写点什么，但许多次都住手了。我不太敢轻易碰这本书。对于我们来说这本书太不寻常了，它乃是我们精神的源泉和归宿，它是我们灵魂的一部分。'春眠不觉晓'、'床前明月光'是我们生于人世最早倾听的声音，我们通过这本书所赋予的感觉来体味世界，体味美丽、缺憾和爱……唐诗的时代早已经久远了，但我们今天读起《唐诗三百首》仍觉得那样贴近；所以我相信唐诗的位置不是时间性的而是空间性的：即使在二十世纪，它的意义仍不在于它属于中古而在于它属于中国。"①

阿多诺说："对于一个不再有故乡的人来说，写作成为居住之地。"② 张爱玲说："人是生活于一个时代里的，可是这时代却在影子似的沉没下去，人觉得自己是被抛弃了。为要证实自己的存在，抓住一点真实的，最基本的东西，不能不求助于古老的记忆，人类在一切时代之中生活过的记忆，这远比瞭望将来要明晰、亲切。"③ 王安忆说："我描写的城市和人，渐渐在现代化的强大模式中崩溃、瓦解，这大约就是所谓的现代化崇拜的力量……我完全不知道将会有什么样的前景，来取代这迅速消解的生活。在这力量面前，文学太虚无了，我只能在纸上建立一个世界。"④ 海德格尔说："语言是存在的家"，对于研究哲学的人来说，当然有着更为复杂的含义。但对笔者来说，它的意义也可被理解为：人类生活的一切寄寓在历史之中，而历史又寄寓在语言之中。而在这样的意义上，这语言又首先是乡音或母语。"少小离家老大回，乡音无改鬓毛衰"，谁能想到，隔了一千多年，贺知章的感慨也还是他的后辈乡人的感慨。木心说："五十年不闻乡音，听来乖异而悦耳，麻痒痒的亲切感，男女老少怎么到现在还说着这种自以为是的话……在习惯的概念中，'故乡'就是'最熟识的地方'，而目前，我只知地名，对的，方言，

---

① 李书磊：《唐诗三题》，《文学自由谈》1992 年第 1 期。

② 转引自 [美] 萨义德：《知识分子论》，三联书店 2002 年版，第 55 页。

③ 张爱玲：《自己的文章》，《张爱玲文集》第 4 卷，安徽文艺出版社 1992 年版，第 174 页。

④ 王安忆：《作家的压力与创作冲动》，《王安忆说》，湖南文艺出版社 2008 年版，第 243 页。

没变，此外，一无是处。"（《乌镇》）在这样变动不居的世界上，或许只有乡音或母语，才能葆有一切与一切存在过了的事物的联系。

在这一意义上，和语言意义相近的还有历史。历史之为人的家园，可以从两种意义上去理解。一种比较具体，大概指对一些坚持不认同现实的人来说，只有过往的某段历史才能被看作是意义充足的，因而具备令人魂牵梦绕的家园特点。老子之追念小国寡民，孔子之祖述尧舜，屈原之追念"三后"，王国维之"驰怀敷水条山里，托意开元武德间"，均有这样的指向。这样的感觉，就是视历史与民族为一体，而浑然以之为精神的故园。另一种比较抽象，大概指一种审美地看待历史的态度，也就是从整体上将历史视作人的存在之家。类似的观念，在中外文化中也都不罕见。徐复观论叔孙豹"三不朽"的说法，认为"是直以人文成就于人类历史中的价值，代替宗教中永生之要求，因此而加强了人的历史意识；以历史的世界，代替了'彼岸'的世界"①。无独有偶，年鉴学派的马克·布洛赫也认为："基督教是历史性的宗教。基督教将人类命运视为在堕落和最后审判之间的一次漫长的历险。每一个生命，每一次个体的朝圣，都是这种天路历程的表象。正是在时间，也就是历史的过程中，全部基督教思想的轴心——原罪与救赎，上演了一幕幕活剧。在我们的艺术，在不朽的文学名著中，都激荡着历史的回声。"② 这样的历史观，无可否认地具有一种审美特性，在这种审美的目光下，人类生存的一切既往经历，自然而然地就成为人的生命意义的家园。

二、生命成长史及其失落体验：从子宫到宇宙

就个体生命来说，一个人所可依恋的"家园"，最具源始意义的无疑是母亲的子宫。精神分析学家、弗洛伊德的早期弟子奥托·兰克认为"人降生于世就已受创伤：在分娩的过程中，从母体挤出的机体经受着可怕的痛苦的震荡。能和它相提并论的只有死的震荡。这一创伤的恐怖和疼痛就是人心理

---

① 徐复观：《中国人性论史（先秦篇）》，上海三联书店 2001 年版，第 24—26 页。

② ［法］马克·布洛赫：《历史学家的技艺》，张和声、程郁译，上海社会科学出版社 1992 年版，第 8 页。

活动的开端，这是心灵的底层。""神话和史诗中的天堂和黄金时代的一切特征，哲学体系和宗教启示中的未来世界的和谐特征，以及甚至社会政治上的乌托邦的社会经济天堂，这一切都明显地表现出那些来自这种渴求回归人曾经体验过的胎内生活的特点。"在他看来，人类生活的象征世界，归根结底都指向一个地方，这就是"母腹"。"原始人藏身的山洞意味着什么？我们感到舒适的房间是指什么？家乡、国家等等呢？所有这一切都只是安适的母腹的代用品和象征。"①

按照这样的认识，人的成长就不可避免地是一个不断地"失乐"的过程。而最早的有关体验，就发生在出生之际。在他看来，人的一生和一切文化创作，都"不外乎是在不同道路上，借助于不同方法的帮助，消除和克服生之创伤"②。无独有偶，同样与弗洛伊德有着密切关系的德国女作家莎乐美则如是说：

> 我们最初的体验是对失落的体验，那种体验是自足的。在出生前一秒钟，我们还是一切，和一切事物都没有区别，是某种存在的，但看不见的组成部分——然后被迫出生。因此，那个整体的一小点残余都必须避免那种越变越弱的命运，都必须挺立着身子，直面那个矗立在它面前的现实世界。那个世界的实在性与日俱增，而它已然从完满的宇宙掉入了那个世界，就像掉入一个正在剥夺你的神圣性的空间。……我们的最初的"记忆"既包括对失去那种存在状态的震惊和失望，也包括一种留恋意识——它应该继续存在。③

而更晚一些，拉康在研究幼儿心理时则说："婴儿入世时本是一个'未分化的'、'非主体的'存在物，此时无物无我，混沌一片。从他六个月到十八个月期间才达到生存史上的第一个重要转折点——'镜象阶段'。这一

---

① ［俄］巴赫金：《弗洛伊德主义批判纲要》，《巴赫金全集》第 1 卷，河北教育出版社 1998 年版，第 438—439 页。

② ［俄］巴赫金：《弗洛伊德主义批判纲要》，《巴赫金全集》第 1 卷，河北教育出版社 1998 年版，第 438 页。

③ ［德］莎乐美：《在性与爱之间挣扎——莎乐美回忆录》，北塔、匡咏梅译，上海人民出版社 2003 年版，第 3 页。

期间婴儿首次在镜中看见了自己的形象，'认出了自己'，发现自己的肢体原来为一个整体。"①"幼儿要想从自身与世界的不协调中摆脱出来，从被肢解的自己的恐怖中逃出来，开辟出内在的永恒性，就必须与外在的他人相联系。"但出现在此时的，却是"一个主体自身失去自己的机会。……镜像阶段中欢喜的瞬间，就像偷吃禁果的亚当和夏娃被逐出伊甸园一样，也是踏上去往失乐园的踏板的一瞬。"② 这种将人生的"失乐园"体验前推到出生或婴儿期的表述，无疑是各式各样的"失乐园"中最接近生命本源的一种。它将人的生命过程描绘为一个不断成长／失落的过程，而这一"失乐园"式的体验，也必将伴随人的一生。从莎乐美所谓"被迫出生"的话，也很容易让人想到海德格尔所谓人是"被抛入"的，无家可归状态正在"变成一种世界命运"之类的话 ③。

"被迫出生"或"被抛"入世的人，在这个冷硬的世界上所能遇到的第二个生命家园，是母亲的怀抱。正如神话学家坎贝尔所说："母亲怀中的至福是子宫内美好环境的再现"。而"人类心灵的最持久的性格"则"派生于这一事实，即在所有动物中，我们人类处于母亲怀中的时间最长。人类出生得太早，他们出生时还不是成品，还不能对付外部世界。结果，他们在这危险的宇宙中的全部防御体系就是母亲，在母亲的保护下，他们的宫内期在体外延长了"。因此，人的"第一个理想"，"就是圣母和圣婴组成二元单位的这一理想"。而这也是此后一切有关"幸福、真、美、善形象在他下意识中的基础"④。同时，也是普遍存在人类生活各个领域的母亲崇拜的基础。如埃利希·诺伊曼所指出："作为原型女性的一种形态，大母神一词乃是后来的抽象概念，它以高度发展了的思辨意识为先决条件。而且，我们只是在人类历史中相对的晚期才

① 转引自李幼蒸：《结构与意义》，中国社会科学出版社 1996 年版，第 189 页。

② ［日］福原泰平：《拉康：镜像阶段》，王小峰、李濯凡译，河北教育出版社 2002 年版，第 45 页。

③ ［德］海德格尔：《关于人道主义的书信》，《路标》，孙周兴译，商务印书馆 2000 年版，第 400、402 页。

④ ［美］约瑟夫·坎贝尔：《千面英雄》，张承谟译，上海文艺出版社 2000 年版，第 3—4 页。

发现了叫做大母神（Magna Mater）的原型女性。然而在这个术语出现以前，它已受到数千年的崇拜和描绘。"① 除了坎贝尔前面提及的基督教信仰中的圣母和圣婴，它同样让人想起中国传统信仰中的女娲、观音、妈祖以及各种地方信仰中形形色色的"送子娘娘"。而由现代作家冰心的名作所显示的爱之魅力，似乎也只有放置在这样的文化心理背景中才能得到更为深切的理解："造物者——／倘若在永久的生命中／只容有一次极乐的应许。／我要至诚地求着：／我在母亲的怀里，／母亲在小舟里，／小舟在月明的大海里"②。这里所谓的"极乐"，不正是一种典型的以"母怀"为中心所构造起来的世界吗？

然而问题在于，人毕竟要长大。接下去我们要面对的，不得不是那个"失乐园"的神话。按《旧约·创世纪》里的说法，人类的始祖亚当、夏娃原本居住在伊甸园里，无知无欲，浑朴纯一。然而有一天，夏娃受了蛇的诱惑，和亚当偷吃了智慧树上的禁果，突然意识到了自己的赤身裸体，在开始懂得羞耻、分辨对错的同时被上帝逐出了乐园。有关这一段故事，以基督教为主脉的西方传统已然有过极为丰富的解说。按这种宗教性的说法，这既是人类的"原罪"，也是其"复乐园"愿望的永恒源泉。

前些年，当我在撰写一篇有关《红楼梦》主题的论文时，首先想到的便是《创世纪》开头的这个故事。撇开宗教思想的种种繁复解说，我更愿意将之看作一个有关生命成长的隐喻。在我看来，这个神话所言说的，实际只是一个"人"的成长故事，同时也是一种普遍的人类生存经验。这样的生存体验，不仅产生在古老的希伯来神话中，而且也表现在与之产生于完全不同的时代和文化背景之下的中国小说《红楼梦》之中。作为一部深刻揭示人类成长心理的伟大作品，《红楼梦》从第一回开始，同样借一种完全虚构的神话语言，深刻言说了生命从源出混沌，到因成长而面临失落、离散的完整过

---

① ［德］埃利希·诺伊曼：《大母神——原型分析》，东方出版社1998年版。

② 冰心《春水·105》。同样的描写及心理，亦见于其散文《往事（一）》之七末尾那种有关雨中荷叶荷花的描写和抒情中："母亲呵！你是荷叶，我是红莲。心中的雨点来了，除了你，谁是我在无遮拦天空下的荫蔽？"《冰心全集》第一卷，海峡文艺出版社1994年版，第460页。

程。而体现其中的一些关键概念或节点，如以出生为"堕落"或"沉沦"，以成长为离散，以青春期的性觉醒为一个人成熟和独立的标志，以恋爱婚姻为人开始面对独立生活重负的开端，以童年和少年的生活为人生意义上永远的家园等，在作为生命史隐喻，复杂而完整地表现出人对离散的恐惧及不断回望家园的姿态上，几乎与那个《旧约·创世纪》神话有着完全的一致。

这是一种个体生命史，也是一种人类生活史。精神分析学家贝托海姆在其有关《白雪公主》的研究中指出：

> 每一个儿童在其生长期都必须重复人类的历史，或者是真实的，或者是想象的。我们都是从原初的婴儿安乐状态被放逐出来。在那种安乐状态中，似乎我们所有的愿望都不费吹灰之力即可满足。获得知识，学会区分善与恶，就好比将我们的人格判为两半：奔涌不羁的情感构成红色的混沌——本我；我们的良知以其白色的纯洁构成超我。随着我们长大，两者之间的争斗时缓时急，从不停息。只有当成熟的自我终于形成，带来新的觉醒，红色与白色在此和谐相处，内心的冲突得到解决，我们才可能达致成人阶段。①

《神话简史》一书的作者凯伦·阿姆斯特朗则云：

> 在每一种文明里，我们都能发现关于"失去的乐园"的神话，在乐园或天堂，人类曾经与诸神处于日常的亲密接触状态。他们都不会死，彼此和睦同居，与动物和大自然融为一体。在世界的正中，往往生长着一棵大树，坐落着一座山峰，或者矗立着一根柱子，将天空与大地相连，人们能轻而易举地爬上爬下，出入诸神的领域。紧接着一定会发现一场大灾难：圣山崩塌、神树倒伐等等，人类再也无法接近乐园。这类"黄金时代"故事属于很早期的、具有宇宙普遍性的神话，它从来就没有试图被当作历史。它来自人类自发而强烈的宗教体验，并且表达了他们内心的一种焦虑——对精神世界近在眼前却可望而不可

---

① ［美］贝托海姆：《〈白雪公主〉中的嫉妒王后与俄狄浦斯神话》，叶舒宪主编：《性别诗学》，社会科学文献出版社 1999 年版。

即的现状感到着急。在远古社会，大部分宗教和神话都渗透了对"失去乐园"的渴望。这些神话并非追思怀旧之作，其主要用意是向人们指出一条重返原型世界之路，让它不仅仅只存在于瞬间的迷狂幻觉中，而是成为日常生活的组成部分。①

类似的神话，在中国文化中有着怎样的孑遗，是一项很可做一番深入考究的工作。而它使我想起的，除了传说中的"绝地天通"、"嫦娥奔月"一类的故事，还有《庄子》里的一则著名寓言："南海之帝为儵，北海之帝为忽，中央之帝为浑沌。儵与忽时相与遇于浑沌之地，浑沌待之甚善。儵与忽谋报浑沌之德，曰：'人皆有七窍以视听食息，此独无有，尝试凿之。'日凿一窍，七日而浑沌死。"②尽管这里并没有失乐园的情节，但包含其中的有关"启蒙"的悲剧体验，却与前述故事有着深刻的相契。生命在获得"视听食息"能力的同时，却丧失了它源初的浑朴和整一，"日凿七窍"即"启蒙"，但启蒙的结果，却不可避免地染上了对某种生的悲剧性的自觉。读懂了这一切，或许我们也就更能读懂《老子》为何那样钟情于"婴儿""赤子"③，同时，也就更能理解儒道释各家为何都不断要人去除所谓"分别心"④。

与个体的生命一样，人类的成长，欣喜里隐含的同样有失落的痛楚。这种来自生命成长史的启示，同样可以帮助我们认识现代化以来的人类历史。虽然基督教早已将"失乐园"当作人类故事的开端，但就一般体验而言，人们更普遍、更强烈地感受到这一切，却在历史进入现代之后。一个不得不正视的现实是，现代化在不断带来物质的丰裕、精神的自由的同时，也必然地在不断毁坏、蚀磨着原有的生活图式、生活理想。

还在19世纪中叶，马克思、恩格斯在《共产党宣言》中就指出："资产阶级在它已经取得了统治的地方把一切封建的、宗法的和田园诗般的关系都

---

①　[英]凯伦·阿姆斯特朗：《神话简史》，胡亚豳译，重庆出版社2005年版，第17页。

②　陈鼓应：《庄子今注今译》，商务印书馆2007年版，第265页。

③　《道德经》第二十八章："常德不离，复归于婴儿。"第五十五章："含德之厚，比于赤子。"见陈鼓应：《老子注释及评介》，中华书局1984年版，第178、276页。

④　俞昌达：《心学要义》，西泠印社2019年版，第59—65页。

破坏了。"

> ……它使人和人之间除了赤裸裸的利害关系，除了冷酷无情的"现金交易"，就再也没有任何别的联系了。它把宗教虔诚、骑士热忱、小市民伤感这些情感的神圣发作，淹没在利己主义打算的冰水之中。它把人的尊严变成了交换价值，用一种没有良心的贸易自由代替了无数特许的和自力挣得的自由。总而言之，它用公开的、无耻的、直接的、露骨的剥削代替了由宗教幻想和政治幻想掩盖着的剥削。

> ……资产阶级抹去了一切向来受人尊崇和令人敬畏的职业的神圣光环。它把医生、律师、教士、诗人和学者变成了它出钱招雇的雇佣劳动者。

> 资产阶级撕下了罩在家庭关系上的温情脉脉的面纱，把这种关系变成了纯粹的金钱关系。①

可以说，这篇意在论证"至今一切社会的历史都是阶级斗争的历史"的文章，同时也极为精彩地描绘出了人类成长史上又一次至为重要的失乐园体验。以工业为社会的经济基础的时代的到来，不但使人们告别了由数千年农耕或游牧文明所形成的劳动、交换方式，而且生活方面也将他们从原有的乡村、城镇吸引到规模日渐庞大的城市。而伴随着这场巨变，所有的一切，包括社会的伦理和美学，也都必然地发生着新的生成和转换。不可忽视，即便在这篇文章中，作者对资本主义社会的批判性，也是以首先承认其在人类历史中所取得的巨大进步为前提。它承认，资产阶级的历史"第一个证明了，人的活动能够取得什么样的成就。它创造了完全不同于埃及金字塔、罗马水道和哥特式教堂的奇迹；它完成了完全不同于民族大迁徙和十字军东征的远征"。它承认，"资产阶级在它的不到一百年的阶级统治中所创造的生产力，比过去一切世代创造的全部生产力还要多，还要大。自然力的征服，机器的采用，化学在工业和农业中的应用，轮船的行驶，铁路的通行，电报的使用，整个整个大陆地开垦，河川的通航，仿佛用法术从地下呼唤出来的大量

---

① ［德］马克思、恩格斯：《共产党宣言》，中央编译出版社 2005 年版，第 28—29 页。

人口——过去哪一个世纪料想到在社会劳动里蕴藏有这样的生产力呢?"然而,更为重要的是,它同时指出,在得到这一切的同时,人们所得到的却是生活经验的新的痛苦:"生产的不断变革,一切社会状况不停的动荡,永远的不安定和变动",使得"一切固定的僵化的关系以及与之相适应的素被尊崇的观念和见解都被消除了,一切新形成的关系等不到固定下来就陈旧了。一切等级的和固定的东西都烟消云散了,一切神圣的东西都被亵渎了。人们终于不得不用冷静的眼光来看他们的生活地位、他们的相互关系"。在这样的背景下,传统所形成的一切,包括前面所论述的从个人的自我认知,到社会、民族、国家观念,都不可避免地面临着危机。而这一切,构成的恰恰就是我们说到的现代意义上的"失乐园"体验的主要内容。

关于现代化这一概念的含义,已有无数的解说。在历史学家张灏看来,人们最常使用的两种含义之一,就是"在韦伯主义者的理性化概念的影响下,把现代化界说为一种通过合理安排人员、技术和制度,来达到控制人类环境的行为"①。这里所说的理性化,也正是马克思所谓"冷静的眼光"。永无止息的变化,理性的启蒙,人的成长,都是正面价值,然而,却同时也使人更清楚地看到这个世界的种种不可依恃、种种冷酷。正是在这样的背景下,原始的个体的失乐园体验在进入现代之后,就不可避免地弥漫为一种更为普遍的社会情感。对于人类成长所获得和失去的这一切,有科学哲学家曾做出过下面的描述:

> 人生活在房子里,而房子建筑在土地上。古时的天空是房子的顶,中国古人相信天盖地承。希腊人的宇宙就是房子。地球处于宇宙的中心并非人类中心论的狂妄自大,而是古代欧洲人安居意识的宇宙学化。宇宙的同心球层层包裹着地球,人生活在地球上,无比安稳,如同母腹中的胎儿。哥白尼革命打碎了宇宙同心球之后,天不再为天,地不再为地,只有无限的空间。人类获得了无限的空间,但却丧失了房子。

---

① [美]张灏:《危机中的中国知识分子:寻求秩序与意义》,新星出版社 2006 年版,第 3 页。

如同婴儿出世了，有了一个世界，但却丧失了母腹……①

在不少西方思想家看来，人类失乐园的第一步，便是神话思维的丧失。如今的人们想起这一点，都会想起尼采。然而，就对神话的这种信仰而言，早在他之前，德国的浪漫派们就已感到了同样的失落。诺瓦利斯说："这个世界意义早已丧失，上帝的精神得以理解的时代已一去不复返。"②施勒格尔在其《谈神话学》中，也"不无忧心地讲，如今人们已没有神话了"。而尼采则更明显地将其与西方科学的发展联系起来："想起这种惶惶不可终日的科学精神所引起的直接后果，便会立刻想到神话是被它摧毁的了；由于神话的毁灭，诗被逐出她自然的理想故土，变成无家可归。"③同样的意思，也见于分析心理学和神话原型批评的创立者荣格笔下，而最令现代人感伤的，或许是下面这样的字句：

> 我们的智识取得了最伟大的成就，但同时我们精神的寓居之地却陷入了破损失修的状况之中。我们已经彻底相信，即使借助于正在美国建造的最新最大的天文望远镜，也没法透过最遥远的星云发现火红色的上帝与天使之宫，我们的眼睛只会在星际太空的一片死寂中绝望地游荡、徘徊。数学、物理向我们揭示的无限小的世界同样不会有更好的作用。最后，我们发掘出一切时代和一切民族的智慧，但却只是发现，一切对我们来说最珍贵的东西都已经用一种最超级的语言表述过了。我们就像贪心的孩子一样，伸出双手，想着只要我们能抓住它就能够拥有它。然而我们占有的东西已经不再有用，我们的手也抓得累了，因为在我们目光能及的地方，到处都摆着宝物。我们所占有的一切东西都化作了水……④

在20世纪以来的世界，尼采所谓"上帝死了"，是一个响彻世界的声音。

---

① 吴国盛：《时间的观念》，北京大学出版社2006年版，第7页。

② ［德］诺瓦利斯：《断片》，转引自梁工主编：《基督教文学》，宗教文化出版社2001年版，第214页。

③ 刘小枫：《诗化哲学》重订本，华东师范大学出版社2007年版，第102—103页。

④ ［瑞士］荣格：《集体无意识的原型》，《心理学与文学》，三联书店1987年版，第65—66页。

当代哲学家阿格尼丝·赫勒说："可以肯定，现代人同超验的关系也是思乡病的表现形式之一：人们可以因为上帝之死而高兴，可以把上帝之死体验为从一个彼世权威的支配下获得解放，可以把它体验为自由，然而，人们也可能充满焦虑，渴望回到'确定性''绝对'的羽翼之下。人们可能在那两个极端之间摇摆，因为人们可以同时体验到两种感情，而且人们确实经常体验到两种感情。"① 在这些出发点各自不同的表述中，我们都可以发现那种将子宫、母腹、房子、宇宙联接起来的隐喻，同时，也看到将科学、理性、进步与神话、想象、诗歌对立看待的某种思路。在这些地方，神话的丧失、意义的丧失、家园的丧失、诗的丧失，表达的几乎是同一的意义。感觉到丧失的人，迫切需要找到一个"家"。即此而言，施耐格尔所谓"新宗教"或"新神话学"，尼采所谓"酒神精神"，荷尔德林所谓"人，诗意地栖居"，海德格尔所谓"语言是存在的家"，贝克特所谓"等待戈多"，以及种种形式强调途中（"在路上"）体验的思想，均不过是为应对这种意义缺失而各显神通的八仙过海之计而已。

　　20 世纪以来的中国，社会不断现代化，传统的生活观念和美学理想受到前所未有的挑战。物质的、制度的进步，给人们的生活带来了巨大的满足和自由，但在精神领域，却产生出了一系列有待解决的问题。从天理秩序的动摇，到乡土中国的远去，到语言之家的失落，正如那个古老的希伯来寓言所描述的，成熟带来的也是生命原初家园的失落，叛离的狂欢中就渗透着被放逐的痛苦。

　　海德格尔在对荷尔德林诗《返乡》的阐释中说："'家园'意指这样一个空间，它赋予人一个处所，人唯在其中才能有'在家'之感，因而才能在其命运的本己要素中存在。"② 这就是说，并不是所有的居住地都可以成为人的家园，关键的当然是那一种"'在家'之感"。若自觉"在家"，则他乡可成故乡；若自觉"不在家"，则旧家亦同逆旅甚至囚笼。李白的诗里说："兰陵

---

① ［匈］阿格尼斯·赫勒：《现代性理论》，商务印书馆 2005 年版，第 268 页。

② ［德］海德格尔：《返乡——致亲人》，《荷尔德林诗的阐释》，孙周兴译，商务印书馆 2000 年版，第 15 页。

美酒郁金香，玉碗盛来琥珀光。但使主人能醉客，不知何处是他乡。"对这位无限热爱着现世生活的诗人，只要感觉适意，随处都会寻得一种在家的感觉。相反，在苏东坡的词里，我们看到的却是一种完全不同的感觉："夜饮东坡醒复醉，归来仿佛三更。家童鼻息已雷鸣。敲门都不应，倚杖听江声。

长恨此身非我有，何时忘却营营？夜阑风静縠纹平。小舟从此逝，江海寄余生。"从这里，我们仿佛已经看到了千年后俄国作家托尔斯泰晚年那著名的离家出走。或许正因此，兰波的名言"生活在别处"才不断在激起新的回声；契诃夫戏剧中那身在小城而不断遥望莫斯科的"三姐妹"，也不断感动着不同时代、不同民族人们。同样的例子还有毛姆的小说《月亮和六个便士》的主人公，人到中年，家庭幸福，但忽然有一天就抛弃了这一切，而一直跑到南太平洋的塔希提岛去寻找自己的艺术幻梦。陌生的塔希提，成了他真正的精神家园。而从这个主人公的原型高更那里，我们更可以看到一种至为深刻分明的疑问："我们从哪里来？我们是谁？我们到哪里去？"家园是一个生存意义的世界，脱去了意义的现实生存境域不是家园。20 世纪以后的人们，总是乐于谈论家园，然而，在不少地方，和这个词紧紧地连在一起的，却是一种意味深长的疑问——何处是家园？

不论哪个国家、哪个民族，家园意识的形成，都与文学有着极密切的关联。众所周知，荷马史诗中的《奥德赛》，讲述的就是一个主人公历经千辛万苦终回故里的故事；而《诗经》里的最动人篇章之一，诉说的也是出征战士的思归之情及故园记忆："昔我往矣，杨柳依依，今我来思，雨雪霏霏……"（《采薇》）"我徂东山，慆慆不归。我来自东，零雨其濛……"（《东山》）；至于《旧约·诗篇》中的那一句"我们曾在巴比伦的河边坐下，一追想锡安就哭了"，更是几乎概括了犹太民族自古至今至为深厚的民族心理与命运。古今中外的文学中究竟有多少这样的创作，大约始终无从统计，也无须枚举。对一个人群来说，所谓"原乡"的经验，始终是关乎它的存在根本的问题。有关家园意识的文字，同样充盈在 20 世纪以来的中国文学里。当鲁迅刻画下"苍黄的天底下，远近横着几个萧索的荒村"，当他借笔下的人物说出："北方固不是我的旧乡，但南来又只能算一个客子"；当沈从文欲以

"边城"来使人们认识"这个民族的过去伟大处和目前的堕落处",当老舍痛感他的北京城中所包含的美好的一切正一点点逝去,所表现的正是这个传统的诗意家园的一点点失落;那么,到 20 世纪后半期,在中华文明从多方面迎来了自己的新生与复兴的同时,从文明形态转换的角度,再来审视其所面临的诸多问题,仍然有着它不可忽视的现实意义。毕竟"原始的清淳的古中华已经一去不复返了",从家园重要的角度,再来看那些"失乐园"的人们,又将如何实现自己的"复乐园",仍是一件极有意义的事。

第一章　古典中国的家园世界及其生活伦理

第一节　"绝地天通"与中国家园世界的此岸性

在中国传统中，汉民族原始神话的残碎、缺少系统，是一个久为人所知的事实。中国汉文化的特性之一，似乎是一开始就注重世界的此岸性，这也几乎成为人们的一种共识。在传统中国的家园想象中，是否也曾存在一个彼岸的、想象的世界，这个问题至今未得到认真的讨论。然而，近代以来，在有关中国古史和文化传统的研究中，一个"绝地天通"的传说，却越来越多地引起人们的注意。据学者考证，这个传说最早见于《尚书·吕刑》及《山海经·大荒西经》，而在《国语·楚语》中得到最详尽的说明：

> 及少皞之衰也，九黎乱德，民神杂糅，不可方物。夫人作享，家为巫史，无有要质民匮于祀，而不知其福，丞享无度，民神同位。民渎齐盟，无有威严，神狎民则，不蠲其为，嘉生不降，无物以享，祸灾存臻，莫尽其气。

> 颛顼受之，乃命南正重司天以属神，命火正黎司地以属民，使复旧常，无相侵渎，是谓绝地天通。

这大概的确是中国文化史上一个关键的转折点，关于它在宗教、社会及思想史中的意义，已不断有学者做出深刻的论说①。这里要说的只是，在一些比较宗教学家看来，这里所反映的，很可能也是中国古代另一个有关

---

① 参见陈来：《古代宗教与伦理》，三联书店 1996 年版，第 20—27 页。

"宇宙生成的主题"。在伊利亚德看来，这个神话的"其他中国版本（以及其他文化的版本）都赞美了一个天堂般的太初时代：那时候，地与天相距甚近，诸神下凡，与民杂糅，而人们或者爬山、攀树或者登天梯，甚至让鸟带着他们登天。在某种神话事件（宇宙"仪式"错误）发生之后，天与地被断然地分开了，登天的树或葡萄藤被割断了，与天相接的山峰被削平了。然而，某些获特许之人——萨满、神秘家、英雄、统治者——能在出神的境界中升天，因而重新恢复'从前'被阻断了的交往"。而"在整个中国历史上"，我们都可以发现"一种可以被称做对于天堂的乡愁，即渴望通过出神而重建一种'太初状态'：那就是最初的统一性／整体性（混沌）或者人类能够与神直接往来的时代"①。

按这样的说法，所谓"绝地天通"，也很可以看作是中国式"失乐园"故事的一个标志性的发生点。按这则神话的说法，"绝地天通"前的中国，的确也曾有过一个有如希腊神话那样的神人杂糅时期。虽然至今我们对这个时期的认识，仍然显得相当地含混不清。

然而，根据一些学者的研究，我们已经知道："历殷周两代，历史文献中都有关于一个神仙世界的神话；与这种神话一起的还有关于生人或祖先访问这个世界的信仰。但是，早期这个访问，或人神之交往，是个轻而易举的举动；时代越往后，神仙世界越不易前往，甚至完全成为不可能之事。"而特别值得注意的还有：

> 东周的文献中，除了这种人神交往的神话之外，还有不少关于一个与凡俗的世界不同的世界的记录；这个世界常常是美化了与理想化了的，为神灵或为另一个境界中的人类所占据，偶然了也可以为凡人到达。这种美化的世界似乎可以分为三种：
>
> 其一为神仙界，如《天问》、《穆天子传》、《九章》，以及《淮南子》之类的汉籍所叙述的"昆仑"、"悬圃"。《穆天子传》说："春山之泽，

---

① ［罗马尼亚］米尔恰·伊利亚德：《宗教思想史》，吴晓群、晏可佳译，上海社会科学院出版社 2004 年版，第 468 页。

清水之泉，温和无风，飞鸟百兽之所饮食，先王之所谓悬圃。"凡人可能登达到这种仙界中去，有时借助树干之助，而一旦进入，可以"与天地兮同寿，与日月兮同光"（《九章·涉江》）。《淮南子·地形篇》分此一世界为三层："昆仑之丘，或上倍之，是谓凉风之山，登之而不死；或上倍之，是谓悬圃，登之，乃灵，能使风雨；或上倍之，乃维上天，登之乃神，是谓太帝之居。扶木在阳州，日之所（左日右费）；建木在都广，众帝所自上下。"这最后一句中，颇得"扶木"与"建木"在这一方面所扮的作用。

其二为远方异民之国，如《山海经》之载民之国（《大荒南经》）、沃之国（《大荒西经》）与都广之国（《海内经》），及列子中的终北之国与华胥之国。这些远方异民之国都是一种乐园（paradise），其民生活淳朴，和平逸乐，与自然、百兽同乐。

其三为远古的世界，此一世界与当代之间隔以无限的时间深度，一如上一世界与当代之间隔以无限的空间距离。这些深度和距离都不是可以测量的，或远或近，而其为另一世界是代表种类与品质的一个绝对的变化。这种远古的世界见于不少东周的子书，如《庄子·盗跖》、《庄子外篇·胠箧》、《商君书·画策》、《商君书·开塞》，与《吕氏春秋·恃君览》；其中最为人称道的是《庄子·外篇·胠箧》的一段："昔者，容成氏、大庭氏、伯皇氏、中央氏、栗陆氏、骊畜氏、轩辕氏、赫胥氏、尊卢氏、祝融氏、伏羲氏、神农氏；当是时也，民结绳而用之，甘其食，美其服，乐其俗，安其居，邻国相望，鸡狗之声相闻，民至老死而不相往来。"东周人之设想此种远古的社会，很可能借用了民间关于古代生活的传说来作一个范本；在这里我们要强调的，是这一个古代的世界也是代表一个东周人设想中的乐园，与当代的文化社会生活有天渊之别。①

一种更为深入的研究理应指明，这里所说的三种不同类型的"神仙世

①　[美] 张光直：《商周神话之分类》，《中国青铜时代》，三联书店1999年版，第375—377页。

界"，历史地看，或许已具有不同的意义。其中第一种类型，即所谓"昆仑"、"悬圃"，从文化形态上说，或应属更早的"神人杂糅"时期的遗说，而第二、第三种类型，则更可能出于"失乐园"后的人们有关乐园世界的新的传说、想象或追忆。

所谓昆仑，在中国文化史上，曾经是一个意义十分重大的所在①。《山海经》两次提到昆仑，皆称其"帝之下都"。《西山经》：

> 西南四百里，曰昆仑之丘，是实惟帝之下都，神陆吾司之，其神状虎身而九尾，人面而虎爪。是神也，司天之九部，及帝之囿时。有兽焉，其状如羊而四角，名曰土蝼，是食人。有鸟焉，其状如蜂，大如鸳鸯，名曰钦原……

袁珂认为，这是中国文献里"最早有关昆仑神话之记叙"②。又《海内西经》：

> 海内昆仑之虚，在西北，帝之下都。昆仑之虚，方八百里，高万仞。上有木禾，长五寻，大五围。面有九井，以玉为槛。面有九门，门有开明兽守之，百神之所在。在八隅之岩，赤水之际，非仁羿莫能上冈之岩。

同卷又记："昆仑南渊深三百仞。开明兽身大类虎而九首，皆人面，东向立昆仑上。""开明西有凤皇、鸾鸟，皆戴蛇践蛇，膺有赤蛇。""开明北有视肉、珠树、文玉树、玗琪树、不死树……"③又《大荒西经》："西海之南，流沙之滨，赤水之后，黑水之前，有大山，名曰昆仑之丘。有神——人面，虎身，文尾，皆白——处之。其下有弱水之渊环之，其外有炎火之山，投物辄然。有人戴胜，虎齿，豹尾，穴处，名曰西王母。此山万物尽有。"④《海内北经》："西王母梯几而戴胜杖，其南有三青鸟，为西王母取食。在昆仑

---

① 茅盾说："原始人设想神是聚族而居的，又设想神们的住处是在极高的山上；所以境内最高的山便成了神话中神们的住处。希腊人对于奥林帕斯的神秘的山观念就是由此发生的。中国神话与之相当的，就是昆仑。"《中国神话研究初探》下册，人民文学出版社 1979 年版，第 278 页。

② 袁珂：《山海经校注》，上海古籍出版社 1980 年版，第 295 页。

③ 袁珂：《山海经校注》，上海古籍出版社 1980 年版，第 294、298、299 页。

④ 袁珂：《山海经校注》，上海古籍出版社 1980 年版，第 407 页。

虚北。"①

虽然对于这些记载的确切含义，我们至今仍有许多是无法理解的。但仅就其中出现的一些重要元素，如帝之下都、百神之所在、蛇、不死树等来看②，这实在可以说是中国神话里最近于《旧约》中的伊甸园的地方了——差别只在于，这里的"帝"，比之《旧约》中造伊甸园给亚当，并赐给他伴侣的耶和华，从根本上还缺少一点人性的温情。当然，也还没有像亚当、夏娃这样的人类始祖偷食禁果和被逐出乐园的故事。

《山海经》素被称为中国文化史上的一部奇书。它的材料来源"上至原始时代下至春秋战国"，故其撰作，也"非一人一时之功"，今人多因其下限，将之作为成书于战国时期的文献③。作为一种历史文献，它的出现显然晚于《诗》《书》《周易》等众多先秦典籍，但问题的复杂性在于，其所收集的材料混杂了许多不同历史时期的成分和观念。

今天的人们读《山海经》，一个突出的印象，大概首先就在它那碎片化、非逻辑的结构，以及广阔惊人的空间，而很少有人同时注意其时间意识的模糊和紊乱。但这却正是它所代表的文化时代的最根本特点。作为中国最早的传世典籍，《诗》《书》虽然内容不同，但都明显地包含着理性的时间意识，以及建立在对民族生活经验积累上的某种影响深远的"经验主义"。《周易》虽为占卜书，但无论是"象"，还是"数"，也都暗含着"理"，标志着先贤试图以理性归纳、推演事物构成规律的意图。就此而言，《山海经》所代表的，应该是一种颇为不同的文化形态，也就是说，作为一种"前历史"时期的文化遗存，《山海经》所体现的文化形态，不但要早于《尚书》《诗经》，而且也早于文王演成的《周易》。我们要准确认识《山海经》中种种记述的意义，也必须区分两类不同意义的时间上的"在先"：一类是现实时空上的

---

① 袁珂：《山海经校注》，上海古籍出版社 1980 年版，第 306 页。

② 按：《西次三经》中的神陆吾，即《海内西经》中的开明兽，它的主要职责就是守护"天之九部及帝之囿时"。至于"食人"的"土蝼"，"鸟兽则死，木则枯"的"钦原"，其具体职司为何，虽不清楚，但总与"帝之下都"的守护有关。

③ 赵沛霖：《先秦神话思维史论》，学苑出版社 2006 年版，第 335 页。

"在先"；另一类是文化形态上的"在先"。也就是说，就像今天我们从某一类文化人类学田野调查中所获得的东西一样，我们看到的那些《山海经》中所记述的材料，即便产生于一个较晚的历史时期，但就其所体现之文化形态而言，却仍然属于人类的早期。

今人对《山海经》，包括其中的"昆仑"神话的研究，无疑已产生出无数有积极意义的成果，但有一个根本性的误解，或许却一直没有得到充分的认识。这就是，我们总是试图以一种理性的方式去重构其包含的一切，而未充分考虑，这本身就是一个前理性的、非道德的"威灵"世界①。而从这样的观点再来看《山海经》中的"昆仑"这个"帝之下都"，你就会发现，《山海经》中的这个乐园，除了贴近上帝这个绝对的威权中心，再就是拥有生命的永恒和某种物质性的富足。其他一切都还笼罩在神秘之中。就此而言，它的存在在文化逻辑上，还要早于诸神嬉戏的奥林匹斯山，而更近于宙斯之前泰坦神所占据的那个世界，更遑论《旧约》中那个因人性的萌动而失落的伊甸园②。《山海经》中的"帝"（袁珂认为主要指黄帝），很少见到人格化的身影，同时，与《旧约》（特别是《约伯记》）中的神（耶和华）一样，其行为逻辑并不怎么讲"理"，也并不怎么对自己的所作所为加以说明。

《山海经》里的昆仑山，更是一个充满着陌生感和恐怖感的世界。然而，它也是巫文化时代天人交通的主要场所。据学者研究，上引《海内西经》最后一句提到的"仁羿"，"实当即羿，为有关羿神话之零片而散见于此者"③。昆仑山最神奇的地方，就在其有不死树与不死药。而后羿神话的一个重要关节，就是他曾从西王母处求得不死之药。《淮南子·览冥篇》："羿请不死之药于西王母，未及服之，姮娥窃以奔月，怅然有丧，无以续之。"可见，即

---

① "威灵"一词，始见于屈原《国殇》："天时坠兮威灵怒"，其中所流露的正是一个有理性及伦理自觉的人对于一种不可知的、暴虐的、超然意志的迷惘。

② 《山海经》中的"昆仑"，属前历史的、非理性的文化，这似乎同样可以见于这个名词的语义。据学者研究，昆仑一词，无论语音还是语义，皆与"浑沌"相通。吕微：《"昆仑"语义释源》，马昌仪编：《中国神话学论萃》下卷，中国广播电视出版社1994年版，第502—504页。

③ 袁珂：《山海经校注》，上海古籍出版社1980年版，第296页。

便是后羿，请得的不死药被妻子偷食后也不能再一次得到。这个故事与伊甸园的故事一样，都涉及夫妻关系。如果说伊甸园的故事讲述的是一个女性首先被诱惑的故事。羿与嫦娥的神话，则不仅有诱惑，还有背叛和分离。在伊甸园的传说中，耶和华禁止亚当夏娃吃分别善恶的树上的果实，更禁止他们去吃生命树上的果实。《创世纪》"逐出伊甸园"一节云：

> 神说："那人已经与我们相似，能知道善恶；现在恐怕他伸手又摘生命树的果子吃，就永远活着。"耶和华神便打发他出伊甸园，耕种他所自出之土。于是把他赶出去了。又在伊甸园的东边安设基路伯和四面转动发火焰的剑，要把守生命树的路。

由此可见，亚当、夏娃的被逐出乐园，并不仅仅是因为他们因偷食分别善恶的树上的果实受罚，更是因为上帝怕他们再偷食了生命树上的果实，《旧约》里的上帝在很多时候，似乎同样还是一个暴虐的、难以理喻的"威灵"（这一点在《约伯记》里表现得更为分明）。

天国乐园的这种失落，根本上也与中国人宗教意识的变化及人文精神的兴起有关。中国文化中这一至关紧要的变化，大约发生在西周初年。徐复观说："古代以人格神的天命为中心的宗教活动，通过由一部《诗经》所主要代表的时代来看，其权威是一直走向坠落之路；宗教与人文失掉了平衡，而偏向人文方面去演进。""《诗经》上大约有一百四十八个天字。其中有意志的宗教性的天，约有八十余处。在这八十余处中，将天命与政权相结合而存戒惕之心的，其思想与《尚书》今文各篇，可以互相印证，这大体是《大雅》《周颂》中的早期的诗。到了《大雅》后期的诗，如《板》《荡》《抑》等诗，已开始对天的善意与权威产生了怀疑；但对之仍存有敬戒之心……及观察幽王时代（西纪前七八一——前七七一），反映在《诗·小雅》里的天，几乎可以说是权威扫地；周初所继承转化的宗教观念，几乎可以说完全瓦解了。"[①]

张光直在讨论了"绝地天通"的神话"代表商周神话史的一个关键性

---

① 徐复观：《中国人性论史（先秦篇）》，上海三联书店 2001 年版，第 32—33 页。

的转变，即祖先的世界与人的世界为近，而与神的世界直接交往的关系被隔断了"之后，接着指出："它进一步说明东周时代的思想趋势是使这神仙的世界'变成'一个不论生人还是先祖都难以达到的世界；另一方面使这个世界成为一个美化的乐园，代表人生的理想"①。

"失乐园"的过程，是一个理性觉醒的过程，也是一个反抗权威的过程。撒旦对夏娃的教唆，不无启蒙的意味。偷吃禁果的直接后果是"能知道善恶"。对一个不讲理的"上帝"讲理（约伯之问），或者从根本上怀疑未加论定的"上帝"（威灵）秩序的合法性，是历史（及人生）向前发展的一种根本的动力，虽然这种反叛一般最终都以反叛者的失败告终，但它带来的却是重新确立论定这种合法性的要求。原始的、非理性的上帝，也就是在这种反叛中转变为伦理化的上帝。从旧约到新约，从耶和华到耶稣的变化正是如此。张光直说：在"商人的宇宙观里，神的世界与人的世界基本上是和谐的……在西周时代，这种观念已经开始变化，到了东周，则祖先的世界与神仙的世界在概念上完全分开。不但如此，祖先与人的世界和神的世界，不但分开，而且常常处于互相对立冲突的地位。"

原始的、绝对臣服的、和谐的世界的打破未必不是一种历史的进步。屈原的《国殇》在描写一群为民族战争而捐躯的英雄时，有一处值得特别注意，这就是对战事失败的原因的解释和他的最终态度："天时怼兮威灵怒，严杀尽兮弃原野"，不可知的"天时"和非理性的"威灵"决定了战争胜负，这本该是令人敬畏的，然而，却终不能挫折人的意志和他独立的价值判断："身既死兮神以灵，子魂魄兮为鬼雄"。这样一种判断同样让我们想到其后的项羽："天亡我也，非战之过"，其中突出的同样是神的意志与人的精神的对立。人，可以不畏天，不认命。即便遭逢现实的挫败，终难磨灭其精神独立的意义。

通过对《诗·大雅·文王》"上天之载（事），无声无臭。仪刑文王，万邦作孚"几句的独具慧眼的解释"上天的事情（载），是无声而又无臭（难

---

① 张光直：《商周神话之分类》，《中国青铜时代》，生活·读书·新知三联书店1999年版，第377页。

于捉摸）的。所以我们应当效法文王。文王之德，是由万邦之治而可以作证的"，徐复观发现，周初之人对文王的特别崇敬"也不仅是政治上的理由，而是与天命有连带关系的宗教上的理由"，"从《诗·大雅》看文王与上帝的关系，不仅是较之其他祖宗，特别密切；并且实际已超过了中介人的作用，而成为上帝的代理人"。"一般宗教中之教主，其精神是向着天上；而文王之精神，则完全眷顾于现世，在现世中解决现世之问题。因此，文王在周人心目中的地位，实际是象征宗教中的人文精神的觉醒，成为周初宗教大异于殷代宗教的特征之一。"①

章太炎云："仲尼所以凌驾千圣，迈尧、舜，轶公旦者，独在以天为不明及无鬼神二事。《荀子》曰：道者，非天之道，非地之道，人之所以道也，君子之所道也。（《儒效篇》）此儒者穷高极远测深厚之义。""盖太古民俗，无不尊严鬼神，五洲一也。感生帝之说，中国之羲、农，日本之诺、册二神，印度之日朝、月朝，犹太之耶稣，无不相类。以此致无人伦者，中外亦复不异。惟其感生，故有炎、黄异德，兄弟婚媾之说，盖曰各出一帝，虽为夫妇，不为黩也。尧之厘降，不避近属，实昉于是。其后以为成俗，则夏、商以来，六世而通婚姻，皆感生之说撼之矣。周道始隆，百世远别，此公旦所以什伯于尧、舜、汤、武，然依违两可，攻其支流，而未埋其源窟。《生民》之诗，犹曰履敏，则犷俗虽革，而精意未宣，小家珍说，反得以攻其阙。惟仲尼明于庶物，察于人伦，知天为不明，知鬼神为无，遂以此为拔本塞原之义，而万物之情状大著。由是感生帝之说诎，而禽兽行绝矣。此所以冠生民横大陆也。"②

还要提到的是，中国文化中这个神话家园的失落，也和人对世界现实认识的加深有关。《史记·大宛列传》"《禹本纪》言'河出昆仑。昆仑其高二千五百里，日月所相避隐为光明也。其上有醴泉、瑶池'。今自张骞使大夏之后也，穷河源，恶睹本纪所谓昆仑者乎？故言九州山川，《尚书》近之

---

① 徐复观：《中国人性论史（先秦篇）》，上海三联书店 2001 年版，第 24—26 页。

② 章太炎：《儒术真论》，《章太炎政论选集》上册，汤志钧编，中华书局 1977 年版，第 120—121 页。

矣。至《禹本纪》、《山海经》所有怪物，余不敢言之也。"在历史一步步祛魅的同时，那个想象中的家园也渐失渐远了。

正是在这样的背景下，彼岸的世界被逐出或遗忘在了时代的主流思想之外①，人类社会生活本身成为中国式家园想象和价值追求的真正根基。徐复观论及春秋时代宗教人文化的六点表现，其五云：

> "永生"是人类共同的要求，也是各种宗教向人类所提供的一个最动人的口号。而其内容，则常指向超现实的"彼岸"。永生，在春秋时代，称之为"不朽"。《左传》襄公二十四年，晋范宣子以家世之世禄相承为不朽，此已异于宗教之永生。而鲁叔孙豹则以立德立功立言为三不朽，是直以人文成就于人类历史中的价值，代替宗教中永生之要求，因此而加强了人的历史意识；以历史的世界，代替了"彼岸"的世界。②

这实在是认识中国传统思想一个最基本的东西。"在齐太史简，在晋董狐笔"，"人生自古谁无死，留取丹心照汗青"。一种人对自己在历史中的自觉，不但代替了宗教想象中的"最后的审判"，成为社会正义的最后保证，而且，同时也取代了"永生"的追求，成为克服意义虚无的终极凭借。

第二节　家园想象中的社会生活及其伦理

一、道教天宫/仙府及远方殊国想象的此岸性

"绝地天通"及其后中国思想上的一连串理性化事件，使中国人从根本上失去了由远古神话传说构建而来的那个彼岸家园，但神人世界的分隔，说到底在中国并没有带来多少悲剧体验。对中国人来说，天上的那个家园在大

---

① "天"虽退出，但一切合法性的根源，仍然要从"天"那儿得到解说。从殷墟甲骨文中的"天邑商"，《尚书》中的"今予推恭行天之罚"（《甘誓》），"有夏多罪，天命殛之"（《汤誓》），"予迓续乃命于天"（《盘庚》），及《诗经》中的"天命玄鸟，降而生商""丕显文王，受天有大命""天乃大命文王，殪戎殷，诞受厥命，越厥邦厥民"，到《水浒传》中宋江的"替天行道"，一切合法性的根源，都必须从"天"那儿得到解释。

② 徐复观：《中国人性论史（先秦篇）》，上海三联书店 2001 年版，第 49 页。

多数情况下并不怎么让人魂牵梦系。因为从根本上说，他们已日渐安于或倾心于由逐渐发达的物质文明构建的这个地上的家园。此后的中国人对失去的那个世界，虽也时有追慕、怀想，但更多的时候还是更喜欢在现实的世界里流连、盘桓。

如前所述，在流传至今的中国古代神话中，嫦娥奔月大概是一个最接近历史的神人分隔之际的传说。在这个故事中，偷食了王母灵药的嫦娥升入了月宫上界，但奇怪的是，《山海经》中那个"非仁羿莫能上冈之岩"的羿反倒失去了这种"升降"的能力。在这里，"药"成为一个关键性的东西。这个神话对于"药"的重视，或许说明，"绝地天通"之后的巫觋，已无法单凭精神的力量通达上界，而必须借助某种特殊的物质的帮助。也就是从这里开始，求"药"，渐渐成为中国原始宗教及后来的道教最关键的修行内容①。黄帝飞升，淮南王成仙，似乎都要用"药"（或"丹"），道教的功夫，最主要的便是炼丹——先不管这"丹"是"外丹"，还是"内丹"。

也就是从这一刻起，神话开始演化向宗教，"神"开始变成"仙"。只是，随着文明的进展，人们对神仙生活的想象和追求，却越来越趋向于此岸。余英时说：

> "仙"的观念从《庄子·逍遥游》、《楚辞·远游》到司马相如《大人赋》、王褒《圣主得贤臣颂》都指一种"绝世离俗"的生活，换句话说，要想不死成仙必须离开人间世，"出六极之外，而游无何有之乡"。所以《远游》也称成仙为"度世"，即从"此世"过渡到"彼世"。但是，自从秦皇、汉武求仙以来，"出世型"的"仙"便逐渐为一种"入世型"的观念所取代，因为这些帝王贵族们一方面企求不死，而另一方面又不肯舍弃人世的享受。所以汉武帝时代方士便造出了黄帝登天为仙，

---

① 《史记·封禅书》："自威、宣、燕昭使人入海求蓬莱、方丈、瀛洲。此三神山者，其傅在勃海中，去人不远；患且至，则船风引而去。盖尝有至者，诸仙人及不死之药皆在焉。其物禽兽尽白，而黄金银为宫阙。未至，望之如云；及到，三神山反居水下。临之，风辄引去，终莫能至云。"所谓海上神山，真正令人向往的似乎也只是"不死药"。《史记》，中华书局1999年版，第1171页。

"群臣后宫从上者七十余人"的谎话。稍后《论衡·道虚篇》更记载了淮南王得道"举家升天，畜产皆仙。犬吠于天上，鸡鸣于云中"的神话。不但帝王贵族如此，甚至普通人也有成仙而不须"离世绝俗"的传说。①

该文还特别指出，其中"最可注意的是唐公房的故事"："'仙人唐公房碑'叙述唐公房于王莽居摄二年（公元 7 年）为汉中郡吏，后来得道携妻子登天。碑文说：'其师与之归，以药饮公房一妻子，曰：可去矣！妻子恋家不忍去。又曰：岂欲得家俱去乎？妻子曰：固所愿也。于是乃以药涂屋柱，饮牛马六畜。须臾有大风玄云，来迎公房妻子，屋宅六畜，悠然与之俱去'"，认为"这个故事最可表示神仙观念从'出世'向'入世'的转化，不但妻子六畜一起升天，甚至连屋宅也'与之俱去'。从一身得道到举家飞升尤其是两种不同神仙的具体说明"。

携带"此世"的妻子、屋宅六畜到"彼世"，也就是以"此世"生活为幸福的源泉。上古先民虽有对天帝的信仰，却很少对天上的世界有多少想象。从种种古史传说的碎片看，人们对于天国世界好处的想象，主要集中于对绝对权力的崇拜和生命永驻的渴望。《诗·大雅·文王》："文王在上，于昭于天。……文王陟降，在帝左右。"《史记·封禅书》记汉武帝听人讲黄帝登天传说，末了感叹："嗟乎！吾诚得如黄帝，吾视去妻子如脱躧耳。"② 这大概是向往升天的最强烈的愿望了。然而，按所求，其意主要仍在长寿。

钱锺书《管锥编》卷二有"天上乐不如人间"条，从《太平广记》引《神仙传》"白石先生"条："彭祖问之曰：'何不服升天之药？'答曰：'天上复能乐比人间乎？但莫使老死耳。天上多至尊，相奉事更苦于人间'论起，以次又引《抱朴子·对俗》、陶弘景《真诰》、皇甫湜《出世篇》，以及同在《太平广记》的《马鸣生》《张道陵》《李林甫》《太阴夫人》，《北齐书·方伎传》、韩愈《奉酬卢给事云夫四兄》等大量文献，反复证明的就是"尘世已等欲界

---

① 余英时：《中国古代死后世界观的演变》，《中国思想传统及其现代变迁》，广西师范大学出版社 2004 年版，第 9 页。

② 《史记》，中华书局 1999 年版，第 1188 页。

仙都，故神仙不必超凡出世，省去思凡谪降种种葛藤……"①

中国式家园的此岸性，同样见于早期道教的神仙生活及天宫/仙府想象。柳存仁指出，在《太平经》的描绘里，"就是做了神，进了神仙的系统，生活上也有许多计较，大致和汉代的官吏过的日子很相似。这些神官们也要'上计'；也有升官，也有被谪下地。可以说完全是人间官场的影照"。以下是两则被学者认为比较"朴素"的天宫想象：

> 天上积仙不死之药多少，比若太仓之积累粟也；仙衣多少，比若太官之积布帛也；众仙人之第舍多少，比若县官之室宅也。（《太平经》卷四十七《上善臣子弟子为君父师得仙方诀第六十三》）

> 天有倡乐乐诸神，神亦听之。善者有赏，音曲不通亦见治。各自有师，不可无本末，不成。皆食天仓，衣司农，寒温易服。亦阳尊阴卑。粗细靡物金银彩帛珠玉之宝，各令平均，无有横赐，但为有功者耳。不得无功受天衣食。（《太平经》卷一百一十二《有过死谪作河梁诫第一百八十八》）

所谓"天宫"的美好，几乎完全照着人间生活打造。因此，"天堂（《太平经》称做'天明堂'）的供应虽好，可是据说也有些神仙家，竟然逡巡不前……他们依然认为人间的苦恼毕竟有限，而成了地仙之后，乐趣却是无穷，所以一时也就不上天罢了。"特别有意思的还有葛洪《抱朴子·对俗篇》里的这段叙述：

> 闻之先师（郑思远）云："仙人或升天，或住地，要于俱长生，住留各从其所好耳。又服还丹金液之法，若且留在世间者，但服半剂而录其半，或后求升天，便尽服之。不死之事已定，无复奄忽之虑。正复且游地上，或入名山，亦何所复忧乎？彭祖言："天上多尊官大神，新仙者位卑，所奉事者非一，但更劳苦。"故不足役役于登天，而止人间八百余年也。②

---

① 钱锺书：《管锥编》第2卷，中华书局2001年版，第644—645页。
② 转引自柳存仁：《中国思想里天上和人间理想的构思》，《道教史探源》，北京大学出版社2000年版，第172页。

日本学者小川环树研究 3 世纪到 10 世纪佛道两教之外，"'小说文学'里面对于他界（otherworld）的描写"指出："所谓'仙乡'就是仙人住的地方……'仙人'是别于天帝或天神，是人类在找到一定的条件之后转化而成的一种超越的存在。换句话说，仙人是借助一定的修行或者服用某种药物（仙药、仙丹）而获得超人的能力以及永远生命的人"，他特别感兴趣的是，"不一定有心想做仙人的人，就是平凡的俗人也有在偶然的机会里闯入仙人世界的故事"。通过对他所收集的主要收录于《太平广记》的五十一篇这类故事的归纳，小川环树总结出它的八项共通特点：故事发生的场所（即仙乡）要么在（1）山中或海上，要么在某个神秘的（2）洞穴；故事的展开（成仙、遇仙）要么和（3）仙药和食物，要么和（4）美女与婚姻，或（5）道术与赠物有关；而其所传递的信息，则或与（6）怀乡、劝乡，或与（7）时间，或与（8）再归与不能回归相关①。

这一切或者都表明，对道教仙窟的追寻，无论从哪个方面，都似乎愈来愈表现为对现世生活的贪恋。正因如此，后世民间传说里的神仙故事，虽然也常常以脱离尘世为主题，但真正流传久远的，却是那些思凡、下凡故事，如牛郎织女、天仙配之类。就是文人所写的诗文，对于彼岸的世界，也是既向往又疑虑重重。唐李商隐咏后羿故事，"嫦娥应悔偷灵药，碧海青天夜夜心"，说飞到月宫里的嫦娥，恋念的反倒是人间生活的大地。苏东坡望月，也是先说"我欲乘风归去"，接着便说"又恐琼楼玉宇，高处不胜寒"。在这种情况下，大概只有那些现实中的失意者——如李贺——才会认真将一个想象中的彼岸世界，当成自己的真境家园②。而即便如此，就连记述这件事的李商隐，临了也还要怀疑：

---

① ［日］小川环树：《中国魏晋以后（三世纪以降）的仙乡故事》，王孝廉编译：《哲学文学艺术——日本汉学研究论集》，时报文化出版企业有限公司 1986 年版，第 148—156 页。

② 李商隐的《李贺小传》中说："长吉将死时，忽昼见一绯衣人，驾赤虬，持一板，书若太古篆或霹雳石文者，云当召长吉。长吉了不能读，欻下榻叩头，言：'阿弥老且病，贺不愿去。'绯衣人笑曰：'帝成白玉楼，立召君为记。天上差乐，不苦也。'长吉独泣，边人尽见之。"刘学锴、余恕诚《李商隐诗文编年校注》第 5 册，中华书局 2002 年版，第 2266 页。

天苍苍而高也，上果有帝耶？帝果有范囿、宫室、观阁之玩耶？苟信然，则天之高邈，帝之尊严，亦宜有人物文采愈此世者，何独眷眷于长吉而使其不寿耶？

也就是说，即就是天上真有一个天宫乐园，其"人物文采"也还不及凡间。

前面已说到，早在《山海经》的记载中，除了各类关于上界的神话，也已有不少远方殊国的传说。如《大荒南经》中的载民之国，《大荒西经》中的沃之国，《海内经》中的都广之国等，都是人间难觅的乐土。譬如：

巫载民盼姓，食谷，不绩不经，服也；不稼不穑，食也。爰歌舞之鸟，鸾鸟自歌，凤鸟自舞。爰有百兽，相群爰处。百谷所聚。

沃之野，凤鸟之卵是食，甘露是饮。凡其所欲，其味尽存。爰有甘华、甘柤、白柳、视肉、三骓、璇瑰、瑶碧、白木、琅玕、白丹、青丹、多银铁。鸾凤自歌，凤鸟自舞，爰有百兽，相群是处。①

虽然仍有诸多神异，但比之神话中的昆仑，已更接近于人间生活之所欲。不过按其想象，仍属质朴。稍后到《列子》等典籍之中，类似的记述除了更增繁复，更增说教，也更开始出现与普通人间的阻隔。譬如《黄帝篇》说到的华胥之国，一开始即云"黄帝昼寝而梦，游于华胥氏之国……在弇州之西，台州之北，不知斯齐国几千万里。盖非舟车足力之所及，神游而已。其国无师长，自然而已；其民无嗜欲，自然而已……"；《汤问》篇的终北之国同样如此："大禹治水土也，迷而失涂，谬之一国，滨北海之滨，不知距齐州几千万里……"②

再后到汉魏六朝《括地图》《十洲记》《拾遗记》一类的小说，不论所记之事如何神异，而均不忘强调地理空间的荒远阻隔。其内容也越来越从单纯地夸饰其神异丰裕，转向同时强调其民风朴实、淳厚。与其说像《山海经》，不如说更近于《桃花源记》，其流风遗韵，直影响到清代李汝珍的名作《镜

---

① 袁珂：《山海经校注》，上海古籍出版社 1980 年版，第 371、372、397 页。
② 杨伯峻：《列子集释》，中华书局 1979 年版，第 41、163 页。

花缘》①。

二、农业文明与中国主流文化的家园构想

环顾世界文明史，可以发现，不论是中国还是西方，伴随着神话时代的结束，人类在进入理性时代不久，就不约而同地开始了对自己理想中的人间乐园的筹划。不同于前述道教天宫／乐园想象的是，这些理性的筹划，更具有一种乌托邦的性质。而其立基，也更在世界的此岸。

中国道家关于世界人生的话语，一直回荡着一种"失乐园"的悲感。在老子的意念中，人类最美好的德性，始终在生命和事物的原初；人类最理想的时代，亦在上古：

大道废，有仁义；智慧出，有大伪；六亲不和，有孝慈；国家昏乱，有忠臣。（《道德经》第十八章）

……常德不离，复归于婴儿。……常德不忒，复归于无极。……常德乃足，复归于朴。（《道德经》第二十八章）

小国寡民，使有什伯之器而不用；使民重死而不远徙；虽有舟舆，无所乘之；虽有甲兵，无所陈之。使人复结绳而用之。至治之极。甘其食，美其服，安其居，乐其俗，邻国相望，鸡犬之声相闻，民至老死不相往来。（《老子》第八十章）

不论他主张的"返朴归真"，是复归到造化的原初（大道、自然、无极、朴）、生命的原初（婴儿），还是物态的原初（朴），其心理倾向，其实都与古希腊人对黄金时代的留恋以及犹太—基督教的"失乐园""复乐园"情结有着深刻的相契。

老子理想中的"小国寡民"，颇有主张回到原始社会的嫌疑，然而说到底这却是一种对理想社会的人为的筹划②。不同于神仙家的天宫／仙府的想

---

① 参见邵宁宁、王晶波：《说苑奇葩——晋唐陇右小说》，甘肃教育出版社 1999 年版，第 38—40 页。

② 参见陈鼓应：《老子注释及评价》该节相述诸家议论，中华书局 1984 年版，第 357—359 页。

象，其中不但没有种种的神异，相反，倒是时时见出他所反对的机心。譬如上引第十八章"复归于朴"之后，接着说的便是"朴散则为器，圣人用之，则为官长，故大制不割"，也正是因为这样的机心，才有现代思想家甚至将它与孙子、韩非子合说，认为体现出"中国古代思想中一条重要的线索"①。

作为道家思想的另一代表，《庄子》中同样流露着对一种上古"至德之世"的向往，如《外篇·胠箧》对所谓容成氏、大庭氏、伯皇氏、中央氏、栗陆氏、骊畜氏、轩辕氏、赫胥氏……之时，"民结绳而用之，甘其食，美其服，乐其俗，安其居，邻国相望，鸡狗之音相闻，民至老死不相往来"等情形的叙述，明显地呼应着《老子》的记述。然而，说到底，如其后文所述，这仍然只是一种对"至治"之境的筹划而已。与之相似，《庄子》中虽然也有对彼岸或异乡乐园的想象，但涉及家园，其想象的此岸性仍然是明显的。如《让王》篇以下两则记述：

　　舜以天下让善卷，卷曰："余立于宇宙之中，冬日衣皮毛，夏日衣葛絺；春耕种，形足以劳动；秋收敛，身足以休食；日出而作，日入而息，逍遥于宇宙之间而心意自得，吾何以天下为哉！"

　　孔子谓颜回曰："回，来！家贫居卑，胡不仕乎？"颜回对曰："不愿仕。回有郭外之田五十亩，足以给飦粥；郭内之田十亩，足以为丝麻；鼓琴足以自娱，所学夫子之道者足以自乐也。回不愿仕。"②

庄子一向追求恬淡、自适，但从上面的话也可以看出，他的这种恬淡、自适，其实是有着相当现实的基础的，而这也就是自春秋战国以来日渐发达的农业经济。

中国式家园想象的此岸性，更深刻地体现在儒家理想中的社会生活图式。与道家一样，儒家也常将它的理想世界设定在"上古"之世。《礼记·礼运》记孔子参与蜡祭，"事毕出游于观之上，喟然而叹"，子游问"君子何叹"，答曰："大道之行也，与三代之英，丘未之逮也，而有志焉"，以下是一段尽

---

① 李泽厚：《孙老韩合说》，《中国古代思想史论》，人民出版社 1986 年版，第 78 页。
② 郭庆藩：《庄子集释》，中华书局 1961 年版，第 966、987 页。

人皆知的话：

> 大道之行也，天下为公。选贤与能，讲信修睦。故人不独亲其亲，不独子其子，使老有所终，壮有所用，幼有所长，矜寡孤独废疾者皆有所养，男有分，女有归。货恶其弃于地也，不必藏于己；力恶其不出于身也，不必为己。是故谋闭而不兴，盗窃乱贼而不作，故外户而不闭，是谓大同。

> 今大道既隐，天下为家，各亲其亲，各子其子，货力为己，大人世及以为礼，城郭沟池以为固，礼义以为纪，以正君臣，以笃父子，以睦兄弟，以和夫妇，以设制度，以立田里，以贤勇知，以功为己，故谋用是作，而兵由此起。禹、汤、文、武、周公，由此其选也。此六君子者，未有不谨于礼者也，以著其义，以考其信，著有过，刑仁讲让，示民常。如有不由此者，在执者去，众以为殃。是谓小康。①

所谓大同、小康，虽有"天下为公"与"天下为家"的区分，但其共同的着眼点，却均不外人民生活的安居乐业。值得特别注意的是，这里并无彼岸或宗教的寄托，而只有对生活的纯然人间的理想化或礼制化。更为重要的是，比之物质的丰裕，这里更看重的是一种日常的伦理："故人不独亲其亲，不独子其子，使老有所终，壮有所用……"理想家园的构建，不在外物，不在内心，而更在一种和谐的人间关系。就此而言，我们完全可以说，儒家理想中的家园，是一个伦理性的家园；而它所提倡的伦理，则是一种家园伦理。

历史地看，儒家这一套家园伦理，同样是建基在一种对"三代"文明的"失乐园"想象上。然而，它的提出，却直接为此后中国的"理想国"构建，提供了基本的原型。而从此之后，类似的思想，就一直回荡在中国几千年的历史中，成为中国社会理想真正的主流。《孟子·梁惠王上》：

> 五亩之宅，树之以桑，五十者可以衣帛矣。鸡豚狗彘之畜，无失其时，七十者可以食肉矣。百亩之田，勿夺其时，数口之家可以无饥

---

① 杨天宇：《礼记译注》上，上海古籍出版社 2004 年版，第 265—266 页。

矣。谨庠序之教，申之以孝悌之义，颁白者不负戴于道路矣。七十者衣帛食肉，黎民不饥不寒，然而不王者，未之有也。①

同样的话，同篇中两次重复，而后又见于《尽心》篇，文字稍异，将这一传统和传说中的"西伯善养老""文王之民无冻馁之老者"的历史传统联系在了一起。《中庸》说孔子祖述尧舜，宪章文武，作为他的后继者，孟子所要继承的同样是这一传统。从他这段话，我们同样可以看到，儒家先贤是怎样完美地将家园理想和伦理意识融合为一体的。

而儒家的这种家园伦理得以成立，又是紧密地依托于日渐发达的农业经济。许倬云说："中国人自从走上了农业文明的道路，似乎就没有背离过这一方向。进步与变革时有发生，但农业在中国人的生活方式中一直具有极其重要的地位。"在他看来，尽管有着之前长期发展的重要铺垫，但决定这方向的关键时期，还是汉代②。而我们也看到，正是从汉代开始，随着地主阶级经济的独立发展，一种独立于王室宫廷和贵族生活的，以"家居"之乐为标志的新的生活趣味也逐渐露出它的雏形。以下是西汉杨恽《报孙会宗书》和晋石崇《思归引序》的两个片段：

> 窃自念过已大矣，行已亏矣，长为农夫以没世矣，是故身率妻子，勠力耕桑，灌园治产，以给公上……田家作苦，岁时伏腊，烹羊炮羔，斗酒自劳。家本秦也，能为秦声，妇赵女也，雅善鼓琴，奴婢歌者数人，酒后耳热，仰天抚缶而呼呜呜……

> 余少有大志，夸迈流俗，晚节更乐放逸，笃好林薮，遂肥遁于河阳别业。其治宅也，却阻长堤，前临清流。百木几于万株，流于周于舍下。有观阁池沼，多养鱼鸟。家素习技，颇有秦赵之声。出则以游目弋钓为事；入则有琴书之娱。又好服食（求长生）咽气，志在不朽，傲然有凌云之操……

直到晋陶渊明出现之前，中国文学中有关家园之思的走向，大率如此。

_____

① （宋）朱熹：《四书集注》，中华书局1983年版，第204页。

② ［美］许倬云：《汉代农业——中国农业经济的起源及特性》，广西师范大学出版社2005年版，第3页。

而陶渊明的出现，更将这种以农耕、田园为中心的栖居意识，提到一个新的历史高度。

以后历各代，儒家理想中这个"人化的世界"或人间社会，不断涵泳、衍化，到宋儒则更有了相当哲理化的表达。这便是张载著名的《西铭》：

> 乾称父，坤称母，予兹藐焉，乃混然中处。故天地之塞吾其体，天地之帅吾其性。民吾同胞，物吾与也。大君者，吾父母宗子；其大臣，宗子之家相也。尊高年，所以长其长；慈孤弱，所以幼吾幼。圣其合德，贤其秀也。凡天下之疲癃残疾，惸独鳏寡，皆吾兄弟之颠连而无告者也。……富贵福泽，将厚吾之生也。贫贱忧戚，庸玉女玉成也。存，吾顺事。没，吾宁也。

从天地、万物到家国、社会，在这段话中，整个宇宙都成为人的存在的一种外延，而又都服从于一种理想中的家庭秩序。就连生命的意义，也不假外求。钱穆说："《西铭》'万物一体'，为宋学命脉所寄。"其实，岂止是"万物一体"，更应说"天地一家"！就是这样的想象，长期以来支配着我们的世界想象，也决定着我们的生命追求。

王国维说："中国政治与文化之变革，莫剧于殷周之际。""欲观周之所以定天下，必自其制度始矣。周人之制度之大异于商者……其旨则在纳上下于道德，而合天子、诸侯、卿、大夫、士、庶民以成一道德之团体。"[1] 梁启超亦云："中国学术，以研究人类现世生活之理法为中心"[2]。这个"现世生活"，即指从根本上排除了人对彼岸世界的各种牵系，既不语"怪力乱神"，也不对"六合之外"的未知事物妄加推断的纯人间生活；其"理法"，自然也只是以家庭（族）生活为原型的伦理秩序或道德想象。

这里还要说到的是，在中国思想史上，佛教的传入堪称整个中古时期最为重大的一个文化事件。佛教思想讲"诸行无常""诸法无我""涅槃寂静"（所谓"三印法"），讲"五蕴皆空"，不但对此岸世界的真实性持明显否定的

---

①   王国维：《殷周制度论》，《观堂集林》，河北教育出版社 2001 年版，第 231、232 页。

②   梁启超：《先秦政治思想史·序论》，东方出版社 1999 年版，第 1 页。

态度，而且对彼岸亦不执着于某个实体性的乐园。《维摩经·佛国品》云："若菩萨欲得净土，当净其心；随其心净，则佛土净。"① 然而，或许是为了为一切众生立一方便法门，它也一边从古印度传说汲取内容，一边增进新的想象，而为信众幻设出了一个异常繁复的三千大千世界。但佛教之天，属六道之一，仍未超脱生死轮回，因而也不是人们追求的终极归宿。② 从佛经中，我们也常看到佛说法之处，如"舍卫国祇树给孤独园"之类，但从诸经对它们的疏于描绘，就可知道它的意义并不像中国文人思想中的那些清净园林。

但佛教也有它所追求的乐园世界，是为净土。这一世界，据《阿弥陀经》所述，同样十分遥远："尔时佛告舍利弗：从是西方过十万亿佛土，有世界名曰极乐……其国众生，无有众苦，但受诸乐，故名极乐。"再看其中景象，什么"七重栏楯，七重罗网，七重行树，皆是四宝周匝围绕……"什么"七宝池、八功德水，充满其中。池底纯以金沙布地。四边阶道，金、银、琉璃、玻璃合成。上有楼阁，亦以金、银、琉璃、赤珠、玛瑙而严饰之。池中莲花，大如车轮，青色青光，黄色黄光，赤色赤光，白色白光，微妙香洁……"什么"常作天乐，黄金为地，昼夜六时雨天曼陀罗华……"以及"种种奇妙杂色之鸟……昼夜六时，出和雅音"，"微风吹动诸宝行树，及宝罗网，出微妙音。譬如百千种，同时俱作……"，等等。③"与其说是庄严洁净，倒不如说富丽堂皇。"④ 不但很难祛除人欲中的贪念，甚且有可能引导信众，从彼岸的获得去补偿现实的欲求。因而，佛教无从改变中国人家园之思的根本方向，也就显得顺理成章。

---

① 赖永海：《佛典辑要》，中国人民大学出版社 2009 年版，第 263 页。
② 萧登福：《汉魏六朝佛道两教之天堂地狱说·自序》："天堂，佛家称为天趣或天道，简称为'天'。又因为'天'的种类繁多，因此也称为诸天。住在诸天里的人，称为天人。天道虽然比人道、阿修罗道、地狱、饿鬼、畜牲等要好上百万倍，但天道里的众生仍有寿命的限制，等到寿命一完，便又会轮回生死于六道中……天道众生也是凡夫，仍有生死，因此对佛家而言，是不究竟的，不是我们所要追求的最后目标。""三界诸天天人虽然高居六道之首，但佛家认为三界仍是火宅。"台湾学生书局 1989 年版，第 Ⅲ，Ⅳ 页。
③ 赖永海：《佛典辑要》，中国人民大学出版社 2009 年版，第 326—327 页。
④ 吴康主编：《中华神秘文化辞典》，海南出版社 1993 年版，第 48 页。

第三节　陶渊明与传统中国的家园世界

只要是认真读过荷尔德林的《返乡——致亲人》的人，都不难发现它与陶渊明《归去来兮辞》的相似性，这首因海德格尔的哲理阐释而再度焕发异彩的名作，像早它一千四百年问世的中国古典文学名篇一样①，同样以抒写诗人回乡的喜悦，以及从对故乡山川人文的眷恋中所流露的超越心志而闻名。所不同只在于，因了海德格尔的阐释，对于前者，人们如今更乐于谈论它的哲思深度；对于后者，则因我们长期以来视角的凝固，多限于就事论事，而只将其看作陶渊明归隐心志的率真表露，而忽视了对蕴藉其中的更为复杂的思想内容的发掘。

按海德格尔的解说，《返乡》描写的是"一次'从苍茫的阿尔卑斯山'穿越博登湖面去林道的航行"，《归去来兮辞》描绘的同样是一次乘船经长江到庐山脚下的故居的还乡之旅。两作在到达故乡之前，同样写到晨光、风、熹微、村庄、园林、山峰、道路、乡人、门户，但两作的最终精神指向却又有着明显的不同。

最能说明问题的，或许首先就是"白云"在各自创作中的不同意义。荷尔德林的诗一开始便提到白云："在阿尔卑斯山上，夜色微明，云／创作着喜悦，遮盖着空荡的山谷"，对此，海德格尔发挥说："'在阿尔卑斯山上'，云迎向'银色的高峰'，盘桓在苍天上空。它向天空的灿烂光华展露自身，同时又'遮盖着空荡的山谷'。云由敞开的光华而显露自己的样子。……在这里，云无疑必须超越自己，达到那种不再是它本身的东西。……云盘桓于敞开的光华之中，而敞开的光华朗照着这种盘桓。云变得快乐而成为明朗者（dasHeitere）。云所创造的，即'喜悦'，就是明朗者。我们也称之为'清明的空旷'。……'清明的空旷'在其空间性中得到了敞开、澄明、和谐。惟有明朗者，即清明的空旷，才能使它物适

---

①　据《归去来兮辞》自序，该文作于晋义熙元年(乙巳)，即公元406年。见逯钦立：《陶渊明集校注》，中华书局1979年版，第159—160页。《返乡》作于公元1801年春。见海德格尔：《荷尔德林诗的阐释》，孙周兴译，商务印书馆2004年版，第10页。

得其所。喜悦在朗照着的明朗者中有其本质。明朗者本身又首先在令人欢乐的东西中显示自身。由于朗照（Aufheiterung）使万物澄明，明朗者就允诺给每一事物以本质空间，使这一事物按其本性归属于这个本质空间，以便它在那里，在明朗者的光芒中，犹如一道宁静的光，满足于本己的本质。"①

也就是说，白云翻卷的阿尔卑斯山，并非只是故乡环境的一部分或一种乡土生活得以展开的背景，而更是邻近赋予故乡本质的事物的地方，是海德格尔所谓"朗照者"或荷尔德林所谓诸神的居所②。

　　……云通过创作而显示，升入明朗者之中。

　　这时，银色的高峰安静地闪烁，

　　玫瑰花上早已落满炫目的白雪。

　　而往更高处，在光明之上，居住着那纯洁的

　　福乐的神，为神圣光芒的游戏而快乐。

按海氏说法，"在阿尔卑斯山脉，发生着一种愈来愈寂静的自我攀高，即高空之物向至高之物的自我攀高。山脉乃是大地最远的使者。山脉的顶峰高耸入光明之中，迎接着'年岁天使'。所以，它们是'时间之顶峰'。不过，在光明之上的更高处，明朗者首先自行澄明而为纯粹的朗照，倘若没有这种朗照，就连光明也决不会使它的光华得到空间设置。'在光明之上'和至高之物，乃是光芒照耀的澄明（Lichtung）本身。按照我们母语的一个较为古老的词语，我们也把这个纯粹的澄明者，也即首先为每一'空间'和每一'时间''设置'（在此即提供）敞开域的澄明者，称为'明朗者'。……明朗者就是神圣者。"

---

① ［德］海德格尔：《荷尔德林诗的阐释》，孙周兴译，商务印书馆 2004 年版，第 13—14 页

② 仅从海德格尔的引用中就可看出，荷尔德林诗中写到阿尔卑斯山，突出的大都是诸神的居处的意义。除《返乡》中的有关诗句外，同样有助于看清这一点的，还有《莱茵颂》中的诗句："……沿阿尔卑斯拾阶而下，/ 在我心中那是神造之山，/ 按古老的说法，叫众天神的城堡……"以及《漫游者》《帕斯莫斯》等作中的一些相似内容。参见［德］海德格尔：《荷尔德林诗的阐释》，孙周兴译，商务印书馆 2004 年版。

　　只要是略微了解神话及文化人类学知识的人，都不难看出海氏说法与以高山为天梯的神人交通观之间的联系。也就是说，在海氏看来，真正的故乡其实不在此岸，而在彼岸。而唯有云才和它最为接近。也正因如此，在海氏有关这首诗的阐释中，便前后四次引述"你梦寐以求的近在咫尺，已经与你照面"一句，而对其中的"Nähe"（切近）一词，表现出一种特殊的兴趣。在引证并分析荷尔德林的另一首诗《漫游》中有关故乡的描写后，他又特别就其中的"你邻近家园炉灶而居"一语加以解释说：

　　　　"家园炉灶"，亦即母亲般的大地的炉灶，乃是朗照之本源，它的光辉首先倾泻在大地上。苏维恩邻近本源而居。诗人在这里两次指出了这种邻近而居（Nähe-wohnen）。故乡本身邻近而居。它是切近于源头和本源的原位。……故乡最本己和最美好的东西就在于：惟一地成为这种与本源的切近——此外无它。所以，这个故乡也就天生有着对于本源的忠诚。因此之故，那不得不离开故乡的人只是难以离弃这个切近原位。但既然故乡的本己要素就在于成为切近于极乐的原位，那么，返乡又是什么呢？

　　　　返乡就是返回到本源近旁。①

　　这也就是说，对一个一直生活在西方文化中的人来说，生活的此岸世界，最终只是到达彼岸乐园的一种过渡。也正因如此，诗中的另外一句："你梦寐以求的近在咫尺，已经与你照面"所暗示的，其实是"返乡者到达之后，却尚未抵达故乡"，就像荷尔德林诗里说的"故乡'难以赢获，那锁闭的故乡'"。而对一个生活在经历过西方近代理性思潮祛魅的人来说，他与那个"居住着那纯洁的／福乐的神"的"更高处"，或"按古老的说法，叫众天神的城堡"的世界，终归难免一种隔离，因为"与本源的切近乃是一种神秘"，"我们决不能通过揭露和分析去知道一种神秘，而是唯当我们把神秘当作神秘来守护，我们才能知道神秘"。而阿尔卑斯山上的"云"的意义，

---

　　① ［德］海德格尔：《荷尔德林诗的阐释》，孙周兴译，商务印书馆2004年版，第25页。又据同页译注，"家园炉灶"（HeerdedesHausses）中的"炉灶"，在德文中也有"源头""发源地"的意思。

就在于使我们获得了和那个"更高处"的一种"切近"。所谓"故乡本身邻近而居",所谓"返乡就是返回到本源近旁",以及"诗人的天职是返乡,唯通过返乡,故乡才作为达乎本源的切近国度而得到准备",这些绕口的说法,也都只能从这个意义上去理解。

无独有偶,《归去来兮辞》中的"云"同样是一个极重要的意象。"云无心以出岫,鸟倦飞而知还",这大概是陶渊明诗歌中,除"采菊东篱下,悠然见南山"之外,对后世影响最为深刻的诗句。只要对中国文化稍作深入的了解,就不难了解它在整个中国文学及中国人的精神文化史中的意义。仅就它对后世诗人的影响而言,或许也需要撰写专文才能说清。譬如王维的诗:"下马饮君酒,问君何所之?君言不得意,归卧南山陲。但去莫复问,白云无尽时。"(《送别》)"谷口疏钟动,渔樵稍欲稀。悠然远山暮,独向白云归。"(《归辋川作》)"旧简拂尘看,鸣琴候月弹。桃源迷汉姓,松树有秦官。空谷归人少,青山背日寒。羡君栖隐处,遥望白云端。"(《酬比部杨员外暮宿琴台朝跻书阁率尔见赠之作》)"吹箫凌极浦,日暮送夫君。湖上一回首,青山卷白云。"(《欹湖》),频频出现的白云意象,很难说没有陶渊明的影响。柳宗元的名句"回看天际下中流,岩上无心云相逐"(《渔翁》),更是直接取意于陶诗。

不过,与荷尔德林不同的是,陶渊明诗中的"云"之意义,恰恰就在于其对它作为一种自然现象本身之外的意义的排除。理解"云无心以出岫"的关键,在"云"之"无心",也就是将属于自然的完全归于自然,而不作任何超离其上的附会或联想。对这个"无心",从古到今,人们已有很多的领会、联想,但其方向,大率都是将之接入一种庄禅哲学的内心修为之境,一种后世人们所乐于道说的"禅机"或"禅心"。而很少考虑,陶渊明这样看待事物,其实也还有更符合意象自身逻辑的内容。

陶渊明之前,中国文学中有关白云的描写,最著名的要算《庄子·天地》篇的这段话:"天下有道,则与物皆昌;天下无道,则修德就闲。千岁厌世,去而上仙。乘彼白云,至于帝乡。"像在荷尔德林和海德格尔笔下一样,这里的"白云"意象,也是邻接或连通着神的居处的。也就是说,我们完全可以把"白云"的意象，当作是"帝乡"的一种转喻。《归去来兮辞》末尾说："寓形宇内复几时，曷不委心任去留？胡为乎遑遑欲何之？富贵非吾愿，帝乡不可期"，说明作者在做这篇赋时，不但明明白白地在思考一个类似人如何在世这样的问题，而且也明明白白地想到了庄子所指示的这种可能。只是，对于此时的他而言，是否真的存在一个白云之上的世界，已是一个从根本上令人怀疑的问题。就此而言，"云无心以出岫"的这层意义，其实最近于海子那句"天空一无所有"（《黑夜的献诗》），只不过后者，在发现这个"一无所有"后，却仍然疑惑于它"为何给我安慰"？而作为先人的陶渊明，却早已将自己生命意义的实现转向一个完全此岸的世界。即便时时也"遥遥望白云，怀古一何深"（《和郭主簿二首之一》），但其所指涉的，也已不再是《庄子》中的这个"帝乡"，而更是"无怀氏之民欤？葛天氏之民欤？"（《五柳先生传》）的远古淳朴之世。

像荷尔德林写到阿尔卑斯山一样，陶渊明的诗文也涉及中国文化中一座著名的山，这就是庐山。也就是"采菊东篱下，悠然见南山"中的南山。《归去来兮辞》中"云无心以出岫""景翳翳以将入"的，大概也是这座山。庐山之得名，据《后汉书·郡国志》刘昭注引慧远《庐山记略》的说法，是缘于殷周之际一位人称匡俗先生的高人"隐遁潜居其下，受道于仙人而共岭，时谓所止为仙人之庐而命焉"。对于这种说法的可靠性，后人当然可以怀疑，至少"匡俗"这个名字，就显得过分地有意依托。

荷尔德林和海德格尔都以阿尔卑斯山峰为靠近诸神的地方，陶渊明的南山却了无神迹。他虽然生活在佛道两教正在兴起的时代，并且与正在庐山的慧远等人有过不算太疏远的交往，但却不入"莲社"，从思想深处不相信彼岸世界的存在，而将世界人生归还给本真的自然。

在中国文学史上，陶渊明常被看作是一个诗风冲淡的田园诗人，但他其实也是整个中国文学中最懂得"向死而生"、直面死亡的诗人。在他留存的创作中，我们几乎随处都可看到他对死生寿夭、人生归止这类问题的生存论思考。"人生无根蒂，飘如陌上尘。分散逐风转，此已非常身。"（《杂诗·其一》）"忆我少壮时，无乐自欣豫。……气力渐衰损，转觉日不如。壑舟无须臾，引我不得住。前途当几许，未知止泊处。"(《杂诗·其五》)"有生必有死，早终非命促。昨暮同为人，今且在鬼录。魂气散何之？枯形寄空木。""昔在高堂寝，今宿荒草乡。""荒草何茫茫，白杨亦萧萧。严霜九月中，送我出远郊。四面无人居，高坟正嶣峣。马为仰天鸣，风为自萧条。幽室一已闭，千年不复朝。"(《挽歌诗》)而《形影神》三首更是对这一问题的集中思考。这组诗在结构上，采用了东方朔以来的"设问"传统，但不同于前者的是，所面对的已不再是外在的、社会性的烦恼，而更转向了内在的生存论意义上的矛盾。《形赠影》一开始，就以天地山川的长存，草木的春荣秋枯，对照人生的短促，以此直面死亡这一生命存在的终极现实。"天地长不没，山川无改时。草木得常理，霜露荣悴之。谓人最灵智，独复不如兹……""形"所伤者，在身体的消灭，故而诗中写得最动人的，是对人死后所留下的那种空缺感，那种"但余平生物，举目情凄洏"的情形。与"形"所注意的主要是身体消失后所留下的空缺不同的，"影"所不能忘怀的主要是"名"的湮没（"身没名亦尽，念之五情热"）。

在陶渊明的诗中，我们不止一次地看到他对于彼岸世界之可通达性的怀疑："适见在世中，奄去靡归期。……我无腾化术，必尔不复疑。"(《形赠影》)"存生不可言，卫生每苦拙。诚愿游昆华，邈然兹道绝。"(《影答形》)"天道涉且远，鬼神茫昧然。"(《怨诗楚调示庞主簿邓治中》)"富贵非吾愿，帝乡不可期。"(《归去来兮辞》)既然生长有永生之树的彼岸家园已无从通达，化解生命存在的偶然与空虚的，只有大地上的生活、劳作、栖居和诗意。在中国古今的诗人中，陶渊明大概是有着最自觉的栖居意识的诗人，云："结庐在人境，而无车马喧"(《饮酒·其五》)，"群鸟欣有托，吾亦爱吾庐"(《读山海经》)。他的这种"结庐"意识，倒正应了他家门前这座名山的山名。就此而言，"庐山"之"庐"，与其说指示了某种神迹，倒不如说预示了中国的诗人在人间的这种诗意的栖居。而这也不单可以孕育出像《五柳先生传》《归园田居》所演示的那样淡泊的人物和生活，而且也可以使其更为精致化，向后世文人所乐于从事的筑居、造园兴味转化。在中国诗歌史上，陶渊明一向被看作是开启了孟浩然、王维一派山水田园诗的先河，其实他同样开启了从白居易直到明末魏禧、魏礼一类人物山居造"庐"的风气①。

日本学者小川环树曾就陶渊明与欧洲思想史上的关键人物奥古斯丁做过一个有趣的对比，指出陶渊明与欧洲思想史上"把希腊、罗马的文明，同基督教文明结合起来"，从而决定了一直延续到今的欧洲精神生活面貌的关键人物奥古斯丁，几乎生活在同一时代。他只比奥古斯丁晚生了 11 年（奥古斯丁生于 354 年，陶渊明生于 365 年），而比奥古斯丁早 3 年去世。奥古斯丁《忏悔录》所讲的，几乎全是"一切属于神的恩宠，一切属于神的赏赐，所以一切都要归于神的道理"；而陶渊明一生虽然也为生死问题所苦恼，但最终所持，却仍然是"一种人的问题最终要靠人来解决的态度"，"所谓'天道幽且远，鬼神茫昧然'。遥远的天、踪迹渺茫的鬼神，与其靠它们，不如努力在地上行善，'结发念善事'。……解决人的问题，只有靠人自己，以人的态度诚实生活。"②

若论影响，在陶渊明的所有作品中，没有哪一篇作品比得上他的《桃花源记》。台湾学者赖锡三说："陶渊明的安身立命之契机，其宗教性乃是自然万物以其物自身朗现的当体。那种超越主客、超越过、现、未的悠然当下感、自然循环感，一方面可以在陶氏饮酒的体验中，见到类似的体验；另方面也在陶氏的乐园叙述和玄学哲理中，看到进一步的呈现。而陶氏心中的乐园境界，就寄托在《桃花源记》的文学隐喻中。"③ 对于这个故事及其指涉的世界的意义，从来就有很多解说，虽然也有人将其与某种宗教性的东西联系在一起，譬如小川环树就曾将它归入一类"仙乡故事"，赖锡三也认为"陶渊明的作品中，不断重复着许多原型般的意象和主题，可以看成是他在渴望回归心灵真实的过程中，永恒的声音，正不断对着自我意识进行召唤和同化的力量。换言之，这个老灵魂，带有解离历史、回归神话的倾向"。但总

---

① 参见赵园：《想象与叙述》"废园与芜城"一节，人民文学出版社 2009 年版，第 54—84 页。

② ［日］小川环树：《无神的文明和有神的文明》，［日］青木正儿等：《对中国文化的乡愁》，复旦大学出版社 2005 年版，第 161—162 页。

③ 赖锡三：《〈桃花源记并诗〉的神话、心理学诠释——陶渊明的道家式"乐园"新探》，台北"中央研究院"中国文哲研究所：《中国文哲研究丛刊》第 32 期，第 2—3 页。

体而言，人们还是很少把它当作一个神仙世界，而更视其为一种远离政治的自然生活模式。比如在历史学家陈寅恪看来，这个故事的产生，其实与西晋末年大量存在的避难民众相关①。就是把它划归"仙乡故事"的小川环树，也不忘指出："陶渊明所描述的桃源并非超自然存在的世界，而是逃避暴秦的人的子孙所居住的土地，因此，当地的居民除了衣着仍然是古代的样子之外，和常人是没有什么不同的……那里的居民没有具备任何超自然的能力"，之所以说它"和仙乡谈相类似"，也只是因为"那里与常人的世界隔绝，除了隐藏着的通路之外没有其他的通路，以及此通路第二次去就找不到了……"②　赖锡三则补充说："当然，我并不是说陶渊明完全反对历史人文，更不是说他要彻底回归原始宗教神话时代；只是说，他那种远离世情，回归自然的结构，在精神上和神话思维有连续性、相契性的，当然其断裂性也是不可忽略的。"③　限于篇幅，这里不拟对这一创作作更为详细的讨论，要指出的只是，在笔者看来，所谓桃花源，其实正是一种完全此岸化的中国家园想象最好的表现。虽然它以典型的"失乐园"方式呈现，但其引发的复乐园想象，却完全地指向生活的此岸。奥古斯丁倾其全力著书立说构筑"上帝之城"，陶渊明则只是轻轻点染几笔，却也勾勒出了最为令人神往的中国家园图式。

在中国文学史上，陶渊明也一向被看作是一个热爱自然的诗人。小川环树说："对陶潜之真心爱自然，绝不应等闲视之。他'结庐在人境'，其性格与那个总想着去深山幽谷的谢灵运大不相同。他并不厌恶人间社会，他绝不是那种为了消解失意于官场所产生的不平，不得已而寄情于山水自然的人，他对回荡在静夜的悲凉的风声持有一种审美观照的态度并不是偶然的。……对于死这样的人生大题目，他也能几乎不带感伤地平静吟咏……西

---

① 参见陈寅恪：《桃花源记旁证》，《金明馆丛稿初编》，三联书店 2001 年版。

② ［日］小川环树：《中国魏晋以后（三世纪以降）的仙乡故事》，王孝廉编译：《哲学文学艺术：日本汉学研究论集》，时报文化出版社企业有限公司，中华民国七十五年五月版，第 155 页。

③ 赖锡三：《〈桃花源记并诗〉的神话、心理学诠释——陶渊明的道家式"乐园"新探》，台北"中央研究院"中国文哲研究所：《中国文哲研究丛刊》第 32 期，第 2—3 页。

方文论把自然主义看作是感伤主义的一种表现，可陶诗与感伤无缘。如果把陶诗放入中国文学的流程中，不妨将其划归素朴主义一类。"①

所谓陶渊明爱自然之自然，其实包含两种不同的意义，其一，指山川自然的自然；其二，指一种世界观或人生态度②。而两者的关键，都在对某种神秘的或神性的力量进行祛除。从陶渊明的"云无心以出岫"到柳宗元的"回看天际下中流，岩上无心云相逐"，中国山水田园诗中的自然意识、自然态度的关键，都在所谓"无心"。"无心"即非"有意"，它所排除的不独是人的"刻意"，更是一度隐藏在自然背后的神性。"云无心以出岫"的自然，是一种纯净（无神）的自然。中国文学中的"白云"意象，从庄子到陶渊明，发生了根本的改变。"远上寒山石径斜，白云深处有人家。停车坐爱枫林晚，霜叶红似二月花。"（《山行》）杜牧的这首诗因对高山红叶的鲜明描绘引人入胜，但其间同样隐现人类文明的扩展踪迹。"白云深处"，本该是"仙乡"，但不唯诗人所见，仍然是寻常的"人家"，就连他的驻足，也只是为了自然的美丽。

不过，虽然如此，白云的舒卷，仍然还是不时引人做超凡的怀想。而帝乡，则仍可能出现在诗人的梦里。贾岛《寻隐者不遇》："松下问童子，言师采药去。只在此山中，云深不知处"，这里的云，似乎仍然扮演着某种神秘守护者的角色。宋神宗熙宁九年中秋（1076 年），苏轼在密州作著名的《水调歌头》，一开头即高咏"明月几时有？把酒问青天。不知天上宫阙，今夕是何年？"接着又说："我欲乘风归去，又恐琼楼玉宇，高处不胜寒。起舞弄清影，何似在人间！"既云"归去"，即意味着那个"天上宫阙"才是他悬想中的真正的"家"，但紧随其后的对"高处不胜寒"的担忧，旋即解构了这个"家"的安适性。再接下去，下阕的"转朱阁，低绮户，照无眠"，视野完全转向人间生活。而从"不应有恨，何事长向别时圆"这个颇具神秘色彩的问

---

① ［日］小川环树：《风与云——中国诗文论集》，周先民译，中华书局 2005 年版，第20—21 页。

② 正如有学者所指出："'自然'原先的意思不是自然界，而是如其本然。"陈嘉映：《何谓"自然"》，《思远道》，福建教育出版社 1999 年版，第 199 页。

题的提出，到"人有悲欢离合，月有阴晴圆缺，此事古难全"的历史的、理性的解释，更完全化解了命运的神秘，而归之以"但愿人长久，千里共婵娟"的对现世生活的留恋和肯定。这当中暗示的，或许也是这个彼岸的"家"，从根本上已不适于人居。可以与之对看的，还有李清照的《渔家傲》："天接云涛连晓雾，星河欲渡千帆舞。仿佛梦魂归帝所，闻天语，殷勤问我归何处？我报路长嗟日暮，学诗漫有惊人句。九万里风鹏正举，风休住，篷舟吹取三山去。"或许，这也应和了荣格的说法，即使人类已经历了祛魅，但作为原型的神话意象仍可能出现在个体的梦里。当然，这又常常是和人对现世生活的某种失望联系在一起的。

　　直到近代，我们还可在一些人的笔下看到这个"云"的隐喻。王国维《杂感》："侧身天地苦拘挛，姑射神人未可攀。云若无心常淡淡，川如不竞岂潺潺。驰怀敷水条山里，托意开元武德间。终古诗人太无赖，苦求乐土向尘寰。"钱锺书称其以"柏拉图之理想，而参以浪漫主义之企羡"①，但这里表现的其实是一种最具中国意义的世界——生存体验。"侧身天地苦拘挛"明言乐园已失，处身一个"诸神"已然远去的时代，神仙境界既不可到达，能够克服这种空虚感的，便只有自然的山水（敷水条山）和历史的某些理想片段（开元武德）。不同于陶渊明空间性的"桃花源"，王国维更将其理想置放在了历史的某个时段。不过，这也已不是先秦哲人们念念不忘的"上古之世"，而是更近我们的盛唐繁华。

第四节　唐诗中的空茫意绪

　　在中国古典艺术中，"空"是一个至关重要的概念。但迄今人们对"空"的认识，主要着眼于庄禅美学，而较少注意另一个同样深具形而上意味的内涵。在以崔颢《黄鹤楼》为代表的一系列唐诗中，所有这些"空"，都与一个带有神圣性的事物的丧失有关。不同于佛教或王维的"空"，所有这一切

---

　　①　钱锺书：《谈艺录》，中华书局 1984 年版，第 25 页。

之后，都包含着一种缺失，以及由之而来的对历史 / 存在意义的质疑。越是早期的文字，其空虚越可能指向某些神性的事物，而愈到后来，这种追慕的现世人文气息愈加浓郁。

在盛唐，崔颢是一位作品很少的诗人，但仅凭一首《黄鹤楼》，即已千古留名：

> 昔人已乘黄鹤去，此地空余黄鹤楼。黄鹤一去不复返，白云千载空悠悠。晴川历历汉阳树，芳草萋萋鹦鹉洲。日暮乡关何处是？烟波江上使人愁。

据元人辛文房《唐才子传》记载，李白深为其诗折服："眼前有景道不得，崔颢题诗在上头！"① 无独有偶，宋人严羽《沧浪诗话》称："唐人七言律诗，当以崔颢《黄鹤楼》为第一。"② 这里要问的是：这样一首诗，如何能使一向恃才傲物的李白折服？又如何使严羽做出如此评价？清人沈德潜云该诗"意得象先，神行语外，纵笔写去，遂擅千古之奇"③，算是一种回答。但对于关键的"意""神"所指究竟为何，却仍然语焉不详。对此，俞陛云批评说："此诗向推绝唱，而未言其故，读者欲索其佳处而无从。评此诗者，谓其意得象先，神行语外，崔诗诚足当之。然读者仍未喻其妙也。"但他又提出的两点"佳处"："格高而意超"④，虽较前者切实，但于其"高""超"之处，仍未明白说出，仍不能不让人心存疑问，它到底好在哪里？

一、唐诗中的两种"空"："本无"抑或"缺失"

这里最为关键的问题，恐怕还在如何理解诗境中体现的那种缺失和空茫。该诗第一句，"昔人已乘黄鹤去"，众所周知，这里涉及的是一个著名的仙人骑黄鹤传说；"此地空余黄鹤楼"，第二句看去仍像是纯叙事，"空余"里的"空"，涉及的决不仅仅是一种事态的描述，而更牵连到一种情绪，一

---

① 傅璇琮：《唐才子传校笺》卷一，中华书局 1987 年版，第 202 页。
② （清）何文焕辑：《历代诗话》下，中华书局 1981 年版，第 699 页。
③ 沈德潜：《唐诗别裁集》卷十三，中华书局 1975 年版，第 182 页。
④ 俞陛云：《诗境浅说》，北京出版社 2003 年版，第 56—57 页。

种莫名的怅惘、失落感觉。而正是通过这个"空"，诗作已于不知不觉中透露了它的情感基调。

"空"在中国文化中是一个非常重要的概念。汉语中的"空"，意蕴主要来自佛教，但与老庄哲学也很有一些牵连。在佛教，"空"是一种有关存在本质的论说。熊十力在《佛家名相通释》里说："空宗义蕴，深广微妙，难可究宣。撮言其要，则诸法无自性义。"①《老子》中没有"空"，只有"无"。这个"无"，当然有它独立的意义，但在有些情况下，也就等于"空"。"三十辐共一毂，当其无，有车之用。埏埴以为器，当其无，有器之用。凿户牖以为室，当其无，有室之用。"② 这里的"无"，就很近于"空"。至于庄子的"坐忘""心斋"则将这"空"引入了人的内心。徐复观解释《人间世》："虚室生白，吉祥止止"说，"虚室即是心斋，'白'即是明"③。若如此，则这意思已很近于后来的禅学，或海德格尔所谓"清明的空旷"④。苏东坡诗"静故了群动，空故纳万境"（《送参寥师》）之空，也即此意。佛教的虚空观传入中国，不但深刻影响了华夏思想本身，而且对中国文学也产生了极大的影响。一个最为突出的例证，就是王维的诗。据学者统计，在今存王维诗中，直接"写到'空'的有九十余首"⑤。"空山新雨后，天气晚来秋"，"人闲桂花落，夜静春山空"，"空山不见人，但闻人语响"……按孙昌武的说法，这许多"空"，大概可分为三种类型，一类是佛教用语的直接应用，如"心空""虚空""趋空""空病空"等；一类是一般的修饰语，如"空林""空谷""空宫"或"空知""空知""空劳""空愧"等；再一类，就是如《山居秋暝》中的"空山"，是"心灵的感受"，和"由这种感受显示出内心的空寂清净"，而唯有后一种，才算是"王维的创造"⑥。关于这一切，前人已有颇为详尽的论说，这里已无须再说。

---

① 熊十力：《佛家名相通释》，上海书店 2007 年版，第 19 页。

② 陈鼓应：《老子注译及评介》，中华书局 1984 年版，第 102 页。

③ 徐复观：《中国艺术精神》，华东师范大学出版社 2001 年版，第 48 页。

④ ［德］海德格尔：《荷尔德林诗的阐释》，孙周兴译，商务印书馆 2014 年版，第 14 页。

⑤ 孙昌武：《神思与诗情》，中华书局 2006 年版，第 84 页。

⑥ 孙昌武：《神思与诗情》，中华书局 2006 年版，第 84 页。

本书要指出的是，除了这种庄禅意境的"空"，唐诗中其实还有另一种"空"。这就是"此地空余黄鹤楼"中这个"空"。这个"空"现在常理解作副词，但也不能不承认，在徒然、白白地一类的限定中，它原本也有相当实在的意义。《说文》："空，窍也。"段注："今俗语所谓孔也。天地之间亦一孔耳"，说的或是其本义，即：空间。引申可为虚空，虚无。但这个"虚空"或"虚无"，也还存在一个自来就"空"、就"无"，还是从"有"到"无"的不同。慧能的诗偈里说："菩提本无树，明镜亦无台。本来无一物，何处惹尘埃。"这个"空"的意义，是"本无"，即绝对的虚空。《尔雅·释诂》的"空，尽也"，《诗·小雅》的"杼柚其空"，所说的却都是一种从"有"到"无（亡）"的"空"。庞朴在《说无》谓："就中国文化来说，人们最先认识到的'无'，是有了而又失去，或将有而尚未到来的那种'无'。它同有相对待而成立，是有的缺失或未完。表示这种意义的文字符号……后来隶定成'亡'。"[①] 这个因"亡"（失去）而空的"空"，当然可说是"空虚""空洞"，但更可以说是"缺失""缺席"，是事物（或精神）从"有"到"无"的变换，其词义恰好对应于德语里那个 Abwesendheit——不在场（按：德语前缀 ab- 即表示离开、分开、除去的意思）。

它同样频繁地出现在唐诗里，而其精神史意义，也不亚于前一种"空"。如王勃《滕王阁诗》：

> 滕王高阁临江渚，佩玉鸣鸾罢歌舞。画栋朝飞南浦云，珠帘暮卷西山雨。闲云潭影日悠悠，物换星移几度秋。阁中帝子今何在，槛外长江空自流。

王维《终南别业》：

> 中岁颇好道，晚家南山陲。兴来每独往，胜事空自知。行到水穷处，坐看云起时。偶然值林叟，谈笑无还期。

李白《登金陵凤凰台》：

> 凤凰台上凤凰游，凤去台空江自流。吴宫花草埋幽径，晋代衣冠

---

① 《庞朴学术文化随笔》，中国青年出版社 1996 年版，第 42 页。

成古丘。三山半落青天外，二水中分白鹭洲。总为浮云能蔽日，长安不见使人愁。

杜甫《蜀相》：

> 丞相祠堂何处寻，锦官城外柏森森。映阶碧草自春色，隔叶黄鹂空好音。三顾频烦天下计，两朝开济老臣心。出师未捷身先死，长使英雄泪满襟。

李莘《春行即兴》：

> 宜阳城下草萋萋，涧水东流复向西。芳树无人花自落，春山一路鸟空啼。

所有这些诗作中的"空"，都与一个带有神圣性的事物的丧失有关。不同于佛教或王维的"空"，所有这一切之后，都包含着对一个神（圣）性时代的追慕。王维诗中大部分的"空"，如"空山新雨后，天气晚来秋"，"空山不见人，但闻人语响"，描绘的多是空间（心／物，内／外）洞敞、澄明，前面列举的"空"，则更指示着某种神圣事物的缺席。

传说王勃写完《滕王阁诗》，最后一句空下一个字就走了，都督和宾客百思不得其解，就请他回来，他大笔一挥，加了一个"空"字，就成了"槛外长江空自流"①。这种说法固然有点故弄玄虚，也未必是实际发生的，但有意无意中也点明了"空"在全诗中的重要意义。

二、"空—自"结构的意义：神性的隐遁与意义的迷失

唐诗中表现这种空茫意绪的诗，最典型的句式为："空自"或"空……自"。但亦有省去"空"而独用"自"者，如杜牧《金谷园》："繁华事散逐香尘，流水无情草自春"；或不用"自"而独用"空"者，如李白《清溪行》之"向晚猩猩啼，空悲远游子"；《金陵城西楼月下吟》之"白云映水摇空城"；刘禹锡《石头城》之"潮打空城寂寞回"；杜牧《题宣州开元寺水阁，阁下

---

① 转引自许渊冲：《童年时代的雪泥鸿爪》，《诗书人生》，百花文艺出版社 2003 年版，第 133 页。

宛溪，夹溪居人》之"六朝文物草连空，天淡云闲今古同"；韦庄《金陵图》之"江雨霏霏江草齐，六朝如梦鸟空啼"。也有不用"空自"，而代之以"空见""空闻""空留"等者，如："年年战骨埋荒外，空见蒲桃入汉家"（李颀《古从军行》），"空闻虎旅传宵柝，无复鸡人报晓筹"（李商隐《马嵬》），"山回路转不见君，雪上空留马行处"（岑参《白雪歌送武判官归京》）。句法、遣词虽小有异同，但其要害，均与意义的缺失及其所带来的那种无所寄托感有关。

还有一种情况，就是全诗不见一个"空"字，而整个的意绪却笼罩着这种"空"意，如陈子昂的千古绝唱："前不见古人，后不见来者，念天地之悠悠，独怆然而涕下"（《登幽州台歌》），通篇没一个"空"字，但无论是"前不见古人，后不见来者"的时间意识，"念天地之悠悠"的空间意识，表现的都是这种因某种神圣事（人）物、历史的"缺失""缺席"或不遇而生的无尽空茫和寂寞。再如："去年今日此门中，人面桃花相映红。人面不知何处在，桃花依旧笑春风。"（崔护《题都城南庄》）"独上西楼思渺然，月光如水水如天。同来望月人何处，风景依稀似去年"（赵嘏《江楼感旧》），所叹更为具体，但那种空茫、缺失却也让人不时生出一种超出具体的玄想。

还有，如相传为李白之作的《忆秦娥》："箫声咽，秦娥梦断秦楼月。秦楼月，年年柳色，霸陵伤别。　　乐游原上清秋节，咸阳古道音尘绝。音尘绝，西风残照，汉家陵阙。"俞陛云以为，该词"自抒积感，借闺怨以写之，因身在秦地，即以秦女箫声为喻。起笔有飘飘凌云之气。……下阕仍就秦地而言，乐游原上，当清秋游赏之时，而古道咸阳，乃音尘断绝，悲愉之不同如是。古道徘徊，即所思不见，而所见者，唯汉代之遗陵废阙，留残状于西风夕照中。一代帝王，结局不过如是，则一身之伤离感旧，洵命之衰耳。结二句俯仰今古，如闻变徵之音"①。诚为有见之语。但仅说"因身在秦地，即以秦女箫声为喻"，却仍然没有看到引入这则神话所包含的作者对某种神性

---

①　俞陛云：《唐五代两宋名家词选释》，上海古籍出版社 1985 年版，第 3 页。

事物的追慕。王国维《人间词话》称美其结句："'西风残照，汉家陵阙'，寥寥八字，遂关千古登临之口。"① 着眼其"纯以气象胜"，也还模糊。只有联系俞陛云所说"……所见者，惟汉代之遗陵废阙，留残状于西风夕照中。一代帝王，结局不过如是"，以及其中包含的这种追寻神圣事物而不得所生的关于生存论意义的缺失，我们才能真正理解它如何有"遂关千古登临之口"的艺术魅力。

在唐之前，古人诗文中也并非没有这样的用例。譬如《汉书·李广苏建传》卫律劝降苏武，即有"空以身膏草野，谁复知之"之语②；南朝梁何逊《哭吴兴柳恽》诗亦有："樽酒谁为满，灵衣空自披"③。但真正使这种缺失感弥漫为一种普遍的时代情绪，则的确是到了唐以后。而崔颢的《黄鹤楼》在其中，显然具有某种标志性的意义。以至到后来，如何克服这种因某种神圣价值的缺失而生的空虚感、茫然感，也就成为中国的文人不得不认真面对的一个课题。譬如苏轼的《赤壁赋》，一开始写畅游长江之乐，有如登仙境之感；但到中篇，情绪陡转，由"……渺渺兮予怀，望美人兮天一方"的歌声和"如怨如慕，如泣如诉"的箫声引出的主客问答，基本结构仍是汉代东方朔以来的"设问"，但所关心的，却已非汉代人那样的社会性苦恼，而更属一个如前所论有关生命存在意义及其虚无的形而上问题。而接下去的解决之道，除了那一番消长盈虚的相对论外，更具安慰意义的，则是"唯江上之清风，与山间之明月"这样的现实存在、此岸家园。

明代田艺蘅说："人知李白《凤凰台》《鹦鹉洲》出于《黄鹤楼》，不知《黄鹤楼》又出于《龙池篇》。"赵宧光说："《诗原》引沈佺期《龙池篇》……崔颢笃好之……别做《黄鹤楼》诗云……然后直出云卿之上，视《龙池》直俚谈耳！"④ 着眼都还在诗句的相似。然更值得注意的是，沈作"龙池跃龙龙已飞，龙德先天天不为。池开天汉分黄道，龙向天门入紫薇。邸第楼台多气

① 《王国维文学论著三种》，商务印书馆 2000 年版，第 32 页。
② （汉）班固：《汉书》卷五十四，中华书局 1962 年版，第 2462 页。
③ 逯钦立辑校：《先秦汉魏晋南北朝诗》梁诗卷九，中华书局 1983 年版，第 1701 页。
④ 王琦：《李白全集》第 3 册，时代文艺出版社 2001 年版，第 905 页。

色，君王凫雁有光辉。为报寰中百川水，来朝此地莫东归。"以龙飞喻皇帝即位，以龙池为百川所归，有着鲜明的搁置彼岸，抬高此岸生活意义的倾向，和《黄鹤楼》既不失望于"亡失"，又流露出一种终极性的迷惘明显不同。崔颢超出他的，大概并非只是句式词句工巧之一端。

王勃诗"闲云潭影日悠悠"，《黄鹤楼》"白云千载空悠悠"，以"悠悠"形容云的舒卷、漂流，似属寻常的修辞。然而，在不同的语境中，其意也不尽相同。俞陛云拿黄仲则"坐来云我共悠悠"比较崔诗，谓其"托想空灵，就崔之白云悠悠句，加以'我'字，遂用古人化，然不能越崔之诗境外也"①，却未曾意识到，这两个"悠悠"，含义其实有很大的不同。前一个"悠悠"，因为有前面的亡失叙事和"空"字的限定，所表达的已不单纯是云的自在、轻盈，而尚有一层虚飘、无托之意——就后一层意思看，其与陶潜诗"万族皆有托，孤云独无依"倒有点相近；或者说，它兼有陶潜"云无心以出岫"和"孤云独无依"的含义②；后一个"悠悠"，则纯然是一种轻快、自足的心境，颇近于李太白"众鸟高飞尽，孤云独去闲"，或元人徐再思"水深水浅东西涧，云去云来远近山"（《阳春曲·皇亭晚泊》）的自在、悠然。

与之有同样意味的还有"芳草萋萋鹦鹉洲"中的"芳草萋萋"，熟悉中国文学的人都知道，它的出典原在《楚辞·招隐士》中的那一句"王孙游兮不归，春草生兮萋萋"。人们熟知，这句诗的诗意在后来的词中被反复翻新、引用，如王维《山中送别》之"春草明年发，王孙归不归?"《山居秋暝》之"随意春芳歇，王孙自可留"，白居易《赋得古原草送别》之"又送王孙去，萋萋满别情"，范仲淹《苏幕》之"芳草无情，更在斜阳外"，李重元《忆王孙》之"萋萋芳草忆王孙"，辛弃疾《摸鱼儿》之"天涯芳草无归路"，等等，而未曾多想，这里其实始终还都隐含着一个"斯人已逝"的空虚和芳草无着的茫然感。也就是说，芳草的萋萋，实际反衬着的，始终都是意义的缺失。

---

① 俞陛云：《诗境浅说》，北京出版社 2003 年版，第 57 页。
② 值得注意的还有：董仲舒《士不遇赋》"屈意从人，悲吾族矣。正身俟时，将就木矣。悠悠偕时，岂能觉矣"；司马迁《悲士不遇赋》"时悠悠而荡荡，将遂屈而不伸"。其中的"悠悠"，也都用于表现时光的虚度。

也正因此，芳草萋萋的"萋萋"之意，也就不尽于草木的茂盛，而且暗含着情绪的一种低落和怅惘，"萋萋"中也就暗含着一种"凄凄"。明白了这一点，不仅更能明白《黄鹤楼》中的"芳草萋萋"，而且更能明白从李白之"吴宫花草埋幽径"（《登金陵凤凰台》），到杜甫之"映阶碧草自春色"，李莘"宜阳城下草萋萋"、白居易"离离原上草""萋萋满别情"，杜牧"六朝文物草连空""流水无情草自春"，韦庄"江雨霏霏江草齐"，直到如今海子那句"目击众神死亡的草原上野花一片"的复杂含义。

与西方文化略有不同的是，在中国，由于儒家文化很早就对神灵的存在表现出一种存疑的态度。这种缺席感，很多时候更体现为对一种"圣贤"及其所在时代的追慕。而这也就使得这里说到的缺失感，与传统所谓"不遇"问题，有着很大的关系。从《礼记·礼运》中孔子"大道之行也，与三代之英，丘未之逮也"的感叹；到宁戚"生不逢尧与舜禅"的《饭牛歌》（《楚辞补注》引《三齐记》）；屈原《离骚》"已矣乎，国无人莫我知兮"的绝望，"不遇"感几乎成为此后文人难以摆脱的宿命。到汉以后，东方朔作《答客难》，董仲舒有《士不遇赋》，司马迁有《悲士不遇赋》，陶渊明有《感士不遇赋》，所谓"遇"与"不遇"，渐成为中国文人最大的心理情结。虽然王勃已有"冯唐易老，李广难封；屈贾谊于长沙，非无圣主；窜梁鸿于海曲，岂乏明时"（《滕王阁序》）的通脱之见，但到宋刘克庄仍然还会生"使李将军遇高皇帝"的痴想。

在法国精神分析学家拉康的镜像阶段理论中，自我与他者之间形成了一种奇异的辨认—构造关系。中国古典文化中的"不遇"感觉中，也包含着一个自我认同问题。寻找归属，寻找认同，是自我确认的一种需要。孔子说："鸟兽不可以同群，吾非斯人之徒而谁与？"曹操说："月明星稀，乌鹊南飞。绕树三匝，何枝可依？"就是到现代，冷峻如鲁迅，也还会抄录清人何瓦琴的联语"人生得一知己足矣，斯世当以同怀视之"赠给朋友。陈子昂说："前不见古人，后不见来者。念天地之悠悠，独怆然而涕下"，李白说："余亦能高咏，斯人不可闻"，辛弃疾说："不恨古人吾不见，恨古人不见吾狂耳"，这种不遇，就不仅是不被赏识的怅恨，更有"微斯人，吾谁与归"的迷惘。所谓"知音"难觅，其实是对生命认同的另一种表现。

随着神圣事物的消逝，世界开始进入的很可能就是一种自生自灭而又意义不明的状态："阁中帝子今何在，槛外长江空自流""凤凰台上凤凰游，凤去台空江自流""兴来每独往，胜事空自知""映阶碧草自春色，隔叶黄鹂空好音""繁华事散逐香尘，流水无情草自春"……

这许多的"空……自"，形成了唐诗中一种很是意味深长的诗思结构。在这些地方，"空"和"自"涉及的显然不只是一种存在状态，而且更表达着一种生命态度和价值判断。这里的"空"和"自"，除了"缺失"和"自我显现"，同时，又都含有一种徒然、意义不明的情绪。神（圣）性的隐遁（不在场）与意义的缺失由是合二为一。

三、补偿或置换：胜迹与圣贤的意义

海德格尔在《诗人何为？》一文中说："因为对于荷尔德林的历史体验，基督的显现及其牺牲死亡，标志着诸神之昼终结的开始……世界之夜弥漫着黑暗。创世以来的年代决定了诸神的没有到达和'上帝的缺席'。……上帝的缺席意味着，没有神再将人和物聚集于他自身，可见的和明确的，而由于这种聚集，安排了世界的历史和人在其中的逗留。"① 虽然说的是荷尔德林的精神体验，但其实也反映出了人类精神的某种普遍性。

了解了这一切，再来看《黄鹤楼》："昔人已乘黄鹤去，此地空余黄鹤楼，黄鹤一去不复返，白云千载空悠悠"，虽然崔颢生活在荷尔德林之前一千多年，他的信仰中从来也没有基督教的因素，但显而易见的是，在"黄鹤一去不复返"的诗句里，回荡的却同样是一种由"神"的"远去""缺席"而生出的感喟。就此而言，崔颢所写的，甚至是一个比王维的"空"更具时代精神印记意义的东西。

从宗教文化意义上说，中国人所谓"神仙"，自然不能和西方传统中的"上帝"或"基督"相提并论，但作为一种破除生命究极的虚空，赋予现实

---

① [德]海德格尔：《诗·语言·思》，彭富春译，文化艺术出版社1991年版，第82页。

人生以超验意义的信仰，某种程度上，却可能发挥着同样的"聚集"功能。李白的一生，始终和对神仙的向往有不小的因缘，所谓"五岳寻仙不辞远，一生好入名山游"，他的称美崔诗，究竟是佩服其诗艺的精湛，还是为他的这深刻的空茫感所打动，也是一个颇堪玩味的问题。

唯一不同的是，在海德格尔看来，随着诸神的远遁，迎来的是"世界的黑夜"。而在唐朝的诗人们，失去了神性的世界却仍然阳光明媚，《黄鹤楼》的后半段展现的，首先便是"晴川历历汉阳树，芳草萋萋鹦鹉洲"。草木的生长尽管自有一种欣欣然，但生命的意义却沦于自生自灭。同样的结构，也存在在其他诗人诗作中。"闲云潭影日悠悠，物换星移几度秋"，《滕王阁》诗中的"闲"，已先暗含着一个"空白"，但景象依然宜人。"吴宫花草埋幽径，晋代衣冠成古丘"，亦然藏着一个"空"，"三山半落青天外，二水中分白鹭洲"亦然是好景色。"映除碧草自春色，隔叶黄鹂空好音"，也是如此。山川的存在，草木的荣枯，仍然遵循着固有的规律，存在的意义却沦于暧昧不明。展开在"白云千载"之下的，不是"世界之夜"，而是芳草晴川，然而这一切终不能止歇诗人无可归栖的乡思——"日暮乡关何处是？烟波江上使人愁"。这一问，又一次将人拉到一个颇具永恒意义的问题之前。乡关何处？似乎很具体，又似乎很玄奥，而这又是这首诗最值得称道的地方之一，相比之下，李白《登金陵凤凰台》"总为浮云能蔽日，长安不见使人愁"，将乡思固执于一个具体的地点，反倒不及它更能给人更丰富的联想。今人余光中诗《寻李白》云："至今成谜是你的籍贯 / 陇西或山东，青莲乡或碎叶城 / 不如归去归那个故乡？……樽中月影，或许那才是你的故乡 / 常得你一生痴痴地仰望？"或许更能说明这样一种迷思。

在所有这些诗中，可以再拈出杜甫的《蜀相》一诗加以分析。《蜀相》不同于许多登临之作的地方，在于它写的是一个"祠堂"。海德格尔说"上帝的缺席意味着，没有神再将人和物聚集于他自身"，在《艺术作品的本源》中，他又说到一座希腊神庙，说："这个建筑包含着神的形象，并在这种隐蔽状态中，通过敞开的圆柱式门厅让神的形象进入神圣的领域。贯通这座神庙，神在神庙中在场。……正是神庙作品才嵌合那些道路和关联的统一体，同时使这个统一体凝聚于自身周围；在这些道路和关联中，诞生和死亡，灾祸和福祉，胜利和耻辱，忍耐和堕落——从人类存在那里获得了人类命运的形态。这些敞开的关联所作用的范围，正是这个历史性民族的世界。出自这个世界并在这个世界中，这个民族才回归到它自身，从而实现它的使命"①。

"绝地天通"以来的中国文化，历经周秦理性主义的洗礼，一向被看作缺少西方式的宗教传统。这也就是缺少了一种与神、与一种永恒之在沟通的途径。然而，从《蜀相》，我们看到的是另一种可能，也就是通过自孔子以来的"化神为圣"，中国文明以一种道德景仰代替了威权崇拜，构建起一种新的"聚集"方式。在这种聚集中，历史地存在着的"圣贤"，代替神仙成为新的"聚集"中心，围绕着它，形成了新的意义饱满的价值场域。在这个场域中，逝去的历史人物，以一种精神性的感召，沟通了人与人之间的历史认同，成为一种"不在场"的"在"，有效起到化解虚无、赋予意义的作用。

再看孟浩然《晚泊浔阳望香炉峰》："挂席几千里，名山都未逢。泊舟浔阳郭，始见香炉峰。尝读远公传，永怀尘外踪。东林精舍近，日暮空闻钟。"李白《夜泊牛渚怀古》："牛渚西江夜，青天无片云。登舟望秋月，空忆谢将军。余亦能高咏，斯人不可闻。明朝挂帆席，枫叶落纷纷。"杜牧《题宣州开元诗水阁，阁下宛溪，夹溪居人》："六朝文物草连空，天淡云闲今古同。鸟去鸟来山色里，人歌人哭水声中。深秋帘幕千家雨，落日楼台一笛风。惆怅无因见范蠡，参差烟树五湖东。"温庭筠《苏武庙》："苏武魂销汉使前，古祠高树两茫然。云边雁断胡天月，陇上羊归塞草烟。回日楼台非甲帐，去时冠剑是丁年。茂陵不见封侯印，空向秋波哭逝川。"犹如诸葛亮之于杜甫，远公之于孟浩然，谢朓之于李白，范蠡之于杜牧，苏武之于温庭筠，都不仅仅作为一个个可堪凭吊的历史人物，更作为一种有关自我实现的精神镜像，为其现实化的生存赋予了一种价值与意义的光芒。

江山胜迹或供奉着祖宗和圣贤的祠庙（堂）代替了神殿，成为更为实

---

① ［德］海德格尔：《艺术作品的本源》，孙周兴译，《林中路》，上海世纪出版集团有限公司 2008 年版，第 23—24 页。

际的"聚焦"点，发挥出整合古今、连接此岸彼岸，形成新的价值依托根基的场域。也正因此，在《蜀相》的"映阶碧草自春色，隔叶黄鹂空好音"中，虽然仍旧能够听到一种缺失、一种遗憾，然而紧接着的"三顾频烦天下计，两朝开济老臣心。出师未捷身先死，长使英雄泪满襟"，却以一种伦理的景仰与历史的延续感，化解了这种空虚、烦闷，而从历史的"在场"中，为中国人的生命价值实现，提供了更为切实的路径。孟浩然《与诸子登岘山》说："人事有代谢，往来成古今。江山留胜迹，我辈复登临。水落鱼梁浅，天寒梦泽深。羊公碑尚在，读罢泪沾襟。"千古江山，中间点缀着古来圣贤活动的留下的"胜迹"，正是有了这种颇具神显意味的场域，通过古今仁人志士的一种精神会通，历史本身也就成为中国人最丰富的生命意义之源。

第五节　山水审美的历史转折——以《永州八记》为中心

《永州八记》是柳宗元最著名的散文作品之一。关于它的出现对唐宋古文运动，以及整个古代游记文学所作出的贡献，前人已有相当多的论述。这里要说的，是它的一种精神史意义，一种由山水形象变小这一现象所体现出的人与自然关系的历史转折，以及它与宋元以后诗文、绘画、园林等山水艺术的关系。因而，文章虽然从文本分析出发，涉及的却是一些更宏观的，也更具思想史深度的问题。

一、精神的解放与山水的发现

《永州八记》前四篇作于唐顺宗元和四年，后四篇作于元和七年，都是柳宗元因参与永贞元年的政治革新，被贬永州司马时期的作品。这种政治生活中的挫败感，构成了《八记》写作的直接心理背景，了解这一点，是我们进一步认识作品意义的必要前提。在政治生活失败后退隐林泉，从自然的山水之乐中寻找人生的乐趣，让自然的朴野清纯抚慰在社会斗争中受伤的人心，是中国古代士大夫文人的普遍人生选择，柳宗元在这一点上并不例外。《八记》第一篇《始得西山宴游记》开头就写："自余为僇人，居是州，恒惴栗。"①一种社会性的伤痛仍在折磨着他，使他就是居住在永州这样一个僻远的地方，都禁不住常常有一些心惊肉跳的感觉。这时的山水，对他真像是一个避难所。"日与其徒上高山，入深林，穷回溪；幽泉怪石，无远不到。到则披草而坐，倾壶而醉，醉则更相枕以卧。卧而梦，意有所极，梦亦同趣……"这样的生活，也算是得着了一种自然的乐趣，然而却并不能将他从那种社会性的痛苦中解放出来。"意有所极，梦亦同趣"，这个"意"与"梦"所到的地方，恐怕仍然不能排除那个使他受过伤害的"魏阙"。比他晚数百年的范仲淹，不就说过"处江湖之远，则忧其君"吗？柳宗元是否有范仲淹的境界，我们不知道，但未能忘怀得失，却是可以肯定的，这从他漫漫而游时那精神不振的样子就可以看得出来。紧张的情绪松弛了一点，但精神还未真正获得解放，这就是"始得西山"之前柳宗元的生命状况。西山的发现和宴游，对柳宗元来说，不仅是一种人格的超拔，更是一种对于生命永恒境界的发现和体验。西山的高峻，给了他一种"不与培塿为类"的优越感，使他得以摆脱那种自视为"僇人"的精神自卑和压抑；登高望远的视野，让他感受到了天地自然的博大和永恒，感受到了融入这种博大永恒之中的人的生命的自在逍遥："悠悠乎与颢气俱而莫得其涯，洋洋乎与造物者游而不知其所穷"。

很显然，我们在这里读到了一种来自《庄子》的人生境界。然而，这却不是来自某种思想性的推演，而是来自一种真切的生命体验。生命的短促和人生的痛苦，从来都是促使人去思考存在之意义的真正动力。人总是想将自己的这种短暂与痛苦，推卸给某种更为博大永恒的东西，皈依上帝或超脱涅槃，悟道逍遥或"等待戈多"，自我蒙蔽或本真筹划，从东方到西方，没有人逃得出这样的困境。从根本思路上，柳宗元似乎没有比《庄子》多贡献出什么。作者所获得的最终精神体验是："心凝神释，与万化冥合。"精神的放松和内心的安定，这不就是我们经常要求的吗？虽然说是"与万化冥合"，

---

①　柳宗元：《柳河东集》卷二十九，上海人民出版社 1974 年版，第 470 页。本节引录《八记》文均见此。

但人在与自然的这种融会中并没有使自我完全消泯，精神的松弛和解放赢得的是内在意念的凝定。"天人合一"在这里并不是单向度的，这就不纯是庄子的"吾丧我"①，这也就有可能为宋儒的"为天地立心"留出余地②。柳宗元说的"游于是乎始"的"游"，与庄子的"游"，多少还是有点区别。

二、风物的去蔽与文明的拓展

心胸的开旷，使人从社会性的烦恼中解脱出来，进入了一种与天地万物交游的博大永恒境界。在庄子那里，这种博大永恒是神秘的、持续的，无涯无涘。在西山顶上的那一瞬，柳宗元也确实进入了这种境界。然而，从《八记》接下来的几篇看，他的"游"并不总是这么玄秘，他的境界要更人间化一些。而且，尤其值得注意的是，除了在西山上，他再也没有让我们体验过那种"不与培塿为类"的感觉，相反，此后的山水"境界"，从规模上说显得相当"小"。从《钴鉧潭记》《钴鉧潭西小丘记》，到《至小丘西小石潭记》，柳宗元似乎越来越陶醉于大自然在一曲一溪、一丘一石上显示出来的神奇。就是三年后写的《袁家渴记》《石渠记》《石涧记》《小石城山记》，也始终没有摆脱这种小巧玲珑，深幽精致的特点。这种特点的产生应该不是无意义的，想一想《庄子》中那种汪洋的景观，哪怕是《水经注》或其他魏晋山水小品中的景物描写，我们都不能不对此感到惊奇。然而，这却不能简单解释为柳宗元性情或胸襟的幽深曲奥，而仍要从前面说到的那种"心凝神释"中去索解。

"心凝神释"带来的，首先是那种与具体人生得失相关的顾虑的解除，这就类似于一种去蔽。去蔽之后，世界更以它本来的样子"开显"出来，而进入与安定宁静的人心相交相融，相感相生的状态。《小丘记》中的一段记述和描写，颇具象征意味地表现了这种去蔽和开显的情形：

　　　　……更取器用，铲刈秽草，伐去恶木，烈火焚之。嘉木立，美竹

---

① 陈鼓应：《庄子今注今译》，中华书局 1983 年版，第 33 页。

② 参见张岱年：《中国哲学大纲》第二部分第三篇第五章"诚及与天为一"，中国社会科学出版社 1982 年版，第 341 页。

露，奇石显。由其中以望：则山之高，云之浮，溪之流，鸟兽之遨游，举熙熙然回巧献技，以效兹丘之下。枕席而卧，则清冷之状与目谋，潆潆之声与耳谋，悠然而虚者与神谋，渊然而静者与心谋。

在这里，我们看到的是一种双重的去蔽。一重是去人心之蔽。这一过程已见之于《始得》篇。以明净的人心，去感知自然，这就会进入一种与造化同心共感的境地。这段话中说到的四个"谋"，既是"谋面"，又是"共谋"，也就说人在与自然的本真相遇中达到了与天地之心的相通相生。中国文学始终不乏描山摹水的名篇，但在对山水之境的体察入微，和对山水之意的亲和、理解程度上，却从来没有一部作品比得上《八记》，原因大概就在这里。另一重是去自然之蔽。《八记》中的好几篇，都写到删刈草木、修整环境的情形。而且正是在这样的修整之后，山水之美才以一种更宜人的姿态敞露开显出来。这也说明，柳宗元并没有简单地认自然为家园。他乐于从自然中构建自己的家园，但却并没有抹杀文明与山野的对立这条文化界线。《八记》中写得最精美的是《小石潭记》，那样一种清幽明净，简直就是非人间的：

> 从小丘西行百二十步，隔篁竹，闻水声，如鸣佩环。心乐之，伐竹取道，下见小潭，水尤清冽。全石以为底，近岸，卷石底以出，为坻，为屿，为嵁，为岩。青树翠蔓，蒙络摇缀，参差披拂。潭中鱼百许头，皆若空游无从所依。日光下澈，影布石上，怡然不动；俶尔远逝，往来翕忽，似与游者相乐。

> 潭西南而望，斗折蛇行，明灭可见。其岸势犬牙差互，不可知其源。坐潭上，四面竹树环合，寂寥无人，凄神寒骨，悄怆幽邃。

然而也正由于此，他最后竟说："以其境过幽，不可久居，乃记之而去。"①

我们已经说过，"心凝神释"并没有使自我消泯，人心仍在，而且不是更弱了，而是更强了。柳宗元的"游"，从根本上仍然是以人观物，所谓"冥合"，在实际中并没有什么神秘味道，它只是在一种外在的视角之外，另增

---

① 李泽厚评述此文："峭洁清远，遗世独立。绝非盛唐之音，而是标准的中唐产物。"《美的历程》，文物出版社1981年版，第154页。今按："峭洁清远"固然，"遗世独立"却未必，至少不能看作是柳宗元的精神指向，否则就不会有"乃记之而去"。

了一种内在的体察、沟通方式而已。这就可以使我们解开柳宗元山水境界变"小"的秘密。

从先秦到魏晋，到隋唐，自然也经历了一个祛魅的过程。《诗经》中的山川草木，不论比兴还是述事（赋），都很少是审美的直接对象；《山海经》中的山川，则夸张着一种想象性的荒远辽阔。孔子虽然说过"智者乐水，仁者乐山"的话（《论语·雍也》），但除了"子在川上曰"一类的哲理感悟外，只在"吾与点也"（《论语·先进》）中，透露过一点对自然人生的喜爱；《庄子》是最亲近自然的，然而，在他有关自然的描写和想象中，仍然激荡着一种神话式的广大、幽邃、浩渺，《逍遥游》中的北溟、邈姑射之山、无何有之乡，《齐物论》中的"大块吁气"，《秋水》中的江河与尾闾，都使人在自然面前因自觉渺小而愧然失容；《楚辞》中的山川，总体上仍不脱这神秘和幽暗，不必说屈原，就是汉初淮南小山的招隐士，也还是拿山林的凶险劝说避乱的隐士们归来①。从先秦起，一些帝王就开始划定自己的苑囿，到汉武帝的上林，其规模变得更为宏大。人开始驯化自然，但只是圈定了一个范围，驯养一些植物或鸟兽，汉赋中人与自然的关系，仍缺少那种亲切感，更不要说相互的融通和渗透。到魏晋时代，情形才开始有了大的改变。在陶渊明的诗文中，田园与人的关系变得十分贴近，除了《庄子》式的避祸全生之外，我们也感觉到，那些耕种过的土地真的已成了我们的家园。但山川仍是悠远的，"采菊东篱下，悠然见南山"，"云无心以出岫，鸟倦飞而知还"，这种视角仍是向上的、外在的。郦道元《水经注》中关于三峡的著名描述，吴均《与宋元思书》中的富春江景色，都仍未脱人对自然的这种精神上的仰视。山川不再有神话般的神秘，但仍显得高峻幽邃。谢灵运虽然深入山川的内部，"寻山陟岭，必造幽峻。岩障千重，莫不尽登蹑"②，然而受玄理思辨

---

① 徐复观说："我国在周朝初年，开始从宗教中觉醒，出现了道德地人文精神以后，自然中的名山巨川，便由带有威压性的神秘气氛中，渐渐解放出来……这便使山川与人间，开始了亲和的关系。"见《中国艺术精神》，春风文艺出版社1987年版，第192页。这种说法，从所揭示的趋势看是正确的，但从文学中对山川形象的表现看，亲和的程度在秦汉以前仍很有限。

② 沈约：《宋书·谢灵运传》卷六十七。

趣味的影响，他与自然的那份亲和，似乎总还是让人感觉隔着一层。①

　　山水审美在魏晋的兴起，原因可能是多方面的，但其中最为关键的，还是文明的进展。从庄子到晋人，再到柳宗元，隐藏在自然中的神秘似乎越来越少。人长高了，山变矮了，天地的辽阔中也渗入了更多的人间趣味。唐人看天地自然的视角，已与庄子、晋人都有所不同。《庄子》中那种带有神话气息的幽邃浩荡渺茫不见了，六朝文章中"不见曦月"的峭拔幽暗也很少影踪②，观察的角度从仰观变成了俯察。李白笔下的蜀道、黄河、庐山、天姥，虽时而故意地渲染一点神秘的气息（如《蜀道难》），但总体上变得轩敞明亮，就是"黄河之水天上来""飞流直下三千尺"一类的夸张句式，在山水的雄奇背后也隐藏着一种吐纳日月的胸怀。孟浩然的"气蒸云梦泽，波撼岳阳城"，王维的"分野中峰变，阴晴众壑殊"，杜甫的"会当凌绝顶，一览众山小"，从根本上也都是以人心的博大涵容山水的雄奇。到李贺写"遥望齐州九点烟，一泓海水杯中泻"，更将整个天下都看成了一个盆景。

三、人的自然化与自然的人化

　　这种从仰观到俯察的变化，是文明进展的结果，是唐宋之后人与自然关系上出现的新趋势。《小丘记》中说："丘之小不能一亩，可以笼而有之。""笼而有之"这四个字在不经意间透露出的，正是这种变化的精神实质。柳宗元从自然山水中找到了一种生命的逍遥之境，一种优游流连的获取永恒的方式。他这种"逍遥游"与庄子的"逍遥游"虽一脉相承，却具有颇不相同的含义。庄子的"游"，是要人绝圣弃知，完全消融入自然里，北溟天池也罢，无何有之乡、广漠之野也罢，人在其间几乎都不占什么地位，《庄子》书中一再做的，差不多都是对人的生命有限性和主体能力的限定。在他看

---

　　①　李泽厚说："谢灵运尽管刻画得如何繁复细腻，自然景物却并未能活起来。他的山水诗如同顾恺之的画一样，都只是一种概念性的描述，缺乏个性和情感。"《美的历程》，文物出版社1981年版，第99页。

　　②　"不见曦月"语出《水经注·三峡》。见《水经注·江水》，上海古籍出版社1990年版。《与宋元思书》末尾亦云："横柯上蔽，在昼犹昏，疏条交映，有时见日。"见倪其心等编：《中国古代游记选》上卷，中国旅游出版社1986年版，第28页。

来，人只有完全消融入自然里，才能分享到天地的永恒，才能消解那种生命短促、无意义的感觉。柳宗元则不然，在他这里，山水之"小"，反衬出了人之"大"；造化的工巧，折射出了人心的精微。这就难怪在整个《八记》的最后，也就是《小石城山记》的末段，他要发出对"造物者之有无"的疑议。让他"愈以为诚有"而仍不能全然释疑的那种神奇，原来就投射自主体的审美目光里。人不是要消泯在山水里，而是要以山水为"家"。《八记》的好几处，如《钴鉧潭记》《小丘记》《石渠记》，都写到了购地、得地，然后加以删茸、修整的情形，"崇其台，延其槛，行其泉"，"累记其所属，遗之其人，书之其阳"，自然在这里打上了明显的人的生命活动的印记。就这样，荒远中的自然被改造成了人的家园。钴鉧潭使他"乐居夷而忘故土"，其他各处也让他产生出一种类乎人情中惺惺相惜的知遇感。与庄子的"不夭斤斧"，"彷徨乎无为其侧，逍遥乎寝卧其下"[1] 颇异其趣，柳宗元对待自然的态度，仍以人之"用"为中心，《八记》中显然存在着一种对自然状态的改造。但这里的"改造"，也不是那种西方式的"改造自然"，从他"铲刈秽草，伐去恶木"，"揽去翳杇，决疏土石"，"扫陈叶，排腐木"的情形看，这里的"改造"，遵从的仍是大禹以来处理人与自然关系时的那一种"疏导"原则。人并不与自然对立，人只是要恰如其分地融入到自然的整体中去，这就不是道家思想那种取消自我作为的"天人合一"，而是儒家哲学在《中庸》中所讲的"赞化育"[2]，甚而再进一步，就是宋儒的"为天地立心"。不仅人在这里自然化了，自然在这里也人化了。且看《石涧记》里的一段描写：

> 其水之大，倍石渠三之，亘石为底，达于两涯。若床若堂，若陈筵席，若限阃奥。水平布其上，流若织文，响若操琴。揭跣而往，折竹扫陈叶，排腐木，可罗胡床十八九居之。交络之流，触激之音，皆

---

[1]　《庄子·逍遥游》，陈鼓应：《庄子今译今译》，中华书局1983年版，第30页。

[2]　《中庸》："唯天下至诚，为能尽其性……能尽物之性，则可以赞天地之化育；可以赞天地之化育，则可以与天地参矣。"参见（宋）朱熹：《四书章句集注》，中华书局1983年版，第32页。

在床下；翠羽之木，龙鳞之石，均荫其上。

用"若床若堂，若陈筵席，若限阃奥"来比喻涧石，用"流若织文，响若操琴"来比喻流水，用"翠羽"比树木，用"龙鳞"比碎石，都不仅是一个简单的修辞问题，这也可以看出作者在无意识中将山水人间化、生命化的艺术心理。而此篇最奇妙的，是它在山水之间给人安置的那一份席位："交络之流，触激之音，皆在床下；翠羽之木，龙鳞之石，均荫其上。"人与自然离得这么近，近到几乎要与它融为一体，然而他却是自然之心，在这颗心的映照之下，原生的自然化成了天地造化的艺术作品。

四、山水意趣与园林境界

从中国人的精神历史看，发生在从晋到唐这段历史时期里的山水审美上的这种变化，分别由李白和柳宗元推向了它的两极。这就是"致广大"和"尽精微"的两极。虽然外观上大小迥异，但其内在精神却是统一的，那就是化自然的山水为人间的家园。这就让我们想到中国古代的园林美学。在这一点上，柳宗元所代表的"尽精微"的方向，比李白代表的"致广大"的方向更有现实意义。

作为一种寄情，或赢取生命意义的方式，"游"在中国文化中有着复杂的意义。虽说在形而上的层面，"游"的真意在于《庄子》那种精神自由和解放①，但在形而下的层面，却始终存在着一个"游"于何所的问题。就是自然山水间的"游"，也可能存着不同的方式。《庄子》中的北溟之游与濠上之游就不同，孔子所赞赏的"浴乎沂，风乎舞雩"（《论语·先进》）又有所不同。这里就存在一个以天地为家园，还是在天地间开辟一个家园的问题。前者推到极处就只能是"神游"，后者则可能归向一种山水园林之乐。庄子、李白、苏轼常常趋向于前者，但也不废后者。陶潜、王维、柳宗元、李渔、曹雪芹常常陶然于后者，而又不时感觉到前者。"神游"只能是片刻的高峰体验，庄子的恣肆、李白的狂放都带有这种高峰体验的性质，因此庄子境界的达致需

---

① 参见徐复观：《中国艺术精神》第二章"庄子的再发现"，春风文艺出版社 1987 年版。

要"吾丧我"，李白的狂放也多凭借"醉态思维"①，苏轼只是"旷达"而已，因此他在经历一番"故国神游"之后，接着就会感到"多情应笑我"（《念奴娇·赤壁怀古》）。在《八记》第一篇里，柳宗元感受到的就是那种"神游"的高峰体验，但在接下去的篇章里，"神游"的体验就不再那么玄秘，更多的时候，他所陶醉的还只是山水的机趣。中国人的山水审美，自从魏晋时期获得全面觉醒之后，差不多同时就衍生出了山水文学、山水绘画和园林建筑三支艺术流脉。三者同源异出而又时相交涉，但其表现旨趣并不归一。大体说来，绘画更多一些"神游"的超越，而园林更多一些生命的机趣。建筑学家陈志华说："长期以来，普遍公认的中国园林的基本特点是'师法自然'。自从《后汉书》形容大将军梁冀的私园'有若自然'之后，一千年间，无数关于园林的描述中，'有若自然'大概是出现得最多的形容词。到明代末年，计成在《园冶》中把中国园林的特点概括成'虽由人作，宛自天开'。近年来，大家都接受这八个字，很少有人怀疑它。但是，如果简单地这么去认识中国园林，又会在实际面前碰壁。游览那些作为中国园林艺术代表的苏州园林，连从凡尔赛的国度来的人们都敢说它们并不自然。"② 不自然在什么地方呢？就在于"虽由人作，宛自天开"中的那种机趣，"对自然景观的剪裁、提炼和典型化"，"在无可奈何情况下锻冶出的小中见大的手法"，"借用文学手段引起的联想"等③。

从这一角度去看，我们就会更理解《八记》山水变"小"的精神史意义。《八记》以后的山水文学，虽然不乏气象恢宏之作，但《八记》中"尽精微"的山水审美方向，还是对它们产生了不可忽视的影响。我们只需读一读晚明公安、竟陵一脉的山水小品，或跟随贾宝玉探访一下大观园，就会发现，这种欣赏大自然在一曲一溪、一丘一石上所显示的神奇，或将宏大的山川做"微缩"处理的手法，有多么大的影响。而这影响的更重要方面是超出

---

① 杨义：《李杜诗学》，北京出版社 2002 年版。

② 陈志华：《文士园林试论》，《北窗杂记——建筑学术随笔》，河南科技出版社 1999 年版，第 336 页。

③ 陈志华：《文士园林试论》，《北窗杂记——建筑学术随笔》，河南科技出版社 1999 年版，第 336 页。

文学之外的，看那些"以一卷代山，一勺代水"（李渔语）的私家园林，"十笏茅斋，一方天井，修竹数竿，石笋数尺"（郑板桥题画）的绘画，或者随处可见的那些摆在庭院里、书斋中的小小盆景，不免就会想起《八记》中的这些小丘或小潭。那些安置在庭院里的山石花木，或摆在书案上的盆景，不就是对"笼而有之"的极贴切的说明吗？

五、"苑囿""庭园"之别及其意义

贾谊《过秦论》形容秦孝公之野心和雄图，有"有席卷天下，包举宇内，囊括四海之意，并吞八荒之心"之语，说的是一种政治性的抱负；统一后，秦始皇大规模地修筑长城，主要是出于战略上的考虑，但也可以看作是这种"包举""囊括"野心的具象化。不过这都是指整体的国家版图而言。秦始皇、汉武帝相继修建上林苑，将这种"包举""囊括"的野心扩展到了人与自然关系的领域。上林苑周围三百里，苑中豢养百兽，种植各种奇果异树，帝王不仅可以在这里游玩，更可以在这里射猎。人与自然的关系明显地处于一种对立的地位，人要驯化自然，首先驯化的是动植物，然后便是山林水泽。上林苑中有昆明池，又有蓬莱、瀛洲等三仙山。山川似乎也被驯化了，然而这种驯化只停留在象征性的层面。在这种外在的"包举""囊括"中，人心与自然还没有融入，没有沟通，自然对人来说仍是一种异在之物。人要真正达到对自然的驯化，只有通过农耕一类真实的劳动，通过与自然的打交道，通过将自己的生命融入对象的世界，才能最终消除那种异在感，而将自然建设成人的家园。魏晋前后山水审美心理的形成，从文明的基础看，与东汉以来庄园经济的发展有着深刻的关联。中国的田园文学虽然在陶渊明那儿才真正成熟，但其滥觞却在东汉人仲长统、张衡《乐志论》《归田赋》一类的文字[1]。只有当人安居于田园，并从中领略到自然的乐趣后，他探寻的脚步才会真正

---

[1]　陈志华认为："东汉仲长统的《乐志论》，最早地全面说明了隐逸生活的方式、环境、情操和思想。……此后一千多年……几乎历代绝大多数文士都写过赏玩散淡闲逸的文学，大体都不出仲长统这篇文章的旨趣。"见陈志华：《文士园林试论》，《北窗杂记：建筑学术随笔》，河南科学技术出版社 1999 年版，第 339 页。

踏向那些或近或远的山川林薮。钱锺书说:"诗文之及山水者,始则陈其形势产品,如《京》、《都》之赋,或喻诸心性德行,如《山》、《川》之《颂》,未尝玩物审美。继乃山水依傍田园,若茑萝之施松柏,其趣明而未融……终则附庸蔚成大国,殆在东晋乎?"① 这种从"陈其形势产品""喻诸心性德行",到"依傍田园",再到"附庸蔚成大国"的过程,也正是古代农业文明逐步驯化自然的过程。所谓山水的"自然美",其实不过是文明的一种发现。再进一步,那就是人要为自己在山水中安排一个位置,要将山水之美化成生活的环境,甚至化成一种内在人格的肌肤。六朝名士多好山居,在庄园之外开始修建别业②,其后园林文化蔚然兴起。山水与人的关系变了,人的心境也变了。盛唐时代王维写《山居秋暝》,末尾二句就仿佛是对汉初淮南小山《招隐士》的一种事隔近千年的回应:"随意春芳歇,王孙自可留。"③唐诗中的人与自然,不但有一种贴肤的亲和感,而且时时有一种想将自然纳入画框保存起来的珍爱和醉心。"相看两不厌,只有敬亭山"(李白《独坐敬亭山》),"窗含西岭千秋雪,门泊东吴万里船"(杜甫《绝句》)。人对自然,不再满足于秦皇汉武那样外在的搜罗和占有,也不再满足于庄子式内在的想象和体验。人要与自然生活在一处,在相互知音式的融入渗透中,获取一种真正的家园感。

　　有建筑学家说:"在全世界,园林就是造在地上的天堂"④。中国的园林从魏晋南北朝时期开始分为两个系统,有人称这种分别为"皇家园林"和"文士园林"⑤,有人则称其为"苑囿式"和"庭园式"⑥,当然,还可以从地域上

---

① 钱锺书:《管锥编》第 3 册,中华书局 1979 年版,第 1037 页。

② 参见王世仁:《天然图画——中国古典园林的美学思想》,《理性与浪漫的交织——中国建筑美学论文集》,中国建筑工业出版社 1987 年版,第 112 页。

③ 淮南小山:《招隐士》:"王孙兮归来,山中兮不可久留。"洪兴祖:《楚辞补注》,中华书局 1983 年版,第 232 页。

④ 陈志华:《文士园林试论》,《北窗杂记——建筑学术随笔》,河南科技出版社 1999 年版,第 336 页。

⑤ 陈志华:《文士园林试论》,《北窗杂记——建筑学术随笔》,河南科技出版社 1999 年版,第 336 页。

⑥ 吴伯箫:《漫谈"大观园"》,顾平旦编:《大观园》,文化艺术出版社 1981 年版,第 146 页。

分为北、南两个系统，各种分法的着眼点不同，所指却大体无异，而苑囿与庭园的区分更能看出历史的变化。"苑囿起于秦汉"，到"南北朝之末，尤以南朝宋齐梁陈以来，逐渐分化为另一系统"，"迟至赵宋，渐取苑囿而代之"，按这种说法，唐代的"私家园林如王维的辋川，裴度的午桥，都不能认为是庭园的系统"。"中国北部的名园，规模豁达雄大为其特色。"南方庭园系统的特色则在于"尽量揽挹大自然之风物，尽量缩之成一小天地，重在闲寂幽深，所谓'曲径通幽'，'别有天地'……于小小的面积中见幽深曲折之致。"①

"豁达雄大"还是"缩小幽深"，这是判别南北园林风格的一种重要标准，据此，我们发现，柳宗元《八记》中的山水趣味，已明显倾向于宋以后的南方庭园园林，虽然《八记》所记并非园林，但从柳宗元那不时流露出的营构意识，以及"笼而有之"的想象，我们也可以感觉出这种园林趣味的逐渐成形。其实，差不多与柳宗元同时，白居易于庐山构筑的草堂，也已显露出相似的审美趣味，但从"缩小幽深"这一点来看，还不及《八记》更为典型②。从建筑上看，"南方庭园的结构主要的是叠石"③，《草堂记》中已有"层崖积石，嵌空垤块"的描写，但比之《八记》对"幽泉怪石"的种种描绘④，还是显得

---

① 吴伯箫：《漫谈"大观园"》，顾平旦编：《大观园》，文化艺术出版社 1981 年版，第146—147 页。

② 《始得西山宴游记》里的一段文字："……凡数州之土壤，皆在衽席之下。其高下之势，岈然洼然，若垤若穴，尺寸千里，攒蹙累积，莫得隐遁……"正可看作这种"缩小"的最好例证。

③ 吴伯箫：《漫谈"大观园"》，顾平旦编：《大观园》，文化艺术出版社 1981 年版，第147 页。

④ 我们几乎可以在《八记》的每一篇看到对这种奇石的精心描绘，如："其石突怒偃蹇，负土而出，争为奇状者，殆不可胜数。其嵌然相累而下者，若牛马之饮于溪；其冲然角列而上者，若熊罴之登于山"（《钴鉧潭西小丘记》）。"……全石以为底，近岸，卷石底以出，为坻，为屿，为嵁，为岩"（《小石潭记》）。"山皆美石，上生青丛，冬夏常蔚然。其旁多岩洞，其下多白砾；其树多枫、楠、 槠、樟、柚；草则兰芷，又有异卉，类合欢而蔓生，缭戾水石"（《袁家渴记》）。"其侧皆诡石、怪木、奇卉、美箭……"（《石渠记》）。"翠羽之木，龙鳞之石"（《石涧记》）。"……土断而川分，有积石横当其垠。其上为睥睨梁欐之形，其旁出堡坞，有若门焉，窥之正黑，投以小石，洞然有水声……无土壤而生嘉树美箭。益奇而坚。其疏数偃仰，类智者所施设也"（《小石城山记》）。

太过简略了一些。虽然"石为庭园点缀至宋而始重"①，是由于宋徽宗醉心奇花异石，但一种影响深远的审美趣味的形成，却不会是由于某个人偶然的偏嗜。从根本处看，苑囿与庭园的不同，不仅有大小、南北之分，而且有文化系属上的差异。前者更多体现出游牧渔猎时代人对自然的一种征服和驯化关系，苑囿的主要构成是山丘、河流、林木、池沼、珍禽异兽，它的主人是贵族，乐趣主要在渔猎，从人对动物的征服中获取对于勇气和力量的自信，从物种品类之盛中炫耀富足，文学中的汉代大赋最可见出这种特点。就是到近代以前，我们还可以从来自关外的清朝贵族生活中看到这种特点。后者更多体现出农业时代人对自然的驯化和培植，它的构成主要是（假）山（奇）石、花木（梅、兰、菊、竹）、（盆）鱼（笼）鸟，以及猫、狗、蟋蟀等宠物，它的主人是缙绅地主，乐趣主要在观赏，从静观与狎昵中体验人对世界的拥有和与自然的和谐。田园诗、山水花鸟画、庭园艺术最能见出这种特点。这种差异也可从"苑囿"与"庭园"的字面上看出。前者的语义根源与动物的圈养有关，后者则明显与人的居处和植物的栽培有关。人们常常以"天人合一"来解说体现在各类中国艺术中的人与自然的和谐，却没有注意到，隐藏在这种"合一"背后的，并不仅仅是人对自然的随顺皈依，与它同样重要的，其实还有这样一种"囊括"，或"笼而有之"的心思。这种思想曾对中国文化艺术的许多方面产生过重要影响，而像柳宗元《八记》这一类文字，在其中所起的作用也应该是不小的。

第六节　《南溟奇甸赋》与前现代中国的南岛想象

丘濬（1418—1495）是明朝中期著名的高官、文人。他出生于公元 15 世纪初，并于明代宗景泰五年（1454）中进士，从经筵讲官、侍讲学士做起，一路做到国子监祭酒、礼部尚书、文渊阁大学士、户部尚书兼武英殿大学士

---

① 吴伯箫：《漫谈"大观园"》，顾平旦编：《大观园》，文化艺术出版社 1981 年版，第 147 页。

等高官，成为有明一代出生在海南的人中官职最高的人。据前人所论，在明朝宰辅中，丘濬一向以"博极群书"著称。明吴伯与《国朝内阁名臣事略》称他"当代通儒"，并云"国朝大臣，律己之严，理学之博，著述之富，无出其右者。"清张廷玉等撰《明史》则称："丘濬以博综闻。观其指事陈言，恳恳焉为忧盛危明之计，可谓勤矣。"《四库全书总目提要》也云："濬记诵淹博，冠绝一时，文章尔雅，有明一代，不得不置作者之列。"而现代史学家钱穆也称其所作《朱子学的》《大学衍义补》，"皆卓然得学统之正，伟然揽学林之要……不仅为琼岛一人物，乃中国史上之一第一流人物也。"①

　　对于丘濬的学术贡献，近年常有人做出甚高评价，其一些思想发现——如常被人提及的所谓"劳动决定商品价值"的观点——甚至被认为即便放在全世界，也都具有颇为超前的意义②。不过，这也只是就其著作的潜在意义而言③。如就实际来说，作为一个文臣，丘濬所做过的最重要的工作，不过是曾参与修撰《英宗实录》《宪宗实录》《续通鉴纲目》等书，而在实际政治上并未见有更大的作为，而如果我们更将眼光扩大到整个世界，则其所体现之知识视野，思想倾向，更可令人对这一时期中国的故步自封，产生一种复杂的感觉。

　　丘濬的文学贡献，并不特出。但其《南溟奇甸赋》却是一篇难得的佳作。传统中国的海洋/海岛想象，大都可划入想象地理学的范畴④。不论是记载

---

　　①　钱穆：《明代大儒丘文庄公丛书序》，《钱宾四先生全集》第53卷，台北联经出版公司1998年版，第79页。

　　②　这一观点被认为比英国古典经济学家威廉·配第的"劳动价值论"早了一百七十余年。参见赵靖：《丘濬——中国十五世纪经济思想的杰出代表人物》，《北京大学学报》1981年第2期；余德仁：《最先提出劳动价值论的是我国明朝学者丘濬》，《河南师范大学学报》（哲学社会科学版）2003年第6期。

　　③　按：网传列宁曾称丘濬为："中国十五世纪最杰出人物"，"人类中世纪最伟大经济思想家"。该说不但在各种网文中递相转引，甚至也出现在一些本该是严肃的学术著作的书籍，如2014年学习出版社出版的王兆申著《劳动价值形成和价值量决定的理论分析——马克思劳动价值理论在新时代的深化研究》、2018年天津人民出版社出版的张嵚著《大明王朝的复兴弘治中兴十八年》等书之中，但均不言出处。均属以讹传讹，不足为据。

　　④　参见陈心心、何美宝：《唐以前海赋的研究——以Eliade的理论为基础的分析》，《中外文学》第15卷8期，1987年1月。

早期传说的《山海经》《十洲记》，还是汉唐之际的《览海赋》《游海赋》《沧海赋》，乃至清人李汝珍的小说《镜花缘》，对海洋的描写，无不以想象为其重点。在这样的传统中，丘濬的《南溟奇甸赋》却以难得的真切生活体验和写实山川、地理、风物、人文描绘，从多个方面呈现了前现代中国一种有关海岛文化的理解和想象，无论其所体现的世界观念、国家意识、历史认识、家园情怀，还是具体的风物描写、文化想象，均有颇为值得分析的价值。

　　《南溟奇甸赋》是丘濬初到京都不久，有感于内地人士对海南地理人文的隔膜和偏见，采用传统的设为问答的方式，假托琼崖士子与翰林主人的对话所作的一篇辞赋。要真正读懂这篇文章，就得对其产生的时代和历史背景有比较全面的了解。

　　从文学史看，所谓辞赋的发生，很早就和对帝国政治和王朝文明的兴盛的歌颂联系在一起，从司马相如的《子虚》《上林》到班固、张衡的《两都》《二京》，莫不如此。但到后来，渐渐也出现了一些称美某些地方文明中心的作品，但从结构和主题看，却始终未离开过通过某种或隐或显的对比，称美歌颂某种文明繁盛的基本特点。《南溟奇甸赋》的作者丘濬，是生长海南的明代文人，其序从明太祖《劳海南卫指挥敕》中的一句话"南溟之浩瀚中，有奇甸数千里，地居炎方，多热少寒"说起，特别拈出"其地在炎天涨海之外，荒僻鄙陋，而我圣祖即视之以几甸，而褒之以奇之一言"之意，表面颂赞"圣人之心与天通，物之美恶，必豫有以知其后所必然于千百载之前"，其实却在表彰："夫吾郡之在今日，民物繁庶，风俗淳美，贤才聚兴，无以异乎神州赤县之间，且复俊迈奇诡，迥异常传"。文章之作，虽然始之以颂圣，终之以"颂圣"，但实际的意义却在借题发挥，通过介绍海南地理、人情，在努力光大乡邦文化的同时，表达自己对于家国、世界的独特理解和想象。

　　　　大哉皇言乎！自吾兹土而得兹言，地益增而高，物若加而妍。山林草木，濯濯然如在昆吾、御宿之近，封疆畛域，整整然如与侯服、邦畿以相连。嗟夫！天地以人胜，从昔皆然。兰渚以羲之而著，天台以孙绰而传。夫以残山剩水之胜，一经骚人墨客之所赏咏，尚扬芳于

四外，美流于当年，矧兹奇甸，环海以为疆者，馀二千里。纵步以行
兮，地虽甚遐；仰首而观兮，天则伊迩。一经大圣人之品题，山势骎骎
而内向，波光跃跃而立起。物则且然，人可知已。然则走所言者，岂
无所以耶！

这想象的第一点，就始终将中国视为一个有机的整体。这突出地体现
在篇中士子一开始对海南地理形势的描绘中：

自夫天一生水，融而为川；地十成土，结而为山。川者，天地之
血脉；山者，天地之肌骨。血脉流行于肌骨之中，浃于中而外出，出乎
外而环其中，是为一大堪舆，具元气之浑沦，容日月之出没。然而大
堪舆之外，突出于浩漾之中而为小堪舆者，又不知凡几窟穴也。是故，
其大而显者为帝王之宇，小而幽者为神仙之丘。帝王之宇是为神州赤
县，神仙之丘是为员峤瀛洲。一则非骨脱羽化莫能到而非常理，一则
虽声明文物之所萃而非真游。

这里所说的"天一生水""地十成土""大堪舆""小堪舆"之类，涉及
一套复杂的传统世界想象和形而上理念，其道理在今天自然无法从科学上得
到证明，但那种"血脉""肌骨"以及"仙凡"两界的想象，仍然对我们了
解中国人世界观念与生活意识提供了重要的提示；而其从"藏此奇胜于辽绝
之域"，以"见天听之孔卑，表王化之无外"的论说，更为理解古代中国的
文明认同、国家观念提供了一个具体的角度。

原夫天下之山，皆自昆仑而来，越戎而夏，出险即夷，分为两界，
折为三支。其中一支，经淮越江而极于衡霍，遂散乱而纷披，至此而
地势将尽，乃益险巇……孰知一脉透出瀛海之外，其地可画而井，无
以异于秦晋之近坼。

三百之川，总归汇于东南，三千之山，皆发源于西北。是则海者，
川之所委；岭者，山之所积。兹甸也，居岭海之尽处，又越其涯而独
出，别开绝岛千里之疆，总收中原百道之脉者也。

相对以往有关海岛的"孤悬"感，丘濬所强调的这种山川走势的"潜通"、
相连，突出的更是中华文明的一体性。《南溟奇甸赋》对华夏地理的这种认同，

不仅是一种政治认同，更是一种文明向慕。在这不断突出着的海岛大陆一体性的描绘中，体现的不仅是一种对"王化"的渴慕，更是一种以天下 / 中国为结构根本的文明向心力与延伸感。

丘濬出生的永乐十九年（1421）年，还是明朝前期成祖在世，努力事功，奋发有为的时期。就是在这一年的正月元旦，明王朝正式迁都北京，同年又命郑和第六次下西洋。但时隔三年之后，也就是到公元 1424 年，朱棣病死，新即位的明仁宗就下诏停罢了这项航海事业。虽然又再过七年后，即公元 1430 年，明宣宗朱瞻基又命他第七次下西洋，但到 1433 年郑和途中病死，船队返回南京之后，就再也未曾继续这项事业。公元 1435 年宣宗驾崩，英宗朱祁镇继位。紧接着接连发生 1449 年的土木堡之变，于谦拥立代宗，1457 年的夺门之变英宗复位等大政治事件。随着瓦剌蒙古势力的压迫，本已对大海中的远方产生探究兴趣的明王朝不得不又将注意力转向了北方的荒漠、草原。而与此同时，却正是发生在欧洲的意大利文艺复兴运动初起，开创人类生活新纪元的新航路即将开辟的重要历史转折时期。就在他中进士的三四年，标志着欧洲历史进入新时代的哥伦布（1450/1451 年秋天—1506 年5 月 20 日）、达·芬奇（1452 年 4 月 15 日（公历 4 月 23 日）—1519 年 5月 2 日）相继出生；而在他去世前三年，哥伦布的船队也已到达中美洲诸岛屿。虽然这一切在他的时代，对生活在东方的人们仍然很遥远。但我们今天却也只有将一切置于这一背景之下，才能更准确地了解其在历史上的意义。

从《南溟奇甸赋》中这一段描写看，中国古代的世界意识，始终以大陆文明为中心，始终不离以中原文明为"天下之中"这个认识基点，即便是像丘濬这样自幼生长在海岛环境之中的士子，也不能自外于这个认识，即便是已发生过像郑和下西洋这样的历史事件，但若就对整个世界的认识而言，这一时期的人们，其实并未有任何改变。

纵观《南溟奇甸赋》，整篇所突出的都在一个"奇"字，但其要却在"奇而不怪焉"。这"奇"，首先便是地之奇或境之奇，其次是物之奇，最后则是人之奇。而所有这一切针对的，都是那种因海南在中国版图中的后发地位所造成的一般人对它的陌生和偏见，亦即篇中由翰林主人所代表的那种"甸者，王畿之名，非所以为遐外之域；奇者，殊常之称，不可以加寂寞之墟"的认识。因而，篇中士子的答辩，除了突出"奇甸"说之出自"皇帝金口之所宣"，借以为其添光增彩外，更从中国陆地山川走向、地理布局突出了海南岛与大陆的一体性。

在以大陆文化为主体的中国，对海岛的了解，一向沉浸于想象性的描述。中国古典文献中的海洋描写，比之实际，始终与想象有着更大的关系。从《山海经》《庄子》中的奇幻描写，到《十洲记》《博物志》中的诸般记载，以及汉唐之际《览海赋》《游海赋》《沧海赋》中的种种渲染夸张，对海洋的描写，无不以想象为其重点。这些想象，在早期，多突出的是大海的广大、荒寂、辽阔、神秘，就如《庄子》《逍遥游》篇中的北冥、南冥或《秋水》篇中"万川归之，不知何时止而不盈；尾闾泄之，不知何时已而不虚"的大海，以及《山海经》中那些充满非人间色彩的荒远神异的海外之域；但到后来，特别是自战国以后随着种种神仙想象的兴起而渐次出现于《列子》及齐鲁方士之口的蓬莱、瀛洲传闻，则愈来愈显出一种曲折的人间情味，愈来愈成为一种理想生活之域的象征。丘濬有关海南岛的描写，一开始，自然也不能完全脱开这样的传统。

如所周知，该赋题中的"南溟"一词，来自《庄子·逍遥游》中鲲鹏化身飞往的"南冥"。所谓"南冥者，天池也"明显地点出了其想象地理学的特征。然而，接下去的描写，却渐次从这样的传统脱出。

《南溟奇甸赋》与丘濬的南岛描写，始终徘徊在强调大明帝国舆图的一体性与海南岛作为"南溟奇甸"所显示的乐园色彩两种性状的交织中：

> 爰有奇甸，在南溟中。邈舆图之垂尽，绵地脉以潜通。山别起而为昆仑，水毕归以为溟渤。气以直达而专，势以不分而足。万山绵延，兹其独也；百川弥茫，兹其谷也。岂非员峤、瀛洲之别区，神州、赤县之在异域者耶？

> 惟走所居之地，介乎仙凡之间，类乎岛夷而不夷，有如仙境而匪仙。以衣冠礼乐之俗，居阆风、玄圃之墟，势尽而气脉不断，域小而结局斯全。九州一大宇，兹为其奥；四海一通川，兹为其窍。上至北极

仅十九度，于天为近；远至神京几一万里，于地为大。茫茫巨浸兮，与天为界。漠漠平川兮，壮地之介。岂非地造天设，藏此奇胜于辽绝之域，用以见天听之孔卑，表王化之无外耶？其为甸也，可谓奇矣。然奇而不怪焉。

其地可苇而航，无以异于湖江之流水。海可度兮，不踰百里。山可登兮，不逾寻丈。舟之行也，朝斯往而夕斯返；人之游也，足可屦而手可杖。

请注意出现在这里的一些语词：奇甸、南溟、昆仑、溟渤、员峤、瀛洲，都是显而易见的神话地理学符号；舆图、地脉、山、水、川、谷、神州赤县，却又明确地将人们的认识拉回到现实的帝国版图之中。"潜通"一词，从语义的最上层看，这里突出的自然首先是帝国山河的一体性；但深究起来，也未必不暗示出另一种仙凡相通、人间与异境合一的感觉。通篇既要将海南描写为帝国版图的构成部分，又要将它描写为特别适于人的生存的乐园之地的意图昭然可见。

自战国、秦汉以来，对仙境的向往一直是中国人的一种心结，但仙境的缥缈也常给人一种失望。"介乎仙凡之间"，既有神仙境界所特有对于凡俗境界的超越，又有人间生活的实在，真可谓两全其美，令人快慰。"类乎岛夷而不夷，有如仙境而匪仙。"从句式看，"类乎""有如"说的是它的超凡性，阆风、玄圃都是传说中的仙境；"不""匪"的否定带来的是人间生活的现实感，在这里衣冠礼乐之俗，其实是一种因其现实文明性而更令人感觉踏实的东西。"势尽而气脉不断，域小而气象斯全。"纵观全赋，始终突出的是海岛与大陆在地理上和文化上的一体性和从属性。其坚持中原正统中心地位的意识，就是在有关山川走势，地理的描述中也可以看得很分明。

对南海"物之奇"的描写，自汉杨孚《异物志》以来，可谓史不绝书。但总透着一种陌生感、隔膜感。丘濬自幼生长海南，描写这里的一切自然别有一种亲近和贴切。《南溟奇甸赋》最令人印象深刻的，还是它有关海岛风物的那些描写：

土性殊而物之生也多奇相。草经冬而不零，花非春而亦放。境临乎极边，而复有海泄其菀气而无瘴。地四平以受敌，无固可负；岁三获以常穰，有积可仰。通衢绝乞丐之夫，幽谷多耇老之丈。古无战场，轼语信乎有徵；地为颇善，符言断乎非妄。民生存古朴之风，物产有瑰奇之状。其植物则郁乎其文彩，馥乎其芳馨。陆摘水挂，异类殊名。其动物则彪炳而有文，驯和而善鸣。陆产川游，诡象奇形。凡夫天下所常有者，兹无不有，而又有其所素无者，于兹生焉。岁有八蚕之茧，田有数种之禾。山富薯芋，水广鲜羸，所生之品非一，可食之物孔多。兼华夷之所产，备南北之所有。木乃生水，树或出酎。面包于椰，豆荚于柳。竹或肖人面，果或像人手。蟹出波兮凝石，鳅横港兮堆阜。小凤集而色五，并鲎游而数偶。修虾而龙须，文鱼而鹦噣。鳞登陆兮或变火鸠，树垂根兮乃攒金狗。鼪缘树梢而飞，马乘果下而走。鱼之皮可以容刀，蚌之壳用以盛酒。波底之砂，行如郭索，海滋之贝，大如玉斗。花梨靡刻而文，乌樠不涅而黝。椰一物而十用具宜，榔三合而四德可取。木之精液，爇之可通神明，鸟之鹴毛，制之可饰容首。有自然之器具，有粲然之文绣。天下皆有於菟，兹独无之，岂天欲居民蕃息于此，常夜户不闭，而无触藩之虞乎？江南皆无蜱蛸，兹独有之，岂天欲寓公之久居于此地，使照壁见喜，而无北风之思乎？噫，斯地也，近隔雷、廉仅一水耳，而物之生也，乃尔不同；远去齐晋殆万里兮，而气之通也，胡为无异？若是者，虽云生物之偶然，安知造物之无深意也。然则兹甸之所以为甸，而奇之所以为奇者，庸有在于是。

这段描写最可注意的，其实是它的写实性。前面已说到，古代中国的海岛想象，常常主要体现为一种想象性的地理描述，除了其存在环境本身的漂浮不定——所谓“山在虚无缥缈间”，言及其间的事物，也多突出其非人间的奇与异。从东方朔的《十洲记》、王嘉的《拾遗记》，到后来种种以海洋、海岛为对象的辞赋、诗文，莫不如此。此类情形，甚至到李汝珍（约1763—1830）成书于18世纪、19世纪之交的小说《镜花缘》，亦无多改变。但这里描写到的物品，则无不有着真实的对象，其所“奇”，不在想象，而在热带海洋环境本身所带来的有异于温带大陆物产的一切。

在铺陈、渲染完海南岛的物之奇后，《南溟奇甸赋》最终还是将表现的笔触转向了更具人文性的人之奇。这篇赋的最后，其实是对海南开发史的一种简要概括。首先还是从一种文明发展观和地理形式论说起：

> 天地盛大流行之气，始于北而行于南。始也，黄帝北都涿鹿，中而尧舜渐南而都于河东，其后成周之盛乃自丰镐，又南而宅于洛中，盖自北而渐南，非独天地之气为然，而帝王之治亦循是以为始终。

在这里，我们隐隐已能感到后来为日本学者内藤湖南所提出的那种文明中心转移论的目光，所不同的是，它并不像后者那样，最终指向为某个新的帝国的崛起和取代文明正统张本，而只是客观地描绘了中国文明在地理学上的一种自然演进之势。也正是从这样一种演进之势，丘濬在为海南岛的在中华文明中的"后发"地位做出合乎实际的说明的同时，也为海南岛的未来发展，提出了更大的使命和期许：

> 是甸居乎岭海之外，收其散而一之，透其馀而出之。所以通其郁而解其结，其域最远，其势最下，其脉最细。是以开辟以来，天地盛大流行之气独后，其至至迟，而发也迟，固其理也，亦其势焉。

有关海陆山川的描写中，仍然透着一种中国特有的生命感、肌体感，貌似神秘主义的话语中又透着一种相当现实的道理。"其域最远，其势最下，其脉最细"，这就是在中国的版图中，海南开发较晚的道理，"其至至迟，而发也迟，固其理也，亦其势焉"，这样的说法，不但为海南的落后提供了一种解释，而且很自然地将话题转向了接下去有关海南开发史的历史叙述：

> 是以三代以前，兹地在荒服之外，而为骆越之域，至于有汉之五叶，始偕七郡而入于中国。曼胡之缨未易也，椎结卉服之风未革也，持章甫而适之，尚懵懵而未之识也。魏晋以后，中原多故，衣冠之族，或宦或商或迁或戍，纷纷日来，聚庐托处，熏染过化，岁异而月不同，世变风移，久假而客反为主。刷犷悍以仁柔，易介鳞而布缕。今则礼义之俗日新矣，弦诵之声相闻矣，衣冠礼乐彬彬然盛矣。北仕于中国而与四方髦士相后先矣。策名天府，列迹缙绅，其表表者，盖已冠冕佩玉，立于天子殿陛之间，行道以济时，而尧舜其君民矣。孰云所谓

奇者，颛在物而不在人哉！

这样一种有关海南开发史的叙述，简明扼要，至今仍是人们认识海南发展的基本内容，而贯穿其中的"移风易俗"的"文化"观，以及对衣冠礼乐的推崇，对士子"策名天府，列迹缙绅""行道以济时，而尧舜其君民"理想追求的表现，均对我们认识中华文明的根本特性，提供了生动的范例。也从一个侧面对我们了解时当世界历史转型之际，中华文明的缺少外部探索动力，提供了某种有参考意义的信息。而考虑到今天海南开发开放的现状，再来读文章末尾借翰林主人颂圣所说的这段话，则更令人对海南岛发展的曲折和未来的希望，平添一种纵越数百年的感叹唏嘘：

秘矣哉，天之藏此地也。远矣哉，圣人之期此地也！自夫天开地辟以至今日，不知凡几运几世矣，自夫开疆辟土以建此区，不知凡几王几帝矣。然而多视之以穷荒，或逐于遐弃，孰谓其今日有是哉！

在中国历史的发展中，海南的不被重视实在已经太久了。丘濬有知，看到当下中国一波一波涌起的海南开发、开放热潮，当会再次欣然慨然于"孰谓其今日有是哉"了吧！

第二章　现代化境遇与传统生活诗意的消解

第一节　"吃人"的隐喻:《狂人日记》与中国传统文明

《狂人日记》是中国新文学史上第一篇白话小说,但长期以来,其对现代中国最重要的影响却不在叙事艺术,而在对中国传统文化的一种判断。小说主人公从写满"仁义道德"的"历史"字缝里看出"吃人"来的叙事,不但被当作一种揭示了传统文化本质的隐喻,深刻影响了近一个世纪中国的自我文化认知;而且作为一个叙事母题,不断出现于各式各样的中国现当代文学叙事,潜移默化地对中国现代文化建设发挥了难以估量的巨大影响。

一、启蒙·世界的陌生化

众所皆知,《狂人日记》堪称中国现代"启蒙文学"的发轫之作。说到"启蒙",如今常想到的自然是康德的名言:"启蒙运动就是人类脱离自己所加于自己的不成熟状态。不成熟状态就是不经别人的引导,就对运用自己的理智无能为力。"①

从鲁迅一生的言行看,他的事业,譬如揭露"瞒和骗",譬如要人"运用自己的脑髓"奉行"拿来主义",的确与康德所说的启蒙事业有着密切关系。他笔下的许多人物,如《阿 Q 正传》的主人翁,以及随处可见的看客、庸众,

---

① 〔德〕康德:《答复这个问题:"什么是启蒙运动?"》,《历史理性批判文集》,何兆武译,商务印书馆 1990 年版,第 22 页。

都堪称一个个对"运用自己的理智无能为力"的典型；而贯穿了从《坟》《热风》《华盖集》到《且介亭杂文末编》的那些精粹杂文的，也始终如一地是要人"睁了眼看"。对理性、对自由、对人的自觉与自主的追求，一直是他思想追求的真正重心。为了实现这一点，不得不然的，便是对经他人引导而形成的"从来如此"的事与理的不断怀疑。而这同时带来的，也就是艺术表现上对一切已然熟识的事物的陌生化处理。譬如《狂人日记》的正文，一开始就从主人公对月光的印象写起：

> 今天晚上，很好的月光。

> 我不见他，已是三十多年；今天见了，精神分外爽快。才知道以前的三十多年，全是发昏……

从第一句话到第二句的话题转换，相当突兀。先是有关月光的印象描绘，接着突然冒出了一个"他"，但此后再无交代，让人感觉所写仍是月光，但表现的重心，很快就转向那类似突然发现真相的爽然快意上。众所周知，月亮在中国文学中，从来都是一个极其重要的意象。相较日光的明亮、热烈，月光的清冷、朦胧，更给人一种安适和快意，而月光下的世界，也常像朱自清所说，会忽然变得"另有一番样子"，许多熟悉的事物，忽然间变得陌生；人也常"像超出了平常的自己，到了另一个世界里"（《荷塘月色》）。不过，即便如此，过去文学中有关月光的一切描写，从《诗经》中的《月出》，到张若虚的《春江花月夜》；从李白的《月下独酌》到苏东坡的丙辰中秋之夜，似乎都不像《狂人日记》开头描写的一样陌生而奇异。因为不同于过往，这一次的月光清亮，仿佛首先来自人的内心，而它所要传达的，也是一种因突然的"发现"而生的强烈精神快感———一种可以直接由"启蒙"这个词的字面意义所揭明的灵魂喜悦。

哲学史的考察告诉我们，无论中外，所谓"启蒙"其实都与"光"有很大关系。柏拉图著名的"光喻"，被看作是西方哲学关于"理性之光"说法的源头；中国古代也有"学有缉熙于光明"之说，有荀子"解蔽"以达"大清明"境界的理想。宗教常将"光"当成上帝或圣哲引导的象征，启蒙运动以后的思想家"以'自然之光'来与'神启之光'相对立，并进而赋予了

'光'以'理性之光'的含义"①。《狂人日记》中的这一抹月光，以及"分外爽快"的身心感受，正可以看作是一种启蒙快感的艺术体现。"今天见了……才知道……全是……"这样的句式，凸显的并非时间中的偶然，而是认识活动的飞跃带来的"惊奇"。而伴随着这道"光"，世界遽然变成了另一个样子。小说接下去写赵贵翁、写路人、写小孩子、写打孩子的女人、写大哥、写蒸鱼、写医生……全都给人一种陌生化体验。而照什克洛夫斯基的理论，艺术中陌生化的意义，正在于对日常生活"自动化"而生的麻木的破解，对寻常事物的陌生化处理，不仅能"使人恢复对生活的感觉"，使"石头显出石头的质感"，而且也能引起对某些习以为常的存在秩序的怀疑。

《狂人日记》的叙事话语和叙事方式，从总体看，所受都是西方传统（果戈理、尼采、弗洛伊德）影响，但开头小序所采用的，却很像是中国志怪小说的写法。就艺术而言，《中国小说史略》的作者在他的第一篇白话小说中，使用这样一个开头，当然在情理之中。然而这里要说的是，所谓"志怪"，本身或许就有更不平常的意义。

志怪、传奇的特点，就是对奇异事物的注视。这种注视的作用，就是将日常生活陌生化。要懂得志怪、传奇的意味，就要懂得陌生化。而《狂人日记》就是这样一篇因陌生化而充满了奇趣的小说。出现在这里的，首先是事态之奇：小说的中心话语是"吃人"，这本身就足以令人震惊，故事的具体内容呈现的又是一个变了形的内在世界，这是中国传统小说中从来都没有的；其次是结构、语言之奇：整篇小说分为小序、正文两个部分，两者之间又构成着一种相互解构、相互颠覆的关系②；正文部分几乎全都由呓语、谵语构成，其联结鲜有逻辑关系，而更具一种意识流文学的特点。③ 所有这一

① 参见许苏民：《为启蒙正名》，《读书》2008 年第 12 期。
② 对《狂人日记》中的反讽问题，前人已多有论说，但多讨论小序与正文。参见温儒敏、旷新年：《〈狂人日记〉：反讽的迷宫——对该小说"序"在全篇中结构意义的探讨》，《鲁迅研究月刊》1990 年 8 期；钱理群：《〈狂人日记〉细读》，《鲁迅研究月刊》1994 年 11 期。
③ 陈思和曾指出，《狂人日记》所用的语言，并非普通的白话，而是一种欧化的语言与文体。"《狂人日记》开创了一种新的语言，这种语言我们给他一个名称'欧化语'。……其实，鲁迅的语言与五四时期一般流行的白话文不一样，与巴金、叶圣陶的流畅语言也不

切，都使它从一开始就将中国现代小说的艺术表现，上升到了一个后人很久都未企及的世界性高度，而同时，所有的这一切又都与其内在精神有着完全的一致，熟悉事物的陌生化，最终带来是对一切存在秩序的质疑："从来如此，便对吗？"狂人的追问，正是由此生出。而类似的惊异感，也一直延续到鲁迅后来许多的创作，譬如在《华盖集》中的一连多篇的《忽然想到》，以及《故事新编》中许多出人意料的细节。认识这样的惊异感，无疑是了解《狂人日记》精神史意义的关键之一。

二、匿名的"引导"：谁是启蒙者的启蒙者？

众所周知，无论西方、东方，在有关启蒙问题的认识上，都绕不开康德。然而，就像福柯指出的那样，康德的文章"虽短但并不总是很明了"。而其中首要的问题或是：作为一个事件或一个过程，"启蒙"在思想逻辑上的发动者究竟是谁？或者说，靠谁，或靠什么，人类能将自己从"自己所加于自己的不成熟状态"中解放出来？

从历史的角度看，康德的论述针对的主要是欧洲的实际。正如邓晓芒所说："如果按西语字面的意思直译，'启蒙运动'是'光明的时代'或'光明的世纪'。中文把它翻译成启蒙运动或启蒙时代，它相当好地表达了西方启蒙运动是'照亮'了中世纪一千年的'黑暗王国'的意味。"[①] 按这样的理解，"启蒙"是一个社会的而非个体的思想成熟过程。就像福柯所指出，康德"在文章一开始就要读者注意，人自身要对所处的未成年状态负责。应该认为，人只有自己对自身进行改变才能摆脱这种状况"。这里的"人"，显然都首先指向人类或社会生活的整体，但也很难说他和具体的个人无关。沿其思路，福柯解释说："'启蒙'既是人类集体参与的一个过程，也是个人从事的一种

一样，他的语言有时候非常拗口，有一点文言文，也掺杂了西方语言的语法结构，而且鲁迅从来不避外来语，他的文章里总是有许多来自日本的新词。"陈思和：《现代知识分子觉醒期的呐喊：〈狂人日记〉》，《中国现当代文学名篇十五讲》，北京大学出版社 2003 年版，第 67 页。

① 邓晓芒：《西方启蒙思想的本质》，《广东社会科学》2003 年第 4 期。

勇敢的行为。人既是这一过程的一分子也是施动者。"① 这当然都没有问题。作为整体或集体的人类的真知获取，可无赖于天启、神示、惯例，而可凭借于自身不假外求的理性能力。从历史看，启蒙运动的实际针对是所谓中世纪黑暗，所谓"他人引导"，实际或许也就是指以上帝为名的那一套宗教话语体系。康德说人"必须永远有公开运用自己理性的自由，并且唯有它才能带来人类的启蒙"，其中的"自由"，针对的便是中世纪以来的神学（意）禁锢，"理性"则指人类的天赋反思、判断能力。这一切，若从整体看，似乎的确没有太大问题。然而，若将问题限于具体的过程，则作为个体的人如何能走向"成熟"，从而摆脱那种"对运用自己的理智无能为力"的状态，却仍然是一个需要考虑的问题。

按"启蒙"在中国的本意，原就是祛蔽②。所谓"启蒙"，其实就是要去除遮覆在事物本体之上的东西而使其显出本来面目。但如何才能"启蒙"呢？按《孟子·万章上》述伊尹语："天之生此民也，使先知觉后知，使先觉觉后觉也。予，天民之先觉者也，予将以斯道觉斯民也。非予觉之，而谁也？"朱熹注："觉后知后觉，如呼寐者而使之寤也。"③ 这是孟子的，也是中国传统的一贯思路。清人刘献廷说："物理幽玄，人知浅眇，安得一切智人出兴于世，作大归依，为我启蒙发覆耶！"④ 也就是说，按中国古人的看法，所谓"蒙"，所指不仅是文明的一种蒙昧状态，而且是人生的初始状态。前一意义上的"蒙"叫"鸿蒙"；后一意义上的"蒙"叫童蒙。也就是个体生命的不成熟状态，因而启蒙（发蒙）即是教育，南朝宋傅亮《立学诏》："古之建国，教学为先，弘风训世，莫尚于此，发蒙启滞，咸必由之。"⑤"蒙"首先是童蒙，这种看法其实和康德用"不成熟"暗示出来的东西颇相一致。不过，这种要以先知觉后知的方式进行的"发蒙"，却和康德所提及的东西有着某种

① 福柯：《何谓启蒙》，《福柯集》，上海远东出版社 1998 年版，第 530 页。
② （东汉）应劭：《风俗通义·皇霸·六国》："每辄挫衄，亦足以祛蔽启蒙矣"。《风俗通义校注》，中华书局 1981 年版，第 49 页。
③ （宋）朱熹：《四书章句集注》，中华书局 1983 年版，第 310 页。
④ （清）刘献廷：《广阳杂记》卷三，中华书局 1957 年版，第 119 页。
⑤ 《宋书·武帝纪下》，中华书局 1974 年版，第 58 页。

微妙的差异。

　　在中国当代，有鉴于现代启蒙思潮的某些"缺陷"，有学者坚决反对将启蒙理解为"一种教育"，而将"西方的启蒙运动"界定为"各种不同于信仰主义的权威语言（霸权语言）或权威思想的新语言或新思想多元纷呈所造成的一种百家争鸣的状态"，明言"启蒙运动并不是'教育'，其中并没有谁是概念意义下的'教育者'"①。然而，这无论是从逻辑，还是从事实，都并不能令人十分信服。从逻辑上讲，如若排除"他人的引导"，则所谓"启蒙"的契机由何而来，仍是一个问题。在康德或邓晓芒，这似乎都只是人性"成熟"的一个自然结果，但这又何异于一种"天启"？《礼记·中庸》开头说："大学之道，在明明德"，所谓"明明德"，除去某些后设的内容，倒比那种人性自然成熟的期待更具实践意义。但这里的问题，仍然是所谓的"明明德"是否真能全然摆脱"他人引导"？即便像邓晓芒所说，启蒙思想之成为时代"主流"，是"人人参与这个时代的思考，参与选择的结果"，也无法彻底排除"教育"在这中间所可能发挥的积极的作用，否则，事情便又会重新变得神秘难解。而从事实看，即便是西方的启蒙运动的实际进行，也都一直以"教育"，以"先知觉后知"，为其进行及影响扩散的主要动力。

　　即此而言，"启蒙"在中国传统社会，其实一直都是"士"阶层为自己择定的一种人生使命，只是随着近代以来中国四民社会的解体及知识分子社会地位的边缘化，不但原来"志于道"的"士"的社会生活意义变得可疑，他们所拥有的那一套知识、话语也濒于解体。罗志田说："甲午后日益响亮的口号是'开民智'，但庚子后政府已被认为不能救亡，如果读书人也'不中用'，那这个任务由谁来承担？梁启超当年已感不能自圆其说，遂提出'新民云者，非新者一人，而新之者又一人也，则在吾民之各自新而已'。用今日的话说，人民可以也只能自己在游泳中学习游泳。章太炎大致分享着类似的思路。"然而他又指出，梁启超到后来还是先将希望转向"中流社会"，然

①　参见邓晓芒：《20 世纪中国启蒙的缺陷》，《史学月刊》2007 年第 9 期；《西方启蒙思想的本质》，《广东社会科学》2003 年第 4 期。

后又再将它寄托于"在朝在野指导之人",而所有这一切,终不能全然纾解被边缘化的知识分子在这一问题上的深刻困惑①。

再来看《狂人日记》的开头。在这里,作者在写到月光印象之后,分明地提到了一个"他",在历来的接受中,这似乎都已被顺理成章地理解作了"月光"的代词,然而若果如此,那就无异于让我们再一次承认了"启蒙"的"天启"性质,而这并不符合鲁迅所处时代的思想实际。也正因此,在后来的理解中,它又可能被悄悄换作"某种新的思想和新的价值观",或"一般说来,是具有'超越者'意义的东西"②。而从未设想,这里也可能存在着另一种理解——即这个"他",也可以看作是狂人这个启蒙者的一个启蒙者,然而,"他"一闪即过,就连作者也始终未曾对其赋形定名,但不论是过去还是现在,认真地看待这样一个几近神秘的存在,却是对于理解鲁迅,至少和理解《过客》中那个不停召唤的"声音"同样复杂而根本的问题。了解一个世纪以来中国文化发展的人都知道,这个"他"即便极其抽象,也仍然应有"他"所执行的精神廓清意义,而其思想核心的只能是一种来自西方的现代观念或视角,但在当时,却还只能以这样一种无名的形式隐迹于"狂人"那仍不免混沌的意识世界。

三、先知抑或病患

《狂人日记》中最重要的东西,当然是那个有关"吃人"的发现。《狂人日记》的主人公究竟是先知,还是只是一个普通的迫害狂患者?这是一个决定着我们对《狂人日记》真理性的基本认知的问题。对此,一直存在着不同的看法。主流的观点倾向于将这个疯子看作时代的先知;即使有承认其为精神病患者的人,也未将这一看法中所隐含的东西,即对他的言论真实性的怀疑明白表达出来。

---

① 罗志田:《过渡时代读书人的困惑与责任》,《权威转移:近代中国的思想社会》(修订版),北京大学出版社 2014 年版,第 170—175 页。

② [日]伊藤虎丸:《鲁迅与日本人——亚洲的近代与"个"的思想》,李冬木译,河北教育出版社 2002 年版,第 107 页。

有学者认为"当年鲁迅创作《狂人日记》之时,大概他首先不能不面临的难题,就是如何让只有偏离了理性轨道才能被视为狂人的疯人之言来说出理性,甚至是比理性更接近于真理的话语"[1]。但在我看来,这还不算他真正的难题。众所周知,在人类早期生活中,疯狂曾长期被看作是一种通灵的表现。不论是原始部族的巫师、萨满,或今日民间信仰中的巫婆、神汉,以疯狂的形式传达神谕都是他们从事其迷信活动的主要手段。也正因此,各民族传说中的先知,也都有被庸众当作疯子的例子,鲁迅当然深知这一点,《野草·复仇(其二)》中描写的耶稣,就正是这样一个遭庸众戏弄的先知 / 疯子。

在这样的传统中,狂人谵语的另一面,常常便是神谕 / 真理通达。有了这一点,前述难题就不再困难[2]。再加上,在中国文化传统中,"狂"还是儒家理想人格的一种现实形态。《论语·子路》:"不得中行而与之,必也狂狷乎!狂者进取,狷者有所不为也。"由于从孔子开始的儒家先贤,早就意识到被称为"乡愿"的伪中庸人格的欺骗性,因而,对一些人所采取的极端的、偏激的思想表现方式,早就表现出了深刻的理解和同情。从楚狂接舆到楚大夫屈原,从竹林七贤中的一些人物到唐宋以后的李白、徐渭、李贽、章炳麟,中国传统中就一直都有这样一个"佯狂"或"病狂"的人物谱系。同时,也都懂得对狂者的许多极端言行,如孔融的非孝,嵇康的非汤武、薄周孔,更宜从某种反面去理解[3]。

在我看来,鲁迅在这里真正面临的最为严重的问题其实是,当这样一种以谵妄、夸张、隐喻的形式表达出的"真理"被引入读者的视野,他的接受怎样才能将其中的"真理"的成分和"谵妄"的成分有效地分离?这当然是当年的他所未曾虑及,也为后来的研究所忽视的。对于这部小说,通常

---

① 李今:《文本·历史与主题——〈狂人日记〉再细读》,《文学评论》2008 年第 3 期。

② 这一点是从《狂人日记》发表之后迅即引起的那种热烈反应,也可得到证明。1919 年 4 月,孟真(傅斯年)在《新潮》第 1 卷第 4 号上发表的《一段疯话》中便说:"疯子是我们的老师","我们带着孩子,跟着疯子走,——走向光明去"。《傅斯年全集》第 1 卷,湖南教育出版社 2000 年版,第 214 页。

③ 在现代中国,最先敏锐地指出这一点的人,恰好也是鲁迅。见《魏晋风度及文章与药及酒之关系》,《鲁迅全集》第 3 卷,第 535 页。

的研究强调的都是先知的一面，而忽视其病态的、谵妄、夸张一面，这不但导致了对中国历史文化认识上的偏激，而且也导致了对鲁迅认识的简单化、平面化，以及对他心灵深处所隐藏之黑暗的认识不足。20世纪以来的《狂人日记》阐释史，一直纠结在作品的主人公究竟是一个"狂人"还是一个"战士"之间，却很少对他的话的"真理性"问题进行过认真的讨论、质疑①。而这样的后果之一，就是必然地造成对他的"发现"的不断过度解读、过度发挥。

四、掩蔽之物抑或行为主体

《狂人日记》最振聋发聩的地方，就在于它将"仁义道德"与"吃人"联系在一起。然而看似明白的表达，实际却存在重要的歧解。问题的关键在，"仁义道德"与"吃人"之间究竟是一种什么关系？或者，更明确地问："仁义道德"在这里，究竟是一种遮蔽之物，抑或就是"吃人"的主体？这也是阅读《狂人日记》最要追问的问题之一。

如果是后者，那么"吃人"就不单是事实，还是文化的自觉追求。但这无论如何都有点说不过去——即便是提倡"仁义道德"的社会普遍存在"吃人"的现实，也不能逻辑地得出结论说，问题就在"仁义道德"本身。这就同不能因为有"伪善者"就怀疑作为伦理价值的"善"一样，是一个简单的道理。真正应问责的，或许只是这种道德标准何以不能实现。另一种理解是，"仁义道德"不过是一种假象、一种掩蔽之物，"吃人"才是掩蔽其间的真实。为了更清楚地了解这一点，让我们再读读那段著名的文字：

> 凡事总须研究，才会明白。古来时常吃人，我也还记得，可不甚清楚。我翻开历史一查，这历史没有年代，歪歪斜斜的每叶上都写着"仁义道德"几个字。我横竖睡不着，仔细看了半夜，才从字缝里看出字来，满本写着两个字是"吃人"！

---

① 参见张梦阳：《中国鲁迅学通史》下卷第十四章"狂人'疯语'听真音——狂人学史"，广东教育出版社2002年版。

仅从这段文字，就不难看出，将"仁义道德"当作吃人的主体，显然是不无过度解读嫌疑，说它只是一种掩盖了这个事实的遮蔽之物则更合理。前面已说到，启蒙在中国的本意，其实就是祛蔽。无论是应劭的"祛蔽启蒙"，还是刘献廷的"启蒙发覆"，都指涉了认识对象的两个层面，一是表面之物、遮蔽之物（假象、现象），二是本质之物、被遮蔽之物（真相、本体）。揭开表面之物，直观真相；或透过现象看本质，是祛蔽。鲁迅在这里所做的工作，正是十分贴切地展示了什么是"祛蔽"，说他是一个现代思想的"启蒙者"，真是再贴切不过。只是问题的复杂在于，为了揭示这个被遮蔽的本质，他所使用的却仍是一种象征性的语言，这样的"文学"的表达，无意间却又增加了一层新的隔膜。

鲁迅的本意是"启蒙"，结果却又造成了另一意义上的遮蔽。这里反映的究竟是语言表达上的困难，还是思想本身的困境，仍是一个需要继续讨论的问题。但无论如何，有意地或无意地混同遮蔽之物与被遮蔽之物，不是祛蔽，而是蒙蔽。简单地说"仁义道德"吃人，造成的正是这样的新的蒙蔽。这不但造成了我们对鲁迅理解上的困难，而且也造成了从巴金、老舍、张爱玲到贾平凹、王安忆、莫言、阎连科，几乎整个一个世纪中国作家文学叙事的最重要的主题，而他们对它的附益、发挥，对加深这种理解的影响力，亦有着绝大的关系。对这一问题的清理，同样是一个十分有意思的话题，这里暂不展开。

五、事实抑或隐喻

只要对世界历史作一点简单的人类学考察，就不难发现，所谓"吃人"，既非中国社会特有的现象，亦难说是哪种文明的本质。在中国现代，或许是吴虞首先将"吃人"和某些真实的历史事件联系到了一起，此后的鲁迅，似乎也越来越支持这样的理解。《狂人日记》中作为掩蔽之物的"仁义道德"之变为"吃人的礼教"，既与吴虞的解释有关；也与他后来的许多创作，如《灯下漫笔》《春末闲谈》《我之节烈观》这类的杂文，以及《祝福》《孔乙己》这类的小说有关；"所谓中国的文明者，其实不过是安排给阔人享用的人肉的筵宴。所谓中国者，其实不过是安排这人肉的筵宴的厨房"①，的确明明白白出现在他后来的文章中，但所用的，仍然是一种象征的、文学的语言（研究鲁迅自己在"吃人"问题的自我认识和自我阐说的变化，也是一个需要进一步展开的话题）。

　　无论是从吴虞、茅盾到钱理群、陈思和的研究者，还是从巴金、张爱玲到莫言、阎连科的现代文学传统继承人，所进行的工作的一个重要方面，都有从历史或现实发掘出许多"吃人"的实例——从易牙到徐锡麟，从张巡到张献忠，从《水浒》英雄到现当代许多生活现象。当然，就全部认识而言，各人所涉及的内容都远比这一点要多。然而，一个简单而未被充分正视的事实是，即便真的存在这些事实，也不能证明整个中国历史就是"吃人"，更不能证明"吃人"就是儒家"仁义道德"的伦理诉求的本质。

　　由历史上存在"吃人"的现象得出中国尚是"食人族"，中国的历史、中国的文明不过是"吃人"者的"筵席"的说法，显然只是一种"文学的"表述。无论哪个社会、哪种文明，都存在过"吃人"的现象，但也都非社会和人生的常态，并且随着文明进步，越来越成为被理性所抛弃的东西。就如小说文本中所说的："大约当初野蛮的人，都吃过一点人，后来因为心思不同，有的不吃人了，一味要好，便变了人，变了真的人……"如果将这样的文学表述，坐实为历史的逻辑，那么所有的民族、所有的文化，便都可以称之为"吃人"的文化。试问：古往今来，又有哪个民族、哪种文明、哪个社会，绝对没有"吃人"的现象存在，没有这样的社会暗角呢？

　　完整地看，所谓"礼教吃人"，其实包括两个层面：事实的和象征的。两者的意义明显不同。事实层面的"吃人"，前人已说过很多，这里无须多论；象征层面的"吃人"，意涵极为丰富，且深刻地影响了现代中国文化的自我认知，在其后的现当代文学中更是多有表现，但我们至今对之也是仍然缺乏足够的清理。

---

① 鲁迅：《灯下漫笔》，《鲁迅全集》第 1 卷，人民文学出版社 2005 年版，第 228 页。

六、现实主义抑或表现主义

必须承认，《狂人日记》始终是一个充满了反讽张力的文本，它的思想和表达从头至尾都存在着自我颠覆性因素：先知与病态、醉与醒、常与变、众与独、吃人与被吃、绝望与希望、清白与罪孽，始终都是纠结缠绕，撕掳不清。认识这一点，对认识鲁迅小说的叙事艺术，及其对传统及现代文明的态度至关重要。

狂人的深刻是一种病态的深刻，狂人的"发现"是一种以谵妄、夸张的形式表现的"发现"。只有同时看到这两点，才能对所谓"吃人"有一个比较准确的认识。简单说，"发狂，实际上意味着觉醒"，"狂人其实是正常的，倒是那些'正常'的人们在什么地方出了毛病"①，这样的解释，不免一厢情愿。但若就文本看，则不得不承认狂人的确是病态的。唯其病态，才有超常；唯其超常，才有常人所难发现的发现，常人所难表达的表达。但又因其病态，则对这真相和深刻，又需分析地对待。20 世纪的中国，敢于承认狂人的深刻，却不敢承认他的谵妄；21 世纪以来的民族主义，指斥它的过激，却又漠视它的深刻。这都不是公允、全面的态度。不可否认的是，鲁迅的一生，其言行的深刻，都不脱某种"病态"的敏感、易怒、多疑、偏激，他的论敌对其性格的某些极端方面的批评，也都并非空穴来风。但即便如此，你也不能不认真地对待他所表达的这一切。

鲁迅将自己第一部小说集定名"呐喊"，这"呐喊"，一方面是"还未能忘怀于当日自己的寂寞的悲哀"，另一方面也是要"聊以慰藉那在寂寞里奔驰的猛士"②。从后一义看，"呐喊"这个书名常让人想到一种阵前作战的情形——所谓"摇旗呐喊"。但这个名字也可让人想到另外一些东西，比如作者喜欢的挪威画家蒙克的名作。在蒙克这幅也以《呐喊》（或译"尖叫"）为题的画中，艺术家以一种极度夸张的手法，描绘出一个已然变形的尖叫的人

---

①　［日］伊藤虎丸：《鲁迅与日本人——亚洲的近代与"个"的思想》，李冬木译，河北教育出版社 2002 年版，第 106—107 页。

②　鲁迅：《呐喊自序》，《鲁迅全集》第 1 卷，第 441 页。

的形象，并于草图上写下了"只能是疯子画的"的自叙。

这幅画作于 1893 年，虽然尚不清楚写作《狂人日记》的鲁迅，是否已看过这幅名作，但晚年的他确然编辑过一册《爱德华·蒙克版画集》，其对蒙克的喜爱，无疑超于一般 ①。在艺术史上，蒙克是表现主义的代表人物，鲁迅的作品却常被看作是现实主义的典范。但他这一声"呐喊"，却未尝没有蒙克式的夸张、变形。当然，《狂人日记》之所以采用这种夸张、变形的手法，除了艺术及自我精神的因素，他所说的"遵命"呐喊也是一个重要的原因。既是阵前呐喊，自然需要增大声音，"吃人"的耸人听闻表达极具宣传效应，不论是五四运动，还是后来的社会革命，都需要这种宣传效应以振聋发聩，周作人说："这是打倒礼教的一篇宣传文字，文艺与学术问题都是次要的事"②，指出的正是这样一种写作动机。

七、历史抑或现实

"启蒙"的后果是发现，是"狂人"的发现。"从来如此便对吗"的追问，理性的觉醒却要借疯狂才得以表现，这本身就有复杂的意味。是什么样的环境使他作此选择？"疯狂"如何将海德格尔所谓"此在"从日常沉沦中唤醒？固然都是很有意思的话题，但更需关心的话题或许是：当真理的表达不得不采用一种狂人谵语的方式时，所造成的，究竟是怎样的彰显，怎样的遮蔽？

由于意识到鲁迅的传统文化批判的某种过激之处，现在的研究者逐渐有人倾向于更清晰地区分他对儒家的复杂态度与他对儒学专制批判的复杂关系，同时，也有许多人力图站在自己所谓鲁迅的立场上，为他所进行的激进文化批判解说或辩护。对于寓含在这一切中的启蒙精神和文化批判意识，我们理当理解并抱有充分的敬意，但同时也需注意到，如果只对本该做更理性的、具体的分析文化问题做一种笼统的判断，其结果是否会适得其反？就像

---

① 参见魏韶华：《鲁迅的呐喊和蒙克的呼嚎——纪念鲁迅先生诞辰 120 周年》，《兰州大学学报》2001 年第 5 期。

② 周作人：《鲁迅小说里的人物》，《周作人自编文集》，河北教育出版社 2002 年版，第 18 页。

"文化大革命"的反传统一样，看似彻底的革命冲动带来的却是它所反对的某种传统的复辟。

更重要的还有，如果我们将一切诿过于传统，则可能放过更现实的敌人。实际的生活经验告诉我们，从 20 世纪 70 年代末以来，人们还总是将对历史的诸多迷失归因于传统文化："文化大革命"是因为传统，腐败是因为传统，现代化脚步的滞重是因为传统，这样的"传统"，实际成了"国情论"的另一种表述，成了可以推脱一切现实责任的替罪羊。却忘了经现代冲刷的传统早已不再拥有从前的力量。如果说《狂人日记》时代"儒家的政治观念和思想观念"，仍是"阻碍社会发展和社会进步的主要政治力量和思想力量"的话，时至今日事情是否仍然如此，则可能还需要新的更加缜密的研究。或许，新文化运动诸先驱对传统的批判，问题并不在"过激"，而在缺少深入和耐性，毕竟，感性的体悟哪怕再深刻，也不能代替理性的分析。这本该是后人要做的事。然而，五四落潮以后的中国，一直缺少这样一种能够从容讨论的环境。

20 世纪 80 年代以来的中国，经济发展，社会繁荣，民族文化自信力自然随之上升。但对如何进一步推动国家现代化建设，从而实现中华民族复兴的百年梦想，不同的人仍然有不同意见。一个世纪的中国历史告诉我们，不论是对待民族传统，还是外来文化，我们理当更理性、更公允，更平和一些。即便不能完全如钱穆所说，在评判一些与之有关的问题时，"对其本国已往历史"更多地抱一种情感的或宗教的"温情与敬意"，至少也应防止像"文化大革命"时期那样再次以"一种浅薄狂妄的进化观"，幻想"现在我们是站在已往历史最高之顶点"，"而将我们当身种种罪恶与弱点，一切诿卸于古人"①。

当然，与此同时，同样需要克服的还有凭着一种民族主义的热忱与自负，再将本该诉诸理智领域的问题偷换成某种类乎宗教情感的东西，重陷夜郎自大、故步自封的国粹主义泥潭。如何在不厚诬古人，不偏激地对待传统的同时，既保持开放的心态，又保持清醒的理智，不仅需要我们从学术上对

---

① 钱穆：《国史大纲》（修订版），商务印书馆 1991 年版，第 1 页。

传统再做更审慎的分析，而且需要我们从一般意识的角度，认真反思近一个世纪以来形成的种种"成见"。就此而言，重新审视《狂人日记》有关中国传统文化认识的性质，亦可谓不无新的当下现实意义。

第二节　魂兮归来哀江南：鲁迅创作中的江南生活影像及其美学

在中国文化中，江南，可谓一个说不尽的话题。对鲁迅来说，同样如此。生于斯、长于斯，江南之于鲁迅，有着沦肌浃髓的生命体验与记忆。谈论江南文化对鲁迅的影响，可以从多种不同的角度，政治的、经济的、文化的，这里只将话题设定在一个较小的范围，也就是他的江南生活印象及其与之相关的审美趣味上。认识鲁迅，不但应认识他的思想，而且应认识他的美学，但这并非仅指那些他曾以理性的语言表达过的东西，而更有呈现于他或自觉或不自觉所创造的一种艺术境界里的一切。

说到中国文人对江南一般的印象，首先总让人想到六朝以来的文学。吴筠、陶弘景的山水描写，《世说新语》里的人物，柳永、张岱笔下的钱塘繁华，构成了江南印象的底色。在一般的印象中，江南总是和山水烟雨、富庶安闲的景象联系在一起。然而，在鲁迅笔下，江南有完全不同的审美境界。首先，这底色就多半是灰暗的。譬如小说《故乡》开头的那一段描写：

> 时候既然是深冬；渐近故乡时，天气又阴晦了，冷风吹进船舱中，呜呜的响，从篷隙向外一望，苍黄的天底下，远近横着几个萧索的荒村，没有一些活气……

> 我所记得的故乡全不如此。我的故乡好得多了。但要我记起他的美丽，说出他的佳处来，却又没有影像，没有言辞了。仿佛也就如此。[①]

然而，真的"也就如此"吗？近代以来的中国，在世界文明中渐处于不

---

① 鲁迅：《故乡》，《鲁迅全集》第 1 卷，人民文学出版社 2005 年版，第 501 页。

利地位，即便风物依旧，在那些受到现代文明熏陶的人看来，也蒙上了一层阴影，所谓"风雨如磐闇故园"，不仅是外在的写实，更是一种内在的体验。然而，事情自然也有更复杂的一面。一个人的故乡印象，无论如何都不可能只是负面的。即使它在现实中如何衰败、没落、风光不再，如何给人生活的艰辛和逃离冲动，终归还是免不去深藏心中的依恋。"我所记得的故乡全不如此。我的故乡好得多了。"决不是一句泛泛而言的话。在某种程度上，它甚至可以概括现代以来中国绝大多数的还乡体验。细究鲁迅所有的江南书写，可以发现，故乡在鲁迅记忆中的确始终呈现出某种双重的影像、双重的评判与情感。以下的论述，试图从一些细节和意象出发，通过挖掘散见于他笔底的"好得多了"的故乡"影像"，揭示其生命体验和美学追求的复杂内涵。

一、山阴道上——古典山水美学的"虹霓色的碎影"

鲁迅的家乡绍兴，是著名的风景秀丽地方。又是东晋时王羲之等名士悠游山水的地方。《兰亭集序》里说："此地有崇山峻岭，茂林修竹，又有清流激湍，映带左右"，虽说形容的是一个特定的地方，但用来概括江南整个的环境也相去不远。又《世说新语》记顾恺之从会稽还，人问山川之美，顾云："千岩竞秀，万壑争流，草木蒙笼其上，若云兴霞蔚"①。这都是极有名的典故，是鲁迅不可能不熟知的。年轻时的他，喜欢读《徐霞客游记》，但从他后来的文字中，却很少看到属于游山玩水或耽于"四时佳兴"的东西。极少数的例外之一，或许是《野草》中那一篇《好的故事》：

我在蒙胧中，看见一个好的故事。

这故事很美丽，幽雅，有趣。许多美的人和美的事，错综起来像一天云锦，而且万颗奔星似的飞动着，同时又展开去，以至于无穷。

我仿佛记得曾坐小船经过山阴道，两岸边的乌桕，新禾，野花，鸡，狗，丛树和枯树，茅屋，塔，伽蓝，农夫和村妇，村女，晒着的

①   徐震堮：《世说新语校笺》上，中华书局1984年版，第81页。

衣裳，和尚，蓑笠，天，云，竹……都倒影在澄碧的小河中，随着每一打桨，各各夹带了闪烁的日光，并水里的萍藻游鱼，一同荡漾。诸影诸物，无不解散，而且摇动，扩大，互相融和；刚一融和，却又退缩，复近于原形。边缘都参差如夏云头，镶着日光，发出水银色焰……①

据《世说新语》记载，王献之曾有名言曰："从山阴道上行，山川自相映发，使人应接不暇。若秋冬之际，尤难为怀！"② 又《初学记》卷八引《舆地记》："山阴南湖，萦带郊郭，白水翠岩，互相映发，若镜若图。故王逸少曰：山阴上路行，如在镜中游。"③ 王逸少即王羲之，也就是王献之的父亲。说不清这父子二人谁先说了这样的话，但无论如何，以"自相映发"的镜像来形容山川，又形容得如此生动贴切，的确非二王这样有高超的审美造诣的晋人不可。同样很难说鲁迅上面的描写，有几分出自实际生活的印象，有几分出自由二王名言所化生的心境。就像文章中说这只是"故事"，实际经验中的，文化想象中的一切，在这里似乎都已完全叠印到了一起："凡是我所经过的河，都是如此。现在我所见的故事也如此"——

水中的青天的底子，一切事物统在上面交错，织成一篇，永是生动，永是展开，我看不见这一篇的结束。

河边枯柳树下的几株瘦削的一丈红，该是村女种的罢。大红花和斑红花，都在水里面浮动，忽而碎散，拉长了，缕缕的胭脂水，然而没有晕。茅屋，狗，塔，村女，云……也都浮动着。大红花一朵朵全被拉长了，这时是泼剌奔迸的红锦带。带织入狗中，狗织入白云中，白云织入村女中……在一瞬间，他们又将退缩了。但斑红花影也已碎散，伸长，就要织进塔，村女，狗，茅屋，云里去。

现在我所见的故事清楚起来了，美丽，幽雅，有趣，而且分明。青天上面，有无数美的人和美的事，我一一看见，一一知道。我就要

① 鲁迅：《好的故事》，《鲁迅全集》第 2 卷，人民文学出版社 2005 年版，第 190 页。
② 徐震堮：《世说新语校笺》上，中华书局 1984 年版，第 82 页。
③ 《初学记》上册，中华书局 1962 年版，第 188 页。

凝视他们……①

这画面完全是印象派的风格。只有看过莫奈的《日出印象》一类的画作，你才能明白它表现自然的手法有多么超前。二王之后，写山水而喻之以镜，给人印象深刻的首推李白的《清溪行》："清溪清我心，水色异诸水。借问新安江，见底何如此。人行明镜中，鸟度屏风里。向晚猩猩啼，空悲远游子。"极清、极美，但突出的好像只是江水如镜的一面，即便有"人行""鸟度"，画面整体也还给人一种静态的感觉。同时，呈现其中的物象，色彩也还相对单一。到这里就完全不同了："一切事物统在上面交错，织成一篇"，"大红花一朵朵全被拉长了，这时是泼剌奔迸的红锦带。带织入狗中，狗织入白云中，白云织入村女中"。是瞬息，也是永恒——"永是生动，永是展开"。不但有光、有影，有交织、有变幻，而且所有的视角也兼有了远观和近察。

这就是他在昏沉的夜里，朦胧之中看到的"好的故事"。虽然这美好的一切，最终似乎还是归于幻灭：

> 我正要凝视他们时，骤然一惊，睁开眼，云锦也已皱蹙，凌乱，仿佛有谁掷一块大石下河水中，水波陡然起立，将整篇的影子撕成片片了。我无意识地赶忙捏住几乎坠地的《初学记》，眼前还剩着几点虹霓色的碎影。②

但也正是它，构成了对作者的黯淡人生感觉的最好安慰。仿佛为了向读者证明这一切有一部分的确来自文化记忆，来自艺术的体验，这坠地的《初学记》，恰如其时地提醒我们，这"好的故事"，真的大概率起自对晋人印象的艺术追摹。或许可以说，这不仅是鲁迅对故乡风物的一次回眸，也是对二王所代表的魏晋江南文化的一次致敬。

> 我真爱这一篇好的故事，趁碎影还在，我要追回他，完成他，留下他。我抛了书，欠身伸手去取笔，——何尝有一丝碎影，只见昏暗的灯光，我不在小船里了。但我总记得见过这一篇好的故事，在昏沉

---

① 鲁迅：《好的故事》，《鲁迅全集》第 2 卷，第 190—191 页。

② 鲁迅：《好的故事》，《鲁迅全集》第 2 卷，第 191 页。

的夜……①

这真是一个令人无限欣慰、无限感伤的"故事"。人之一生，无论为谁，最终能抓住的美好，或许也就不过这样"几点虹霓色的碎影"？

二、莼鲈之思——味觉体验中的家乡记忆

《晋书·张翰传》云："翰因见秋风起，乃思吴中菰菜、莼羹、鲈鱼脍。"这大概是中国文学中最早，也最著名的因食物而引起乡思的典故。张翰是吴郡人，他思念中的家乡，自然是江南，而莼羹、鲈鱼正是最具江南特色的食物，并且从此成为江南的文化符号之一。汪曾祺说："浙中清谗，无过张岱，白下老饕，端让随园。"② 江南物产丰美，市集发达，天下好吃的人，会吃的人，似乎首先都会聚到了江南。

然而对一些人来说，吃只是满足口腹之欲的手段，是延续有机生命存在的必要；对另一些人来说，饮食则是风雅，是闲情，也是一种生活的艺术。周作人的名言说："我们于日用必需的东西以外，必须还有一点无用的游戏与享乐，生活才觉得有意思。我们看夕阳，看秋河，看花，听雨，闻香，喝不求解渴的酒，吃不求饱的点心，都是生活上必要的——虽然是无用的装点，而且是愈精炼愈好。"（《北京的茶食》）又说："喝茶当于瓦屋纸窗之下，清泉绿茶，用素雅的陶瓷茶具，同二三人共饮，得半日之闲，可抵十年的尘梦。喝茶之后，再去继续修各人的胜业，无论为名为利，都无不可，但偶然的片刻优游乃正亦断不可少。"（《喝茶》）③ 有这样的心态，才会有"吃"的艺术。然而，在通常的情况下，鲁迅是并不注重这样的闲情的。

从各种回忆看，实际生活中的鲁迅，对于吃就并不怎么讲究。许广平回忆鲁迅日常生活，便说他吃东西"随便"，只是"隔夜的菜是不大喜欢吃的，只有火腿他还爱吃"，"素的菜蔬他是不大吃的，鱼也懒得吃，因为细骨头多，时间不经济"，"爱用的还有辣椒"，"糖也欢喜吃，但是总爱买三四角

---

① 鲁迅：《好的故事》，《鲁迅全集》第 2 卷，人民文学出版社 2005 年版，第 191 页。
② 汪曾祺：《〈知味集〉征稿小启》，《五味》，山东画报出版社 2005 年版，第 74 页。
③ 《周作散文自选系列·雨天的书》，人民文学出版社 2020 年版，第 60、62 页。

钱一磅的廉价品"，"一起床就开始工作，有时直至吃夜饭才用膳，也不过两三种饭菜，半杯薄酒而已"①。读《鲁迅日记》可以发现，鲁迅并不是一点也不注意吃。比如来自故乡的食物中，火腿就常常为他所提起，也是他和许寿裳、宋紫佩、孙伏园、许钦文等同乡往来中所常相互馈赠的东西。此外还有干菜、鸡、鹜、冬笋、鱼干、虾干、豆豉、辣酱、茶叶等，也都是常见于《日记》的家乡特产。不过要说他有多么喜爱这些，却也不然。譬如从他在1926年10月在厦门写给许广平的信里，就可以看到："火腿我却不想吃，在北京时吃怕了"的话，可见即便是对上述诸物，其所取者或也更多在其易存方便，而非口味上的偏嗜②。

1926年写的《马上支日记》中的下面这段话，是鲁迅文字中难得的正面谈到吃而且涉及家乡风味的。内容不但涉及了他对中国书籍记录肴馔的历史、中国人日常饮食现实的考察，而且直接谈到了他对绍兴菜的印象：

> 对于绍兴，陈源教授所憎恶的是"师爷"和"刀笔吏的笔尖"，我所憎恶的是饭菜。《嘉泰会稽志》已在石印了，但还未出版，我将来很想查一查，究竟绍兴遇着过多少回大饥馑，竟这样地吓怕了居民，仿佛明天便要到世界末日似的，专喜欢储藏干物品。有菜，就晒干；有鱼，也晒干；有豆，又晒干；有笋，又晒得它不像样；菱角是以富于水分，肉嫩而脆为特色的，也还要将它风干……听说探险北极的人，因为只吃罐头食物，得不到新东西，常常要生坏血病；倘若绍兴人肯带了干菜之类去探险，恐怕可以走得更远一点罢。③

和周作人的随处谈吃食不一样，在鲁迅的文字中，是很少能看到他纯然以欣赏的态度写到吃的。不过也有偶然的例外，虽然字数无多，却能给人留下很深的印象。比如小说《孔乙己》中的盐煮笋、茴香豆，《在

---

①　许广平：《鲁迅先生的日常生活——起居习惯及饮食嗜好等》，《十年携手共艰危》，河北教育出版社2002年版，第88—89页。

②　鲁迅、许广平：《两地书·五十》，《鲁迅全集》第11卷，人民文学出版社2005年版，第142页。

③　鲁迅：《马上支日记》，《鲁迅全集》第3卷，人民文学出版社2005年版，第350页。

酒楼上》中的绍酒、油豆腐、青鱼干，甚至《祝福》中那一句别有寄意的福兴楼一元一大盘的"鱼翅"——鲁迅说到鱼翅燕窝，总是反讽、调侃阔人们生活的意味居多。甚至连《风波》中一句"女人端出乌黑的蒸干菜和松花黄的米饭，热蓬蓬冒烟"，也使当代最善谈吃的汪曾祺感觉"很诱人"①。不过，最让人们难忘的，大概还是《社戏》中坐船吃罗汉豆的描写，《朝花夕拾小引》里说：

> 我有一时，曾经屡次忆起儿时在故乡所吃的蔬果：菱角，罗汉豆，茭白，香瓜。凡这些，都是极其鲜美可口的；都曾是使我思乡的蛊惑。后来，我在久别之后尝到了，也不过如此；惟独在记忆上，还有旧来的意味留存。他们也许要哄骗我一生，使我时时反顾。②

所有读过普鲁斯特小说的人大概都不会忘记《追忆逝水年华》开头那一段有关小玛德莱娜点心的描写吧，"往事被抛却在记忆之外太久，已经陈迹依稀，影消形散；凡形状，一旦消褪或者一旦黯然，便失去足以与意识会合的扩张能力……但是气味和滋味却会在形销之后长期存在，即使人亡物毁，久远的往事了无陈迹，唯独气味和滋味虽说更脆弱却更有生命力；虽说更虚幻却更经久不散，更忠贞不矢，它们仍然对依稀往事寄托着回忆、期待和希望，它们以几乎无从辨认的蛛丝马迹，坚强不屈地支撑起整座回忆的巨厦。"③ 一个人的味觉经验与生命记忆之间的关系，就是如斯紧密。说到鲁迅的江南生活记忆，就不能不说到前面说到的这味觉。"真的，一直到现在，我实在再没有吃到那夜似的好豆，——也不再看到那夜似的好戏了。"《社戏》的末尾，不无怅惘地说。然而，它还是不断出现在他的记忆里，成为苦涩生命中有限的"甜"或"回甘"瞬间。这或许也是鲁迅的江南记忆中又一有着明亮色泽，而使他终生依恋的东西之一。

---

① 汪曾祺：《吃食和文学》，《知味集》，湖南文艺出版社 2017 年版，第 2 页。
② 鲁迅：《朝花夕拾小引》，《鲁迅全集》第 2 卷，人民文学出版社 2005 年版，第 236 页。
③ ［法］普鲁斯特：《追忆似水年华·在斯万家那边》，李恒基、徐继曾译，译林出版社 2012 年版，第 49—50 页。

三、江南的雪——"隐约着的青春的消息"

> 暖国的雨，向来没有变过冰冷的坚硬的灿烂的雪花。博识的人们觉得他单调，他自己也以为不幸否耶？江南的雪，可是滋润美艳之至了；那是还在隐约着的青春的消息，是极壮健的处子的皮肤……①

这是散文诗《雪》的开头。忆及江南，人们多联想到春天："暮春三月，江南草长。杂花生树，群莺乱飞。""日出江花红胜火，春来江水绿如蓝。""春水碧于天，画船听雨眠。""白马秋风塞上，杏花春雨江南"。然而，在鲁迅笔下，即便写及春天，也如《风筝》开头的那段描写，给"春日的温和"的想象加上一点严冬肃杀的背景。"曾惊秋肃临天下，敢遣春温上笔端"，写于1935年的《亥年残秋偶作》，虽是晚年作品，但表达的其实是他一向的季节感怀。相比阳光灿烂、春和景明的春天，他更喜欢写冬天的一切，喜欢写还在寒冬中透露出来的春天的消息。

江南多雨，但这雨在鲁迅心中，似乎也没有留下多少美好的印象。在他笔下提到雨，通常只是一种天气的记录，即或也有对于时代风云的某种隐喻（如暴风雨这个词所常代表的），即便写到如春雨、微雨、细雨这类常引动传统文人诗情的字眼，也都没有什么特别动人的表现。除了《雪》的开头和结尾，唯一的例外，或许是1933为悼念杨铨而写的那首诗——"何期泪洒江南雨，又为斯民哭健儿。"绵绵不断的江南雨，似乎已与痛哭友人的泪水难分难解。

与之不同的是江南的雪，常使他切实感到季节和自然的美丽神奇。《在酒楼上》中的吕纬甫，一边喝着酒，一边说着他在外乡的生活。"他又喝干一杯酒，看着窗外，说，'这在那边那里能如此呢？积雪里会有花，雪地下会不冻。'"这大概是北上之后，少有的几处明显地流露出鲁迅对江南风物恋慕的话之一。

> 这园大概是不属于酒家的，我先前也曾眺望过许多回，有时也在雪天里。但现在从惯于北方的眼睛看来，却很值得惊异了：几株老梅竟

---

① 鲁迅：《雪》，《鲁迅全集》第2卷，人民文学出版社2005年版，第185页。

斗雪开着满树的繁花，仿佛毫不以深冬为意；倒塌的亭子边还有一株山茶树，从暗绿的密叶里显出十几朵红花来，赫赫的在雪中明得如火，愤怒而且傲慢，如蔑视游人的甘心于远行。

相隔不远，小说又写道：

> 窗外沙沙的一阵声响，许多积雪从被他压弯了的一枝山茶树上滑下去了，树枝笔挺地伸直，更显出乌油油的肥叶和血红的花来。天空的铅色来得更浓，小鸟雀啾唧的叫着，大概黄昏将近，地面又全罩了雪，寻不出什么食粮，都赶早回巢来休息了。①

这满树的繁花，这梅与山茶，都是开在雪中的，作为背景的，是那作为直观地呈现着故园的败落的"倒塌的亭子"。在鲁迅笔下，除去他文风尚未成熟的早年，通常你很少能看到如浪漫主义文学那样的抒情和描绘。对那种女性的、轻逸的文风，鲁迅似乎本能地就有一种反感。相较春花秋月，他更钟情冬天和黑夜。有时候，甚至感觉他简直是有意地在疏远风雅、优美，疏远在别人本可以表现得轻松、自如的一切。

雪中梅花，自然都是文人极爱描写的东西。但其意境，多偏于幽冷清寂和孤高自持。"兔园标物序，惊时最是梅。衔霜当路发，映雪拟寒开。""数萼初含雪，孤标画本难。香中别有韵，清极不知寒。""墙角数枝梅，凌寒独自开。遥知不是雪，为有暗香来。""万木冻欲折，孤根暖独回。前村深雪里，昨夜一枝开。""疏影横斜水清浅，暗香浮动月黄昏。""驿外断桥边，寂寞开无主。"读过这许多名句，再来看，鲁迅笔下的梅花，所写的是全然不同的韵致，这里全然没有寂寞，更没有单调：

> 雪野中有血红的宝珠山茶，白中隐青的单瓣梅花，深黄的磬口的腊梅花；雪下面还有冷绿的杂草。胡蝶确乎没有；蜜蜂是否来采山茶花和梅花的蜜，我可记不真切了。但我的眼前仿佛看见冬花开在雪野中，有许多蜜蜂们忙碌地飞着，也听得他们嗡嗡地闹着。②

---

① 鲁迅：《在酒楼上》，《鲁迅全集》第 2 卷，人民文学出版社 2005 年版，第 31 页。
② 鲁迅：《雪》，《鲁迅全集》第 2 卷，人民文学出版社 2005 年版，第 185 页。

如此艳丽鲜明、生趣盎然的，还是冬天吗？这一番热闹的景象全然打破了古典诗情所创设的诸般境界。这里同样混融着事实与虚构，经验与想象，艺术与实境。鲁迅笔下的江南雪中、雪后，是一片热烈、欢乐的世界。萧军回忆自己在吉林当兵时遇到徐玉诺，对方一边和他谈着什么是好诗，一边突然拿起他新买来放在桌上还未打开的《野草》，"用另一只手'啪'一声打了一下那封面，斩然地说：'……这才是真正的诗！尽管它是用散文写的，它不押韵、不分行……但它是真正的诗啊！'"① 只有这种拍案惊奇式的称赏，或许才能传达出《野草》在中国诗歌的古今之变中真正的先锋意义。

> 孩子们呵着冻得通红，像紫芽姜一般的小手，七八个一齐来塑雪罗汉。因为不成功，谁的父亲也来帮忙了。罗汉就塑得比孩子们高得多，虽然不过是上小下大的一堆，终于分不清是壶卢还是罗汉；然而很洁白，很明艳，以自身的滋润相粘结，整个地闪闪地生光。孩子们用龙眼核给他做眼珠，又从谁的母亲的脂粉奁中偷得胭脂来涂在嘴唇上。这回确是一个大阿罗汉了。他也就目光灼灼地嘴唇通红地坐在雪地里。

> 第二天还有几个孩子来访问他；对了他拍手，点头，嬉笑。但他终于独自坐着了。晴天又来消释他的皮肤，寒夜又使他结一层冰，化作不透明的水晶模样；连续的晴天又使他成为不知道算什么，而嘴上的胭脂也褪尽了。②

这笔墨起先似乎是纯然写实的，然而到后来，却又似乎有点什么隐喻性的东西渗透了进来。这不也是某种人生故事吗？在看惯了"故乡黯黯锁玄云"式的鲁迅回乡印象后，再来看这样的充满人生欢趣，纯洁、明艳的影像，真能让人有耳目一新的快乐。

这里显然浓缩了鲁迅童年生活最愉快的印象。鲁迅是喜欢下雪的。在一向习于孤寂枯燥生活的他，下雪带来的好像就是一个狂欢节。而在他的其他作品中，我们也可以屡屡看到这种对下雪天的期盼，以及对雪后儿童嬉欢

---

① 萧军：《鲁迅给萧红萧军信简注释录》，金城出版社、西苑出版社 2011 年版，第 7—8 页。

② 鲁迅：《雪》，《鲁迅全集》第 2 卷，人民文学出版社 2005 年版，第 185 页。

景象的描写，心情之愉快，在惯以冷峻凝重见长的鲁迅作品，有如异数。譬如《故乡》中听闰土讲大雪后捉小鸟的描写，《从百草园到三味书屋》中期盼下雪和雪后捉小鸟体验的叙述，还有《孤独者》中下面这段文字：

> 下了一天雪，到夜还没有止，屋外一切静极，静到要听出静的声音来。我在小小的灯火光中，闭目枯坐，如见雪花片片飘坠，来增补这一望无际的雪堆；故乡也准备过年了，人们忙得很；我自己还是一个儿童，在后园的平坦处和一伙小朋友塑雪罗汉。雪罗汉的眼睛是用两块小炭嵌出来的，颜色很黑……①

可以说，从童年起，等待下雪就是鲁迅对冬天的一种希冀。这盼望甚至到成年、到晚年，都不曾完全消失。1935 年 3 月他在致萧军、萧红信中说："虽是江南，雪水也应该融流的，但不知怎的，去年竟没有下雪，这也并不是常有的事。"像只是顺口一提，然而所透露的"融流"期盼，同样似乎显露出他内心的某些温润的东西。

《雪》的描写对象当然是雪，但文章开头却从热带的雨写起："暖国的雨，向来没有变过冰冷的坚硬的灿烂的雪花。博识的人们觉得他单调，他自己也以为不幸否耶？""暖国"是哪里呢？自然是热带，不下雪的地方。《雪》写于 1925 年 1 月 18 日，其时鲁迅尚未有厦门、广州之行，但在知识中，他似乎已预见了热带的"单调"。就像一年半后，他从厦门写给韦素园、韦丛芜和李霁野的信里所写："……此地初见虽然像有趣，而其实却很单调，永是这样的山，这样的海。便是天气，也永是这样暖和；树和花草，也永是这样开着，绿着。"② 在他看来，无论是北国的雪，还是江南的雪，都是雨水的一种变形。然而在这变幻中，同样不只有自然的意义，而且映现出某种取向明确的人格隐喻：

> 但是，朔方的雪花在纷飞之后，却永远如粉，如沙，他们决不粘连，撒在屋上，地上，枯草上，就是这样。屋上的雪是早已就有消化

---

① 鲁迅：《孤独者》，《鲁迅全集》第 2 卷，人民文学出版社 2005 年版，第 103 页。

② 鲁迅：《致韦素园、韦丛芜、李霁野》，《鲁迅全集》第 11 卷，人民文学出版社 2005 年版，第 562 页。

了的，因为屋里居人的火的温热。别的，在晴天之下，旋风忽来，便蓬勃地奋飞，在日光中灿灿地生光，如包藏火焰的大雾，旋转而且升腾，弥漫太空，使太空旋转而且升腾地闪烁。①

这里"决不粘连"，"永远如粉，如沙"，又如"包藏火焰的大雾"的"朔方的雪"意象，同样让人想起《在酒楼上》中的有关描写："我这时又忽地想到这里积雪的滋润，著物不去，晶莹有光，不比朔雪的粉一般干，大风一吹，便飞得满空如烟雾"。如果说出现在小说中的话还只是一种客观比较，所流露的，还不过对江南之雪的某种喜爱的话，到《雪》中，同样的物象，显然已具有更强的象征意味。镜头和视野不断向上抬升，从屋上、地上、枯草上直升腾到空中，描写越来越神奇，境界越来越奇幻，越来越神秘，越来越具有某种类乎神话或神学的超越意味：

在无边的旷野上，在凛冽的天宇下，闪闪地旋转升腾着的是雨的精魂……

是的，那是孤独的雪，是死掉的雨，是雨的精魂。②

自然的物象已然直接幻化为生命精神的一种具象，然而，是赞美呢，还是哀悼？这自然也应让我们想到《祝福》的结尾，《在酒楼上》结尾，《风筝》的结尾。从具体的、形而下的生活回忆，忽而上升到极深奥、玄秘、形而上的精神境界，在中国现代，这是唯鲁迅才具有的高超的思想与艺术能力。它所给予我们的，与其是惊异，毋宁说是错愕，是错愕之后无以完结的怅惘和迷思。这起之于江南记忆的东西，但又远非对江南记忆本身的思索可穷尽。

四、百草园内外——童心与生趣中的成长

1898 年鲁迅离开家乡时年方 18 岁，故乡留给他最明丽的印象之一，首先便是那些与童年或少年生活有关的内容。在鲁迅笔下，两次出现乐园、乐土表述，都和这样的生活印象有关。一次是在《从百草园到三味书屋》的开

---

① 鲁迅：《雪》，《鲁迅全集》第 2 卷，人民文学出版社 2005 年版，第 186 页。

② 鲁迅：《雪》，《鲁迅全集》第 2 卷，人民文学出版社 2005 年版，第 186 页。

头："我家的后面有一个很大的园，相传叫作百草园……其中似乎确凿只有一些野草；但那时却是我的乐园。"另一次，是在小说《社戏》中说到外祖母家所在的平桥村："是一个离海边不远，极偏僻的，临河的小村庄；住户不满三十家，都种田，打鱼，只有一家很小的杂货店。但在我是乐土。"后一次虽是小说中的话，但透露的无疑也是作者的心理秘密。

百草园的景象，在中国大概所有上过学的人都熟悉的。首先是园中的花草：

> 不必说碧绿的菜畦，光滑的石井栏，高大的皂荚树，紫红的桑椹；也不必说鸣蝉在树叶里长吟，肥胖的黄蜂伏在菜花上，轻捷的叫天子（云雀）忽然从草间直窜向云霄里去了。单是周围的短短的泥墙根一带，就有无限趣味。油蛉在这里低唱，蟋蟀们在这里弹琴。翻开断砖来，有时会遇见蜈蚣；还有斑蝥，倘若用手指按住它的脊梁，便会拍的一声，从后窍喷出一阵烟雾。何首乌藤和木莲藤缠络着，木莲有莲房一般的果实，何首乌有拥肿的根……如果不怕刺，还可以摘到覆盆子，像小珊瑚珠攒成的小球，又酸又甜，色味都比桑椹要好得远。①

这一切，已足以让所有的童心沉醉，更何况还有后面那些充满神奇色彩的传说：赤练蛇、美女蛇、老和尚以及他装有"飞蜈蚣"的神奇小盒子，还有盼望中的冬天下雪张罗捕鸟。这样的趣味，就是待他年龄稍大一点进入三味书屋之后也未稍减。

江南文化的一个重要的内容，就是它的园林。比起苏杭等地，绍兴的园林到现在似乎并无特别出名之处，但这里的确也曾有过明末祁彪佳倾注过毕生心血的寓园，以及更早的，就在周氏故宅不远的，附着了陆游、唐婉凄美爱情故事的沈园。然而，不说到鲁迅生活的时代，这些早已衰败残落，就是从他的意识看，似乎也从未注意及这些有着复杂的文化附着的东西。百草园不过是故家旧宅中的一个寻常园子，"其中似乎确凿只有一些野草，但那

---

① 鲁迅：《从百草园到三味书屋》，《鲁迅全集》第2卷，人民文学出版社2005年版，第287页。

时却是我的乐园"。对于这里的语义矛盾，此前我已有指出过其中所存在的价值对于事实的退让以及其在中国近代文化变迁中的意义①。这里要补充的是，这样的逻辑佯谬，除了显出同一事物在不同时空、视角中意义的差异，同时也最直接地反映了随着作者的生命成长而产生的深切的人生感伤内容。

中国的私塾文化，自现代教育传入后就备受批评。在意识层面，鲁迅也是这种教育的坚定批判者。然而，细看更具纪实性的三味书屋叙事，其中荡漾的，却更是童年记忆中的暖意：令人印象深刻的石桥，黑油竹门，牌匾，一只肥大的梅花鹿伏在古树下的画，和蔼方正质朴博学的先生，叫作"怪哉"的虫子，不知所云而又不无趣味的课文："笑人齿缺曰狗窦大开""厥土下上上错厥贡苞茅橘柚"……；令先生陶醉学生好奇的"极好文章"："铁如意，指挥倜傥，一座皆惊呢——；金叵罗，颠倒淋漓噫，千杯未醉嗬———……"无不令读者欣然神往，更不要说课间的爬上花坛去折蜡梅花，在地上或桂花树上寻蝉蜕，捉了苍蝇喂蚂蚁，以及同学间的用"纸糊的盔甲套在指甲上做戏"，作者自己用纸蒙在小说的绣像上画画儿。比起备受应试教育摧残的儿童，童年的乐趣在这里似乎还有更多的保留。

《风筝》里说："游戏是儿童最正当的行为，玩具是儿童的天使。"这认识不但来自对现代思想的了解，更植根于作者童年生命体验的最深处。这样的童年游戏的描写，在鲁迅笔下的反复出现，本身就构成了一个非常有意思的内容。童心、故乡、江南生活情趣，在这里全然融合成一。对这样的故乡的记忆，渗透在鲁迅生命的最深处。即便是在谈论最严肃最沉重的话题，一不小心，它也会跳了出来，给他的文章平添许多生动鲜明。比如写于1925年的《春末闲谈》，是表现鲁迅文明批判的最著名篇章之一，然而，在文章开头，我们首先看到的，却有这样一段描写：

> 北京正是春末，也许我过于性急之故罢，觉着夏意了，于是突然记起故乡的细腰蜂。那时候大约是盛夏，青蝇密集在凉棚索子上，铁

---

① 邵宁宁：《家园彷徨：〈憩园〉的启蒙精神与文化矛盾》，《中国现代文学研究丛刊》2004 年第 2 期。

黑色的细腰蜂就在桑树间或墙角的蛛网左近往来飞行，有时衔一支小青虫去了，有时拉一个蜘蛛。青虫或蜘蛛先是抵抗着不肯去，但终于乏力，被衔着腾空而去了，坐了飞机似的。①

这段话在整篇文章结构中，不过是一个引子，所引出的当然是后面更具社会批判意义的沉重议论，但其中闪现出的故乡生活记忆与童心童趣，同样给人十分深刻的印象。从这里，我们不但可以看出童年鲁迅观察万事万物的那种极端的专注，而且也可看出由其观察的细腻和表现的生动如何赋予了日常生活以活泼的欢趣和卓越的艺术生命力。1934 年的林语堂在创刊《人间世》杂志时，曾因提倡写性灵文章，"宇宙之大，苍蝇之微，皆可取材"，引发了文坛一场不大不小的争论。所谓"苍蝇之微"，在当时是很被看作无聊文字的代表的。然而，若论现代文学中最善写苍蝇的人，却偏偏不得不推出思想最为深刻的周氏兄弟。不同在于，周作人的文字多偏于议论，而鲁迅善于从生活的观察中发现深刻的道理，这里所举不过一例。

从百草园到三味书屋再到平桥村，伴随着生命的成长，也伴随着世界向他敞开更大的怀抱。平桥村的乐趣，首先在有了更多的玩伴。当然还有掘蚯蚓、钓虾、放牛一类农村孩子的游戏和劳作。当然，最动人的，还是围绕着闰土的一切。雪天沙地上捕鸟、海边捡贝壳、月夜看西瓜、角鸡、跳鱼儿、猹、好看的鸟毛……《故乡》中的叙事者，一想到闰土，就想到这许多有趣的东西。而这一切在记忆中，最终凝定为这样一幅江南农村生活影像：

　　深蓝的天空中挂着一轮金黄的圆月，下面是海边的沙地，都种着一望无际的碧绿的西瓜，其间有一个十一二岁的少年，项带银圈，手捏一柄钢叉，向一匹猹尽力的刺去，那猹却将身一扭，反从他的胯下逃走了。②

从某种程度上看，《从百草园到三味书屋》或许是现代文学中真正做到了雅俗共赏、老少咸宜的文本，从幼儿园的孩子到耄耋老翁，不但都可以读

---

① 鲁迅：《春末闲谈》，《鲁迅全集》第 1 卷，人民文学出版社 2005 年版，第 214 页。
② 鲁迅：《故乡》，《鲁迅全集》第 1 卷，人民文学出版社 2005 年版，第 502 页。

懂它，而且都可以从中找到使之永不厌腻的乐趣。之所以如此，正因为它抓住了人生最根本的东西，最难舍弃的东西，这就是生命的伊甸园本身和它不可避免的丧失。1925 年，针对当时正在流行的"到民间去"话语，鲁迅在《华盖集·忽然想到（十一）》中说"儿时的钓游之地，当然很使人怀念的，何况在和大都会隔绝的城乡中，更可以暂息大半年来努力向上的疲劳呢"①。虽然在当时仍是别有怀抱的话，但也毫无疑问地流露了他这种真切的人生体验。无论如何，点点滴滴渗出在他笔下的这类意象，不管是在小说中，还是在杂文里，都无一例外地构成了与他眼中那总体上显得灰暗的世界的最鲜明的对照，而于一种格外纯净、格外明亮的色泽中，彰显了生命和生活本身的美丽。

五、夜航船上——走不出的江南故乡

江南是水乡，越人以舟楫为车马。明末的绍兴人张岱曾经编辑过一本包罗万象的读物《夜航船》，以一种特殊的方式折射出水乡特有的文明；周作人有名文曰《乌篷船》，专写绍兴坐船水行的闲适情趣。鲁迅的江南记忆，当然也少不了航船，前引《好的故事》所展现的即是一面。同样精彩的，还有《社戏》中的这段描写：

> 两岸的豆麦和河底的水草所发散出来的清香，夹杂在水气中扑面的吹来；月色便朦胧在这水气里。淡黑的起伏的连山，仿佛是踊跃的铁的兽脊似的，都远远的向船尾跑去了，但我却还以为船慢。他们换了四回手，渐望见依稀的赵庄，而且似乎听到歌吹了，还有几点火，料想便是戏台，但或者也许是渔火。

> 那声音大概是横笛，宛转，悠扬，使我的心也沉静，然而又自失起来，觉得要和他弥散在含着豆麦蕴藻之香的夜气里。②

这一段可以媲美契诃夫《草原》的景物描写，与前者一样透过童年目光的纯净与惊奇，诉说着世界在一个孩子眼中的展开与迷失。对于这段故事的

---

① 鲁迅：《华盖集·忽然想到（十一）》，《鲁迅全集》第 3 卷，人民文学出版社 2005 年版，第 100 页。

② 鲁迅：《社戏》，《鲁迅全集》第 1 卷，人民文学出版社 2005 年版，第 592 页。

后文，人们也都是熟悉的，远远地、有点缥缈地看戏台上人物的活动，厌倦后的返回，回程中上岸偷吃罗汉豆，以及次日六一公公莫名的感动与馈赠。所有的这一切都构成了最令人回味的水乡生活记忆。但最为隽永的，还要推《故乡》中下面这段叙述：

> 我们的船向前走，两岸的青山在黄昏中，都装成了深黛颜色，连着退向船后梢去。
>
> 宏儿和我靠着船窗，同看外面模糊的风景，他忽然问道：
>
> "大伯！我们什么时候回来？"
>
> "回来？你怎么还没有走就想回来了。"
>
> "可是，水生约我到他家玩去咧……"他睁着大的黑眼睛，痴痴的想。
>
> ……
>
> 我躺着，听船底潺潺的水声，知道我在走我的路。①

不再是《好的故事》中印象派式的光影、色晕，出现在这里的，又是中国山水画式的浓墨淡彩。所有的这一切，都不可挽留，不可复现。生命的成长，必然地伴随着一次次的丧失。告别的仪式，或许自打一开始就编码在我们的生命里。然而这一切又是多么地使人留恋！这也使人想起《从百草园到三味书屋》中间那满含怅惘的喟叹："Ade，我的蟋蟀们！ Ade，我的覆盆子们和木莲们！"才开始离开就想着回来，水流船动更像是一种人生的隐喻。静与动、童心与世故、出走与回归，其间的诗意蕴含与张力，比结尾想象中的沙地、圆月，以及那已成格言的："地上本没有路，走的人多了，也便成了路"，还更隽永、还更浓缩了作者有关故乡记忆与人生期待中的一切。

像他的回乡小说中存在的离去—归来—再离去一样，鲁迅的江南记忆，始终镶嵌于一种失落—缅怀—幻灭的结构。其实，故乡记忆与童年经验从来都是浑然一体。生命的航船一旦驶出，就很难真正回转出发的港湾。那个已被你抛到身后的故乡，从根本上是无从回归的；然而，又永远无法真正远

---

① 鲁迅：《故乡》，《鲁迅全集》第 1 卷，第 509—510 页。

离。1919 年 12 月，鲁迅从北京返回绍兴，卖掉祖屋，携家人迁居北京。还在年初的 1 月 16 日，他在致许寿裳的信中就说："明年，在绍之屋为族人所迫，必须卖去，便拟挈眷居于北京，不复有越人安越之想。而近来与绍兴之感情亦日恶，殊不自至［知］其何故也。"①从童年起就怀有的对故乡的不良印象，由是加深。

然而江南的印记，终究还是永远地镶嵌在他的生命里。包括这一次的回乡记忆，也如某种反复回放的影像，不断出现在他后来一系列的创作里。除了人们熟知的那些回乡小说，这里特别需要提到的，还有 1932 年，他书赠日本友人的《无题二首》。其一曰：

> 故乡黯黯锁玄云，遥夜迢迢隔上春。岁暮何堪再惆怅，且持卮酒食河豚。

其二曰：

> 皓齿吴娃唱柳枝，酒阑人静暮春时。无端旧梦驱残醉，独对灯阴忆子规。②

前一首诗中的种种意象，从黯黯玄云到迢迢遥夜，从岁暮惆怅到卮酒河豚，无不使人联想到《故乡》《祝福》《在酒楼上》中的那些环境乃至心境描写：《故乡》中"苍黄"的天色，《祝福》中"灰白色的沉重的晚云"、心神不宁的除夕夜、福兴楼鱼翅的联想，《在酒楼上》中的喝酒聊天，等等。第二首一开始说到的歌女所唱的"柳枝"，在古代本就是惜别之曲，当然也兼有怀乡之意。所谓"年年柳色，灞陵伤别"（李白《忆秦娥》），"此夜曲中闻折柳，何人不起故园情"（李白《春夜洛城闻笛》），诉说的都是这样的情思。"子规"，即杜鹃鸟，相传为蜀帝杜宇亡魂所化，鸣声凄切，古人以为如"不如归去"。自古以来，更不知有多少诗人以之寄托乡思。所谓"断肠思故国，啼血溅芳枝"（李山甫《闻子规》），"年年春恨化冤魂，血染枝红压叠繁"（吴融《秋闻子规》）。酒阑人散，春暮梦回，独对灯阴所忆的这子规声，吐

---

① 鲁迅：《致许寿裳》，《鲁迅全集》第 11 卷，人民文学出版社 2005 年版，第 370 页。

② 鲁迅：《无题二首》，《鲁迅全集》第 7 卷，人民文学出版社 2005 年版，第 462 页。

诉出的难道不也是一种寻常被压抑着的乡思吗？1931年，面对着艰难的国内生活处境，鲁迅在写给李秉中的信里，曾经这样说："生丁此时此地，真如处荆棘中……时亦有意，去此危邦，而眷念旧乡，仍不能绝裾径去，野人怀土，小草恋山，亦可哀也。"这不分明就是《离骚》末尾的"仆夫悲余马怀兮，蜷局顾而不行"吗？这"旧乡"，虽非狭义的故乡，但若没有奠定了他最初的生命根基的上述江南生活影像作背景，则一切仍将显得虚浮不定。

　　一般而言，鲁迅的美学是克制的、凝练的，冷硬而又现代。不过在这凝重的、男性的外表之下，常有着奔涌的激情与热血。零零散散出现在他笔下的这些江南影像，不仅映现出了他心灵中最为明亮的一面，而且体现了他独有的对于人生的温柔与细腻。在意识的层面，鲁迅是反感伤的，然而，在他的生命深处仍然存在着挥之不去的感伤。通常情况下，鲁迅的笔墨都是冷峻的、克制的，然而一旦触及他心灵中最温柔的那个部分，仍然会显得唯美而感伤，正是这两者之间的张力，构成了他的江南影像及其美学的根本。说到底，他所继承的，仍是屈原以来南方文化的深远血脉，故乡于他，永远有些挥拂不去的东西，使之心醉心伤。即便隐然，即便低微，我们仿佛从中仍能听到那跨越千年的吟唱："湛湛江水兮上有枫，目极千里兮伤春心，魂兮归来哀江南！"

第三节　牢笼抑或舟船：现当代文学中"家"的形象演变

　　许多可爱的年轻生命被摧残了，许多有为的心灵被囚禁了。许多人在这个小圈子里面憔悴地捱日子。这就是"家"！"甜蜜的家"！

——巴金 ①

　　1918年，新文学史上第一篇白话小说《狂人日记》一问世，就将抨击封建主义的目标首先指向了家族制度，自那时至今日，家庭、家族形象在中

---

　　① 巴金：《爱尔克的灯光》，《巴金全集》第13卷，人民文学出版社1990年版，第348页。

国文学中经历了一系列颇有意味的变换，不同时期家庭、家族形象的不同，不仅反映着该时期社会生活的现状，折射着该时期文化思潮的流变，而且深刻影响着该时期文学（尤其是叙事文学）的艺术结构。宏观地看，20 世纪文学中"家"的形象的演变过程，正是 20 世纪中国社会结构与文化传统辩证发展的一个缩影。

一、牢笼内外：颓败与逃离的故事

五四时代的思想启蒙者，之所以将家族制度作为他们攻击的首选目标之一，是因为他们全都明确地意识到家族制度在封建社会秩序中的基石地位①。在五四前后的一段时日里，这种制度迅猛地崩陷下来，但是，要说这种崩陷缘于他们的攻击，却是过高地估计了文化批判在社会生活中的意义。他们只是敏锐感受到了这一崩溃的必然趋势，并从意识形态上给了它一种新的有力打击，从而加速了它的全面解体。

文学对封建家族解体的反映，最早可以追溯到成书于 18 世纪中叶的古典小说《红楼梦》。这部古典巨著讲述的贾府荣衰故事，相当超前地揭示出了封建家族制度面临崩溃的必然趋势，同时也为 20 世纪前期表现家族生活的小说准备下艺术原型。在曹雪芹的时代，历史还不可能为作家提供正确认识这一趋势的条件，因而《红楼梦》对封建家族崩溃趋势的表现自觉度还是很有限的，作者只能用"否极泰来，荣辱自古周而复始"的历史循环论来解释这一家族衰败故事②。尽管如此，《红楼梦》对家族制度的批判和对这一制度行将崩溃的感觉的表现还是无比深刻的，这使得它在古典艺术中获得了一种相当超前的地位，它之所以在 20 世纪获得一种无与伦比的文学地位和广泛深刻的影响力，大部分原因即在此。20 世纪前期涉及家族生活的小说、戏剧，其主题思想、故事结构、人物形象，几乎无不受到它的影响。譬如这

①　参见吴虞：《家族制度为专制主义之根据》，《新青年》第 2 卷第 6 号，1917 年 2 月 1 日；李大钊：《由经济上解释中国近代思想变动的原因》，《新青年》第 7 卷第 2 号，1920 年 1 月 1 日。

②　见《红楼梦》第十三回。（清）曹雪芹：《红楼梦》上，人民文学出版社 2008 版，第 180 页。

些故事大都有一个作为家族权力象征的家长（通常是祖父辈），一个性格软弱、病态、无能的继承人（通常是长孙），一些姿禀异常的女性（通常包括两种人：家的支持者或毁坏者、被侮辱者被损害者），一些有叛逆性格的儿孙（通常是少子或少孙），和一大群荒淫、堕落的不肖儿孙（见表2-1）；家族的第二代继承人往往庸懦无能，无所作为，矛盾主要在祖孙之间展开……

表2-1　部分文学作品中衰败家庭的角色与功能

角色/功能 作品	祖父母 （家长）	长子或长孙（嫡系继承人）	少子或少孙 （"叛逆者"）	媳妇（家的内部支撑者或毁坏者）
《红楼梦》	贾母	贾赦、贾珠	贾宝玉	王熙凤
《家》	高老太爷	高觉新	高觉慧	瑞珏
《财主底儿女们》	蒋捷三	蒋蔚祖	蒋少祖 蒋纯祖	金素痕
《京华烟云》	祖母孙氏	曾文璞	曾经亚 曾荪亚	桂姐、姚木兰、牛素云
《四世同堂》	祁老人	祁瑞宣	祁瑞全	韵梅

然而，与其说这些作品是"照着"《红楼梦》写的，不如说是"接着"《红楼梦》写的。《红楼梦》写的是封建家族由盛到衰的转变，对家族繁盛景象描绘在作品中占据着很长的篇幅，虽然它也写到了家族的颓败、家人的逃离（飞鸟各投林），但作者还不能给他的人物切实的出路，于是便死的死(黛玉、晴雯)，遁入空门的遁入空门（宝玉、芳官、惜春）。进入20世纪，旧式家族、家庭的土崩瓦解已成定局，"反封建"已成为明确的时代主题，历史也已为"叛逆者"们准备了许多新的人生路径，因此，这些家族故事便大都直接从家族的衰败没落写起——最富戏剧性的当然是《子夜》开头吴老太爷那象征意味极浓的死——而将故事的重心转向了青年一代的叛离和这些人在叛离后对人生道路的探寻。这方面最有代表性的例子，自然是巴金的《激流三部曲》和路翎的《财主底儿女们》。

在20世纪前期作家的笔下，"家"的形象总是摆不脱牢笼的影子，从巴金的《家》《憩园》，到曹禺的《雷雨》《北京人》，路翎的《财主底儿女们》，老舍的《四世同堂》，张爱玲的《金锁记》，乃至林语堂的英文小说《京华烟云》，"家"的牢笼感对青年一代来说始终拂之不去，文本中有关牢笼的隐喻词语，如"牢坑""监牢""桎梏""枷锁""囚禁"等，更是俯拾皆是，不胜枚举①。视封建大家族为禁锢人的灵魂、摧残人的生命的牢笼，这是五四及其后几代人的感觉和观念，它不仅出现在上述描写家族生活的作品中，也出现在许多作家、思想家的理性论述中。产生这种感觉的原因，在这种家族制度本身，亦在这种家族制度在 20 世纪前期的现实状况。20 世纪上半叶，中国封建家族制度正处于完全崩溃的边缘，这种家族制度的问题完全彻底地从实际生活中暴露了出来，而新的社会思潮和新的人生道路，又向青年一代敞开了大门，因而，视家族（家庭）为牢笼，渴求逃离，并诅咒它灭亡，就成为时代的必然。1937 年，巴金在为《家》写的一篇代序里说："旧家庭是渐渐地沉落在灭亡的命运里面了。我看见它一天一天地往崩溃的路上走。这是必然的趋势，是被经济关系和社会环境决定了的。这便是我的信念。它使我更有勇气来宣布一个不合理制度的死刑。我要向一个垂死的制度叫出我的 Iaccuse(我控诉)。"②20 世纪前期中国文学关于家庭生活的表现，全都与这一信念有关。1937 年的巴金，已然在宣布着家族制度的死刑，但这只是观念形态上的事，封建家族制度的毁灭还有待于一些更具根本意义的社会政治、经济事件，即便在它的整体崩解之后，它的残余，它的阴魂，还会不时出来作祟。而封建家族制度与家族之间还存在着一些重要的差别，作为一种自然形成的社会组织形式，家族的社会功能也有它的多面性，封建家族制度的不合理不等于家族存在的不合理，这在当日视家族为牢笼而决心彻底拆毁它的人，是很少想到的。

二、金丝鸟笼与围城：个体家庭的困境

五四运动之后，中国文学中也开始出现一种新型的个体家庭。组成

---

　①　牢笼的意象，最早也出现在《红楼梦》里，见第三十六回龄官与贾蔷的谈话。（清）曹雪芹：《红楼梦》上，人民文学出版社 2008 版，第 507 页。

　②　巴金：《〈家〉十版代序》，《巴金论创作》，上海文艺出版社 1983 年版，第 104 页。

这种家庭的成员，多为从旧式大家庭中叛离出来的青年，他们以明显的平等、自由观念，和社会中、上层生活地位，赋予了这种家庭一种小资产阶级色彩。奇怪的是，从旧式大家庭中的逃离，并没有消除他们——尤其是女性——那种牢笼的感觉，虽然这牢笼从血泪斑斑的桎梏、监牢变成了精致的"金丝鸟笼"。最早揭示这种个体家庭困境的，仍然是鲁迅。写于 1925 年的《伤逝》，不仅回答了他自己早先提出的"娜拉走后怎样"的问题，而且也揭示了这类家庭将长期面临的困境（先生自己在与许广平关系上的犹豫，似与此不无关系 ①）。"金丝鸟笼"的意象也许来自易卜生的《玩偶之家》，但揭示的却是一个完全现实的问题。自《伤逝》之后，新文学便不时触碰到这样一个令人难堪的问题。从茅盾笔下的林佩瑶（《子夜》），到张爱玲笔下的某些女性，乃至 20 世纪 50 年代杨沫笔下的林道静（《青春之歌》）都曾遇到过这种逃出大的牢笼，又被关进"金丝鸟笼"的尴尬处境。对这种个体家庭困境的最集中而深刻的表现，出现在钱锺书的《围城》里，褚慎明与苏文纨讨论婚姻的一段话相当著名：

> 慎明道："关于 Bertie 结婚离婚的事，我也跟他谈过。他引了一句英国古话，说结婚仿佛金漆的笼子，笼子外面的鸟想飞进去，笼子里的鸟想飞出来；所以结而离，离而结，没有了局。"

> 苏小姐道："法国也有这么一句话。不过，不是说鸟笼，说是被围困的城堡，城外的人想冲进去，城里的人想逃出来……"②

值得追问的是，为什么新式个体家庭会陷入这样一种困境？

这也许得从 20 世纪中国社会结构变革的实际进程说起。20 世纪中国社会组织形式的巨大变化，开始于封建主义的"王纲解纽"。1911 年的辛亥革命，推翻了清王朝的统治，也解除了封建秩序最高层的王权束缚（至少在公开形态是这样）。然而封建秩序并未就此失去其存在的基础，它还深埋在旧式家庭（族）制度之内，这里有"父权"，也有"夫权"。虽然五四的启蒙思

---

① 林贤治：《一个人的爱与死》，《花城》1997 年第 2 期。
② 钱锺书：《围城》，人民文学出版社 1991 年版，第 89 页。

想家同时瞄准这两大目标开火，但在封建大家族解体过程中，真正受到挑战与破坏的主要还是"父权"。就前举那些大家族故事来看，虽然作品中的女性形象大都写得比男性更光彩，但故事的中心矛盾冲突还是在封建家长和年轻一代之间展开，叛逆的女性角色在作品中的功能地位与那些男性叛逆者其实没有多大区别，只是作为家族中受压最重的人，她们的命运更引人同情而已。在五四时代，随着易卜生戏剧的上演，在新文学中也出现过一批表现"女性解放"的作品，如胡适的《终身大事》、郭沫若的《卓文君》等，但这类作品中叛离家庭的女性所反抗的对象，与易卜生的娜拉其实有很大的不同，除个别例外，这些所谓追求女性解放的叛离，仍然是针对封建家长的。只有在逃离后组织起的小资产阶级家庭中，她们才有可能进到"娜拉"的位置。出了封建家庭的牢笼，又进入小资产阶级家庭的"金丝鸟笼"，这确是五四之后许多新女性的共同命运。

在《家庭、私有制和国家的起源》中，恩格斯指出："妇女解放的第一个先决条件就是一切妇女重新回到公共的劳动中去"，这正是"娜拉"、"子君"们所必须求得解决的问题，因为"男子在婚姻上的统治是他的经济统治的简单的后果，它将自然地随着后者的消失而消失"[①]。但问题的解决过程并不简单，因为这不是靠一个或一些妇女的努力，而必须等待社会整体的进步，那些先冲出来的女性必然要遭受更多的痛苦。如果说子君、繁漪、林佩瑶们的家庭地位是由她们在家庭中的经济地位所决定的话，曾树生（《寒夜》）、孙柔嘉（《围城》）在社会和家庭中所受的某些歧视，则必须用并非"一切女性"都回到了"公共的劳动"中来解释。另外，还有一个心理问题。男人的心中固然有根深蒂固的大男子主义，女人心中何尝没有割不断的依附心理？在许多家庭中，编笼子的往往是女人自己。张爱玲笔下的许多女性（如白流苏、孟烟鹂）不说，就是《围城》中的孙柔嘉，自始至终都在编一个把丈夫和自己都装在里边的东西。

然而，小资产阶级个体家庭所面临的困境，也并不能全都从封建主义

---

① 恩格斯：《家庭、私有制和国家的起源》，人民出版社 1999 年版，第 76、84 页。

遗留下来的经济地位和心理惯性上得到解释。就《围城》而言，褚、苏二人的谈话，涉及的是一个普遍意义的问题，而非一时一地的特例。"围城"的隐喻，暴露出西方文化传统一个难以克服的矛盾，这个矛盾便是个人主义哲学对绝对平等、独立、自由的追求，和家庭这种社会组织形式所要求的尊重、忍让、约束之间的矛盾。这也是西方现代社会至今面临的基本文化难题之一。五四后出现的新式个体家庭，是接受西方平等、自由观念的积极影响建立起来的，它在 20 世纪前期所暴露出的大部分问题，都从封建主义的残存中得到了解释，但后一方面的问题，也并非不存在，至少在《围城》里，方鸿渐对妻子的不满与最终出走，不无追求个人自由、厌烦家庭义务的隐秘心理。但这样一种问题，在那个时代还不可能得到正视与理解。它的凸显，要等到这个世纪的末叶。

三、革命堡垒：血缘纽带的弱化与阶级情感的强化

封建大家族不可遏止地崩溃着，小资产阶级家庭面临着新的矛盾和困境，那些从旧家庭中叛逃出来，又不愿钻进资产阶级家庭"围城"的人，该向哪里去呢？二三十年代以来不断发展的革命，为他们提供了一条暂时的路，许多人正是"投身革命即为家"的，从茅盾的梅行素（《虹》）、丁玲的韦护（《韦护》），到杨沫的林道静，其归宿莫不如此，然而革命队伍并不等于家，"梅女士"、"林小姐"们后来会遭遇些什么，我们且不去管它。再来看革命浪潮中逐渐产生出来的又一种家庭观念和形象。

通常意义上的家庭，是建立在血缘、婚姻关系之上的，家族、亲族则是这种关系的拓展。然而，30 年代以来的社会变化和阶级革命学说，却在不断怀疑和冲击着这种关系的牢靠度。《子夜》的末尾，杜竹斋的背叛已经暴露出血缘、婚姻纽带在经济利益冲击中的脆弱；艾青的名作《大堰河——我的保姆》，更让一个地主的儿子不依血缘，而依生活的情感，选择自己"家"的归属；就连自由主义作家许地山，也在《春桃》中写出一个三位底层人物相濡以沫的奇异家庭。这种对血缘、婚姻纽带在家庭关系中重要意义的漠视和对阶级情感的高度强调，在 50 年代以后的社会生活中渐趋极端。

在 20 世纪社会组织结构的现实变迁中，真正给予旧式家族以最后的致命打击的，是农村的土改和合作化运动，而其后出现的人民公社，从社会组织功能上说，是一种试图取消家族、家庭在社会结构中的基础地位的尝试。这种公社制度，除剥夺了家庭对生产资料的拥有之外，还取代了家庭组织生产的功能，并一度降低了家庭在日常生活中的意义（如"大跃进"时期的食堂、幼儿园，70 年代的"向阳院"）。这种解构血缘、婚姻家庭，强调阶级情感、集体生活的倾向，自然也会反映到文学中。五六十年代的文学作品，一涉及家庭关系，大都体现着这样一种倾向。《红旗谱》让主人公完成了从家族仇到阶级仇的认识提升，而书中描写的朱严两家亲如一家的关系，又恰好和同期小说《三家巷》中周、陈、何三家姻亲在时代潮流中的依阶级分化，形成一种鲜明的对照。

值得注意的是，在社会变革解构着传统的家庭关系的同时，"革命家庭"的观念却一再得到有力的维护。肖也牧写于 50 年代初的《我们夫妇之间》，轻轻触碰了一下这种家庭可能出现的矛盾，就遭到了无情的批判。邓友梅的《在悬崖上》有意无意间触及了人的感情的复杂，结尾却仍以道德谴责和"共产主义精神"教育维护了家庭的稳定。

四、阴影抑或舟船

"一切死亡都有冗长的回声"[1]，封建家族制度和家庭关系也是如此。经历了启蒙文化的批判和社会结构变革的摇撼，旧的家族制度的有形建筑在 20 世纪后半期，已是荡然无存。但那种家族文化中长期积淀下来的封建主义因素并没有消失殆尽，它还隐伏在中国社会的各种暗角里，不时骚扰着人们的平静。出现在 80 年代文学中的家族形象，往往像一个巨大的阴影，令人心惊不已。王安忆《小鲍庄》中的家族文化，在"仁义"的外表下，掩盖着族内族外人的不幸。张炜《古船》里的四爷爷，几十年来凭着"族长"的身份，维持着一种强大的权力。贾平凹的《浮躁》，更通过对龚田两姓在商

---

[1]　北岛：《一切》，《五人诗选》，作家出版社 1986 年版。

州政治生活中垄断地位的揭露，对家族文化对社会主义民主的侵害进行了尖锐的抨击。

然而，阴影毕竟只是阴影。随着社会生活的变化，家族的社会政治意义逐渐降低，人们对它的认识也悄悄出现新的变化。

作为社会组织的细胞，家庭的性质和功能本来具有多样性。20世纪前期对于家族制度的批判，着眼点主要在它的政治功能，因而突出在文学中，主要是家长的专制和"家"对家族成员的压制和戕害，那时我们几乎找不到多少家的正面意义。但是，"家"确实还有许多其他功能，譬如对子女的抚养和教育，对生产、生活的组织和安排，灾变、动乱中对家族成员的保护和扶助，以及情感心理的交流和寄托……这一切，很长时间以来都为它在政治生活中的历史性危害遮蔽了，以至我们不能正确解释巴金在控诉"家"的罪恶的同时，流露出的那一些爱恨交缠的爱，也不能充分地估价《四世同堂》里，"祁家的文化"或"钱家的文化"在民族灾难中的积极意义。早在1939年，林语堂在《京华烟云》(英文版)里，就借苏亚之口说出过这样的话："家庭是国家的第一道防线"[①]，但在激进反传统的国内，能想到这层意思的人还是不多。对家族文化的重新认识需要一次更切实的历史机遇。

这机遇，便是人民公社的解体和家庭生产责任制的实行。公社的解体，使得家庭组织生产的功能得到恢复，它的出乎意料的活力，为中国农村经济赢得了巨大的成功。在其后乡镇企业的发展中，家族、亲族的纽带关系又发挥出积极的意义，这就不能不使人们对家族、家庭的功能刮目相看。与此同时，海外华人世界的成功，似乎也在向人们证实着家族社会的积极意义[②]。20世纪八九十年代以来，"亚洲四小龙"的崛起又一次提醒人们注意这一问题。特别是主要由华人构成的东南亚城市国家新加坡，更创造出了一个建立在家族社会基础上的文明奇迹，该国领导人李光耀关于儒家伦理和家族意义

---

① 　林语堂：《京华烟云》第四十五章，张振玉译，《林语堂名著全集》，东北师大出版社1994年版。

② 　梅贻宝：《中国社会思想与行为上的个人地位》，刘小枫编：《中国文化的特质》，生活・读书・新知三联书店1990版。

的论述，更是引起了世界性的深思①。

正是在这样的背景下，我们发现，90 年代以来文学中"家"的形象发生了某种微妙的变化。其实，这种变化在 80 年代后期就悄悄发生着，同是一部《古船》，张炜在展示着四爷爷所代表的家族文化阴影的同时，也让我们看到了家族传统在隋家兄弟身上激发出的某种强劲动力。90 年代后，陈忠实的《白鹿原》对待家族文化的态度，虽然仍徘徊在否定与肯定之间，但后者的成分明显增多，作为封建家长的白嘉轩，不再是那种单面的专制主义化身，在他身上也有值得人们同情和肯定的一面。而白、鹿两姓的子孙，不管叛离得多远，叛离向哪一方面，最终摆脱不了"祠堂"对他们的引力。莫言那部毁誉参半的《丰乳肥臀》，虽然自言是对大地和母亲的礼赞，但给人感受最深的却是，由母亲所代表的那个"家"，在世纪的风云动荡中，繁育和庇护子孙的博大胸襟。那个不怀偏见地养育着众多外孙，不问他的父亲是土匪还是穷人，是国民党还是共产党的上官氏，以及她那个破败的家，难免让人联想起李光耀所说的那艘生命的舟船。

如果说 20 世纪八九十年代，家族形象发生了走出阴影的变化的话，笼罩在个体家庭形象上的那片阴云则愈来愈给人一种沉重的感觉。在思想解放潮流冲开了以道德的名义对"革命堡垒"的维系后，个体家庭的矛盾更多地暴露出来。80 年代中期的报告文学《阴阳大裂变》，对此有着集中的展示。

最有深度的描写往往出自女性作家笔下。谌容写于 80 年代初的《人到中年》，虽然是一部歌颂知识分子献身精神的作品，但我们也从中读到了"家"对一个事业型女性的沉重。张辛欣的《在同一地平线上》，索性就让对平等的追求消解了男女主人公走到一起的可能。从《爱是不能忘记的》到《沉重的翅膀》，到《方舟》，张洁的女主人公和"家"越来越疏远。到了 90 年代一些女性作家如林白、陈染笔下，女性更以某种病态的自恋、自赏，疏离了男性。也有作品写到了家的稳定，如谌容的一篇《懒得离婚》，池莉也让《不

---

① 参见［美］札克雷亚：《文化即命运——与李光耀一席谈》，《现代外国哲学社会科学文摘》1994 年 12 期。

谈爱情》中的梅莹以她练达的现实主义维护了家庭的安稳。然而这又是怎样的安稳呢？

那么，男性笔下的"家"怎样呢？在《灵与肉》中，还让男主人公对他那个患难中建立起来的家满怀温情的张贤亮，到《绿化树》和《男人的一半是女人》中，已然让章永璘视家庭如政治人生的驿站；而刘恒《白涡》中的周兆路，也只是为了他的"事业"，才维持着家的安稳。贾平凹《废都》中的庄之蝶的滥情和放纵，无疑是对正常家庭秩序的破坏；顾城的《英儿》，则公然蔑视家庭形式的历史规定。最悲观的言论出自林贤治的笔下："婚姻是奴隶制在现代社会中的最后一处安稳居所。"① 既然如此，家又有什么存在的可能？

当然，这都是极端的例子，但它们确实揭示出个体家庭至今面临着的困境。女性对平等、独立的不断要求，与男性对自由放纵的无度希冀，必然让家庭的存在笼罩在阴影之中。在这儿，我们发现高耸在阴影之上的，仍是西方文化造就的那一座围城。

早在 60 年代，有学者就指出："现代之趋势当然业已大为影响中国之家庭制度，并且今后影响更会深沉……世界各地之共同问题，即在于形成一种家庭组织之方式，一面容许个人思想行动之自由，而一面仍能保持适度之家庭凝结力量。个人不但渴求自由，抑且渴求归属、群聚。"90 年代，台湾歌手潘美辰一首《我想有个家》，唱遍大江南北，在众多的听众心中激起深刻的回响，正反映出一种普遍的向往。然而，问题的解决却还有待漫长的历史，在此行程中，起决定作用的，也许将是东西方文化的一种更具合理性的融合。

第四节　老舍的感伤及其传统城市文明哀歌

有关老舍与北平（京）关系的话题，一向是学者所喜讨论的。作为一个

---

① 见林贤治：《一个人的爱与死》，《花城》1997 年第 2 期。

城市，老舍的北平不同于许多现代作家笔下的上海，首先在于它是一个"中古的"、乡土的都市，而非现代工商文明中心。他对它的爱，也不体现于对其现代化的期盼而体现于对其所包容之传统生活伦理、美学的眷恋。谈及老舍的文学风格，人们最爱说他的幽默。但也有不少人注意到，在他的幽默之后，深隐着的其实是一种"沉重"与"抑郁"。赵园说他"以其幽默才能与语言才能（幽默才能常常是一种语言才能）解脱历史、生活的沉重"①。吴小美等说他的幽默"不仅是一种'伪饰'，还是一种对悲郁的保存和稀释"②。又说："无论从生与死的哪一面看，老舍的一生都很不轻松。他留给人的普遍印象，最突出的莫过于温厚、宽容、幽默。但饶有趣味的是，更易为家人和至交感知的，却是严肃沉默的形容举止和悲凉抑郁的心绪。"③ 这些表达的其实都是相似的意思。或许可以说，正是这种深隐其间的感伤，构成了老舍的幽默与现代其他一些"幽默大师"——譬如林语堂——的根本不同，甚至可以说正是这种幽默其表、感伤其里，构成了老舍文学风格的真正秘密。不了解这一点，就不能说完全了解了老舍。

一、挥之不去的都市乡愁

老舍是中国现代最著名的城市文学作者之一。要说明白老舍，必须认清他所面对、描写、寄寓的是怎样一种城市。自 20 世纪末中国城市发展进入一个新阶段以来，有关"城与人"的研究，成为现当代文学的一个重要主题。而随着赵园《北京：城与人》一书的出版和李欧梵《上海摩登》一书的译入，老舍的北京和新感觉派的上海，也一时成为中国现代城市文化的两个代表。不过，当人们谈论这一切时，却大多都未充分考虑其空间属性上的文明差异。

---

① 赵园：《北京：城与人》，北京大学出版社 2002 年版，第 44 页。

② 吴小美、魏韶华、古世仓：《老舍与中国新文化建设》，民族出版社 2006 年版，第 136 页。

③ 吴小美、魏韶华、古世仓：《老舍与中国新文化建设》，民族出版社 2006 年版，第 167 页。

　　老舍属于北平（京），也最钟情北平。但他的北平，与19到20世纪欧美作家笔下的伦敦、巴黎，或中国作家30年代、八九十年代的上海、香港，有着明显的不同。在名作《想北平》中，他这样形容自己喜欢的北平：

　　　　北平的好处不在处处设备得完全，而在它处处有空儿，可以使人自由的喘气；不在有好些美丽的建筑，而在建筑的四周围都有空闲的地方，使它们成为美景。每一个城楼，每一个牌楼，都可以从老远就看见。况且在街上还可以看见北山与西山呢！

　　　　北平是个都城，而能有好多自己产生的花，菜，水果，这就使人更接近了自然。从它里面说，它没有象伦敦的那些成天冒烟的工厂；从外面说，它紧连着园林，菜圃和农村。采菊东篱下，在这里，确是可以悠然见南山的……①

　　在中国的城市中，除了北平，他也喜欢济南、成都、青岛、苏州②，而明言"不喜上海"（《怀友》）。那么，这些城市最让他喜欢的究竟是什么呢？无独有偶，说到他喜欢的济南，其中也有这样的描写：

　　　　设若你的幻想中有个中古的老城，有睡着了的大城楼，有狭窄的古石路，有宽厚的石城墙，环城流着一道清溪，倒映着山影，岸上蹲着红袍绿裤的小妞儿。你的幻想中要是这么个境界，那便是济南。③

　　　　它虽是个大城市，可是还能看到朴素的乡民，一群群的来此卖货或买东西，不像上海与汉口那样完全洋化。它似乎真是稳立在中国的文化上，城墙并不足拦阻住城与乡的交往……一个不以跳舞开香槟为理想的生活的人，到了这里自自然然会感到一些平淡而可爱的滋味。④

　　这类描写，可以说相当典型地勾画出了老舍心中的城市形象。这就是

---

　　① 老舍：《想北平》，《老舍全集》第14卷，人民文学出版社2013年版，第56、57页。

　　② 老舍在《我的理想家庭》中说："这个家庭顶好是在北平，其次是成都或青岛，至坏也得在苏州。无论怎样吧，反正必须在中国……"《老舍全集》第15卷，人民文学出版社2013年版，第321页。

　　③ 老舍：《一些印象》，《老舍全集》第14卷，人民文学出版社2013年版，第1页。

　　④ 老舍：《吊济南》，《老舍全集》第14卷，人民文学出版社2013年版，第112—113页。

说，与茅盾、穆时英、张爱玲等海派作家的上海不同，老舍的北平（京），虽是大城市，却带有十分鲜明的乡土气息：有山、有水、有花、有果、有城楼、有菜圃、有集市、有乡民，与自然相接的风物及前现代文明特有的那一份空闲、淡泊在其中占了很重要的意义。而这也正是它最使老舍钟情的地方，老舍心仪的城市，无论北平、济南，还是青岛、苏州、成都，显然都与乡村文明有着十分紧密的关系。就像他明确说出的一样，这城市，其实是"中古"的。

无分古今中外，城市在人类文明史上的意义都不容低估，但古今的"城市"，其功能、构造及对人精神生活的影响，却并不全然相同。近代工业文明兴起之前，作为一种人群聚居之地，城市虽然往往也兼有商业、手工业中心的功能，但作为防御工事的"城"的意义，却一直都在作为商业中心的"市"的意义之上①。"城与人"的关系中最重要的一项，即在前者对后者提供的安全保障功能。也就是说，传统城市的功能，首在政治军事，其次才是商业、娱乐和人民生活。城市的大小及城池的坚固程度，不但直接决定着它的存废，而且构成了一种王权封建秩序的稳固基础。城墙、城楼的存在，正是它的文明属性的突出表征之一。而这也是老舍的城市最令人印象深刻的景观之一。而这一切，也会深刻影响市民的生活意识。《四世同堂》中的祁老太爷，"总以为北平是天底下最可靠的大城"，遇到战乱首先想到的是"关上大门，再用装满石头的破缸顶上"，这种防御的、保守的心态，正是传统城市文明滋养出的心性特点。

与之不同的是，现代城市的兴起，往往直接与以大工业生产、商品经济为特征的资本主义生产、生活方式相关。物质文明的进展，在使"城"的意义不断降低；同时却使它作为商品经济活动中心的"市"的意义不断凸显。这一切，不仅影响着城市的外在景观——城墙被拆除，市民活动中心由一元趋向多元等；而且深刻影响到它的内在结构——社会关系、人情伦理。受前

---

① 一个很能说明这一点的例子，《左传》隐公元年，祭仲依据"先王之制：大都，不过参国之一；中，五之一；小，九之一。今京不度，非制也"判断出公叔段居心有异的著名对话。见陈戍国：《春秋左传校注》，岳麓书社 2006 年版，第 4 页。

现代封建／专制政治经济结构决定，传统城市一直存在比较稳定的社会关系和等级分明的伦理秩序；现代城市则受资本主义生产方式，特别是劳动力的自由流动的影响，在社会结构和伦理关系上，越来越重视以民主和法治为核心的平等和公正等，在城市格局上也越来越显现出一种以开放性、标准化、国际化为归依的特点。

在中国现代文学中，"海派"的城和"京派"的城的不同，正在于此。茅盾、新感觉派作家和老舍城市书写的不同，并不仅仅涉及地域的南北差异，更重要的，还在其与现代及前现代文明的不同关系。海派小说中的城市，多有高楼、街道、弄堂、公寓、酒吧、广场、公司、工厂、公园、电影院、亭子间；京派小说中的城市描写，多见城楼、府院、胡同、坛庙、集市、店铺、茶馆、妓院、园林、臭水沟、大杂院。这种城市空间上的不同，不仅是作家选择的不同，也是文明属性的不同。现在的文学研究者言及城市，最先想到的往往都是那些"摩登"的东西，但在老舍笔下，我们看到其实是另一种"都市空间"。

就经济生活而言，老舍的城市，有典型的商业、手工业城市特点。《可爱的成都》谈及这个城市"特别的可爱"，罗列三条理由。其一为"我是北平人，而成都有许多与北平相似之处"；其二为"我有许多老友在成都"。后一点突出的，正是对乡土中国熟人社会的一种依恋。与海派作家穆时英《黑牡丹》、徐訏《鬼恋》里那亦仙亦魅、来去无踪的人物不同，老舍笔下的人物，也都深深地镶嵌在他所属的社会环境、社会关系中。

不过，更有意思的还是第三条："我爱成都，因为它有手有口"。这里所谓"手"，指的首先是那些精美的手工艺制品："……我爱现代的手造的美好的东西。北平有许多这样的好东西，如地毯、珐琅、玩具……成都还存着我们的巧手。我绝对不是反对机械，而只是说，我们在大的工业上必须采取西洋方法，在小工业上则须保存我们的手"。不同于茅盾、穆时英等"海派"作家笔下资产阶级、小资产阶级的上海，老舍的北京（平）更与传统城市中的小店铺、手工业密切相关。看他作品中的人物，除了在机关供职者外，也多是这种小店铺、小作坊或服务业工作的人。

在他的小说中，你可能看到很多他对北京城的描写。他笔下的老北京城，在很多时候都显得五色杂陈而又生机勃勃，它"到处好玩，到处热闹，到处有声有色……它污浊，它美丽，它衰老，它活泼，它杂乱，它安闲，它可爱"（《骆驼祥子》）它可能是一个痛苦和堕落的渊薮，但也可能是一个令他魂牵梦萦的家园。

正因老舍心仪的城市原本是"中古"的，近代以来北京城所发生的一切，带给他的与其说是喜悦，毋宁说是一种失落。细读老舍，可以发现，在他的作品中始终有一份挥之不去的乡愁，一种对正在逝去的传统城市文明的哀恋。他对于老北京城的这一种态度，有时候也颇让人想起美国小说《飘》中作家对于美国南方的那一种批判与眷恋。从根本上说，这是一种对文明进步的肯定和文化失落纠结在一起的感情，其理智层面和情感层面存在着明显的矛盾。说老舍是北京市民社会的表现者与批判者，必须同时承认他也是这个社会的哀挽者和恋慕者，只有这样，才可说较为完整地把握了他的精神世界和他的风格。

二、文明的失落与败德的忧惧

没有直接参加五四运动的老舍，却深受五四精神濡染。从理智层面，对现代带给人们的一切，从观念到生活，老舍都有热切的认同。这决定了他的创作始终贯穿着对中国社会、文化的严厉批判。然而在美学层面，对于过去的一切，他又颇多留恋。《四世同堂》里的富善说："他没有意思教中国人停在那一汪儿死水里。可是，他怕中国人因改革而丢失了已被他写下来的那个北平。"这或许也正是认识老舍思想不可忽略的一个基点。

对于近代以来中国社会生活的变化，老舍有着清醒的认识。老舍的北京，也是一个处于近代变化中的北京。《断魂枪》的开头说："东方的大梦没法子不醒了。……连沙子龙，他的武艺、事业，都梦似的变成昨夜的"，明知旧有的一切无法拘留且无须挽留，仍挡不住对即将逝去的一切，有一份难割难舍的伤感。《四世同堂》的开头写祁瑞宣听见街上坦克车的声音，顿时感觉"最爱和平的中国的最爱和平的北平，带着它的由历代智慧与心血而建成的湖山，宫殿，坛社，寺宇，宅园，楼阁与九条彩龙的影壁，带着它的合抱的古柏，倒垂的翠柳，白玉石的桥梁，与四季的花草，带着它的最轻脆的语言，温美的礼貌，诚实的交易，缓缓的脚步，与唱给宫里听的歌剧……突然的被飞机与坦克强奸着它的天空与柏油路！"这段话最可让我们看清，对于北京（平），老舍爱的是什么。

老舍对"老北京"的留恋，有美学的，有伦理的。作为人的一种生存环境，城市从来都不只具有地理上的存在意义，而更代表着一种与乡村不同的生产、生活方式，以及与之相联的美学趣味、人情伦理。城市不仅是一种现实生活的场域，同时也是一种文明形态、一种精神生活载体。从元设大都到北洋军阀退出历史舞台，北京城几乎一直是中国政治、文化的中心。长期的安宁、繁荣，决定了它从各个方面都堪称传统乡土城市的一个典范，同时也在市民生活中培植出了一套整饬、繁复文明礼仪。应该说，他对城市、国家的爱最终指向的，其实是它所体现的一种文明，懂得了这一点，便可懂得后来的"文化大革命"会使他产生出怎样的绝望和痛苦。

五四以来的中国新文化，一向以反传统为标的。谈起传统，常使人想起鲁迅那段话："我们目前的当务之急，是：一要生存，二要温饱，三要发展。苟有阻碍这前途者，无论是古是今，是人是鬼，是《三坟》《五典》，百宋千元，天球河图，金人玉佛，祖传丸散，秘制膏丹，全都踏倒他。"[1] 鲁迅的话是在 1925 年说的，八年后，巴金在广州看完一位名伶的表演，写下的还是这样的感叹："一种强烈的憎恨在我的心里燃烧起来，我诅咒中国的一切旧戏，我诅咒中国的一切旧的遗产。我诅咒整个的东方文化……我们正需要忘掉一切，以一种新的力量向新的路上迈进。这是我们唯一的出路。然而别人却拿种种的古董来抓住我们的灵魂，使我们永陷在奴隶的深渊里……"

与上述态度不同，老舍对中国文化"旧的遗产"的态度，从一开始便要复杂得多。他说"我爱成都，因为它有手有口"。其中的"手"便指工艺制作，

---

① 鲁迅：《华盖集·忽然想到（六）》，《鲁迅全集》第 3 卷，人民文学出版社 2005 年版，第 47 页。

"口"则指戏曲艺术。他说自己"不爱古玩，第一因为不懂，第二因为没有钱"，"不爱洋玩艺，第一因为它们洋气十足，第二因为没有美金"。然而虽不爱这些，却"喜爱现代的手造的相当美好的小东西"，并且认为：

> 假若我们今天还能制造一些美好的物件，便是表示我们民族的爱美性与创造力仍然存在，并不逊于古人。中华民族在雕刻，图画，建筑，制铜，造瓷……上都有特殊的天才。这种天才在造几张纸，制两块墨砚，打一张桌子，漆一两个小盒上都随时的表现出来。美的心灵使他们的手巧，我们不应随便丢失了这颗心。①

这样对待传统工艺的态度，与前述激进主张明显有异。与鲁迅对梅兰芳、巴金对薛觉先的嘲讽批判截然不同的是，老舍毫不掩饰他对川剧、洋琴、竹琴一类传统艺术的喜爱。他说："我们不应拒绝新的音乐，可也不应把旧的扫灭。恐怕新旧相通，才能产生新的而又是民族的东西来吧。"在对待民族艺术、地方艺术方面，他所持的文化立场更为积极，也更为开放。《四世同堂》中的英国人富善，立志要写一本《北平》。拿自己收藏的木版年画质问北平人："你看看，是三十年前的东西好，还是现在的石印的好？看看颜色，看看眉眼，看看线条，看看纸张，你们哪样比得上三十年前的出品！你们已经忘了什么叫美，什么叫文化！"

为了民族生命的现实延续而主张彻底地批判、抛弃这个文化的诸多方面，在救亡压倒启蒙的时代也自有其合理意义，中国现代的作家言及传统，大都抱这样一种态度。但从长远的历史眼光来看，这样的认识显然过于简单。《四世同堂》中富善那段话，也不禁让人想起1933年鲁迅因与郑振铎编印《北平笺谱》而招来的那些讥刺；其实即便是鲁迅，对传统所抱的，其实也远不是这样简单的态度。但是要完全认识这一切，却要等到20世纪后半叶社会在经历了"文化大革命"之后所进行的新的反思。当年讥刺过薛觉先、讥刺过郑振铎翻印旧书的巴金，到晚年一再忏悔：我年轻时思想偏激，曾经主张烧毁所有的线装书。今天回想起来实在可笑。现在看来，老舍在这

---

① 老舍：《可爱的成都》，《老舍全集》第14卷，人民文学出版社2013年版，第315页。

一点上的认识，比他的许多同代人显然更具超前意义。

读老舍小说，不可不注意其中的一些"闲笔"。比如《离婚》《骆驼祥子》《四世同堂》《正红旗下》等中对北京市民对排场、体面的讲究的那些描写。无论是《骆驼祥子》描写的年轻车夫的派头、《我这一辈子》中津津乐道的棚匠技艺、《断魂枪》中古风犹存的武师，还是《正红旗下》中满人生活的那些琐细的讲究、规矩。都不仅涉及面子，而且牵涉一种职业伦理和职业荣誉。可以说，正是在老舍的这些描写中，我们才真正看到一种存在于民间社会的中华礼仪文明。对于近代化给北京城带来的变化，老舍最直接地表现出的感伤，首先就在它所代表的那一种礼仪文明的衰落。

老舍对"老北京"伦理层面的留恋，更为复杂。比起北京城近代以来文化上的衰落，更让他感到不安的，还有传统道德的败坏。像鲁迅一样，对于近代以来中国社会的变化，老舍并不抱有简单的进步想象。读老舍像读鲁迅一样，比之社会的进步，你所读到的，更可能是一连串的失望和幻灭。言及辛亥革命后的幻灭，鲁迅说："我觉得革命以前，我是做奴隶；革命以后不多久，就受了奴隶的骗，变成他们的奴隶了。"①《我这一辈子》的主人公没有这样的深刻、尖利，但也有类似的人生感触："在大清国的时候，凡事都有个准谱儿；该穿蓝布大褂的就得穿蓝布大褂，有钱也不行。这个，大概就应叫专制吧！一到民国来，宅门里可有了自由，只要有钱，你爱穿什么，吃什么，戴什么，都可以，没人敢管你。所以，为争自由，得拼命的去搂钱；搂钱也自由，因为民国没有御史。"再看《茶馆》的故事，从前清到北洋再到国民党的统治，社会污浊依旧，实际的民生却愈趋凋敝。悯时伤生，是老舍小说重要的主题之一，在他眼中，由于种种的原因，近代以来的中国，人民生活不但没有改善，甚或更加困苦。从《老张的哲学》《猫城记》《骆驼祥子》《月牙儿》《我这一辈子》《龙须沟》《茶馆》中，我们都仿佛听到一连串"哀民生之多艰"的深沉喟叹。

---

①　鲁迅：《华盖集·忽然想到（三）》，《鲁迅全集》第 2 卷，人民文学出版社 2005 年版，第 16 页。

　　对老北京（北平）城那一套几乎渗透在空气里的伦理道德、礼仪信仰、人情风俗，老舍抱有极复杂的感情。一方面，他嘲笑、讽刺那些繁文缛节，另一方面，他又对北平人——特别是已受汉文明濡化的旗人——在人情礼俗上的那一份细致、讲究，怀有十足的欣赏和赞美。对老北京生活、对"老派"市民，老舍是又嘲弄又欣赏的——只注意到嘲弄而没有注意到欣赏，或只注意到欣赏而没注意到嘲弄，都不能说完全理解了老舍。尽管老舍将他的笔触伸向对一些市民陋俗、恶趣的讽刺，但在他笔下，我们仍然可以看到那么多可爱的北京市民，像祁老人、李四爷、钱掌柜、王掌柜、钱默吟、祁瑞宣、常四爷、福海，甚至堕落前的祥子……这些人，有旗人、商户、知识分子，或是洋车夫、剃头匠、裱糊匠、巡警、镖师、妓女……这些人物的可爱，也多表现于某些生活细节——在他的笔下，他们的为人处世，总是那么有式有范。

　　正派，是老舍评判一个人好坏的最重要标准。只要人正派，哪怕保守点（如祁老太爷）、迂腐点（如钱默吟）、懦弱点（如程疯子），都不影响他成为一个令人尊敬的好人。所谓正派，就是他的言语行为必须遵守社会的文明礼仪和道德规范。失去了这点，也就等于失去了人之为人的底线。老舍作品中令人憎厌的角色，有这样两类特别惹人注意：一类是城市游民或受游民文化影响的人，如刘四、虎妞、马裤先生、冯狗子、黑旋风、刘麻子、唐铁嘴、二德子；一类是洋奴或不同程度受殖民文化影响的人，如老张、张天真、阮明到冠晓荷、大赤包、祁瑞丰、蓝东阳、马五爷等。这两类人的共同点，首先都在对传统市民社会这种"正派"人格理想的背离。与鲁迅一样，对西洋文化传入造成的西崽气，老舍深感厌恶。在他的创作中，几乎随处都可看到他对"洋"字的反感，"洋人""洋货""洋奴""洋玩意儿"，在他笔下，即便不是讥嘲的对象，也决非正面的形象。这不仅反映出被压迫国家人民对殖民文化的反抗，而且暗含了两种文明在审美趣味上的对立。

　　也正因此，老舍小说中的感伤，有许多都是指向社会的职业伦理的。与茅盾的《林家铺子》一样，小说《老字号》讲述的也是一个因商业竞争导致商铺倒闭的故事。同样是面对"宗法制社会那种靠老店牌号和熟人交情维持生意的成规"的"失效"①，面对半殖民地市场环境及以爱国为名的抵制日货导致的经营困窘，如果说茅盾着意揭示的，主要是一些与时代的宏大政治、经济判断有关的内容，那么，老舍的所重，则更在其中所反映之道德观念、社会习俗的败毁。如果说从《林家铺子》的倒闭，作者要说的是民族经济的凋零；《老字号》所感伤的，更在一种传统生活习俗、伦理的逝去。钱掌柜走了，他的大徒弟辛德治"并不专因私人的感情而这样难过"，然而还是说不上来为什么地"怕"，"好像钱掌柜带走了一些永难恢复的东西"。"老手，老字号，老规矩——都随着钱掌柜走了，或许永远不再回来。"出现在小说开头的这段话，颇能让人联想起沈从文的《边城》那个著名的结尾："这个人也许永远不回来了，也许明天回来。"在中国现代文学中，老舍的小说与沈从文的小说，各以描写城市和乡土生活著称。《老字号》里的生活与《边城》里的一切，从表面看真可谓风马牛不相及，然而所产生出的这种感伤，却存在惊人的相似。沈从文说他写《边城》是要人们"认识这个民族的过去伟大处与目前堕落处"②，《老字号》虽未这样点明，但其主旨却也正相仿佛。不同只是，缅怀乡土的沈从文还给了人们一个"明天"的期望，老舍则断言钱掌柜带走的东西"永难恢复"。在传统中国，感伤主义似乎一向都主要属于文人的世界，通过《老字号》《月牙儿》《断魂枪》……老舍却也将它深深地引入了有关城市市民心理认知的世界。

　　老舍小说涉及的伦理问题，同样也涉及家庭。随着中国社会现代化进程的推展，许多小说都将表现的笔触伸向了家族伦理与家族命运。与巴金、林语堂、路翎等描写的主要是旧式官僚、士绅家庭不同，《四世同堂》描写的一个市民家庭的故事。在现代所有这类小说中，《四世同堂》大概是最看重传统的家庭伦理的。但从祁瑞丰，我们同样看到了这种家庭伦理的动摇。通观老舍的小说，可以发现，他所书写的几乎是一个又一个的败德故事。夏志清说《赵子曰》可以加上一个小标题"英雄理想败坏的一个写照"③；同样

①　杨义：《中国现代小说史》第 2 卷，人民文学出版社 1998 年版，第 116 页。
②　沈从文：《边城题记》，《沈从文全集》第 8 卷，北岳文艺出版社 2002 年版，第 59 页。
③　夏志清：《中国现代小说史》，刘绍铭等译，香港中文大学出版社 2001 年版，第 143 页。

的败坏，也出现在《牛天赐传》《骆驼祥子》《月牙儿》《微神》《阳光》《龙须沟》《茶馆》等里。《牛天赐传》的主人公的一番人生经历，使其最终悟到"钱是一切，这整个的文化都站在它的上面"。对社会底层道德沦陷的忧惧，一直是令老舍最为揪心的话题。《月牙儿》的主人公，几经挣扎，最后还是走了妈妈的路；骆驼祥子也从"体面的，要强的，好梦想的……"变成了"堕落的，自私的，不幸的……"略去许多表面的不同，他有关社会底层的那些小说，不断讲述的往往都是一个个原本善良、纯洁的人，如何一步步堕落或徘徊在堕落的边缘的故事。

三、难舍的青春记忆与生命哀戚

老舍的感伤，有许多与时代生活有关，但也有一些是属于生命本身的。说祥子的故事、"月牙儿"的故事、"我这一辈子"的故事，寄寓了老舍的社会批判意识，无疑是正确的。然而，从人生经验的层面看，这里也未尝没有包含着一些更为普泛的生命哀戚。因为从根本上说，一个人的感伤，其实是和作为生命存在的人的个体生命有限性联系在一起的。

一个人的成长，常常伴随生命的变质。"时缤纷其变易兮，又何可以淹留？兰芷变而不芳兮，荃蕙化而为茅……"（《离骚》）从屈原起，这样的感伤就构成了中国文学的一个重要主题。"在山泉水清，出山泉水浊"（杜甫《佳人》）；"女孩儿未出嫁，是颗无价之宝珠；出了嫁……是颗死珠了；再老了……竟是鱼眼睛了"（曹雪芹《红楼梦》）。同样的主题，在不同人的笔下，变奏出不同的乐章。类似的感慨，几乎贯穿了两千余年中国文学的全程。虽然具体所指不同，但感叹的却都是同一的东西：生命的初生、成长、成熟及其衰败。到现代，从鲁迅笔下我们首先看到了这样的描写："虽然我一见便知道是闰土，但又不是我这记忆中的闰土了。他身材增加了一倍；先前的紫色的圆脸，已经变作灰黄，而且加上了很深的皱纹；眼睛也像他父亲一样，周围都肿得通红……那手也不是我所记得的红活圆实的手，却又粗又笨而且开裂，像是松树皮了……"（《故乡》）

同样的感伤，也构成了老舍作品意蕴的一个重要方面。譬如《离婚》，一向被看作老舍创作成熟的标志。从社会批判或文明批判的角度看，其最吸引人的，当然是那个"是一切人的大哥"的张大哥形象。然而，就作品标题所示及整个故事的抒情氛围看，它的真正主角，其实是那个有小知识分子气味的老李。这正是一个人由不甘平庸、向往诗意，到终于还为平庸、实际所吞没的故事。内心暗藏浪漫的老李，看到他暗恋的马太太在丈夫回来后的表现，一种幻灭之感油然而生："'诗意'？世界上并没有这么个东西，静美，独立，什么都没有了。生命只是妥协，敷衍，和理想完全相反的鬼混。"《骆驼祥子》一向被看作是一个典型的社会批判故事。然而，只要你瞧瞧开头那个"像一棵树"一样，"上下没有一个地方不挺脱"的祥子，再瞧一瞧末尾"低着头，弯着背，口中叼着个由路上拾来的烟卷头儿，有气无力的慢慢的蹭"的那个小老头儿，同样可以感受到深隐在其中的生命悲歌：从青春漂亮、充满理想，到衰老颓丧、潦倒沦落。与屈原一样，老舍对一个人生命中的沦落的叹息，同样不仅指向环境或命运，而且指向人性。《月牙儿》的主人公经过一番挣扎，最后的感慨是"狱里是个好地方，它使人坚信人类的没有起色"。《我这一辈子》的主人公，从青年时期的朝气、干练，变向后来的潦倒、敷衍，其间固然有许多值得进行社会批判的内容，但追根究底，其心境的转变首先还是来自使其百思不得其解的心爱的女人与他人私奔这一生命中的偶然。而无论是从《骆驼祥子》《月牙儿》，还是从《阳光》《微神》，也都可以看到作者对于人的欲望本身的一种迷惘和宽恕。《骆驼祥子》的主人公不能抵御来自虎妞的诱惑，《微神》中说"肉体往往比爱少些忍耐力，爱的花不都是梅花"。《阳光》的开头说："想起幼年来，我便想到一株细条而开着朵大花的牡丹，在春晴的阳光下，放着明艳的红瓣儿与金黄的蕊。我便是那朵牡丹。偶尔有一点愁恼，不过象一片早霞，虽然没有阳光那样鲜亮，到底还是红的……"但小说写女主人公从上学到恋爱、结婚、出轨、婚变，处处占着主动，处处有着"新"女性的特点，然而还是一步步堕入生活的深渊。所谓"在山泉水清，出山泉水浊"的社会批判之外，其中流露的也有对一个人成长及迷失的深沉喟叹。这也是老舍的小说相当"现代"的地方之一。就此而言，它也可以看作是 80 年代末出现的新写实小说，如刘震云《单位》《一地鸡毛》、池莉《不谈爱情》一类小说的先驱。

最后，认识老舍作品中的感伤，也必须认真对待老舍作品中写到的死亡。大约从屈原的《怀沙》起，中国文学中就开始出现一种"自祭"的诗文，到陶渊明作《挽歌辞》《自祭文》，更将其发展成一种影响久远的传统。在中国现代，最擅长写这种文字的是鲁迅。老舍虽然没有写过这样的文字，但从他那些最好的作品，我们却可以看到他对自己青春记忆的哀悼。最使他难忘的是初恋。《无题（因为没有故事）》说："对了，我记得她的眼。她死了好多年了，她的眼还活着，在我的心里。这对眼睛替我看守着爱情。当我忙得忘了许多事。甚至于忘了她，这两只眼会忽然在一朵云中，或一汪水里，或一瓣花上，或一线光中，轻轻的一闪，像归燕的翅儿，只须一闪，我便感到无限的春光。我立刻就回到那梦境中，哪一件小事都凄凉，甜美，如同独自在春月下踏着落花。"就此而言，《微神》的哀悼意味，也要超过它的社会批判意义。"从此你我无缘再见了！我愿住在你的心中，现在不行了；我愿在你心中永远是青春。""初恋是青春的第一朵花，不能随便掷弃"，"一篮最鲜的玫瑰，瓣上带着我心上的泪，放在她的灵前，结束了我的初恋，开始终生的虚空"。

在他的作品中，我们也常常可以看到为某个人送葬。《微神》的末尾写：

> 太阳已往西斜去……远处来了些蠕动的小人，随着一些听不甚真的音乐。越来越近了，田中惊起许多白翅的鸟，哀鸣着向山这边飞。我看清了，一群人们匆匆地走，带起一些灰土。三五鼓手在前，几个白衣人在后，最后是一口棺材。春天也要埋人的。撒起一把纸钱，蝴蝶似的落在麦田上。东方的黑云更厚了。柳条的绿色加深了许多，绿得有些凄惨。心中茫然，只想起那双小绿拖鞋，象两片树叶在永生的树上作着青春梦。①

这是为一个人送葬，但也可以看作是为青春送葬，被葬埋的不只是"初恋"，更有一个人生命中的至美、至纯。与其说是悼人，不如说是自祭——

---

① 　老舍：《微神》，《老舍全集》第 7 卷，人民文学出版社 2013 年版，第 61—62 页。

哀祭自我生命中逝去的最美好的部分。

《骆驼祥子》的末尾说："体面的，要强的，好梦想的，利己的，个人的，健壮的，伟大的，祥子，不知陪着人家送了多少回殡；不知道何时何地会埋起自己来，埋起这堕落的，自私的，不幸的，社会病胎里的产儿，个人主义的末路鬼！"虽然出之以旁观的、批判的口吻，但那一份哀挽的意味仍然浓厚。论及这个末尾，顾彬说，如果我们信任作品中的观点，这就"牵涉到一个根本性的问题：即由单个人的力量是否能解救中国和她的人民。拒绝个人奋斗者骆驼祥子就是拒绝当时通行的'五四'个人主义"[①]，而这也正是曾给老舍以很大影响的时代思潮的核心内容，依此看，就是说老舍在以此哀悼曾经抱有的那一份五四信念也不无道理。

《茶馆》第三幕三个老人为自己撒纸钱一节，常被看作是老舍社会批判意识的突出表现。三个社会地位、人生理想有着很大不同的人，最终却从同一个篮子里取出纸钱撒向天空，在各自哀悼自己的人生之梦——改良梦、实业梦、爱国梦——的同时，共同哀挽着一个风雨飘摇中的时代。其中的悲愤与感伤，除了完成作品的社会批判主题，也未尝没有一些更为复杂的部分，而这，或许也正是《茶馆》最耐回味的地方之一。

---

① 顾彬：《二十世纪中国文学史》，范劲等译，华东师范大学出版社 2008 年版，第 120 页。

第三章 阶级、民族革命年代的家、国想象与社会伦理

第一节 《骆驼祥子》：一个农民进城故事

一、进城：一个现代中国故事

《骆驼祥子》的故事发生在 20 世纪二三十年代，但它所反映的问题却具有更长远的历史意义。近代以来的中国，经历着一场亘古未有的巨变。这一巨变，从社会学层面来看，是与大量农民不断涌入城市密切相关的。1840年之后，随着国门的打开，传统生活及其赖以存在的基础——中国式的农业文明，从根本上发生了动摇。伴随着一次次曲折的社会革命运动，现代化的浪潮开始席卷中国。与此同时，一代代的农民也以不同的方式离开乡土，涌入城市，构成了一道汹涌澎湃的社会巨流。对于中国近现代历史上这一最宏大的社会变化，如果允许我们用一个词来概括，那必然是"进城"。作为社会生活的一种或直接或曲折的映象，中国现当代文学的发展，始终忠实地反映着中国社会生活的变化，在中国现当代文学作品中，我们可以读到无数的"进城"故事。从鲁迅的《阿 Q 正传》到茅盾的《子夜》，从夏衍的《包身工》到今天的"打工文学"，从路遥的《人生》到贾平凹的《废都》，尽管具体的内容不同，但它们的主题或故事背景却始终与农民进城这一宏大的社会趋势有着或显或隐的关联。在这些故事中，老舍的《骆驼祥子》是一部非常独特的作品，因为只有它不但像通常所认为的那样"真实地反映了旧中国城市底层人民的苦难生活，揭示了一个破产的农民如何市民化，又如何被社会抛

入流氓无产者行列的过程"①，而且只有它才深入到心理的层面，深刻揭示了进城农民的种种现实境遇与精神危机。

纵观 20 世纪以来的农民进城趋势，可以发现，大规模的农民进城，大体可以分为三个阶段。不同的阶段，进城的原因、构成、方式，以及进城后的境遇，也各自不同。20 世纪前半期的进城农民，主要由那些因战乱、天灾以及资本主义经济的挤压所造成的破产者构成，他们以种种分散的方式自发地进入城市，但城市经济的不发达，并没有为他们提供足够的就业空间，这些人除去一部分为现代工商业吸纳外，大多数只能生活在城市边缘，既不能被成功转化为现代意义上的产业工人，也难成为一个真正的、生活安定的市民。这一时期中国社会的混乱、政治的无序，也使他们的生活得不到任何的保障和救助。就历史的发展来看，这类人的大量存在，既增加了城市生活的混乱，也为社会革命提供了动力。读鲁迅的《阿 Q 正传》或茅盾的《子夜》，我们均能发现，作品所隐含的有关社会革命必要性、可能性的批判或论证，总是或多或少地与我们这里所说到的破产进城农民的问题有关。1949 年以后，随着新的国家政权的建立，社会生活迅速有序化，通过城乡二元户籍制度的建立，农民被再一次牢固地束缚到了土地上，城市生活也高度组织化。50 年代以来中国现代工业体制的建立和城市经济的发展，也有效吸纳了原有的城市贫民，使其转化为现代产业工人的同时，又将新的劳动力的吸纳归入了有计划、有组织的渠道，从而大大地抑制了农民自发进城的趋势。但即便如此，农民自发进城的趋势仍然存在，那些以非组织、非计划的方式悄悄进入城市的农民，尽管最终还是要融入城市中去，但实际的进程却面临着种种的困难。八九十年代以来中国社会的急剧发展，加速了社会的都市化进程，同时也将更多的农民以种种不同的方式抛入了城市，随着中国城乡经济的高速发展，农民进城问题再一次被推到社会注意的前沿。此时期的中国，一方面，城市经济的发展需要大量的产业后备军进入，另一方面，由于

---

① 钱理群、温儒敏、吴福辉：《中国现代文学三十年》（修订本），北京大学出版社 1998 年版，第 249 页。

人口的激增、科技的发展，农村也产生了大量的剩余劳动力。同时，计划经济体制的打破，改革开放带来的社会控制的放松，也使农民进城中的自发性因素急剧增加。汹涌澎湃的民工潮，为中国经济的发展，尤其是东南沿海城市的发展注入了无比的活力，同时也给社会带来了一系列新的问题。

从作品中的描写看，祥子的进城，属于我们这里说到的第一个阶段，是 20 世纪二三十年代农村经济凋敝与农民破产的结果，他的悲剧固然是他所处的那个特定时代所决定的，但就中国近百余年来历史的发展看，农民进城是一个不可遏止的社会潮流，农村经济的凋敝、农民的破产，固然会迫使他们涌入城市，城乡经济的快速增长，剩余劳动力的转移，同样会驱使他们离开乡村。80 年代以来的农民自发进城，与发生在 20 世纪前期的农民自发进城尽管从根本上已不可同日而语，但就解决"农民如何市民化"这一问题，以及其间的许多细节来说，历史仍然存在着某种令人惊异的相似。由此观之，祥子的问题，也就不仅仅是一个特定年代、特定环境下的问题，而对它的深入透视也就具有了更普遍的意义。

二、祥子的社会身份问题：从进城农民到城市游民

在以往的研究中，《骆驼祥子》常常被当作一部描写下层市民生活的作品来讨论，祥子也理所当然地被当作旧中国下层市民的典型。然而，读过它的人都知道，祥子其实不过是一个刚刚进入城市的农民。但他是否就是一个"典型"的市民呢？可以说是，也可以说不是。这得看我们怎么理解市民这个词。如果我们只是宽泛地将市民理解为生活在城里的人，祥子当然是一个市民。但"市民"一词的使用，往往还有更复杂的含义。在传统中国，乡村与城市之间并没有一条截然的界限，传统城市生活不过是村镇文明的一种放大，虽说有城乡差别，但城市与农村之间还存在着某种有机联系，乡下人与城里人的转换，相对较为容易。尽管如此，市民与农民毕竟还是有着不同，一个典型的市民，除了较长时期生活在城镇之外，还应对城市生活及其意识形态，特别是与城市生活及其密切相关的商品经济、价值观、伦理观，有相当的感受与理解，或许还应有相对稳定的居所和社会关系。城市不仅是他谋

生的地方，也是他的家。这一点，听上去很简单，但对于祥子和今天许多刚刚进入城市的农民工来说，并不是很快就能做到的。一个进入城市的农民，要想真正成为市民，必须经过一段时期的生活实际与心理调适，而在此之前，称他为市民是没有实际意义的。根据他的生活特点来研究市民，也是不准确的。称祥子为市民的最大缺陷，就在于它很容易使我们忘掉祥子身上的农民特点，以及他的身份、心理从农民向市民转变的这种动态过程，忽略体现在他身上的"农民如何市民化"这样一个值得深思的社会文化问题。

那么，祥子的真实社会身份究竟是什么呢？赵园说："对小说中初上场的祥子，没有比这更恰当的比喻了：'他确乎有点像一棵树，坚壮，沉默，而又有生气。'他是从乡野的泥土中生长出来的。即使穿着白布裤褂站在同行中，他也彻里彻外的是个农民，甚至他的那种职业理想——有一辆自己的车，也是从小农的心理出发的：车是像属于自己的土地一样唯一靠得住的东西。"[①] 的确，在作品的开头和大部分篇幅中，祥子身上还保留着许多农民的特点，他的所作所为，无论在性格上还是德行上，都还保持着那种由乡土生活所培养起的一切。然而，即便如此，我们也不能只是简单地称他为农民，因为在整部作品中，祥子的生活和心理都处于一种转变的过程，为了更准确地指明这种特点，或许我们最好还是称他为"进城农民"。

在故事的后半部分，祥子似乎已完全被城市生活所改造，从而失去了他所曾拥有的农民的特征。此时的祥子又该被称作什么呢？在以往的研究中，人们习惯于将此时的祥子归于城市流氓无产者的行列，这当然并不错，但就中国文化与中国社会的传统来说，与其叫他流氓无产者，不如叫他"游民"更具历史意义。在《游民文化与中国社会》一书中，王学泰指出："'游民'主要指一切脱离了当时社会秩序（主要是宗法秩序）的人们，其重要的特点就在于'游'。也就是说从长远的观点来看，他们缺少稳定的谋生手段，居处也不固定，他们中间的大多数人在城市乡镇之间游动。迫于生计，他们

---

① 赵园：《老舍——北京市民社会的表现者与批判者》，《论小说十家》，浙江文艺出版社 1987 年版，第 31 页。

以出卖劳动力为主，也有以不正当的手段牟取财物的。他们中间的大多数人有过冒险生涯或者非常艰辛的经历。"[1] 从书中的描写看，堕落后的祥子，仍然算不上一个典型的市民。在北平这样一座大都市里，仍然没有他真正的位置。他生活在城市的边缘，没有家，车夫是一个流动性很强的职业，其收入和生活来源都没有真正的保障。就连他唯一的财富——健康的身体和那一份要强的德行，也在一点点地丧失。此时的他，什么事都可以干，什么事也都可以不干，对于生活他既无凭借又无理想，像鲁迅笔下的阿 Q 一样，显然已成为一个典型的城市游民。认识到这一点，我们对于《骆驼祥子》的研究，就可以进入一个新的层面。

三、城市生活中的祥子及其精神危机

关于祥子生活苦难与精神痛苦的分析，一直是《骆驼祥子》研究中的一个重点。祥子故事的大关节，无非这样两个：一是他与车的关系，二是他的性及婚姻。

祥子与洋车的关系，无疑是这个故事的最重要部分。对堕落之前的祥子来说，一部属于自己的洋车，不仅是他赖以维生的工具，而且是他安身立命的根本。赵园说："车是像属于自己的土地一样唯一靠得住的东西"[2]，确实是抓住了问题的要害。从祥子与车的关系，很可以看出祥子心性中的农民特点。纵观祥子三次买车，具体经过虽然不同，但体现其中的人生理想及价值观念却始终如一。前两次，祥子都是自己攒钱买车。第一部洋车的获得花去了他三年的时间和汗水；第二次他仍是坚持自己攒钱，既拒绝刘四主动借钱给他买车的建议，也拒绝了高妈给他的放贷、储蓄和起会的建议。第三次靠着虎妞带来的一点钱，他虽然买到了自己想要的车，但对这辆不是靠自己劳动买来的车，他怎么也难以建立起像对第一辆车那样的感情。从这些地方，我们都可以看出祥子的质朴，看出体现在他身上的那种农民式的根深蒂

---

[1] 王学泰：《游民文化与中国社会》，学苑出版社 1999 年版，第 17—18 页。

[2] 赵园：《老舍——北京市民社会的表现者与批判者》，《论小说十家》，浙江文艺出版社 1987 年版，第 31 页。

固的自给自足的经济观念，以及他与城市生活的隔膜，对商品经济的无知。婚后的祥子仍然不愿放弃拉车，也不愿像虎妞说的那样买几辆车赁给别人，像他不愿放贷一样，体现的当然仍是传统那种勤劳致富的人生观念。

　　祥子生命中另一个重要的关目，是他与女人的关系。虎妞对祥子的引诱，一时间满足了他的欲望，他们的结合，一度也给了他一个家，但这却不是祥子所想要的家。祥子不喜欢虎妞，除了其老、丑、凶悍、耍心眼、剥夺他的自由、伤及他的尊严之外，更重要的是嘲弄了他的理想。仔细观察，可以发现，存在于祥子和虎妞之间的问题，除了年龄上的差异，更重要的还是他们不同的人生态度。婚后的祥子仍然想拉车，想做一个体面的洋车夫，而虎妞则尖刻地嘲弄这一切。这嘲弄最终的指向，正是作为进城农民的祥子一度所曾秉持的自给自足的经济理想与勤劳致富的人生观念。作为车厂主的女儿，虎妞比祥子有钱，社会地位似乎也高一些，但无论是她父亲还是她自己，都还算不得一个真正的资产阶级，他们身上其实都比祥子有着更多的游民习气①。可以说，在整个作品的前半部分，祥子都在努力挣扎，以抵御游民生活对自己的诱惑。就是虎妞对他的性诱惑，也不过是这一诱惑的组成部分而已。祥子对虎妞的拒绝，从更深的层次上看，其实也是对她所体现的这种生活方式的拒绝。他对小福子的好感，除了她年轻力壮、能洗能做之外，更重要的，还是她能够使他实现他一直所做的农民式的生活梦。

　　骆驼祥子的故事，是一颗善良的心饱经磨难终致堕落的故事，也是一个纯朴的农民如何被城市社会所改造的故事。从后一意义上，《骆驼祥子》也是可能被当作一部成长小说来读的。但这却是一种反向的"成长"，因为时间的流逝带来的，并非心智的成熟，而是精神的萎缩。堕落之前的祥子，健壮、勤谨、诚实、质朴、负责，富于同情心，经历一连串的打击之后，这些品质丧失殆尽，人生阅历的加深，确实使祥子在作品的结尾部分变得更为世故，但在同时，他也失去了身上所有的美好东西，包括他对生活曾经抱有

―――――――――
　　①　樊骏就曾说过："刘四与其说是个资本家，不如说是旧社会所谓的'混混'。"从作品本文的有关描写看，的确如此。见樊骏：《认识老舍》，张桂兴编：《老舍评说七十年》，中国华侨出版社 2005 年版，第 325 页。

的希望。

二三十年代的中国社会，正经历着一次重要的历史转型。而传统中国社会在这次转型中面临的最大挑战，正是自给自足的农村经济的崩溃和勤劳致富的人生观念的动摇。30 年代的许多社会小说，像茅盾的"农村三部曲"、叶圣陶的《多收了三五斗》、叶紫的《丰收》、吴组缃的《樊家铺》、柔石的《为奴隶的母亲》，所讲述的都是这样的故事。老舍的《骆驼祥子》，其具体的生活场景虽然从农村移到了都市，但就祥子所经历的一切希望、幻想、幻灭而言，其实质，仍然不离乎此。作为一个地道的城里人，老舍并不真正了解农村，但作为一个作家，他的敏锐使他即便在城市，也观察到了这一关乎中国社会现实的秩序以及最终将涉及人生伦理的大变局。

四、《骆驼祥子》与中国革命

从祥子的悲剧，人们很容易推导出有关社会革命必要性的论证，正如吴小美等指出："老舍的时代是中国必须革命的时代，外部的压力和自身的发展决定了中国别无选择。但如何革命，前景又如何，决不是老舍这样的作家所了然的。"[①] 写作《骆驼祥子》之前，对于"革命"，老舍一度曾抱有颇为消极的观感（见《猫城记》），就是在《骆驼祥子》中，通过对阮明这个人物的剖析，老舍仍然不忘对存在于革命之中的机会主义给予尖利的讽刺。然而，从作品的后半部分看，面对着祥子"想以最大的代价和最低的条件求生存而不可能"的现实[②]，他的思想还是止不住地要趋向社会革命。小说的最后部分，借着死了孙子的老车夫的口，作者告诉祥子：

> 干苦活儿的打算独自一个人混好，比登天还难。一个人能有什么蹦儿？看见过蚂蚱吧？独自一个儿也蹦得怪远的，可是教小孩子逮住，用线儿拴上，连飞也飞不起来。赶到成了群，打成阵，哼，一阵就把整顷的庄稼吃净，谁也没法去治它们！你说是不是？我的心眼倒好呢，

---

① 　吴小美、古世仓：《老舍与中国革命论纲》，《文学评论》2004 年第 2 期。

② 　赵园：《论小说十家》，浙江文艺出版社 1987 年版，第 31 页。

连个孙子都守不住。他病了，我没钱给他买好药，眼看着他死在我怀里，甭说了，什么也甭说了！茶来！谁喝碗热的吗？

正是在听了老车夫这番话之后，发现小福子已经死去的祥子，最终放弃了自己的挣扎，从而陷入更深的人生泥淖当中。在小说的最后，作家用一种颇含轻蔑的意味讲"体面的，要强的，好梦想的，利己的，个人的，健壮的，伟大的，祥子，不知陪着人家送了多少回殡；不知何时何地会埋起他自己来，埋起这堕落的，自私的，不幸的，社会病胎里的产儿，个人主义的末路鬼！"读这段话，就连夏志清也感觉，它的"左倾观点令人吃惊。老舍显然已经认定，在一个病态的社会里，要改善无产阶级的处境，就得集体行动；如果这个阶级有人要用自己的力量来求发展，只徒然加速他自己的毁灭而已"①。赵园曾指出"祥子们"的悲剧，"在于想以最大的代价和最低的条件求生存而不可能。祥子，即使他的精神悲剧，也是在'求生'中发生的。这正是那个时代最大多数人民的共同命运，也是社会革命的最直接的原因和依据"②。在中国革命的实际过程中，类似一支竹筷和一把竹筷的比喻，一直是领导者用来发动群众革命的最有力的修辞。老舍这里说到的一个蚂蚱和一群蚂蚱的比喻，显然也有此意味，但不同的是，除了集体力量的显示，蚂蚱的比喻显然也能给人另外的联想。批评祥子的人，不满于他的，主要是他的个人主义，在他们看来，正是这种个人主义，妨碍了他采取更积极的行动，去改变自己的命运。然而，即便祥子克服了他的个人主义，不"同阶级兄弟争抢饭碗"，而是同"阶级兄弟团结起来斗争以争取生存权"③，问题恐怕也不会变得更为简单。

希望祥子"革命"的人，总是一厢情愿地将这"革命"想象为共产党领导的阶级革命，这场革命由于有马克思主义的指导，自然带有一种有序的、理想化的特点。但革命的实际情况要更为复杂。中国近代最早注意游民问题

① 夏志清：《中国现代小说史》，刘绍铭等译，（台北）传记文学出版社 1979 年版，第 205 页。

② 赵园：《老舍——北京市民社会的表现者与批判者》，《论小说十家》，浙江文艺出版社 1987 年版，第 31 页。

③ 郭志刚、孙中田主编：《中国现代文学史》，高等教育出版社 1993 年版，第 389 页。

的杜亚泉在其《中国政治革命不成就及社会革命不发生之原因》一文中，"将中国历史划分为三个时期，以大量的篇幅谈到游民与游民文化问题。他说游民是过剩的劳动阶级，没有劳动地位，或仅仅作不正规的劳动。其成分包括游兵、地棍、流氓、盗贼、乞丐等。游民阶级在我国社会中力量强大，他们有时和过剩的知识阶级中的一部分结合，对抗贵族阶级。他认为秦始（皇）以后，二十余朝之革命，大都由此发生。可是革命一旦成功，他们自己就贵族化了，于是再建贵族化政治，而社会毫无变更。他说这不是政治革命，也不是社会革命，只能说是'帝王革命'。"① 近年来，这段话相继引起当代著名学者王元化、李慎之等人的高度关注，其原因当和他们从中得到的有关中国现代社会问题的思考密切相关。很难设想一个加入了"革命"的祥子会是什么样子，在作品本文中，祥子与革命发生的唯一真实关系，就是他出卖了向他宣传革命的阮明——即便在阮明死后他也承认他说得"十分有理"。透彻点讲，即便祥子真的参加了革命，我们也很难断定他所参加的，不是一个阿Q式的革命。对此，历史已不止一次给了我们意味深长的教训。鲁迅先生之既否定阿Q的不革命，又否定阿Q的革命②，老舍先生对"革命"和"革命者"一度所表现出的疑虑，原因或许也正在这里。

然而，对于现代化过程中的中国来说，革命，尤其是社会制度方面的变革又是有其必要性的。因为只有经由革命，才能为许多社会问题的解决提供一个必要的前提。但革命并非一劳永逸的事件，它不可能解决所有现代化过程中的问题。将祥子的悲剧界定为旧中国"特定环境"下的社会问题，与径直将其上升到抽象的人性层面，揭示其个性缺陷或剖析作者对"城市文明病与人性关系的思考"③，均并没有搔到问题的真正痒处。按前一逻辑，社会

---

① 王元化：《思辨随笔·游民与游民文化》，转引自《游民文化与中国社会》，学苑出版社1999年版，第2页。

② 支克坚：《关于阿Q的"革命"问题》，《中国现代文艺思潮论》，兰州大学出版社1999年版。

③ 郭志刚、孙中田主编：《中国现代文学史》，高等教育出版社1993年版，第389页。钱理群、温儒敏、吴福辉：《中国现代文学三十年》（修订本），北京大学出版社1998年版，第249页。

革命的成功必将消除所有的问题。然而事实远非如此。尽管到50年代，从国外归来的老舍曾一度"欣喜地发现他曾经控诉的社会不公在新政权下得到了迅速的改变，'祥子'和'月牙儿'们有了新的生活出路……新政权以用'政治的力量把北京的五行八作都组织起来'的办法，解决了苦人们的生存和生活问题"①。但这却仍然不是问题的最后解决。因为被组织起来的说到底只是已然生活在城市里的那部分人，对于新的进城农民而言，社会仍然缺少一种有效的接纳机制。农民进城问题比较复杂。50年代以来一段时期中国城市问题的减弱，一方面与中国社会现代化、都市化进程的趋缓和隐蔽性有关，另一方面也与新的社会构造，尤其是户口制度造成的城乡二元格局有关。事实上，虽然在50—70年代的大部分时间里，城市化的进程仍然有所推进，但其方式较前已大有不同，除了一些按计划的、规模有限的招工、选干之外，城乡之间的社会流动，较前大为减少，在许多时候甚至是逆向进行，60年代的居民下乡和知青插队，都是这方面的显例。但即便如此，农民自发进城的趋势，也并没有完全被杜绝。一个不可忽视的现象是，即便在六七十年代社会控制最严的时候，在城市仍然存在着许多"黑人黑户"，对于这部分人的生活，我们只要读一读陆文夫《小贩世家》一类的作品，就会有很清晰的了解。

　　与那种将祥子的问题限定在"特定环境"下去认识的方法相似，将他的问题径直上升到抽象的层面，从国民性的角度批判祥子的个性缺陷，甚或由之思考"城市文明病与人性的关系"，同样存在着背离历史的问题。尽管老舍在作品中，对祥子的性格缺点，诸如不合群、别扭、自私、死命要赚钱、孤独、脆弱、自欺欺人等，从一开始就有所批判，到作品末尾更给他的"个人主义"以不客气的讽刺②。然而，所有这一切却都并不意味着，假如祥子的个人人格再健全一些，他的命运悲剧就会得到任何的改变。事实上，就作品的大部分来说，作者刻意表现的其实正是祥子性格中的向上因素，但他的

　　①　吴小美、古世仓：《老舍与中国革命论纲》，《文学评论》2004年第2期。
　　②　有意思的是，夏志清注意到，这种讽刺笔法和小说主体的同情基调并不相合。夏志清：《中国现代小说史》，刘绍铭等译，（台北）传记文学出版社1979年版。

好强，他的爱体面、负责任，却不但不能将他从困境中救出，相反却使他沦入了更深的深渊。将《骆驼祥子》对城市贫民性格弱点的批判，"纳入老舍小说'批判国民性弱点'这一总主题"[1]，也许颇能见出作者思想的某种连续性，但对认识祥子本身的问题来说，却并不见得有多少积极的意义。

也许说老舍透过《骆驼祥子》，在思考"城市文明病如何与人性相关系的问题"并没有错，老舍说他写《骆驼祥子》很重要的一点便是"由车夫的内心状态观察地狱是什么样子"。"这个'地狱'是那个在城市化过程中产生的道德沦丧的社会，也是为金钱所腐蚀了的畸形的人伦关系"[2]，更是主人公自己那业已堕落了的人心。抽象点说，进入城市的祥子所经历的一切，包括他的努力、他的挣扎、他的醒悟、他的复仇、他的堕落，以及他在此途中所发现的社会黑暗，与许多经典现实主义小说所描写的，在本质上并没有什么两样。所不同的是，祥子的遭遇是一个更为绝望的故事。在我们所熟悉的许多俄国或者法国现实主义小说中，主人公在经历了一番地狱或炼狱的痛苦之后，最终趋向的，往往是精神的净化、灵魂的升华。祥子的故事则不然，这里只有堕落，没有救赎，比外在的地狱更为阴森恐怖的，是人心的地狱。

然而，这样看待问题仍然可能由于过于抽象而错失对作品历史意义的真正把握。从世界文学看，有关"城市文明病"的问题，其实也是资本主义历史发展到一定阶段的产物。那些憎恶城市文明的人，常常以正在消失的农村社会为乐园原型，同时也喜欢将所谓"城市文明病"本质化，仿佛城市天然就是一个罪恶的渊薮，中国现当代文学对城市的表现，也常常突出其"地狱"性，甚而对"进城"产生一种本能的畏惧，孰不知一切不过是发展中的问题，在这方面，老舍当然还算不得最突出的例证，但在其作品中，确也有将"进城"（即城市化这一过程）的问题当作城市本身的问题的地方。然而，就《骆驼祥子》来说，若要将他对问题的看法简单归于对资本主义文明的批

---

[1]   钱理群、温儒敏、吴福辉：《中国现代文学三十年》（修订本），北京大学出版社1998年版，第250页。

[2]   钱理群、温儒敏、吴福辉：《中国现代文学三十年》（修订本），北京大学出版社1998年版，第251页。

判、排拒，可能仍嫌仓促。这种看法的得出，或许就与将祥子简单归于"市民"有关。而归根结底，这仍然首先只是一个农民进城故事。

五、《骆驼祥子》与农民进城问题

前面已反复说到，抛开种种具体的因素不谈，祥子的问题，其实是一个现代化过程中的问题。20 世纪 80 年代以来，随着城乡经济的发展，大量的农民又一次如潮水般涌入城市，在城市有能力彻底接纳他们、消化他们之前，他们的存在也带来了许多新社会问题。如今最为社会重视的"三农"问题之一，便是"农民工"问题。当代文学中也出现了所谓"打工文学"。在这样的情况下，重读《骆驼祥子》能给我们什么样的启示呢？带着这样的问题，再看祥子的生活，尤其是导致他走向"末路"的那些东西。

细读作品可以发现，直接导致祥子"没落"的三次事件，第一次是败兵的掠夺，第二次是侦探的敲诈，第三次则是虎妞死于难产。这三次事件，看上去都有着某种偶然性，但仔细分析，其背后又都有某些必然的因素。其中败兵的掠夺和侦探的敲诈，当然和特定时期社会的动荡、腐败有关，然而值得注意是，当这种动荡和腐败侵害到正常的社会生活秩序时，正是这些进城不久、无地位、无恒产的农民最缺乏抵御力。虎妞之死，看上去更是一个偶然事件，但偶然的背后同样有必然。也就是说，对于生活在都市底层的人来说，如果社会不从根本上建立起一种起码的风险保障机制，那么，任何一点意外的变故，对这些贫无立锥之地的人来说，都可能造成生活基础——包括物质和精神的彻底崩溃，从而无可遏制地被抛入游民或流氓无产者的行列。

在祥子与虎妞的关系中，不可忽视的是他们的性关系，这既是虎妞用以捕获祥子的工具，又是像祥子这样的进城农民在城市中需要而不易得到满足的东西。由于他们在城里没有家，很多正常的心理和生理需求都不能得到满足，在这样的状况下，他们的许多人生需求只能通过一种畸形的途径去得到满足。在《骆驼祥子》和《月牙儿》一类的作品中，老舍都写到了城市贫民中的女性沦为娼妓的故事。这种问题的出现，固然有着复杂的社会原因，但从另一个方面说，性市场的存在和难以禁绝，也与城市生活中存在大量的生活不稳定的流动人口有关。

前面已说到，城市生活带给祥子的最大精神危机，就在于那种伴随着自给自足的农村经济的崩溃而出现的勤劳致富的人生观念的破灭。王学泰在考察了游民的产生、发展及其在历史上的作用之后说："社会是一个有序的机体，当一个社会的代表性逐渐消退的时候，它的无序性日渐增加，直到自然或非自然地解体为止。游民是导致社会无序性激增的恶性肿瘤，是社会无序化和社会制度腐败的产物；反过来它又进一步加速社会的腐化与无序，两者是互动的。"① 祥子悲剧的最可怕之处，也就在这里。

面对汹涌而来的进城大军，《骆驼祥子》给我们的启示或将是：社会如果不能建立一套有效的吸纳机制，从物质的、制度的层面维护和保障这些进城农民的利益，并对他们的精神生活给予适当的关注，就很难阻止他们沦为"游民"，并因之给城市生活和整个社会秩序带来一定的混乱。李慎之说："一百年来，或者说有史以来，中国只有到了现在才第一次有了认真开始现代化的机会，也第一次有了真正消化游民的机会，然而由于人口的压力，游民依然存在，游民意识根深蒂固，源远流长，也仍然存在，我们现代化的道路就非通过这个地雷阵不可。"②

第二节　家园彷徨：《憩园》的启蒙精神与文化矛盾

《憩园》是巴金 20 世纪 40 年代的重要作品，也是巴金所有作品中意义最为复杂的文本之一。这里，巴金摆脱了早期作品，如《激流》中那种是非判断明晰，价值取向单一的青春期特点，而更多地表现出一种带有中年特点的对人生问题的复杂经验和矛盾情感。

《憩园》的故事，可以分三个层面来阅读，一是"我"的故事，二是"园"

---

①　王学泰：《游民文化与中国社会》，学苑出版社 1999 年版，第 28 页。

②　李慎之：《发现另一个中国——〈游民文化与中国社会〉序》，《游民文化与中国社会》，学苑出版社 1999 年版，第 9 页。

的故事，三是"家"的故事，分别对应着作者抗战后在人生道路、文化情感和家庭伦理问题上的新思考。从人生意义上说，它所表现的是一个有启蒙思想的知识分子，人到中年时对家园、婚姻、事业、生活出路等问题的一系列思考。

在许多方面，《憩园》都让人想起鲁迅20年代中期的一些作品，从具体细节，到彷徨的心态，到最终所焦虑的问题，二者都表现出某种程度的相似。一系列有关根本人生姿态与写作意义的矛盾，在《憩园》中构成了一种歧路彷徨式的心境，而对启蒙精神的坚持，又使它的主人公获得了一种奋力前行的姿影。这也许表明，40年代的巴金，在进入人生的成熟期后，更为稳健地接过了五四启蒙者的薪火，开始全面面对人生的矛盾与复杂，并从中寻找着前进的路径。

对《憩园》三个层面的故事，以往的研究多集中在"家"的故事这个层面。若仅据此来看，《憩园》就成了《激流》的尾声或延续，杨梦痴的命运就成为作品中最引人注意的东西。但《憩园》从整体上又是一个"园"的故事。而不论"家"的故事，还是"园"的故事，都是"我"的故事的有机组成部分，而且只有当它们被整合进"我"的故事时，才能更完整地看出它们各自的意义。《憩园》中的"我"，并不只是一个单纯履行叙事功能的叙事者，同时也是这部作品的真正核心。作品正是通过"我"与姚氏夫妇的交往，"我"对"憩园"命运的沉思，"我"对杨、姚两家及其子嗣命运的关心和干预，表现出它那深刻的启蒙主义立场和复杂的文化情思。从这一层面看，《憩园》所写的其实是一个知识分子精神故事：是"走"还是"停"？静观还是干预？揭露黑暗还是抚慰人心？救人还是自救？一系列人生矛盾的展开，构成了"我"的故事的丰富内容。

一、"我"的故事：人生彷徨

（一）"走"与"停"

"憩园"这个名字的由来，显然与巴金的故家生活记忆有关。但也与他结婚时住过的贵阳"海子憩"有关。1944年5月，巴金与萧珊在贵阳"花溪小憩"结婚，数日后，萧珊入川旅行，巴金在贵阳的旅馆里开始写作《憩园》①。从作品牵涉的人事看，这部作品的构思起源于巴金 40 年代初的两度回乡。游子归乡的复杂心态，故园失落的人生痛楚，再加上五叔悲惨结局的刺激，共同促成了巴金对于家园问题的新的思索。但选择在这样一个特殊的时刻动笔，不能不令人想到，在这个故事和作者生活的新变化之间可能存在着某种微妙的联系。"憩园"之"憩"，似乎暗示出一种对于家园安居的向往。新婚的巴金，已年届四十。多年后回忆往事，他说"花溪小憩"的数日，他"感到宁静的幸福"，离开贵阳前，又一个人特意"去花溪在'小憩'住了两天"，其时仍在写作《憩园》②。

　　《憩园》的故事结构，明显地符合研究者所揭示的鲁迅归乡小说那种"离去—归来—再离去"的结构模式③，但这与其说是形式上的类同，不如说是一种精神上的相似。在外漂泊多年的"我"，因抗战而回到故乡，"虽说这是我生长的地方，可是这里的一切都带着不欢迎我的样子。在街上我看不见一张熟面孔。其实连那些窄小光滑的石板道也没有了，代替它们的全是些尘土飞扬的宽马路……""我好像一个异乡人……一个人默默地在街上散步，热闹和冷静对我并没有差别"。这种感觉，读过鲁迅作品的读者，应该十分熟悉。《祝福》和《在酒楼上》中的叙事者，回乡时便都说过这类的话。20 世纪那些经历了"走异路，逃异地，寻求别样的人们"④的精神离乡的知识分子，当他们因种种缘由回到故乡时，总不免有一种虽在家园而处异地的感觉。大动荡的 20 世纪社会对故园景观和生活的改变固然使他们感觉陌生，但更使他们感觉陌生的倒可能是那不变的部分，那种经了"别样"的比照，而显出其与"我"不同的东西。变易令人惘然，不变更令人倍感苦涩——启蒙诉求受挫和理想幻灭的苦涩。归乡者心中本

---

　　① 巴金：《谈憩园》，《巴金论创作》，上海文艺出版社 1983 年版，第 267 页。

　　② 巴金：《关于〈第四病室〉》，《巴金论创作》，上海文艺出版社 1983 年版。

　　③ 参见钱理群、吴福辉、温儒敏：《中国现代文学三十年》，北京大学出版社 1998 年版，第 40—43 页；汪晖：《反抗绝望——鲁迅及其文学世界》，河北教育出版社 2000 年版，第 295—305 页。

　　④ 鲁迅：《呐喊·自序》，《鲁迅全集》第 1 卷，人民文学出版社 1981 年版，第 416 页。

就怀有某种现实人生的受挫感觉，有意无意中，他在希求着来自家园的安慰，但家园生活实际与他精神上的隔膜却更加深了这种幻灭的苦痛。鲁迅小说和《憩园》中的"我"，显然都不是现实生活中的成功者，虽然有着启蒙人生、改良社会的理想，但在实际生活中，他们却只能无奈地苦苦挣扎维生。写于抗战时期的《憩园》，又于个人生活的挫痛之外新添了民族生活的挫痛，于是，一种无家可归的凄凉和游子漂泊的疲累，便构成了这类作品的共同叙事背景，而与故园人事的疏离—接近—隔膜—沟通—远离，便成为这类故事的共同内容。

《憩园》的叙事者在体验了一番故乡的冷遇之后，终于住进了一个"园"，一个类似自家从前居住过的大家公馆那样的"园"。但这只是寄住，目光所及，花树庭除间触目的都是伤感，虽然主人十足的热情，但"我"那一种为人"食客"的感觉却始终拂之不去。书中两度写到门楣上的"憩园"字样，都赋予它一种"傲慢"的目光，这也许是那种有钱人家面对贫寒之士的傲慢，也许是安定生活对漂泊游子的傲慢。无论如何，这个"园"于"我"都不是一个真正能够安顿身心的去处。那么对于它的主人呢？旧主人杨家已然败落，新搬入的姚家虽然看上去兴旺，但实际已在向衰败的路上走去，他们是否也是另一类匆匆过客？这让我们想到1941年，巴金面对故居照壁上镌刻的"长宜子孙"字样所作的思索：祖辈"用空空两手造就了一份家业"，"为儿孙安排了合适的生活"，但"'家'这个小圈子只能摧毁年青心灵的发育成长"，对他们来说真正有价值的却是"道路"，那"走向广大的世界中去"的"道路"①。《憩园》中的"我"，很快便感觉到了存在于这里的停滞与衰败气息。《憩园》中的姚国栋，按杨义先生的说法，是一个"抗战时期的奥勃洛摩夫"②。但他是否也曾有过类似鲁迅小说中吕纬甫那样的精神经历呢？他的生活中没有潦倒失意，他也没有流露过对自己的生活有什么不满，但从一个大学毕业又留过洋，做过三年教授两年官，曾经怀有不切实际然而宏伟的抱负的人，

① 巴金：《爱尔克的灯光》，《巴金全集》第13卷，人民文学出版社1990年版。
② 杨义：《中国现代小说史》第二卷，人民文学出版社1986年版，第164页。

到"靠着父亲遗下的七八百亩田过安闲日子"，满足于小家庭的温暖，不时还陪前妻的母亲去看旧戏，这中间的变化及其况味，也只有读过《在酒楼上》一类小说的人才真正品味得清。"姚国栋"这个名字的反讽意味，是相当明显的①。而他那种对自己生活的满足，也许只能被理解为，他甚至已失去了对自己生活悲剧性的那一份自知，这点使他显得比吕纬甫、魏连殳们更为可悲。《憩园》的旧主人败落了，而新主人在孩子的教育上不自觉地又在重复着从前的老路。作为曾经"出走"的知识分子，又一次住进从前住过的那种有钱人家的公馆，目睹着这里所发生的一切，"我"会不会也有些类似吕纬甫讲的，绕了一圈又飞回原处的苍蝇的感觉呢？

对于曾经怀抱启蒙观念的知识分子，"家"这个由日常生活构成的"小圈子"，对他的人生抱负的实现，似乎总是具有一种危险性。从 20 世纪初的鲁迅的作品（《伤逝》）到 20 世纪末的新写实小说（《单位》《一地鸡毛》），我们都可以看到那些大大小小具体生活的烦恼或欣喜，对曾经头角峥嵘的年轻人的"刮垢磨光"作用。在许多时候，大的时代背景会对这种磨蚀产生一种推助作用，但作为人生境遇，它似乎具有某种普遍性。姚国栋的生活是舒适的，但这舒适却使他的精神生出了一种麻木和懒惰。这很可以引出一种对家园生活本身的警惕。"憩"的本意是休息，"小憩"是惬意的，但长时间的耽于安乐却可能使人的生命意志变得衰弱。临刑前的瞿秋白曾将睡眠称作人生的小休憩，死亡称作大休憩。生命的存在本就是不断的奔波、劳累，一旦想停下来，那暮色也就近了。鲁迅的《过客》于此有着极深刻的表现。漂泊的疲累使人暗暗渴慕家园的宁静，而对家园记忆与印象的反思又催迫人再一次离家远行。在"路"与"园"，"走"与"停"之间，存在着永恒的矛盾，正是这样的矛盾构成了人生，也构成了《憩园》叙事中最重要的张力。

写作《憩园》时的巴金正在新婚之际。《憩园》的有关描写中，必然会渗入他对自己生活的思考和对妻子的爱意。婚姻给人一个"家"，一种安居

---

① 这层意思在《憩园》中已有明显表露。见《巴金全集》第 8 卷，人民文学出版社 1989 年版，第 22 页。

栖息的可能。从《憩园》中多次写到的女主人那灿烂、明亮的微笑，以及"我"对她那有点超出常情的依恋关怀，我们可以明白地读出一个年届四十的人对于家的温暖的隐秘向往。万昭华无疑是巴金所有作品中最有亮色的人物之一，《憩园》中的有关描写，必然融入了作者对自己新婚妻子的印象。"家"是温暖的，与所爱的人的共同生活是甜蜜的，"花溪小憩"新婚的几日，巴金感到了"宁静的幸福"，但他何以那么快就要与新婚的妻子暂且分离呢？在他对"家"的向往中，是否也包含着几分对于家庭生活的疑惧？家的温暖，家庭生活的琐碎乐趣，完全有可能消磨掉一个人的进取心和青春意气，中国古典文学，尤其是那些才子佳人小说、戏曲中，不乏这样的故事。《憩园》的叙事者，写到朋友婚姻生活的幸福感觉时，总带有一种嘲弄的口气，有意无意，叙事者在自己与朋友姚国栋之间总是拉开某种心理的距离，这多少表现出他对一种平庸生活的警惕。更重要的是，无论从作者的生活经验还是他的启蒙思想，都可能引申出他对"家"与个体生命发展之间的矛盾的疑惧。这疑惧可能来自两个方面：一方面是对旧家生活的悲剧性记忆，另一方面是对所谓新式家庭可能存在的问题的疑虑。《憩园》有关家庭生活的描写正包含着这样两个方面，而更重要的是后一方面。关于此点，后文还有详论。这里主要要指出的，只是由此所产生的人生矛盾，那种"走"与"停"的彷徨境遇。这仍让我们想起鲁迅，1925年3月和10月，正是他与许广平从开始交往到进入恋爱的关键时期，他却分别写了《过客》和《伤逝》，用一种冷然的拒绝或悲观的推想，抵御着爱的诱惑。

"憩园"新主人的"家"，是一个五四后产生出来的那种新式家庭，虽然在许多方面它还受到旧家庭生活方式的牵累，但从根本上说，男女主人公之间并不缺乏作为新式婚姻理想基础的爱情。《憩园》多次写到姚氏夫妇间那种爱的默契和会心，显然不是无心的。但就是在这样一个家里，男女主人间仍然存在着隔膜，在女主人的心中，仍然郁结了难以言说的苦闷和寂寞。作为一个"新派"女性，万昭华曾受到过五四启蒙人生观念的影响，外国电影和新文学作品都在向她展示着新的理想生活，但现实中的她却只能困居在小家庭里，怀着一份对外面世界的向往和多少有点空泛的人道愿望，"对什么事都是空有一番心肠"。说她只是姚国栋的一个"玩偶"①，显然有欠公平，但作者确也为她预示了一种"闷死"在家的小圈子里的命运。《伤逝》中的涓生于婚姻生活中领悟的人生要义，是"人必生活着，爱才有所附丽"，而这"生活的第一要着"，则是"向着这求生的道路"，"携手同行"或"奋身孤往"②。巴金给予万昭华的希望，也是出走。这样的解决，事实上都将爱的存在由"家"的静态归宿，转换成了"路"的动态延伸。从这里，我们也可以为作家那个不寻常的蜜月觅得一种疏解。可以说，从巴金对自己新婚生活的安排和《憩园》的写作中，我们都可以看出，他欲使自己、使爱人，使他们新建立的家庭摆脱旧路的复杂心绪。

（二）静观抑或干预，揭露抑或抚慰

《憩园》叙事者对朋友妻子所表现出的同情，也许还有更深层的原因。姚太太在家庭生活中那一种无为的感觉，其实也正是"我"或巴金在社会生活中的感觉。中国知识分子自古就有重实践轻言谈的倾向，现代知识分子更是一开始就徘徊在社会改造的"救亡"实践与现代人生精神的思想"启蒙"之间，而终以"救亡"为第一要义③，这也就决定了，他们虽身在思想文化界，但更向往的却是能直接改变生活的实践活动。早在 1931 年，巴金开始"正式地"写小说不久，就曾对自己写作生活的意义产生过怀疑，想"去受苦，拿行动来爱人，来帮助人，不再拿纸笔来浪费我的青年的生命了"④。在《憩园》中，我们又一次看到了他对自己写作意义的怀疑。作为五四精神所培植出的那一代作家，巴金曾一再声称，不是想做文人才写小说的，"我只是把写小说当作我的生活的一部分"⑤。他的早期小说可分为"革命"与"家庭"

---

①　巴金：《谈憩园》，《巴金论创作》，上海文艺出版社 1983 年版，第 272 页。

②　鲁迅：《伤逝》，《鲁迅全集》第 2 卷，人民文学出版社 2005 年版，第 124、126 页。

③　参见李泽厚：《救亡与启蒙的双重变奏》，《中国现代思想史论》，安徽文艺出版社 1994 年版，第 29—45 页。

④　巴金：《最后的审判》，原刊《文艺月刊》第 2 卷第 8 期，1931 年 8 月 15 日；参见李存光：《巴金传》第四章《灵魂的呼号》，北京十月文艺出版社 1994 年版，第 125—132 页。

⑤　巴金：《电椅集·代序》，转引自杨义：《中国现代小说史》第 2 卷，人民文学出版社

两类，虽然后一类中浸润了更多的启蒙意识，但从理想人物的生活取向看，那一种"革命"的意气仍很分明。但巴金又是一个无政府主义者，无政府主义的革命在中国本就没有多少实绩，而这种思想的性质又使它的参与者不可能真正地属于某个组织。有着干预生活的愿望而又找不到切实的着力点，这革命很大程度上还是只能在思想的领域里进行。30年代后期以来的抗战环境，必然更强烈地唤起这一类知识分子那种人生无为的感觉。借住在环境清雅的憩园，"我"的写作却屡屡被打断。即便是在这样一个借住的环境中，"我"也无法逃避现实生活对"我"的刺激，姚国栋的精神状态、杨梦痴的命运、万昭华的苦闷，尤其是姚小虎的教育问题，一再构成对"我"的人生姿态与启蒙理想的质询。是冷静旁观，听任悲剧重演？还是介入干预，改变现状？在姚小虎的教育问题上，"我"与万昭华同样面临着选择的困难。所不同的是，对于"我"，它还关系到一种根本性的人生姿态。

静观与干预的问题，其实也是一个确定写作有无意义的问题。从五四那一代知识分子开始，文艺就不断被视为可以用来疗治社会病痛的"药"。这种隐喻的存在，一方面加强了作家的启蒙责任感，另一方面却也有效缓解了那种改变社会的实践冲动与书斋静观之间的矛盾。在《憩园》中，我们又一次听到了这种"药"的隐喻。值得注意的是，它出自万昭华的口中，正当作为作家的"我"对自己的写作意义发生怀疑时，由一个读者说出这样的话，无疑是对这种五四式信念的再一次肯定。

进一步的问题是，这意义应当体现在哪里。"你们把人们的心拉拢了，让人们互相了解，你们就是在寒天送炭、在痛苦中送安慰的人。"姚太太这一番话，不仅是对作家创作意义的肯定，同时也是一种要求，一种抚慰人心的要求。即便不能断定万昭华与"我"的谈话，"来自萧珊对于巴金的谈话"①，那一份新婚的"宁静的幸福"，对作家创作心理所产生的影响也是很值得注意的。另一件值得注意的事实是，在《憩园》的写作刚刚开始不久，

1986年版，第143页。

① 蓝棣之：《巴金：憩园》，《现代文学经典：症候式分析》，清华大学出版社1998年版，第101页。

巴金就因鼻腔手术独自住进了贵阳的中央医院。"谁也不知道我睡在医院里，我用的还是'黎德瑞'这个假名。没有朋友来探过病，也没有亲人来照料我……动过手术的当天，局部麻醉药的药性尚未解除，心里十分难过。"①这段话清楚地表明了处于孤独与病痛中的巴金渴望抚慰的心情。出院后，他继续写作《憩园》，但"在大街上散步的时候，我就丢开了憩园的新旧主人和那两个家庭，我的脑子里常常出现中央医院第三病室的情景，那些笑脸，那些痛苦的面颜，那些善良的心……我忘不了那一切。我对自己说：'下一本小说就应该是《第三病室》'"。这就是说，还在《憩园》的写作过程中，《第四病室》的创作动机就已闯入了进来。住院生活给巴金留下的最深印象是普通百姓病苦、贫困和医生的冷漠，在那种令人窒闷的环境中，人自然生出一种渴求抚慰的心理，这就使巴金在后来的《第四病室》中，虚构出一个名叫杨木华的年轻女医生形象。"我说：在这种痛苦、悲惨的生活中闪烁着的一线亮光，那就是一个善良的、热情的年轻女医生，她随时在努力帮助别人减轻痛苦，鼓舞别人的生活的勇气，要别人'变得善良些，纯洁些，对人有用些……'"万昭华、杨木华形象的出现清楚地表明，抚慰人心已在巴金小说创作中占据了怎样的地位。

借寓憩园期间，"我"一直在写作一部有关小人物悲惨生活的小说。《憩园》开头曾借姚国栋之口，提出对这种写作的一种批评——"就是气魄太小，你为什么尽写些小人小事呢？"这也许是巴金的写作在当年遭受过的一种批评的曲折反映，也许反映了作家自己在这一问题上所存有的某种疑虑，但从根本上说，它并没有真正构成作家写作思想的内在冲突，在《憩园》中，作家是以一种傲然的姿态带有几分轻蔑地对待这样的问题。真正构成这一时期巴金写作思想上的内在张力，并影响深远的，其实正是揭露黑暗与抚慰人心的矛盾。《憩园》中的"我"，本来所写的是一个有着悲惨结局的洋车夫故事，但"我"的写作过程却一再受到来自生活的侵扰，这种侵扰不仅使这一

————————

① 巴金：《关于〈第四病室〉》，《巴金论创作》，上海文艺出版社1983年版，第343—344页。

过程变长，而且也使作品内容发生着改变，洋车夫的故事最终得到了一个较为温情的结局。从姚太太那明亮的微笑和与她的谈话，"我"仿佛得到了来自生活的另一种力量，感到了对于生活所负的另一种责任。"给人间多添一点温暖，揩干每只流泪的眼睛，让每个人欢笑。""我的心跟别人的心挨在一起，别人笑，我也快乐，别人哭，我心里也难过。我在这个人间看见那么多的痛苦和不幸，可是我又看见更多的爱……活着究竟是一件美丽的事……"姚太太对于文学的这种感觉和要求，其实也正是巴金这一时期对自己小说的要求。直到晚年，巴金还在有关自己与文学关系的演讲中，一再重提万昭华与杨木华说过的这些话①。与他早年左拉式的"我控诉"相比，这些温情的语言正好表现出巴金在创作思想上的一次重要转变。

揭露黑暗还是抚慰人心？这也许是一对让有着现实主义倾向和人道主义情怀的作家始终感觉踌躇的问题。这仍让人想起鲁迅。尽管鲁迅是一位以冷峻真实地解剖人生著称的作家，但在他的创作中，始终也存在着这样的矛盾。于此，人们可以想到"铁屋子"的绝望中所含的悲悯（《呐喊自序》），夏瑜坟上的花环（《药》），"我"对祥林嫂有关灵魂问题的回避（《祝福》），甚至他在生命最后阶段所发的"我要骗人"的议论。正是这样一对矛盾的存在及其处理，构成了包括《寒夜》在内的巴金后期小说的最大思想艺术张力。从《憩园》到《寒夜》，巴金摆脱了其早期小说对生活的那种较为单一的态度，让生活本身的复杂得到充分的显现，从而使自己小说的艺术表现力达到了一种新的境界。

（三）救人抑或自救

《憩园》讲述的是一个"救救孩子"的故事，但它同时也是一个知识分子的精神自救故事。小说有关姚小虎和杨梦痴的一切，不仅揭示出旧家庭生活、旧家庭教育的罪恶，而且也回应着五四以来"救救孩子"的启蒙主

---

① 巴金：《文学生活五十年——一九八〇年四月四日在日本东京朝日讲堂讲演会上的讲话》、《我和文学——一九八〇年四月十一日在日本京都"文化讲演会"上的讲话》，《巴金论创作》，上海文艺出版社 1983 年版，第 17、727—728 页。

题。在《憩园》中，小虎和杨梦痴是被作为两代纨绔子弟的代表来写的，但"我"对他们的态度并不相同。与对已然沦落街头的杨梦痴的悲悯、同情相比，"我"对只是沾染了一些纨绔恶习的小虎的憎恶，不免显得有些苛刻。造成这种态度差异的原因是复杂的。首先，这是两类不同的纨绔子弟，他们的气质、禀赋、为人均有所不同。杨梦痴挥霍、纳妓、吸毒、偷窃、骗人、懦弱、低能，无可救药，但他又聪明、清秀、文雅、痴情、善良，沦落到最后也没有完全丧失人性中的那一丝良善。从他的塑造中透露出的，其实是巴金深藏心中的对五叔命运的悲悯。姚小虎霸道、蛮横、势利、傲慢、狡猾、欺下瞒上、仗势欺人、赌钱、逃学，从天性中似乎就带有一种顽劣。在"我"那一丝难以言明的厌恶里，还包含了对一个说话带"甜味"的女性的现实境遇和未来命运的同情和关切。其次，虽然导致他们堕落的根本原因都在不劳而获的金钱，但这毕竟是新旧两个不同的家庭。旧家庭生活、旧家庭教育已然吞噬掉杨梦痴大部分的生命，而姚小虎尚年轻，虽然由他的外婆赵家所代表的旧的一切仍在继续腐蚀着他的身心，但他的父亲毕竟是一个受过充分的现代教育的人。重蹈覆辙的可能，实际上也就构成了一种启蒙思想在实践中受挫的痛心。往者不可谏，来者犹可追。"我"对姚小虎的不满，更深的其实是对朋友和自己的不满。挽救姚小虎，救助杨梦痴，事实上也就为"我"提供了再一次将这种启蒙思想贯彻到生活实际的机会。救人也就是自救。这一点不仅从"我"与姚太太对小虎的态度上显示出来，而且更清楚地显示在姚国栋身上。正是对小虎态度——由隐忍到干预——的转变，结束了"我"的某种彷徨，使"我"从静观还是干预这一恼人问题中走了出来，获得了一种对于生活的切实的责任和有所作为的感觉。正是对杨梦痴命运的关心和对小虎的生活的干预，使姚太太那苍白的生活有了一种内容和活力。尤其值得注意的是，也正是对一个被毁者的同情，一度唤醒了姚国栋在孩子教育问题上的警觉，甚至鼓荡起了他那看上去已泯灭了的社会良知，促使他为救助一个被毁者而奔走。

但是，一切似乎都没有用。杨梦痴和姚小虎都或偶然或必然地死了，姚国栋又恢复到原来的精神状态，尽管新添了痛苦和悔恨，但作者还是没有给我们展示出他可能从旧生活中走出来的可能。万昭华在孕育着一个新的生命，但这可能将她和那一种无为而无奈的人生更紧地拴在一起。她会被闷死在这个家的小圈子里的——假如不冲出来的话。作者在后记中，对她的命运做了这样的预告。救人者最终还是只能谋求自救，而较切实的自救之路依然是"走"。作品的末尾所写的，就是"我"的"走"。从根本上说，这只是从旧生活中的逃离，至于逃到哪里去，巴金并没有给我们更有力的提示，"我"只是说，在另一个地方，有人在等着他，"大家在一块儿可以做点事情"。这当然仍是一个空洞的期许。做什么事呢？从人物的身份看，大约不外还是借文字去"呐喊"。但那另一个地方，会不会又是一个新的"憩园"？

这又让人想起鲁迅《过客》中那不明来路又不知前途的"走"，想起过客对于女孩的好意和休息的诱惑的恐惧。虽然《憩园》从容的叙事，温情的姿态，并没有给我们那种鲁迅式的绝望和对绝望的反抗，甚至也不像前者那样具有形而上的深意，但它细密的笔触、委婉的韵致，却更给我们一种切近人生的感觉。

二、"园"的故事：文化矛盾

（一）现代化与失乐园

在历来的研究中，《憩园》都被看作是《激流》一系揭露旧家族罪恶及其崩溃趋势的作品，这是无可争议的，作者自己就一再表明着这样的态度。虽然40年代的巴金在处理这种家庭生活故事时，态度与30年代有着明显的不同，《憩园》中哀婉的温情，《寒夜》里曾树生的离去又归来，都表现出作者心灵深处在这一问题上的矛盾，但在意识的层面，作者的价值判断却从没有从五四那个立场上稍许后退，直到晚年，巴金仍然从反封建的角度一再重申这一基本认识①。然而，《憩园》的深层精神指向与《激流》并不相同，这从它们的命名中就可以感觉得出。"激流"象征着一种青春的激昂急进姿态，"憩园"则暗示出一种中年的宁静沉稳；与之相应，《憩园》的文本语言

---

① 巴金：《〈憩园〉法文译本序》，《巴金全集》第八卷，人民文学出版社1989年版。

也从《激流》的热情、奔放变得雅致、从容。更值得注意的是，作品的中心意象也发生了微妙的转换——由"家"变成了"园"。

在汉语中，"家"是一个很有涵盖力的词，它兼有其他语言，譬如英语中 family 和 home 的含义，也就是说，它既是一个社会组织形式（社会学家所谓"细胞"），又是一个空间单位，从后一意义上说，它既包括房舍（house），又包括庭院（courtyard）、花园（garden）。就直接所指而言，"园"只是一个空间单位，它的出现与一种精耕细作的农业有关，而其空间位置与人的居所紧相毗连。从时间上说，大概是先有了实用的果园、菜园再有了观赏游乐的花园、林园①，而随着古代农业经济的日益发达，那些固定耕作的区域也就整个地成了"田园"。推而广之，一个民族的世代栖居劳息之地（祖国），甚至人类生存的地球也都被叫作"家园"。家园扩大的过程，也是人类成长的过程。《现代汉语词典》对"家园"一词的解释是："家中的庭园，泛指家乡或家庭。"似乎兼有空间场所与社会单位两层意思，但语意重心显然还在空间一面。从空间上说，"园"可以看作是"家"的层层向外扩展，室→庭→院→花园→果、菜园→田园，而伴随这一扩展的正是自然的人化过程。因此，"园"也可以看作是一种人化了的自然空间。这"人化"，不仅有对自然的合目的的改造，而且有人的劳动生活情感的附着积淀。家与园不再只是空间上的重叠或毗邻，在人的精神世界里，它们有着更深的融会。"园"的构成要素中，渗入了家庭、乡土、民族的政教人伦关系；而"家"的理念中也深深积淀着"园"的生产方式所带来的宗教和美学。在一些地方，家与园的语意不再可分，甚至可以相互替代，但在另一些地方，其语意侧重点仍很明显。说起家，更让人想起有关政治伦理方面的内容，而园更易于牵扯出一种传统生活的宗教和美学。

五四以来启蒙知识分子对"家"的批判，无例外地集中在它的社会学层面（family）。作为传统社会的基石，家以及家族制度在旧中国专制主义

---

① 《说文·口部》："园，所以树果也。""圃，所以种菜曰圃。"段注："郑风传曰：园所以树木也。""齐风毛传曰：圃，菜园也。"段玉裁：《说文解字注》，上海古籍出版社1981年版，第278页。

政治和等级制伦理中的意义，是显而易见的。巴金当年写作《激流》时，对之满腔怨愤的正是这样一个"家"。与之相映成趣的是，整个近现代知识分子，对"园"的态度却充满了一种诗意的感伤和留恋。《憩园》写的是一座已经易手的宅园，它的新主人并不怎么珍爱它，旧主人却仍然痴恋着其中的花木、记忆。《憩园》中，引起"我"对杨梦痴的注意和同情，并使整个故事得以进行下去的，正是他对园子的这份痴迷的情感。杨家小孩的折花要求，唤醒了"我"的童年记忆，勾起"我"对那个"跟我们公馆一块儿卖掉了"的大花园的回味与伤感，同病相怜的情感，促使"我"一步步去探寻杨家故事。寄住在"憩园"中的"我"，其实是在置换性地哀挽着自己失去了的家园。这便是小说的叙事动力。憩园旧主人及叙事者的情感，其实也是作家自己的情感。小说中所写的这一切：对旧居的留恋，对旧家庭生活的思考批判，对"闷死"其中的女性的同情，以及"走向广大的世界中去"的人生取向，早在写于1941年的《爱尔克的灯光》中，就露出了端倪。就连杨家小孩偷进憩园折花这一细节，也都有着相应的"本事"①。激烈地抨击着"家"的巴金，却悄悄地恋慕着"园"。不无快意地宣告着"家"的必然灭亡命运的他，同时又经验着"失乐园"的悲哀。这又让我们想到鲁迅。《从百草园到三味书屋》开头那一段话，对照《憩园》来读，是多么熟悉，又多么意味隽永：

　　　　我家的后面有一个很大的园，相传叫作百草园。现在是早已并屋子一起卖给朱文公的子孙了，连那最末次的相见也已经隔了七八年，其中似乎确凿只有一些野草，但那时却是我的乐园。

　　同样是"失乐园"，抛开了社会意识的牵累，这种人生经验写得是多么明净，又多么准确。"其中似乎确凿只有一些野草，但那时却是我的乐园。"从普遍意义上说，"失乐园"其实是人类生活经验的一种基本"原型"，从《圣经·创世纪》到《红楼梦》，都在讲述这样的故事，对于它的真实意义，笔者曾概括为"成长的悲剧"，也就是说，一种随着生命的成长，人必然要经

---

　　① 《爱尔克的灯光》："我不会像我的一个姑母或嫂嫂，设法进到那所已经易了几个主人的公馆，对着园中花树垂泪……"

验的心理缺失。在生命从生到死的循环中，童年生活及其记忆，有着至为重要的意义。这是个体生命真正的"根"，无论这棵树长得多么高大，最终都不能脱离与它的关系。近代以来的中国，"失乐园"的人生痛楚中又融入了现代化过程的现实的或心理的悸痛，并日益为后者所掩盖，在一种社会进化观的影响下，"失乐园"的人生意义变得越来越暧昧不清，以致人们再也不敢全面承认这种情感的正当性。在工业文明及其相伴的一整套现代价值观念的映照下，昔日的故园黯然失色，只能在记忆和想象里闪现它的动人光辉，鲁迅小说中的《故乡》《社戏》，于此有着极为生动的表现。不论是海边沙地里的闰土，还是夜晚看戏的航船，月亮、瓜地、银项圈、猹、贝壳、跳鱼儿、白篷船、歌吹、渔火、铁头老生、罗汉豆，童年的乐趣与田园的意象，紧紧地联在一起，而一切只有隔着遥远的时空距离去看，才能显出它充足的诗意。而一旦贴近时，则都如听老旦的唱戏，或听童年友伴叫"老爷"，索然无味，或竟令人心生寒意了。这里固然存在着"成长的悲剧"，存在着童心与世故的对立，但为作者也为批评者更为注意的，却是那种人生社会学意义上的"梦"与"醒"，"希望"与"绝望"的心理逻辑①。

（二）时空叠印与荒园情思

现代文学中的家园意象，总是双重的，一重属于过去，属于记忆，氤氲着童年的乐趣与田园的美学；一重属于现实，属于感觉，笼罩着理想失落和社会批判的意绪。这双重的意象以一种奇异的方式叠印在一起，便形成了现代人心中典型的家园情境：一座荒园。在现代作家的笔下，小到庭院花木，大到祖国河山，总不脱一种荒疏、荒芜、荒凉的景象。"百草园""似乎确凿只有一些野草"（请注意这里的语义矛盾："似乎"还是"确凿"？这种矛盾，显示出一种视角和立场上的变易和犹疑，一种价值对于事实的屈从和退让）；故乡则是"苍黄的天底下，远近横着几个萧索的荒村，没有一些活

---

① 参见汪晖：《鲁迅小说的精神特征与"反抗绝望"的人生哲学》，王晓明主编：《批评空间的开创》第 1 卷，东方出版中心 1997 年版；钱理群：《〈故乡〉：心灵的诗》，《走进当代的鲁迅》，北京大学出版社 1999 年版。

气"；意态萧索的"我"《在酒楼上》，也自始至终"眺望"着一座"废园"。鲁迅之后，类似的意象几乎散落在现代文学史每一重要的章段。从闻一多的《死水》、郁达夫的《故都的秋》、沈从文的小说和散文、何其芳的《画梦录》、萧红的小说和散文、师陀的《果园城记》，甚至 20 世纪后半叶林海音追怀旧梦的《城南旧事》，我们不时都能瞥见一座荒园或废园的影迹。"憩园"已经转手，在新主人那里，虽还不能直接地看出一种破败，但旧主人的悲惨故事，已为它蒙上了一种内在的衰败气息，何况新主人并不懂得爱惜它，那象征着纯美又铭刻着童年记忆的两株茶花，其中的一棵已被顽劣的少年砍去，整个"园"给人的印象，已如杨义所说，"芳树花落，不堪回首"了①。

"园"是"荒园"，但于"我"，却有着难以割舍的精神意义。刘禾在《文本、批评与民族国家文学》一文中，曾特别提到萧红《失眠之夜》对于东北故乡的那一种"暧昧态度"。这也许是一个极端的例子，但却正可以说明"家"、"园"的差异，以及"家园"于人的那种不可离弃的意义。刘禾关于萧红《失眠之夜》的分析，存在着明显的误读，其原因正在于她忽略了汉语"家"字的复杂语义。"一个女性由于她的性别戳记而永遭放逐，她无法将'家'等同某个特定的地方"②，这种说法在《失眠之夜》的文本里就可以找出反证。事实上，《失眠之夜》自始至终都贯穿着萧红的思乡之情，"园"的意象也频频闪现，她之所以有意扫萧军的兴，并在文章中写出"而我呢？坐在驴子上，所去的仍是生疏的地方；停留的仍然是别人的家乡"这样的句子，恰恰是因为她将"家"（home），"等同"了"某个特定的地方"，这地方，不是萧军的大凌河、小凌河，而是直到生命的最后时光都让她魂牵梦萦的呼兰河，"虽然那块土地在没有成为日本的之前，'家'（family）在我就等于没有了"。晚年的冰心曾写过一篇题为《我的家在哪里》的短文。写她做了一个梦，梦中的她仿佛还很小，坐着人力车回家，所回的家，不是成年后居住过的那些地方，却是幼年和父母一起居住过的"中剪子巷"。梦醒后，对着墙上吴文

---

① 杨义：《中国现代小说史》第二卷，人民文学出版社 1998 年版，第 163 页。
② 王晓明主编：《批评空间的开创》，东方出版中心 1998 年版，第 302 页。

藻的照片，一时间竟然想不出"他是谁"，于是恍悟"只有住着我的父母和弟弟们的中剪子巷才是我灵魂深处永久的家"①。这个颇富童趣的故事，讲述出了人生的奥秘。对于个体生命来说，童年生活记忆构成了他精神上永远的"家园"，从根本上来说，这个"家园"无从抛弃也无从重建。这也许就是叙事者与憩园旧主人在精神上产生共鸣的地方，尽管杨梦痴是一个无可救药的浪子，花光了祖上的遗产又花光了妻子的嫁妆，但他却不愿卖掉那"铭刻"②着他童年记忆的家园。《憩园》开头，姚国栋安慰感伤于家园失落的叙事者，"你将来另外买一所公馆，照样修一个花园"，本是极寻常的话语，但在"我"听来却"很不入耳"③。这"不入耳"，固然有对旧"家"生活的憎恨，但也可能有更复杂更深刻的东西："园"可以照样修起，童年却永去不返，任何续梦的想法不过是在刻舟求剑。

研究者在鲁迅小说中发现的那种"离去—归来—再离去"的模式④，所揭示的大约只是人生无数次这样的循环中的一轮，"再离去"者难保不再一次"归来"，从而开始又一轮的循环。《朝花夕拾》的《小引》里说：

> 我有一时，曾经屡次忆起儿时在故乡所吃的蔬果：菱角、罗汉豆、茭白、香瓜。凡这些，都是极其鲜美可口的；都曾是使我思乡的蛊惑。后来，我在久别之后尝到了，也不过如此；唯独在记忆上，还有旧来的意味留存。他们也许要哄骗我一生，使我时时反顾。

这段话很清楚地表明，家园的回归反顾，并不能单单归之"令人绝望的现实人生"⑤，这里头所包含的，其实还有更深厚的人生和文化内容。

---

① 冰心：《我的家在哪里》，《中国文化》1992 年第 6 期。

② 这里用到"铭刻"不只是一种修辞。《憩园》中第一次出现的"杨梦痴"三个字，正是刻在茶花树上。

③ 巴金：《憩园》，《巴金全集》第八卷，人民文学出版社 1989 年版，第 19 页。

④ 钱理群、吴福辉、温儒敏：《现代文学三十年》（修订本），北京大学出版社 1998 年版。

⑤ 汪晖：《鲁迅小说的精神特征与"反抗绝望"的人生哲学》，王晓明主编：《二十世纪中国文学史论》第一卷，东方出版中心 1997 年版，第 409 页。

（三）生命记忆与文化依恋

在不同的文化中，家园的最终所指和它所予人的意义并不完全相同。在以宗教为民族文化之基的世界里，家园最终存在于某种彼岸的世界，譬如基督教中上帝的伊甸园，佛教信仰中的极乐净土。这也就是所谓"精神家园"。中国文化本质上不相信这样的彼岸世界，春秋战国之际的理性文化思潮，从整体上摒弃了对原始文化巫鬼世界的迷恋。规约着中国文化主流方向的儒、道、法等思想流派，其意义世界的所在，都在人生的此岸——不论是道家的无为而无不为的"自然"，还是儒、法的政教伦理社会。虽然在文化的下层和边缘，仍局部地存在着某些对彼岸世界的想象与向往，譬如道教和民间迷信的"仙界"或"鬼国"，信奉佛教或基督教的人的"天堂"或"净土"，但它们都不能构成一种民族性的精神家园。中国人的家园原型，始终是一种现实乡土人伦社会。长期的农业生活决定着在这一社会中人与自然关系的首要性，天人合一成为这一世界的最高理想，家园与田园几乎融而为一（花园不过是一个微缩—精致化了的田园）。世世代代的中国人，就是在这样的世界里，"存吾顺世，殁吾宁"①。如果说，西方人在现代化过程中所经历的最重大的精神危机是上帝之死，那么中国人所经历的，就是这个由土地与人伦构成的家园世界的坍塌和破毁。

贯穿着 20 世纪中国文学始终的乡愁，本质上只是一种文化依恋。虽然它的存在常与某些具体的人事有关，但从根本处，却关联着一种文化认同和历史记忆，一种由长期的生产、生活方式所决定的人与自然、社会、自我的关系，一种积淀在日常生活中的宗教、伦理和美学。现实的乡土未必即是精神的家园，前者可能只是一种维生的环境，后者则关乎人的生命价值所系。人可以喜爱或厌弃前者，却不能对后者做出彻底的背叛。更深地说，家园不仅是一个人的现实栖身寄情之地，更是实现他的人生意义的最终场所。正因此，胜利后的项羽要说："富贵而不归故乡，如衣锦夜行"，失败后的项羽要

---

①　张载：《西铭》，见冯友兰：《中国哲学史》下册，中华书局 1961 年版，第 865 页。

觉得"无颜见江东父老",而住进了皇宫的刘邦,要特意为自己的父亲在陕西建一座"新丰"①。现实的乡土可以成为精神的家园,在这种情况下,人是幸福的,也是单纯的;但后者又可以脱离前者而存在,在这种情况下,人的生存境况往往变得矛盾而纷繁。现代人通常说的"精神家园"一词,比本文中提到的似乎远为抽象,但它们间的关系并非建基于隐喻式的置换。抽象的"精神家园",其实是这个具象的家园的延伸和扩展,它的稳固存在也有赖于这个具象的家园的支撑和铺垫。现代人更频繁地在象征的意义上使用"家园"一词,一方面说明着现代人精神世界的丰富,另一方面也说明着这个世界与另一个更为实在的世界间的分离或脱节。从根本上说,随着工业化带来的生产、生活方式的变化,传统文化在现代社会中地位和意义的调整,中国人昔日赖以安身立命的那片领域变得日渐模糊可疑,和农业文明联系在一起的乡土从精神上变成昨日的世界;城市在崛起,但精神世界的建设不可能像物质世界的建设那样加速发展,文化的领域很难发生真正的革命,旧结构的拆除和新结构的建立必须循序而进,意义世界的形成则必须经由长时间的积淀。城市业已成为我们最主要的谋生之所,它也正在为我们生成新的意义世界,然而对绝大多数人来说,它还不是一个充分意义上的家园。一个真正的家园,必须是使人生时依恋,死后魂归的地方,今日的城市还远远做不到这一点。

在归乡的"梦"与"醒","希望"与"绝望"之间,鲁迅的选择是"走","走"的姿态是向前的,但却并非"义无反顾"。鲁迅的"走"是"时时反顾"的,正是这"时时反顾"的姿态,保证了那走路的还是"我",而不致走到后来忘了自己的来路,不但迷失了"走"的意义,而且也弄不清自己是什么。后一种情况,对个人、对民族都会是一个大的悲哀。"走"而"时时反顾",这是一个人或一种民族文化发展的最佳姿态,正是这样的姿态,在保证了生命的成长不陷于凝滞(死亡)的同时,又保持了它的统一和连续(这种统一性和连续性的断绝是另一种死亡)②。从这一意义上说,《憩园》可以看作是在

---

①　见《史记·高祖本纪》及同卷张守节《正义》引《括地志》文,《史记》第2册,中华书局1982年版,第387页。

②　有关这种生命成长统一性、连续性的论述,可参见〔西班牙〕乌纳穆诺:《生命的

《激流》中"离家出走"了的巴金对家园的一次"反顾"，虽然"反顾"后仍要"走"，但这一次的"反顾"，对他的精神健康却具有不可忽视的意义。

三、"家"的故事：伦理困惑

（一）新式家庭中的教育焦虑

现代家族生活小说的直接思想资源无疑来自五四新文化运动，来自那一场以科学、民主为旗帜的现代人生精神启蒙。它们很自然地继承了五四在旧家族制度、旧家庭生活批判上的主要观点：第一，突出旧家族制度所具有的那种专制政治意义；第二，突出旧家庭生活的"吃人"性质；第三，突出青年一代新的人生观念的获得及其对旧家的反叛。《家》便是如此。在显在的意识层面，《憩园》仍将批判的锋芒指向了旧家。在 1978 年为法译本写的序中，巴金指出，《憩园》译成法文的意义，在于可以"让《家》的读者更清楚地看到中国封建地方家庭怎样地走向没落和灭亡"。① 这是一个向来为作家和批评家所共同认可的主题，但却只能说是一个显在的主题，在它之下还隐藏着更复杂的内容。

几乎所有的读者都可以感受出，《憩园》中弥漫着一种挽歌式的哀痛，一种"旧时王谢堂前燕，飞入寻常百姓家"式的感伤诗情和对人世兴衰的咀嚼回味。这个故事由两家人的命运构成，如果说旧主人杨家是一个类似《激流》中高家那样的旧式家庭的话，新主人姚家则是一个五四后产生出的新式家庭。很多人仅仅注意到姚太太的寂寞和苦闷，却没有注意到她和丈夫之间那种真挚的爱意。忽略了这一点，就很难了解这种对比中所产生的复调。杨家故事在小说中是以远景的形式出现的，尽管作者对杨梦痴这个人物倾注了更多的感情，但他也只是在反照一些新的人生问题上才显出充分的意义。杨梦痴的"堕落"时代已经过去了，作为封建大家庭的杨氏家族已风流云散，如今的杨梦痴只是在日复一日地品尝他的苦果。从这一点上看，《憩园》真

悲剧意识》，北方文艺出版社 1987 年版，第 1—23 页。

　① 巴金：《〈憩园〉法文译本序》，《巴金全集》第 8 卷，人民文学出版社 1989 年版，第 192 页。

有点像《家》的故事接续。然而作品并不只是展示杨梦痴的悲剧，还时时将它和姚家小虎对照，突出着一个更加现实的焦虑。从某种意义上说，这个现实的焦虑才是《憩园》写作的深层动机。

在《家》中，一切家庭不幸和罪恶的根源都可以归之于家长专制和封建伦理（礼教），在《憩园》中的姚家，这些东西已然不存在了，但小虎仍然在走向堕落，他与先前的杨梦痴所共同拥有的，只是不劳而获的金钱和家庭的溺爱。在这里，我们可以发现《憩园》对《家》的主题的一种悄然转换：对家长专制的控诉转向了对子孙不肖的焦虑；对礼教的批判转成了对金钱的戒惕。其实，在 1944 年巴金为《憩园》初版写下的"内容说明"里，已明确地说到了这一点："……不劳而获的金钱成了家庭灾祸的原因和子孙堕落的机会。"[1] 写作《憩园》时的巴金，已不像写《激流》时那样"爱憎分明"，那种"正反价值二元互斥"的意识形态立场不知不觉间被搁置在了一边[2]，潜藏在《家》中的那种对家人的爱与悲悯慢慢升到了意识的上层，出现在这里的"爷爷"不再是专制的化身，对家庭政治的批判转向了家庭理想和教育理念。憩园卖出之前杨梦痴对着寒儿回味童年往事，并述及"爷爷"死前不久说的话那一段描写，分明是巴金 1941 年站在自己旧家门前对着"长宜子孙"的壁铭所作的思考的翻版。"不留德行，留财产给子孙，是靠不住的"，"财富并'长宜子孙'，倘使不给他们一个生活技能，不能向他们指示一条道路，'家'这个小圈子只能摧毁青年心灵的发育成长，倘使不同时让他们睁起眼睛去看广大世界；财富只能毁灭崇高的理想和善良的气质，要是它只消耗在个人的享乐上面"。[3] 这是 20 世纪 40 年代的巴金对"家"的新思考，虽然直接针对的还是那个衰败了的旧家，但它所包含的人生教训意义却决不

---

① 巴金：《〈憩园〉法文译本序》，《巴金全集》第 8 卷，人民文学出版社 1989 年版，第 192 页。另外，写于同一年的《憩园后记》，强调的也是金钱和理想间的对立。见《巴金全集》第八卷，第 190 页。

② 黄子平：《命运三重奏：〈家〉与"家"与"家中人"》，王晓明主编：《二十世纪中国文学史论》第二卷，东方出版中心 1997 年版，第 394 页。

③ 巴金：《爱尔克的灯光》，李济生、李小林编：《巴金六十年文选》，上海文艺出版社 1986 年版。

止于对旧家的批判。

（二）"吃人"隐喻与"爱的哲学"

五四那一代人对家庭制度的批判，本就是辛亥那场反专制的民主革命向社会深层的伸延。这就决定了这种批判的着力点首在"家"的制度性层面。家长专制以及作为这种专制基础的等级伦理（礼教），不仅是传统封建秩序的社会基础，而且成为当时人们眼里一切家庭罪恶和不幸的根源。但"家"的问题，还有更贴近具体人生的一面。五四的前驱者们，在继续反封建历史任务的同时，还肩负着建设现代人生的启蒙使命。这就是说，在抛弃"旧家"的同时，还必须建造一个"新家"，在抛弃旧的家庭伦理的同时，还必须建立一种新的家庭伦理，使之以一种适当的方式调节家庭内部的代际关系与性际关系，既提供一种和谐幸福的共同生活，又不束缚各人的自由意志；既尊重各家庭成员间人格的平等与独立，又保障它的弱小成员受到适当的爱护和教育；从而为现代人提供一种切实的现实寄身之所和精神归宿。

在奠定现代人对于"家"的认识基调的五四思潮中，有两部文学作品特别值得注意，一部是鲁迅的《狂人日记》，另一部是译自挪威易卜生的《玩偶之家》。两部作品在家庭批判上涉及的内容和要求其实并不相同，但其影响却发生了微妙的缠绕纠结。《狂人日记》"意在暴露家族制度和礼教的弊害"，①饱含忧愤的"吃人"隐喻，将批判的锋芒直接指向了维系旧生活的制度伦理。《玩偶之家》对家庭问题的表现，并没有这样深广的忧愤，它所涉及的其实是一个资产阶级家庭里的问题，其关键词不是"吃人"，而是"玩偶"。这就是说它直接指涉的问题并不是礼教下的家庭专制，而是资产阶级家庭里两性之间的平等、自由，以及爱的真诚等问题。由于所关心的都是家庭中弱者的境遇和权利，在五四后的话语体系中，它们常常被混同为一，但其实却是属于两个不同历史阶段的问题。

---

① 鲁迅：《中国新文学大系小说二集导言》，《鲁迅全集》，人民文学出版社 2005 年版，第 247 页。

　　"吃人"的隐喻有着丰富的文化蕴含，其中当然也包含了鲁迅自己家族、家庭生活的沉痛经验。本书不准备去穷究这个著名隐喻的全部社会深意，只想提请读者注意，鲁迅这里所说的"吃人"，是一种颇为错综的关系。不但大哥、医生、母亲、路人，甚至连自己，都脱不了曾经"吃人"的干系。就连现实中是否还有"没有吃过人的孩子"，作品也没有显出多少自信，笼罩在全文中的是一种无所不在的"吃人"恐惧。这里说到的"吃人"，其实是一种互吃，虽说是等级伦理构成了它的基础，但只要一进到这个系统里，吃者和被吃者就只有功能性的地位，而并无实质性的区分。有主动的吃，有被动的吃；有自觉的吃，有不自觉的吃；强者可以侵吞，弱者也可以反噬。因而，末尾那个"救救孩子"的呼声，就是几于绝望中的呼喊。而此后他所做的一切，都可以看作是试图结束"吃人"历史的努力。

　　对这种"吃人"现象的揭露，其实也与鲁迅改造国民性的思考有关。早在东京时期的有关讨论中，鲁迅就将诚和爱看作救治中国国民性的两种主要因素。①1919 年写的探讨家庭改革问题的《我们现在怎样做父亲》一文，在批判强加在父子之间的那种封建纲常伦理的同时，也在充分地肯定建立在血缘亲情之上的人伦天性。正如钱理群先生指出的，"在鲁迅看来，由血缘关系建立起来的父子 (亲属) 之间的天然的爱，是出于人的天然的爱，离绝、超越了利害关系和交换关系的爱，鲁迅赋予他所说的这种'人伦的索子'的天性之爱以一种绝对性，这种爱是任何情况和条件下都不能放弃的，是一条不可越过的线。"②在同一文章中，鲁迅也探讨了父爱实现的途径，而那要义之一便是"指导"，也就是"教他们生存上必需的本领"，"养成他们有耐劳作的体力，纯洁高尚的道德，广博自由能容纳新潮流的精神，也就是能在世界新潮流中游泳，不被淹没的力量"。在这里，我们看到，鲁迅事实上是提出了一种新的家庭伦理的基础，和它在处理代际关系上的一种原则，而这也是可以在结束"吃人"和"救救孩子"的意义上去理解的。

---

① 许寿裳：《我所认识的鲁迅》，人民文学出版社 1981 年版，第 59 页。

② 钱理群：《话说周氏兄弟》，山东画报出版社 1999 年版，第 123 页。

　　这种以"爱"为根基的人际关系理想，在五四时期一度相当流行。这些爱的话语，其语境和所指都相当复杂，在不同的倡导者那里，应该有不同的具体语义，但大都不出启蒙主义人生理想的范围。在涉及性际关系的问题中，它的影响更为明显。"娜拉"的出走曾经是一个普遍的象征。尽管在当时的解读中，人们有意无意地赋予"出走"更多的社会含义，并将这种"反叛—出走"的模式扩向各类家庭生活的描写，但立足于性际关系的那个原初语义，却始终存在。1919 年，鲁迅在女师大的讲演中，提出了一个著名的问题，那就是"娜拉走后怎样"？鲁迅的敏锐是不容置疑的，当时的回答和后来的《伤逝》都预示了这种"出走"没有出路，没有归宿。家庭解放的话题被放到了社会解放的更大语境里，这本是一种认识上的进步，但一种思路的单向推进也可能掩蔽问题本身原有的复杂含义。从鲁迅的讲演中我们就已感受到了一种巨大的时代苦闷，它的存在也为历史在稍后一些的时候将问题推向更大的社会领域埋下了伏笔。

　　随着 20 世纪 20 年代中期之后社会矛盾的日趋尖锐，现实领域的紧张关系投射到了文化领域，文学中人与人关系紧张的一面越来越被强调，五四时期一度流行的"爱的哲学"渐渐显得不合时宜。按启蒙理想建立起来的那种新式家庭，一方面由于存在着诸多现实的困难，另一方面也由于它的资产阶级属性，在社会认识上很快便陷入了一种不利的地位。爱、教育一类的话题，在阶级斗争的沉重现实面前，不免显得有些轻飘无力。在实际生活的层面，社会的动荡加速了旧家族、家庭的解体，经济因素在此中所具有的意义，逐渐超过了政治伦理批判。从左翼文学，我们可以很容易地察觉到这种转变。茅盾的《子夜》、吴组缃的《一千八百担》一类的小说，描述大家族生活，就不再以暴露专制秩序之罪恶为鹄的，而将注意力转向了经济利益的争夺和支配。就是在比较小的家庭里，情况也变得很不相同，左翼作家笔下农民的家庭普遍面临着破产的威胁，在这样的家庭里，感情问题完全以另一种方式呈现出来。柔石的《为奴隶的母亲》和罗淑的《生人妻》同是以"典妻"为题材的作品，在这样的作品中，我们看到传统的家庭伦理受到了完全的扭曲，而"爱"也只是以一种撕裂、变形的方式存在。

鲁迅笔下的礼教"吃人",在新的语境下被转换到了阶级斗争领域。就是在这样的语境里,我们目睹了吴组缃《樊家铺》中线子弑母那样的人生惨剧,而却未从伦理的角度去做任何深入的检讨和反省。也就是在这样的语境里,即使是巴金、曹禺那些渗透了启蒙精神的作品,得到的也都是阶级论的理解。《雷雨》的改编,巴金对《憩园》的不同解说,都有向阶级斗争认识靠拢的趋势。历史的复杂性在一种意识形态背景中被化简了,历史在向我们言说着"家"的问题并不是一个孤立的观念问题的同时,也逐渐将它归并入了阶级斗争的统一主题。家庭伦理这样一个具体的社会学课题,被纳入一种宏大的社会解放计划,等待有一天得到"一揽子"的解决。"吃人"的认识被继承了下来,但被赋予了阶级斗争的新意:"反叛—出走"的模式被继承了下来,不过也已具有了不同的历史含义。

(三)宽恕之道的人性救赎意义及其历史复杂性

园的荒疏、失落,自然引起对于"家"的思考。这是《憩园》的叙事逻辑,也是近代以来中国社会和知识分子精神发展的共同逻辑。正是"园"(祖国、家园)的破败,引起近现代知识分子对"家"(国家政治、家庭伦理)的怀疑与反叛。其后,也正是因"园"遭逢侵占,引出了他们对"家"的意义的新思考。20世纪40年代,随着民族危机的加深,大片国土的沦亡,失"园"(乡土、祖国)的伤痛迫使人们寻求"家"(国家、家庭)的庇护。文学中"家"的形象于此忽然显出了它的正面意义。《憩园》的写作当然与这样的背景有关。但巴金对"家"之意义的新思索,却不能统统归于当时的"战争浪漫主义"。① 战争的环境只能被视为一个诱因,它只是使久已潜隐在巴金内心的关于"家"的矛盾感情得到一次释放的机会而已,从根本上说,它的发生发展还有更内在的理路。在这一点上,与其说救亡压倒了启蒙,不如说救亡唤醒了启蒙。

---

① 钱理群:《"流亡者文学"的心理指归》,王晓明主编:《批评空间的开创》,东方出版中心1998年版,第256页。

在《家》中，除了爷爷、克明等家长角色外，巴金还写出了这样三类人，他们分别可以被称为"叛徒"、"牺牲者"和"败家子"。在将全部的同情和爱给了前两类人的同时，后一类人被毫不留情地归入了旧家的罪恶阵营。在"吃人"与"被吃"这两种功能地位中，巴金强调的是他们的前一面，因而《家》中对"克安"、"克定"们的憎恶几乎掩盖了全部可能存在的悲悯。在这里，五四式的激进立场及其二元对立思维，完全压倒了巴金对生活的复杂感觉。20世纪40年代两次回家听到的五叔的悲惨结局，唤醒了他对"家"中这类人的另一种认识和感情。在《憩园》中，杨梦痴的地位被转到了"被吃"的一边。"吃"与"被吃"的关系变得复杂起来。从根本上说，他也是旧家庭生活、旧家庭教育的受害者，但同时他也给他的家人带来了巨大的痛苦和不幸，而最终，因他而受害者也露出了某种人性中的狰狞。杨梦痴被妻儿赶出家门的情节，本该是罪有应得，但巴金写来却带着一种深深的沉痛和悲悯。以下是"我"与杨家小孩、万昭华的一段对话：

> "你怎么说你对不住你父亲？明明是他不对。谁也看得出来是他毁了你们一家人的幸福，"我忍不住插嘴说。

> "不过我们后来对他也太凶了，"小孩答道："他已经后悔了，我们也应该宽待他。"

> "是，小弟弟说得对。宽恕第一。何况是对待自家人，"姚太太感动地附和道。

> "不过宽恕也应当有限度，而且对待某一些顽固的人，宽恕就等于纵容了，"我接口说，我暗指赵家的事情。

矛盾的态度是显而易见的，但占着上风的却是"宽恕"，而那理由的一大部分，却是血缘亲情。这里也透露出巴金对自己家人的一种心情。这个涉及"宽恕"的问题，一直是《憩园》评价中的关键所在。在这一点上，巴金自己长期以来就存在着深深的矛盾心理。还在《憩园》写作过程中，他就有"这样一种感觉：好像笔带着我在走路……我也有斗争的时候，我跟自己的缺点、我的温情作斗争，因为我动了感情，我爱上了小说中的人物，我为姚太太和杨家小孩想得太多。我更偏袒杨家小孩，由于他，我对他父亲也很宽大了"①。这段写于20世纪60年代初的话，带有明显的自辩色彩，虽然屈于语境，巴金把自己的"温情"称作了"缺点"，但还是不能掩盖"笔带着我在走路"中的心理隐秘。写于1961年的《谈憩园》的一个要点，就是为涉及杨梦痴的这种态度进行自我批判和声辩。一边说喜欢"寒儿"，一边又说"不喜欢他对父亲那样宽容"——但抽去对父亲的宽容，这个"寒儿"还能剩下什么呢？②

在同一文章中，他还提到，杨家大儿子驱逐父亲，"在清朝，就是一桩了不起的'逆伦案'"，虽然言词间似乎在肯定时代的进步，但从杨家小孩对他哥哥的"微辞"，可以感觉出，在意识和深层，他对这里牵涉的伦理问题的是非，判断上还是颇显得踌躇。他在这里碰到的，正是所谓"人伦的索子"的"绝对性"问题，是否承认这种绝对性，能否用断然之剑斩断这种牵系，曾经是现代思想和传统之间最激烈的交战点之一。在作为儒家理想人格范型之一的舜的传说中，就有"父顽，母嚚"的故事，③儒家伦理用孝来规范这一问题。固然有过于强调等级秩序之嫌，但问题也并不那么简单，从更深处讲，它也关乎人性。20世纪50年代末对巴金作品在此类问题上的批判，并不仅仅是一个作家作品评价问题，它还潜隐着更重要的历史发展动向。20世纪60年代初的巴金，曾不无委屈地自辩："我常说我鞭挞的是制度，旁人却看到我放松了人。"④从历史看，只有这种对制度而不对人的批判，才能彻底结束以暴易暴的故事，截断"吃人"历史的逻辑循环。然而，也许只有经历了类似"文化大革命"的"大义灭亲"之后，人们才能真正认识到钱理群先生阐释鲁迅时所说的，那种在"任何情况和条件下都不能放弃的"的"天性之爱"的"绝对性"的意义。直到20世纪90年代，还有一种意见认为，《憩

---

① 巴金：《谈憩园》，《巴金全集》第20卷，人民文学出版社1993年版，第479、480页。

② 在《谈憩园》中，巴金曾明确说："杨家小孩当然是虚构的人物。我创造他，只是为了帮助杨老三。"《巴金全集》第20卷，第483页。

③ 《史记·五帝本纪》，中华书局1958年版，第21页。

④ 巴金：《谈憩园》，《巴金全集》第20卷，第480页。

园》中"抽象的人道主义思想","影响了作者对旧社会更为有力的批判",①
然而正是这种对"吃"与"被吃"的错综复杂关系的揭示,使《憩园》对旧
家庭罪恶的表现,超出了《家》已达到的高度,从而做出了对《狂人日记》
所揭示的无处不在的"吃人"恐惧的历史回应;也正是对杨家小孩和姚太太
这种宽恕、善良人性的表现,继续了鲁迅结束"吃人"历史,做了寻找"没
有吃过人的孩子"的努力。

　　《憩园》中的姚家,从阶段身份上说,仍然是地主。但其主人已受过充
足的现代教育,他所构建的家庭(第二次结婚),已是五四后那种带有资产
阶级气氛的现代家庭。妻子年轻、漂亮、喜欢新文学和外国电影,对人生社
会怀有人道的愿望和理想。对感情生活有着丰富的要求,在孩子教育问题上
也抱有某种启蒙主义的信念,处处都符合五四后那种新女性的要求。但这个
家庭也有着它的不幸。首先是小虎的教育问题,旧家庭的阴影在这里并没有
散去,赵家旧式生活、教育方式还在诱引、腐蚀着他的身心,不仅使他沾染
上不良的生活习气,而且通过挑唆他与继母的关系,把他拖入那种"吃人"
的怪圈里。其次是姚太太的苦闷。要说姚氏夫妇间缺乏爱情,显然是不符合
实际的,作品本文中就曾多次写到他们之间那种情意绵绵的场景,但姚太太
在这个家里,也切实感到了不被丈夫了解和无所作为的苦闷,她感觉自己
"好像一只在笼子里长大的鸟,要飞也飞不起来"。②

　　牢笼,是20世纪上半叶中国文学家庭小说中频频闪现的意象,但它们
的意味并不完全相同。对于生活在封建大家庭中的那些人来说,这牢笼更近
于监牢、囚笼;对于生活在五四后新建立的资产阶级家庭中的人——特别是
妇女——来说,它更像是金丝鸟笼。姚太太的"笼"显然是后一种,她所面
对的家庭问题与《家》中的那些女性并不相同,它的解决也比前者更不容易,
在1944年写的那份"内容说明"里,巴金寄希望于"她有勇气冲出来",这
显然是一个"娜拉"式的解决方案,"出走"仍是打破僵局的唯一途径,它

---

　　①　郭志刚、孙中田主编:《中国现代文学史》下册,高等教育出版社1983年版,第116页。

　　②　《巴金全集》第8卷,人民文学出版社1998年版,第140页。

的效果如何呢？在《憩园》中不可能有答案，但相隔不久巴金就写出了《寒夜》，曾树生的生活形象及其出走，似乎对这种"出走"的方案形成了一种无言的质疑。也许会有人认为，曾树生的"出走"还不彻底，她还没有走进那个理想的"广大的世界"。那是什么呢？——也许是"革命"。在现代中国，确实有许多人"投身革命即为家"，但"革命家庭"也有自己的问题，这已不是本文所能详论的。

可以说，在《憩园》中，巴金实际上是在反省两种不同家庭的命运。在家园存毁和孩子的教育上，它们融会到了一起。在显在的意识层面，他所进行的仍然主要是对那个旧家的批判，并维持了五四式的控诉、反叛观点；但在意识的深层，他关注的却是一些更具普遍性的问题，一种更为现实的焦虑。与此同时，他也在反省人与家的复杂关系。在回归——出走、留恋——批判之间，"家"的精神意义及其现实困境逐渐显现，在对待这些意义和问题上，巴金和鲁迅一样，心灵深处存在着深深的矛盾。家，作为一种建立在性爱、血缘亲情基础上的社会组织，一种凝结着历史记忆的空间单位，它的存在有着不可替代的意义。它是巴金一生都感念深厚、思之难清的一个心理情结，一方面是对旧家生活、旧家人物的憎恨，一方面是对由血缘亲情、童年记忆连结着的亲人、故地的深深思念和怀恋。这从他晚年写的那些随笔中还可以看得很分明。通过《激流》《憩园》《寒夜》等一列作品，巴金构筑了一座旧家庭生活的"憎的丰碑"，但飘扬其上的却是一面"爱的大纛"。历史地看，20世纪中国文学有关"家"的一切，都是社会现代化大变局某个特定阶段问题的反映，令人怅惘的是，对于历史来说是过程的，对于个人却是命运。

第三节　战时生活经验与现代国民意识的凝成
——以《四世同堂》为中心

临近抗战胜利，老舍开始写他一生中最长的一部小说《四世同堂》。按他自己的说法，这是他"从事抗战文艺的一个较大的纪念品"①，而我们也很容易把《四世同堂》读成一曲歌颂中国人民反抗侵略精神的"正气歌"。然而，今天看来，它更值得注意之处还在于，这是一部深刻反映了中国现代国民意识的形成历史的作品。中国传统社会是家族本位的，人民从根本上缺乏"国民"或"公民"意识。民族战争的爆发，不但打破了中国社会生活的传统秩序，而且改变了中国人的家、国想象及自我意识。小说通过对以小羊圈胡同为中心的北平市民沦陷期生活的描写，在揭示传统家族社会受到的现代挑战的同时，也为我们反思中国现代国民意识的构成，提供了一个有意义的文本。

一、现代中国"国民"意识的复杂性

《四世同堂》是一部以爱国主义为主题的作品，但小说一开始，表现的却是一个老派市民的处事态度和生活哲学：

> 祁老太爷什么也不怕，只怕庆不了八十大寿。在他的壮年，他亲眼看见八国联军怎样攻入北京城。后来，他看见了清朝皇帝怎样退位，和接续不断的内战……战争没有吓倒他，和平使他高兴。逢节他要过节，遇年他要祭祖，他是个安分守己的公民，只求消消停停的过着不至于愁吃愁穿的日子。即使赶上兵荒马乱，他也自有办法：最值得说是他的家里老存着全家够吃三个月的粮食与咸菜。这样，即使炮弹在空中飞，兵在街上乱跑，他也会关上大门，再用装满石头的破缸顶上，便足以消灾避难……

所有读过小说的人，大概都会记得它这个开头。从这里，你可以读出很多东西。无论是祁老人的自私、愚昧、保守，还是他的淡定、善良、平和，都有着充足的文化内涵，都值得从"国民性"的角度去深入挖掘。然而，一个更为根本的问题是，我们从这里看到的，还有他作为一个"国民"意识的含混和身份的可疑。"七七抗战那一年，祁老太爷已经七十五岁。"虽然卢

① 老舍：《八方风雨》，舒乙编：《老舍散文精编》，漓江出版社 2003 年版，第 293 页。

沟桥的炮声也引起了他的不安，但在意识的深处，对于即将到来的民族危机他还是浑然不觉。这一方面是因为："他总以为北平是天底下最可靠的大城，不管什么灾难，到三个月必定灾消难满"；另一方面也是因为，在他及孙媳韵梅的意识中，到底也难弄明白"日本鬼子到底要干什么"。虽然书中明明白白地说他是个"公民"，但从其中的种种迹象看，其实说他是一个天朝大国的"子民""顺民"或许更为合适。

不适用于祁老人的概念，同样不适用于他的多数邻居。卢沟桥事变发生时，像祁老人这样的反应在他的家庭及小羊圈胡同的居民中也并不显得稀奇。一个例证是：当上着大学的瑞全向他的大嫂讲述抗日的道理时，善良的大嫂却劝他"反正咱们姓祁的人没得罪东洋人，他们一定不能欺侮到咱们头上来！"再一个例证是："儿子天佑是个负责任的人，越是城门紧闭，他越得在铺子里"；而病病歪歪的儿媳妇担心的则是"万一自己在这两天病死，而棺材出不了城"；第三个例证是："祁丰和他的摩登太太一向不注意国事，也不关心家事；大门既被祖父封锁，只好在屋里玩扑克牌解闷"。更多的例证是：除了祁家，小羊圈胡同的其他大部分居民，对此一开始也是抱有一种令人难堪的懵懂。先不说在冠晓荷、大赤包、瑞丰、蓝东阳等败类的眼中，日本侵入中国这样的事，一再被视为中国历史上屡屡发生的又一次的"改朝换代"，被视为给他们的时来运转、升官发财提供了又一次机遇。就是在一般正派市民的心中，亡国的哀痛，也常被纳入某些传统生活经验的范畴去理解。北平陷落那一天，李四爷立在槐荫下，声音凄惨地对大家说："预备下一块白布吧！万一非挂旗不可，到时候用胭脂涂个红球就行！庚子年，我们可是挂过！"在知识分子看来，标志着"中华民族到了最危险的时候"的事件，在一般市民心中，似乎仍不过是中国历史上一演再演的又一出兵荒马乱而已。

更令人深思的还有这样一段情节：钱先生开始宣传抗日时，起初曾去找过一些帮会，但他很快发现，不论黑门、白门，除了他们自己的"道"与"义气"，再无是非之分，更不用说什么民族大义："他们说日本人很义气，没有侵犯他们，所以他们也得讲义气，不去招惹日本人，他们的义气是最实际的一种君子协定，在这个协定之外，他们无所关心——连国家民族都算在内。他们把日本人的侵略看成一种危难，只要日本人的刀不放在他们的脖子上，他们便认为日本人很讲义气，而且觉得自己果然得到了保障。"私义"超越了"公义"，"君子协定"的约束力压倒了国民责任。它不但使人想起《三国演义》中华容道的一幕，想起贯穿《水浒传》始终的"忠"与"义"的冲突；而且也使人更清楚地看到了中国社会的前现代性质，以及像瑞宣、瑞丰、钱先生这样的中国现代知识分子的一种孤独。

当然，这并不是说《四世同堂》中就没有"国民"意识，更不是说中国社会缺乏爱国主义的传统。传统的中国知识分子，常有"位卑常为天下忧"的意识，虽然通常情况下对"国"事并不怎么措意，但每逢危难袭来，却也有一种来自传统的"气节"激励着他们舍生取义。每到危难时刻（所谓"时穷节乃现"），文天祥《正气歌》中所表彰的一切，都会成为这个民族的精神支点。钱默吟是一个一向"不大问国事的人"，然而侵略者一来，他就义无反顾地走上了毁家纾难的道路。北平陷落的当天，瑞宣像个热锅上的蚂蚁，"他想起文天祥、史可法，和许多许多的民族英雄，同时也想起杜甫在流离中的诗歌"。受"华夷之辨"思想的影响，就是平民百姓在遭逢异族入侵时，也都会有他们的同仇敌忾思想。不可否认的是，《四世同堂》中的一些人，像孙七、小崔、长顺这样的体力劳动者，也都有着鲜明的民族爱憎。然而，考虑到他们所具有之"国民"意识的复杂性，这一切也更宜从传统民族意识及道德操守的角度，而非现代"国民"义务的角度去理解。

简单地批判中国人愚昧或国民意识贫弱是无意义的，因为问题的根源其实不在"意识"，而在"存在"，在生活中无法漠视的"国"、"民"关系现实。"国民意识"的形成，并不仅仅是一个认识或教育问题，而更有文化的、政治的乃至经济的根源。中国人国民意识的淡薄，首先与传统中国的国家理念有关。众所周知，传统中国是一个有着漫长历史，而且本土文明的主流也从未中断的共同体，但却从来都不是一个近代意义上的"民族国家"。传统中国的生活世界及其想象，一向以"天下"和"家族"为重心，而缺少现代意义上的"国家"及"国民"观念。《四世同堂》第一页清楚地写着，在祁老人的意识中，"北平是天底下最可靠的大城"。"天底下"这三个字，说来也许无意，但却很能说明问题。梁漱溟说："中国人心目中所有者，近则身家，远则天下；此外便多半轻忽了。"① 由于王朝政治中的"国家"，终不过是一家一姓的"江山""社稷"，与国家有关的一切，在人民生活中并不占有太重要的地位。尽管中国传统中一直有"天下为公"的理念，有"以民为本"的思想，却始终没有产生出现代意义上的国民、国家（nation）意识。"天下"固然可以"为公"，但"国"一向是和一家一姓之"私"联系在一起的②。在这种"天下观念"笼罩之下，中国传统国家的构建，虽然也讲"以民为本"，却一向未曾考虑过诸如国民权利、"人民当家作主"一类的问题。如果一定要说古代中国也有某种与现代"民族国家"意识对应的东西的话，那也更多是一种以"华夷之辨"为中心的文化保护主义，而非现代意义上全体公民的政治—经济利益共同体。虽然这种以"文化"为本位，而不以"国民"为本位的国家意识，近些年来，很得到一些人的称赞。从 80 年代中后期起，就有很多人乐于谈论"文化中国"的理念，谈论"诸侯用夷礼则夷之，夷狄进于中国则中国之"的社会文明观。这固然是很伟大的理想，从积极的一面看，确能成为中国文化"边缘活力"与"中心凝聚力"的源泉；但从另一面看，却也容易导致对具体的"国民"权利的忽视，同时也可能为民族斗争失利时的妥协退让留下了余地，甚而造成历史记忆中的健忘和社会道德意识的混乱。在文明的名义之下，国家所应担负的保护"国民"的义务常常被抽空。鲁迅说："中国的百姓是中立的，战时连自己也不知道属于那一面，但又属于无论那一面。强盗来了，就属于官，当然该被杀掠；官兵既到，该是自家人了罢，但仍然要被杀掠，仿佛又属于强盗似的。""……西洋人初入中国时，被称为蛮夷，自不免个个蹙额，但

---

① 梁漱溟：《中国文化要义》，学林出版社 1987 年版，第 167—168 页。

② 也正因此，才有顾炎武所谓亡国、亡天下之辨："有亡国，有亡天下。亡国与亡天下奚辨？曰：易姓改号谓之亡国。仁义充塞，而至于率兽食人，人将相食，谓之亡天下……知保天下然后知保国。保国者，其君其臣，肉食者谋之；保天下，匹夫之贱与有责焉耳矣。"顾炎武：《日知录集释》卷十三"正始"，岳麓书社 1994 年版，第 471 页。

是，现在则时机已至，到了我们将曾经献于北魏，献与金，献与元，献与清的盛宴，来献给他们的时候了。"① 有了这样的现实，再加上中国历史上频繁发生的改朝换代、异族入主，无形中所造成的"胜者为王败者贼"的暗示，传统中国的老百姓不具有我们期待中的国民意识，岂不是很自然的事？而这或许也正是在《四世同堂》的那些败类，如大赤包、冠晓荷、李东山等看来，日本侵入中国这样的事，不过是又一次的"改朝换代"；在祁瑞丰看来，"科长—汉奸"是"两个绝对联不到一处的名词"；在丁约翰看来，无论战前、战后，只有"英国府"才是他应该效忠的最深的思想根基。

　　历史地看，中国现代国家观念与现代国民身份的确立，同样是一种现代建构。现代意义上的"中国"，既非古代中国的自然延续；现代意义上的国民，也非"一国之民"的简称②。"海通"以来，"天下"的地理范围不断扩展，人们渐渐知道，我们从前所谓"天下"，仍不过是一个"国家"。同时，随着社会契约论等资产阶级宪政民主思想的传入，人们对"国"、"民"关系的认识也发生了很大的改变。倡言"天下为公"的孙中山，继承的是《礼记》的思想，表达的却是一种现代国家理念。受种种因素的刺激，近代以来的中国，越来越倾向于自觉地将自己纳入一种以"民族国家"（Nation）

---

① 鲁迅：《灯下漫笔》，《鲁迅全集》第1卷，人民文学出版社2005年版，第224、227页。
② 对此，日本学者柄谷行人有着相当精辟的论说："人们处在国王或领主之臣下的国家里，是不存在所谓Nation的。Nation乃是通过从封建束缚中解放出来的市民而形成的，而且Nation也无法还原为民族……民族（ethnic）是亲族和族群的延长，乃建立在血缘与地缘上之共同体……所谓Nation应该理解为由脱离了此种血缘地缘性共同体的诸个人（市民）而构成的……在封建或极权主义国家也不会有Nation的存在，因为Nation的成立是经过资产阶级革命，这样的等级制度得到民主化之后。民族国家(Nationstate)成立后，人们将以往的历史也视为国民的历史来叙述，这正是对Nation起源的叙事。"Nation在日语中译为国家或民族，但近年来又译为国民，因此所谓nationstate则译成了国民国家。我觉得'国民'这个译语不好，听起来有'国家之民'的感觉。"［日］柄谷行人：《日本现代文学的起源》，赵京华译，三联书店2019年版，第205—206页。其实，柄谷以为听上去不好的"国民"，完全可以译为"民国"，这不但符合nationstate的词义，而且对中国来说，这也刚好是它在辛亥革命后建立的现代国家名称的一部分。可以说，在"民国"这个词语中，曾经寄托了一种始终未曾实现的现代国家理想。民国是国民（或公民）通过民主方式组成的共同体，国民是民国的主人，这个道理显而易见。然而，在实际中，"国民"也的确像柄谷所担心的那样被长期当成"国家之民"。

为基本单元的世界秩序。中国虽然还是中国，但其所包含的意义却已与前大为不同。而这也就必然带来了国家在与国民关系问题上的一系列深刻的变化。中华民国的成立，标志着中国正式将自己纳入这一新的世界体系，然而在社会的普遍意识和制度设计中，这种国民国家的特点却并没有落到实处。民国的"官"，虽然有"公仆"之称，实际仍是掌握着人民命运的"老爷"；民国的"民"也仍然还是完粮纳税服役的"顺民百姓"。也正因此，革命后的一段时期内，社会的失望之情溢于言表。鲁迅说："我觉得仿佛久没有所谓中华民国。我觉得革命以前，我是做奴隶；革命以后不多久，就受了奴隶的欺骗，变成他们的奴隶了"①；老舍小说《我这一辈子》里的老巡警也说，"大清国改为中华民国了……据说，一改民国，凡事就由人民主管了；可是我没看见"；《离婚》里的小公务员老李则说："公事就是没事"，"只有一样事是真的——可恨它是真的——和人民要钱"②。尽管在社会的上层，特别是知识阶层中，传统文化中的"国"意识逐渐为近代"民族国家"意识所取代，但对于普通的民众来说，这个"国"的意义仍然相当模糊。而所有这一切也决定了，截至抗战发生时，现代中国的国民意识也还是更多存在于社会精英及受他们影响的年轻一代身上。以致战争爆发之际，国家很大程度上仍然只能依靠传统士大夫"天下兴亡，匹夫有责"那一种理想，唤起"国民"的爱国热忱。

二、战时生活经验与现代国民意识启蒙

1937 年爆发的全民抗战，对中国现代国家建设而言是一件至关重要的事件。战争一开始，上到国家领袖，下到一般知识分子，都不仅将其看作是一场抵御外来入侵的战争，而且看作是一次民族新生的机遇。朱自清说："抗战以后，我们的国家意念迅速的发展而普及，对于国家的情绪达到最高潮……抗战以来，第一次我们获得了真正的统一；第一次我们每个国民都感

---

① 鲁迅：《华盖集·忽然想到（三）》，《鲁迅全集》第 3 卷，人民文学出版社 2005 年版，第 16 页。

② 《老舍全集》第 2 卷，人民文学出版社 1999 年版，第 344 页。

觉到有一个国家——第一次我们每个人都感觉到中国是自己的。"① 就是在
《四世同堂》这样的小说中，我们也可以看到，正是日本的占领，在所有的
正派人感受到亡国之耻的同时，也在很大程度上改变了他们对于国与家的认
识。即此而言，《四世同堂》那个著名的开头的结构意义，就在为突出小说
的主题，即抵抗侵略的民族解放战争怎样唤起国民意识的自觉，怎样使"国"
与"民"的关系变得休戚相关，怎样使"家"在新社会构造里获得一种新的
意义，提供了必要的铺垫。战争一开始，祁老人又一次习惯性地用装满石块
的破缸顶上了家门，但他很快发现，随着国土的沦亡，这一次的"家门"其
实是用什么也无法顶住的。北平的沦陷不但使他的"四世同堂"之梦变得残
破，而且也使得他的一家不得不去面对更多从前难以想象的日常生活艰辛。
一向守"规矩"的生意人祁天佑在饱尝"想做奴隶而不得"的苦楚的同时，
忽然发觉"国和他的小小的生意是像皮肉那样的不可分开"；高第、桐芳也
因个人生活的关系，体会到了"原来每个人的私事都和国家有关"。《猫城记》
预言的"在亡国的时候才理会到一个'人'与一个'国民'相互的关系是多
么重大"②，到《四世同堂》中顿然变得现实起来。

　　在现代中国，说到"家"字，牵系的往往是一个极为复杂的意义系统。
传统中国的社会，一向以家庭为中心。传统之"家"，既是社会生产、生活
的基本单元，又是社会伦理的最后根基。传统中国文明的强固，也与这种以
"家"为原型的社会构造有着很大的关系。然而，进至现代，这一切却不可
避免地构成了与民族国家（Nation）的冲突。五四以来的中国文学，着眼于
"家"的社会功能，一直致力于对它的解构和批判。在年轻的巴金看来，"家"
的功能无异于牢笼，青年一代只有从中逃离出来，才能获得真正的人生。这
是个性解放的要求，也是"民族国家"建设的要求。也正是在这一意义上，
有学者指出："中国现代文学叙述的是一个'破家立国'的过程"③。

---

①　朱自清：《爱国诗》，《朱自清诗文选集》，人民文学出版社 1955 年版，第 185—186 页。

②　《老舍全集》第 2 卷，人民文学出版社 1999 年版，第 209 页。

③　旷新年：《个人、家族、民族国家关系的重建与现代文学的发生》，《中国现代文学
研究丛刊》2006 年第 1 期。

《四世同堂》一开始所做的，仍是对家族文化的批判。但批判的重点已与从前有了很大的不同。祁老人的保守，瑞宣、韵梅的牺牲，瑞丰夫妇的自私，天佑太太的体弱多病，天佑夫妇的谨小慎微，瑞全的青春朝气与离家愿望，小说对这个四世同堂之家的描绘，一开始颇使我们感到它与《家》的类似。然而，如果说巴金当年对"家"的控诉表达的主要是一种个性解放、人性解放的要求，老舍对"四世同堂"的嘲讽，则更多在它对一个"国民"尽忠国事的妨碍。像对《激流》中的高觉新一样，"家"的存在对瑞宣同样是一种令他感觉异常复杂的东西，正是它的存在，使一心想履行一个现代国家"国民"责任的他，在思想与行动上均陷入了进退维谷的境地。"明知道应该奔赴国难，可是还安坐在北平；明知道应当爱国，而只作了爱家的小事情。"众所周知，在中国现代家族小说中，一直存在着一个聪明、善良而又性格懦弱、优柔寡断的人物形象谱系，像《家》里的高觉新、《北京人》里的曾文清、《财主底儿女们》中的蒋慰祖等。这些人多半都是一个家庭的长子，既有思想，又有责任感，但又承受着大家庭生活的种种不幸和压力，作者写他们，往往也都有"哀其不幸，怒其不争"的意思。《家》里的高觉新，既被当作是旧家庭制度的受害者，又被当作是这个制度的"帮凶"。《四世同堂》中的瑞宣，也属于这样一个人物谱系，不同的只是，已全然没有一点"帮凶"的味儿。像高觉新一样，瑞宣的性格同样是矛盾的。自战争爆发以来，他的精神就始终处于一种不断的自责中，既痛恨那些背叛了自己的国家和理想的人，又痛恨自己的优柔寡断。然而，道德理想主义终究还是战胜不了现实的难题，面对着老的老、病的病、小的小一家人的生计，心理上的自责并不能转变为行动上的果决。在这些地方，我们不但看到了中国现代知识分子所背负的过于沉重的精神负担，而且也看到了他们面对的生活压力。虽然具体的生活情状不同，但这里的祁瑞宣也很容易让人想起《寒夜》中那个更为无力的汪文宣。对"瑞宣"们的理解，不能只从其性格角度，而更应从中国现代"国家"与"国民"关系的角度去理解。瑞宣是复杂的，却是深刻的，是优柔寡断的，但也是负责任的。对于这一切，老舍当然都是了解的。然而，即便对他充满了同情与理解，作者对他优柔寡断的性格仍然持一种批判态度。

因为按作品的逻辑，战争要求于国民的只是一个决断，而这也就是为什么《四世同堂》中钱诗人的形象虽然并不比瑞宣更真实、更深刻，但却更使作者倾心的——他的毁家纾难，他的义无反顾，却更接近于战时知识分子的一种自我期待。"我丢了一个儿子，而国家会得到一个英雄！"旷新年认为钱默吟的这种话语"充分体现了家族与国家对于个人的这种争夺与控制"。可以说这也是贯穿《四世同堂》始终的一种争夺。显而易见，就年轻的一代来说，争夺的主动权已完全掌握在了国家的一边。

小说第五节写瑞全的理想：

> 被压迫百多年的中国产生了这批青年，他们要从家庭与社会的压迫中冲出去，成个自由的人。他们也要打碎民族国家的铐镣，成个能挺着胸在世界上站着的公民……他把中国几千年来视为最神圣的家庭，只当作一种生活的关系。到国家在呼救的时候，没有任何障碍能拦阻得住他应身而至；像个羽毛已成的小鸟，他会毫无栈恋的离巢飞去。

自新文化运动以来的家族主义批判，一直致力于瓦解传统社会以家族为中心的基本结构，并试图通过这种解构，变"家人"为"国人"。在意识形态中，这种努力显然是成功的。但只要一进入实际生活的领域，则它的效果或许并没有想象中的那样突出。实际的情况是，要想真正降低"家"在生活中的意义，决不像鼓励青年一代叛逆、出走那么简单，因为它最终不取决于思想，而取决于"国"之能否真正取代本来由"家"所承担的那一份对社会成员的责任。就此而言，五四式的反家族主义，在实际中究竟能发挥多大作用，是一个很值得怀疑的问题。

中国人"国民"意识的淡漠，也和它的社会构造有关。传统的中国社会，既缺乏现代意义上的基层组织，也缺乏现代意义上的法律体制、社会秩序的维系，除了有赖"王法""天理"——也就是一种主要由道德意识构建而成的政治—伦理秩序，更靠家族的力量，以及像李四爷、金三爷一类的人，甚或钱先生接触过的那些半黑半白的帮会。在通常情况下，这种秩序是有效的，但一到民族生活遭逢危难，则会产生很大的问题。民国的建立，并未使情形有大的改变。通过革命建立起来的国家政权，始终都没来得及建立起一套有力的基层组织①。《四世同堂》中，与小羊圈胡同居民相关的国家力量，便始终只有一个白巡长。像老舍作品中大多数巡警一样，他并不是一个坏人，不过，其职责的重点，与其说是维护社会公义，还不如说是征收捐税。早就有学者注意到，在《我这一辈子》《四世同堂》《龙须沟》《茶馆》等作品中，老舍塑造了一系列的巡警形象，"一般（作家）着重于巡警的'爪牙性'，老舍先生却着重于爪牙身上那点未泯灭的人性和人味儿"，"虽然也揭示了他们秉承上司意志，欺压平民百姓的一面，却又写到他们还有瞒上而不欺下，为街坊邻里排忧解难，甚至与他们相濡以沫、共同受难的一面"，这也一再被当作老舍始终坚持"现实主义"创作原则的一个例证②。但这种描写的更具启示性的意义，其实倒在它从一个很有意思的层面展示了中国现代社会组织的一个特点。

中国现代国家建设问题的复杂性，始终在于其缺少一个作为基础的市民社会。近代以来中国社会的进步，也体现在商会一类社会组织的出现，然而，由于近代以来中国资本主义经济发展的曲折、缓慢，这一直都是一种不够强大、不够发达的组织。此前，商会出现在茅盾等作家的笔下，也往往更像是一个替军阀筹款，帮他们剥夺压榨中小商业者的工具，而很少让人感觉到这里也潜藏着发展出某种近代意义上的市民社会的希望。然而，对《四世同堂》中的祁天佑，在寻常的岁月里，商会的存在却成了像他这样的小商人唯一可以求助的社会组织。"天佑对国事不十分清楚，而只信任商会，商会一劝大家献捐，他就晓得是要打仗，商会一有人出头维持治安，他便知道地面上快消停了。""在军阀内战的时代，他经过许多不近情理的事。但是，那时候总是由商会出头，按户摊派，他既可以根据商会的通知报账，又不直接的受军人的辱骂。"日本的侵入同样打乱了这种秩序，"他既被他们叫作奸

---

① 按历史学家黄仁宇的看法，中国社会的现代改造是一个漫长的过程，"国民党和蒋介石组织了一个新中国的高层机构，共产党和毛泽东重新构造了一个低层机构，今日的中国领袖集团则是统筹在当中敷设法制与经济的联系"。黄仁宇：《中国历史与西洋文化的汇合》，《放宽历史的视界》，中国社会科学出版社1998年版，第176页。

② 舒乙：《有人味的爪牙——老舍笔下的巡警形象》，《中国现代文学研究丛刊》1993年第2期；樊骏：《认识老舍》，《中国现代文学论集》，人民文学出版社2006年版，第724页。

商，而且拿出没法报账的钱。他一方面受了污辱与敲诈，还没脸对任何人说……"这情形，真让人想起鲁迅的名句——"想做奴隶而不得"！

《四世同堂》是一部批判家族生活的小说，但随着故事的开展，当国土沦亡，国家无力保护"国民"的时刻，原本被批判的"家"却出乎意料地显出了一种积极的意义。对瑞宣是"家累"的家，对这个家庭的其他成员，却更像是一个避风的"港湾"。瑞宣的不自由，固然令人遗憾，但对这一家人来说，如果没有他的忍辱负重，就很难渡过战时生活的危难。瑞全——甚至刘师傅，也不可能那样断然地逃出北平投身抗敌的事业。写作《激流》(《家》《春》《秋》)时的巴金，表达的主要是他对旧家族制度的"控诉"，然而，他在这一时期写作的《爱尔克的灯光》《憩园》《寒夜》一类的作品中，我们却读到了他对故园、对家庭、对"祖父"，甚而对曾经的"败家子"的一种复杂感情流露。而在《四世同堂》中，作为一家之长的祁老人，非但不像封建专制主义的一种象征，反而更像是这个家庭的守护神。饶有意味的是，故事开始于对祁老人"四世同堂"之梦的善意的嘲弄，却结束于家人的团聚和为老人庆"九十大寿"的期许。联系这一切，或许更有助于我们认清这时代意识转变的脉理。

三、战时生活塑造的"国民"意识的局限性

战争对传统之"家"的毁坏，的确使一些人从它的束缚中释放出来，成为保卫"国家"，构建新的社会的能动力量。瑞全的故事，钱诗人一家的故事，高第、桐芳、刘师傅、孙七、小文的故事，莫不在向我们讲述着这一点。不过，仍须注意的是，通过抗战所获得的这种"国家"观念和"国民"意识仍然是有局限性的。中国现代国家的建立，直接由王朝国家蜕变而来，由于中间缺少近代市民社会的形成这样一个环节，在有关"国"、"民"关系的一些问题上，一直存在一些模糊不清的东西。现代中国人的国家观念和国、民关系想象，固然有现实的、理性的基础，但也历史地融入了不少宗教的、诗意的成分①。而老舍的国民—国家意识，也就始终徘徊在对某种宗教

---

① 卢沟桥事变后钱默吟那一段话显然也基于这样一种诗意的想象："我能自由地生活

性的献身精神的强调，与对"国""民"关系事实上存在的分隔的深度疑虑。

20 年代初，在南开中学教书时期的老舍，就有过所谓"负起两个十字架"的说法。像一些研究者所注意到的，这种说法中的宗教意味，对老舍关于国家观念的影响一直持续到很多年以后①，然而，必须同时看到的是，老舍这时所说的献身对象，还非笼统的国家，而是更直接体现着它的现代本质的东西，即"为了民主政治，为了国民的共同福利"②。进入 30 年代，随着九一八事变后民族危机的加深，国民关系中"国"所寄望于"民"的一面被更突出地摆在了人们的面前。《猫城记》末尾写到猫国灭亡与小蝎等人的死："与国家同死或者不需要什么辩论？民族与国家，在这个世界上，还有种管辖生命的力量。这个力量的消失便是死亡，那不肯死的只好把身体变作木石，把灵魂交与地狱。"但即便如此，只要一进入具体生活，则"国民"际遇的不同，仍会使人感觉愤懑。《我这一辈子》中的巡警，看到宅门里的小姐少爷去上学，想到自家孩子的不同命运，不禁自问"孩子不都是将来的国民吗？"

民族战争的爆发，一定程度上暂时地遮蔽了人们对于"国"、"民"关系中的种种疑虑。抗战之初，应回教救国会之邀，老舍与宋之合作，写过一部名为《国家至上》的剧作，宣称"在'国家至上'的原则下，个人间的仇恨算得了什么？宗教间的隔阂算了什么？'我们都是中国人'"。同时认为，"爱你的国家与民族不是押宝……而应是最坚定的信仰。文艺者今日最大的使命便是以自己的这信仰去坚定别人的这信仰。"③ 在《四世同堂》中，他又借钱先生的口说："我是向来不问国家大事的人，因为我不愿谈我所不深懂的事。可是有人来亡我的国，我就不能忍受！我可以任着本国人去发号施令，而不能看着别国的人来作我的管理人。"出于战时生活的特殊情况，《四

着，全是国家所赐"，"一朵花，长在树上，才有它的美丽；拿到了人的手里就算完了。北平城也是这样，它顶美，可是若被敌人占据了，它便是被折下来的花了！""假若北平是树，我便是花，尽管是一朵闲花。北平若不幸丢失了，我想我就不必再活下去！"

①　参见孙洁：《世纪彷徨：老舍论》，百花洲文艺出版社 2003 年版，第 99 页。

②　老舍：《双十》，原载《时事新报》1944 年 10 月 10 日。

③　老舍：《血点》，《老舍文集》第 15 卷，人民文学出版社 1999 年版，第 371 页。

世同堂》中的"国民"意识，侧重表现的也是"民"对于"国"的情感和义务，而较少涉及"国"对"民"所应担负的责任，更遑论"民"对于"国"所应享的权利。钱默吟那一番花与树的比喻，虽然相当动人，却很难说表达的是一个现代国家的"国民"意识。从他的唯美想象，从他的诗性比喻，固然可以看出他对国家的深厚感情，但另一方面也未尝不暴露出他对"国""民"关系中一些更为现实的东西的无视或回避。因为从根本上说，"国家"的意义，并不在于为个人的精神生活提供一个宗教性的献身对象，而在于为"国民"生活的自由与幸福提供一种坚实的屏障。作为一种战时意识形态的"国家""国民"理念，强调的多是民对于国的情感皈依和责任、义务，而很少考虑，国对于民所应尽的责任及民对它所应享之主权。《四世同堂》在有关国家的认识上所强调的仍然是情感性、宗教性的一面，这当然有着复杂的原因。1936 年，在《半夏小集》一文中，鲁迅就曾这样告诫人们："用笔和舌，将沦为异族的奴隶之苦告诉大家，自然是不错的，但要十分小心，不可使大家得着这样的结论：'那么，到底还不如我们似的做自己人的奴隶好！'"① 看看前面引录的钱默吟的话，你不得不惊讶，鲁迅先生先前的担忧，的确非杞人忧天。

　　还须看到的是，《四世同堂》有关"国""民"关系问题的这种看法，直接影响了老舍四五十年代之交的人生选择，甚至在某种程度上也决定了他人生悲剧性的某些方面。中国现代民族国家的建设是一个长期的过程，中国人健全的"国民"意识的获得，最终有待于国家在公民社会建设上取得更关键的突破，有待于民对国的主权的彻底实现。熟悉历史的人都了解，这一切很快成为战后民主运动及中华人民共和国成立后国家建设的重要主题。不过，由于历史本身的复杂性，许多问题的解决一直延宕到了今天。在本书中，将现代国民意识的凝成与抗战所带给人们的一切联系在了一起，但一种真正的现代国民意识的形成并非这样简单，从《四世同堂》中钱先生的这段话，到

---

　　① 　鲁迅：《且介亭杂文末编》，《鲁迅全集》第 6 卷，人民文学出版社 2005 年版，第 617 页。

《茶馆》中常四爷的追问"我爱咱们的国，可谁爱我呢？"老舍的"国民"意识再一次发生了重要的转变。深入地分析老舍五六十年代创作中的国家观念与国民意识，也是一个饶有趣味的话题。

第四节　从国殇到国魂：抗战及战后中国的无名英雄纪念

在新冠肺炎疫情所造成的社会紧张中，管虎导演的电影《八佰》的上映，或许是一件多少有点打破电影市场沉寂的事件。影片引起的诸多话题中，对抗日英雄的纪念，也是相当重要的一个方面。而影片开头银幕映出的这样一段文字，也颇有引人深思之处：

> 在抗日战争历史中涌现出的革命先烈和英雄人物，是全体中国人民的荣耀和骄傲，是中华民族精神的脊梁。以身许国、精忠报国的杨靖宇、赵尚志、左权、彭雪枫、佟麟阁、赵登禹、张自忠、戴安澜等抗战将领，不畏强敌、血战到底的八路军"狼牙山五壮士"……气吞山河、临危不惧的国民党军"八百壮士"等众多英雄群体，与许许多多无名英雄一起，为我们树立了一座座丰碑。

十四年抗战，中国付出了牺牲 3500 万军民的代价，其间涌现出的无数民族英雄，始终令后人崇敬。对抗战英雄的歌颂，是中国现当代文艺历来都非常重视的一个表现领域，其中凝结着铸造国魂与不忘初心两大国民文化建设主题。只不过不同于那些名字早已深深嵌入国家记忆与版图的著名人物，① 有关无名英雄的纪念，更有其独特的意义。只是就中国现当代文学研

---

① 抗战后，出现了不少以抗日英雄命名的地名和街道，如北京的张自忠路、佟麟阁路、赵登禹路，吉林的靖宇县，黑龙江的尚志市、山西的左权县，河北的黄骅市等。2014年 8 月 29 日，经中共中央、国务院批准，中华人民共和国民政部公布第一批在抗日战争中顽强奋战、为国捐躯的著名抗日英烈和英雄群体名录，共计 300 名（见民政部公告第 327号）。另外，肖英主编的《国殇志：中华抗日英烈录》则主要辑录了"在抗日战争中牺牲的中国军队少将以上职（衔）的人员的主要经历及其英烈事迹"，以及一部分"为抗日战争呕心沥血、积劳成疾而病故的烈士，如马本斋司令员、李学福军长、丁炳权中将"，一部分"级别、军衔略低，但他们的名字和壮烈的抗敌事迹在全国产生了广泛影响的烈士，如赵一曼、高志航、谢晋元"等的事迹简介。见该书金城出版社 2013 年版序及后记。

究来说，我们在这一方面所取得的成就，似乎仍然有所不足。特别是对于历来散落在不同地方的那些纪念文字，也少见有系统的检视与论说。为此，本文尝试以现代文学及碑铭书写为中心，通过集中分析，再次阐发其重大历史意义。

一、伟大的无语的一群

1945年8月，在胜利的消息传来之前，诗人冯至就写过一篇《纪念死者》的文章，预言：

> 等到我们用大炮、用汽笛、用人们所有的声音庆祝和平到来时，我们会忽然严肃起来，追念过去，瞻望未来……在欢悦的中间会想起这八年内无数的死者……

> 他们，有的闪电一般在战场上消逝，有的陨石一般从空中陨落，有的秋叶似地在流亡的路上凋谢，有的被敌人虐待而死，有的被贪官污吏所摧残，死在不应该死的地方。他们贤愚不同，死的方式也不一样，但死后他们已不是一个个的个人，却融化为伟大的无语的一群……①

如今读冯至的这段话，不禁让人浮想联翩。不但想起如穆旦《森林之魅》一类的诗作，而且关联到巴金的《寒夜》一类的小说。前者堪称像"闪电一般在战场上消逝"、像"陨石一般从空中陨落"的无名英雄的建造了一座文字的纪念碑；而后者正是对战时生活中无数"死在不应该死的地方"，甚至在死前就已喑哑"无语"的汪文宣一样的小人物的无尽哀思。对死于战争中的无名战士的纪念，自古就是一个重要的文学主题。论及中国历史上最早、最著名的无名英雄纪念，人们自然想到屈原的《国殇》。这首诗从一场惨烈的战斗写起，最终歌颂的不是战斗的胜利，而是那些为国捐躯的无名英雄。"身既死兮神以灵，子魂魄兮为鬼雄。"关于这首诗因何而作，以及出现

---

① 冯至：《纪念死者》，原刊昆明《中央日报》1945年9月。《冯至全集》第4卷，河北教育出版社1999年版，第70—71页。

在什么样的场合，学者有很多讨论。但也十分重要的是，从它我们还可看到一种从氏族时代传承下来的官方或民间追悼阵亡者的仪式，而其精神含义，显然已颇接近于近代国家的无名英雄纪念礼仪。

然而，一个不可忽视的现象是，像这样的哀悼，在其后两千年的中国历史中却很难再找到。秦汉之后的中国，自然还少不了战争，包括民族自卫的战争，但此后诗人对牺牲者的纪念，却大多不再强调其为国捐躯的壮烈，而关注于对其作为普通人的命运悲剧性的同情。从汉乐府中的《战城南》到唐诗人杜甫的《兵车行》、李华的《吊古战场文》，以至晚唐诗人陈陶那一首著名的《陇西行》，沉痛的诗句间尽是古典的人道与悲悯："战城南，死郭北。野死不葬乌可食"；"君不见，青海头，古来白骨无人收，新鬼烦怨旧鬼哭，天阴雨湿声啾啾"。"可怜无定河边骨，犹是春闺梦里人。"

考察汉以后历代朝廷的国家祭祀，其对象主要都是天地、祖先，而罕见祭祀于"国殇"，即便偶尔有对于亡灵的抚慰，也很少到看像《国殇》一样将阵亡者作为国家崇拜的对象，更不闻有人将其称作"国魂"。[①] 即便在一些民间信仰中的英雄，如关羽、岳飞等，也常常荣膺被"封神"的光荣，但所获得的也只是某种功能性的位格（如财神、门神之类）及地方性的权能（如城隍神等），而非国家/民族精神象征的地位。即便是今人广泛使用的"先烈"一词的含义，也不过是"祖先的功业"或"建有功业的先人"（《汉语大词典》）；而当初所谓"烈士"，则同样只指"有气节有壮志的人"（《汉语大词典》），直到近代之后，才获得今天普通应用的为国家、民族而牺牲的含义。

由这一从屈原时代直到近代的变化，正可看出中国国家观念及国民关

---

① 如贞观三年闰十一月，唐太宗李世民为纪念在唐朝建立中牺牲的将士所下的《为殒身戎阵者立寺刹诏》："至人虚己，忘彼我于胸怀，释教慈心，均同异于平等。是知上圣恻隐，无隔万方，大悲弘济，义犹一子。有隋失道，九服沸腾。朕亲揔元戎，致兹明罚。誓牧登陑，曾无宁岁。其桀犬愚惑，婴此汤罗。衔发义愤，终乎握节。各殉所奉，咸有可嘉……可于建义以来交兵之处，为义士凶徒殒身戎阵者，立寺刹焉。"宋敏求编：《唐大诏令集》卷一百十三，商务印书馆1959年版，第586页。值得注意的是，像《封神演义》最后的不分正邪，一例封神一样，这里对于战死者，也是以"各殉所奉，咸有可嘉"平等对待，凸显了开头道、释思想的"忘彼我""均同异"。

系古今之变中的一些颇为根本性的问题。在传统观念中，王朝政治的合法性从根本上是来自"天"与祖先的，一国兴亡的关键既在"天命"，也在祖宗的遗泽或福祐。中国古代的国家祭祀始终以祭天（包括各类地祇）和祭祖为主要内容，而不再像《国殇》中那样将那些为国捐躯的将士当作"英灵"，这体现出秦统一之后国家性质从脱胎于原始的氏族共同体的诸侯国，到靠武力征服建立的皇权帝国的转变。

近代意义上的无名英雄纪念，无疑是随着西方民族国家意识的出现才得以形成的，英烈的意义，也更多地被与一个民族国家的建设联系在一起。第一次世界大战后，很多国家都在不同的地方建造了无名英雄纪念碑或无名烈士墓园。比较著名的，如英国伦敦威斯敏斯特教堂的无名烈士墓、法国巴黎的凯旋门无名战士墓、美国华盛顿的阿灵顿国家公墓、比利时布鲁塞尔的无名战士墓、加拿大渥太华联邦广场无名战士墓、埃及开罗无名战士纪念碑、意大利罗马维托里亚诺无名烈士墓、希腊雅典宪法广场无名烈士墓、俄罗斯莫斯科红场无名英雄墓、波兰华沙毕苏茨基广场无名战士墓，以及马尼拉郊外安葬七万美军太平洋战争阵亡者的麦坚利堡等。与之相应，对战死者遗骨的搜寻和迎回，也成为一项具有重要意义的国家行为。

在中国，早在1933年10月，傅作义就在呼和浩特为当年5月在怀柔与日军作战阵亡的将士修建了纪念碑。胡适应邀为之作碑文并诗铭：

> 这里长眠的是二百零三个中国好男子！
>
> 他们把他们的生命献给了他们的祖国！
>
> 我们和我们的子孙来这里凭吊敬礼的，
>
> 要想想我们应该用什么报答他们的血！

这篇朴实、简洁的文字，被曹聚仁称赞为"近年来罕见的一等好文章"，尤其最后的几行诗铭，更被誉为水准在擅写碑铭的古人"陈子昂、韩退之、蔡伯喈之上"[①]，这样的评价，自然是不仅从以文论文能解释得了的。[②] 同样

---

① 《曹聚仁散文选》，百花文艺出版社1991年版，第17—18页。

② 1935年"何梅协定"签订后，因何应钦打电报要傅作义"消灭一切'抗日'的标帜"，傅氏不得已把塔上"抗日阵亡将士公墓"中的"抗日"挖改成"长城"，又在碑文上加盖一

值得注意的还有 1944 年成都各界建成的那座"川军抗日阵亡将士纪念碑"，由雕塑家刘开渠创作，从 1940 年成都各界发起倡议、募捐，到 1944 年 7 月 7 日始落成，至今可谓国内最早也最重要的无名英雄纪念碑。

然而，比起这些有形的、无声的纪念碑，由文人写作的无形的"纪念碑"式的作品，可能影响更为广泛。中国的抗战文学中，究竟出现了多少表现无名英雄的作品，至今未有详细的统计。然而，一些以此为主题的创作，却至今以不同的形式，不断感动着人们。早在 1935 年，就有光未然作词的歌曲《五月的鲜花》，如此面对正在发生的牺牲："五月的鲜花，开遍了原野 / 鲜花掩盖着志士的鲜血……"1938 年 2 月 18 日，武汉空战发生后，23 日的《新华日报》发表楼适夷的诗《胜利的歌——祝空军》，在歌颂了"大地在你的雄声中震慑，/ 青空在你的英姿前战栗"的雄壮气势后，也将注意力投向了那些空战中的牺牲者："含着眼泪和欢喜，/ 紧紧地拥抱了你 / 把你的英雄的赤血 / 永久在祖国的青空里"。1938 年 9 月，武汉会战瑞昌战场的一次战斗中，国军一个营夜袭日军遭到埋伏，500 名将士只有 5 人生还，王亚平的诗《血战亭子山》写下了这样的悲壮场景："九月的风，凄切地吹过竹林；/ 半天星斗，暗淡地照着亭子山，照着战士的征衣。/……民主战士的鲜血，染红亭子铺的山石、绿草和战士的征衣。/ 我们不悲悼这残酷的战斗，在这里会绽放出，神圣的民族自由解放的花。"[①] 与之相似的，还有 1940 年臧克家写于战地的《国旗飘在雅雀尖》《烈士墓旁》。在所有这类作品中，诗人都有意将悲歌转为颂歌，但作为其底色的悲悼意味仍然掩抑不去。下面是徐迟作于 1940 年的《诗致祭》："看不见深红的淡红的花，/ 看不见开满花的山林田野，/ 不敢梦想春天里应该有的快乐；/ 不敢走进最近一个飞散着花的乡村去。/ 但是常常能看见这些白的花，悲哀的花，/ 眼泪不能再冲淡它们的颜色的，纪念追悼的花……远远那儿，死象这春天的落花飞舞，/ 远远那儿，或者我们近旁，/ 人一个个为了国家死。/ 现在让我们闭一下眼，/ 追悼这一个死，

层沙石，另刻了"精灵在兹"四个大字。见胡适 1935 年 7 月 5 日日记，曹伯言整理：《胡适日记全编 1931—1937》，安徽教育出版社 2001 年版，第 519 页。

① 《文艺阵地》第 2 卷第 3 期，1938 年 11 月 6 日。

更 / 追悼千万个死 / 可是，听，外面…… / 又是枪声。"①

在当时，究竟出现了多少这样的作品，至今缺乏清晰的统计。然而，存在于这里的，同样有刻骨铭心的记忆，也有不应发生的漠视与遗忘。

1939 年艾青创作的长诗《他死在第二次》，讲述了一个农民从军、负伤、牺牲的故事，在诗的结尾，我们读到了如下的诗句：

> 在那夹着春草的泥土
>
> 覆盖了他的尸体之后
>
> 他所遗留给世界的
>
> 是无数的星布在荒原上的
>
> 可怜的土堆中的一个
>
> 在那些土堆上
>
> 人们是从来不标出死者的名字的
>
> ——即使标出了
>
> 又有什么用呢？

对于这首诗的意义，亲身参与了战争的诗人穆旦说："刻画了这样一个战士"，"等于树起了成千成万中国的战士：因为我们会想到，正是有多少同样单纯的人们在为着祖国做出可歌可泣的事迹呵。《他死在第二次》正是为这些战士们所做的一首美丽的史诗"②。而他自己也正是亲历了这样的战争而活过来的一个战士。

论及穆旦的创作，当时还在西南联大读书的王佐良说："战争，自然，不仅是物价，也不仅是在城市里躲警报。"在抗战进入相持阶段的时候，有不少的中国青年，包括他的同学参加了打通滇湎公路的战役："两个参加了炮兵。一个帮美国志愿队作战。好几个变成宣传部的人员。另外有人在滇缅公路的修筑上晒过毒太阳，或将敌人从这路上打退。但是最痛苦的经验却只属于一个人"——这便是穆旦。

---

① 徐迟：《最强音》，白虹书店 1941 年版，第 35—38 页。

② 穆旦：《他死在第二次》，原载《大公报·综合》（香港版）1941 年 3 月 3 日，收入《穆旦诗文集》第 2 卷，人民文学出版社 2006 年版，第 51—52 页。

那是一九四二年的缅甸撤退。他从事自杀性的殿后战。日本人穷追。他的马倒了地。传令兵死了。不知多少天，他给死去战友的直瞪的眼睛追赶着。在热带的豪雨里，他的脚肿了。疲倦得从来没有想到人能够这样疲倦，放逐在时间——几乎还在空间——之外，阿萨密的森林的阴暗和寂静一天比一天沉重了，更不能支持了，带着一种致命性的痢疾，让蚂蝗和大得可怕的蚊子咬着，而在这一切之上，是叫人发疯的饥饿。但是这个廿三岁的年青人结果是拖了他的身体到达印度。虽然他从此变了一个人，以后在印度三个月的休养里又几乎因为饥饿之后的过饱而死去，这个瘦长的，外表脆弱的诗人却有意想不到的坚韧。他活了下来，来说他的故事。

……他本人对于这一切觉得淡漠而又随便……只有一次，被朋友们逼得没有办法了，他说了一点，而就那次，他也只说到他对于大地的惧怕，原始的雨，森林里奇异的，看了使人害病的草木怒长，而在繁茂的绿叶之间却是那些走他前面的人的骸骼，也许就是他的朋友们的。①

也就是在这样的经历和背景中，他写出了《森林之魅》这首以"祭胡康河上的白骨"为副题的长诗，1946 年 7 月 1 日首发于上海出版的《文艺复兴》1 卷 6 期；1947 年 7 月 1 日再发于《文学杂志》2 卷 2 期，而这恰恰是当时代表南北文坛的两份最重要的大型文学期刊。就此可以看出它在当时人们心目中的分量。全诗以戏剧化的方式，借森林与人的对话，展开了战争年月里人对生命和死亡的深刻省思。最末的《祭歌》云：

> 静静的，在那被遗忘的山坡上，
>
> 还下着密雨，还吹着细风，
>
> 没有人知道历史曾在此走过，
>
> 留下了英灵化入树干而滋生

同样不限于一般的哀悼，而透过生死思考着生命的意义的，还有郑敏

---

① 　王佐良：《一个中国新诗人》，《穆旦研究资料（上）》，知识产权出版社 2013 年版，第 277 页。

的《墓园》（1947）① ：

> 生命在这里是一首唱毕的歌曲
>
> 凝成了松柏的苍绿，墓的静寂
>
> 它不是"穷竭"，却用死做身体
>
> 指示给你生命的完整的旨意

杜运燮的组诗《太伟大的，都没有名字》，包括《游击队歌》《号兵》《林中鬼夜哭》《被遗弃在路旁的死老总》《无名英雄》五题②。其中第五篇，宛如组歌中的最后合唱，以一种庄严、雄浑的歌喉，表达出对无数无名英雄的悼念、赞美："……建造历史的要更深地被埋在 / 历史里，而后燃烧，给后来者以温暖。// 啊，你们才是历史的生命，/ 人性庄严的光荣的化身。/ 太伟大的，都没有名字，有名字的才会被人忘记"。

稍后于上述作品而有着与之相似的意义的，还有羊翚写于 1948 年的《旗帜》③。该诗副题"——写在九一八，为了不要忘却那八年的日子"，清晰地表明了它所要纪念的是什么：

> ……忘掉我吧，/ 我的足，/ 不能再随你们跋涉最后的行程了，/ 追击的子弹，/ 已经射穿了我的腿，我的膝，/ 今天和明天，/ 我快要流完最后的血，/ 我的手 / 已再举不起旗帜……// 我的好伙伴呵 / 让我在这人迹不到的地方，/ 同野兽一样的腐烂和安息，/ 明天，/ 我的灵魂，/ 也会飞到你们的身旁的……// 落日呵，/ 沉下去了，/ 草地上，剩下菜盒和军衣，/ 而在那个大山头上，/ 我望见一个升起的黑影，/ 最后，/ 一个骑兵，/ 出现在最高的山峰上，/ 在落日的金光面前，/ 飘展着一支旗帜……

这首诗的最后的"旗帜"形象，也是抗战文学中最动人的意象之一。"旗"成为抗战文学最鲜明的意象之一。穆旦的《旗》（1945）中说："是写在天上的话，大家都认识，/ 又简单明确，又博大无形，/ 是英雄们的游魂活在今日。"

---

① 《大公报·星期文艺》，1947 年 1 月 26 日。
② 《文艺复兴》1 卷 2 期，1946 年 1 月 10 日。
③ 《诗创造》第 11 期，1948 年 5 月。

扬禾《致无数死者》（1948）中说："让我做一只鸟儿，从你的 / 胸膛飞出来高吭；/ 把你的一个手掌当旗，/ 擎在云的近旁。"这样的形象，一直到凝定为王莘创作的《歌唱祖国》（1950）中那欢畅嘹亮的乐章："五星红旗迎风飘扬 / 胜利歌声多么响亮 / 歌唱我们亲爱的祖国 / 从今走向繁荣富强……"历史也正是在这样的歌声里翻开了新的一页。

二、伟大者的死不是死而是永生

这种对无名英雄的纪念，同样出现在解放区文学里。郭小川在 1941 年写于延安的《一个声音》中这样描写一位殉国的烈士 [①]：

　　……

　　（就这样

　　你安详地睡了……）

　　随后，你祖国草原的风暴，

　　摹拟你的声音而歌唱。

　　你祖国天空的飞行合唱队——

　　那小鸟群也追踪着你，

　　以童贞的音带唱它铿锵的生命之歌。

　　你的伙伴们在你辽阔的坟场，

　　响起了撼天的凯旋的大合唱。

这首诗从烈士临终前的一声"呀——"写起，使读者有一种身临其境的感觉，其意象构造、情感渲染，比后来那些使他成名的作品毫不逊色。这是郭小川最早的创作之一，但已凸显了其诗艺的熔纯洁、浪漫与壮阔为一炉的美学特色。要真正读懂郭小川，就要从他最早抒发的对这些为国捐躯者的悼念以及由之引发的对"以童贞的音带唱它铿锵的生命之歌"的期待读起。

　　鲁藜是七月派代表诗人之一。1938 年入延安抗大学习，其后进入晋察

———————

① 《诗创作》第 8 期，1942 年 2 月 20 日。

冀抗日根据地从事新闻采访和创作，亲身经历了那里的抗战生活。1939 年
12 月，他的《延河散歌》在《七月》杂志发表，引起文坛瞩目。其中的《星》
写道："……星不是落了 / 星不是谢了 / 星在引导我们向黎明 // 黎明时 / 有的
星老了 / 披着白发死去 / 而年轻的星奔出来 / 天空永恒地飘走着星 / 漂流着
星的喜悦。"在突出"星在引导我们向黎明"这一主题的同时，已然流露出
对于牺牲的某种哀悼意绪。1941 年诗集《醒来的时候》在重庆出版，其中
第四辑六首——《树》《夜葬》《红的雪花》《纪念塔》《花圈》《谣》，全都可
以称为最美的英雄赞歌。《树》的开头写道：有一年春天，他和一个叫张德
海的战友在滹沱河边种下了一棵树，"老张说：树长大了 / 也许我们不会长在
一起 / 哪一年，哪一月 / 你想起来我，就到树边来 / 树就是我，我就是树"，
后来，我听说张德海"挂彩死了"，很难过，就跑去看树，看到"树长得更粗，
伸出更多的巴掌"，于是站在树荫下想："张德海虽然死了 / 可是，他给民主
共和国栽了一棵树——"

> 在将来，树叶繁茂 / 要撑起绿帐在蓝空里 // 在这里，会有新社会的
> 公民去散步 / 会有强壮的公牛在这旁边吃青草 / 会有耕种机在这里飞驶
> / 也会有成群幸福的孩子 / 在抚弄这苍老的树根吧……

整首诗所用的都是十分平实的、叙事的语言，而将一种永铭于心的纪
念深藏在这样平和、平静的想象里，却比寻常的激情更有一种渗入人心的
力量。和前述那些国统区诗歌不同的是，出现在解放区的这些无名英雄纪
念，通常都更将烈士的死亡和一种新社会、新生活的想象联系在一起，可
以说更好地体现了献身者的"初心"和牺牲的意义。阿垅说："然而与其说
是哀悼吧，不如说做祝福好。例如《树》，农民战士挂彩死了，他所种的
树却繁茂而粗壮了，新社会底公民会在这里散步，人能够和树握手而永远
相爱。例如《夜葬》，让死者睡得那么甜和舒服，而生者在最后敬礼以后，
又赶上步伐底声音去了。月光那么静，一切都好；《红的雪花》和《谣》，
前者以牺牲作种子，后者以流血哺育一代，虹彩的花朵辉照着，串串珍珠
的葡萄园要开辟起来；《纪念塔》和《花圈》，前者死者底不朽，后者是人
类底记忆，无穷的年代将从塔下涌来，无声的语言要在人类心中刻下和发

出。"① 早在 1941 年，常任侠就说过："就诗艺的完整说，鲁藜是胜过田间的，虽然他们的愉快的基调都相同，而写作的手法则两样。"② 即便在哀悼的悲伤里，也流露着新生的喜悦，这是鲁藜，也是解放区悲悼文学不同于其他地区的鲜明特质之一。

> 冬天，在战斗里，/ 我们暂时用雪掩埋一个战死的同志。// 雪堆成一座坟，/ 血液渲染着它的周围。// 血和雪相抱，/ 辉照成虹彩的花朵。// 太阳光里，花朵消溶了，/ 有种子掉在大地里。（《红的雪花》）

> 塔，建立在太行山上 / 树林环绕着它 //……塔永远缄默 / 正如死去的英雄 / 一样的庄严，肃穆，神圣 // 塔不会死 / 正如伟大者的死不是死而是永生 / 日月星辰 / 要从塔上自起自落 / 无穷的年代 / 要从塔下涌来……（《醒来的时候》）

> 我走近死者的墓边 / 摘下我的军帽 / 战死者是我们的同志 / 我采了一朵含露的牵牛花 / 缀在花园的边上 // 我走了 / 也留下了我无声的记忆（《花圈》）

> 贫苦母亲流泪的地方 / 要生长高大的树林 / 树林的叶子密密 / 要荫爱她的儿孙 // 我们伙伴流血的地方 / 要生长葡萄园 / 葡萄要结成珍珠串串 / 我们的下一代要过甜蜜的生活（《谣》）

就是这样一种对战友和英雄的纪念，不独出现在一般诗人的笔下，而且渗透到一些当时就广为传唱的曲谣里，甚至出现在许多革命领导者的笔下。也正是在这样的背景下，我们看到，方冰写于 1942 年的《歌唱二小放牛郎》，1943 年罗浪作词谱曲的《狼牙山谣》一类纪念抗日英雄中的普通战士的歌曲，至今传唱不绝。而 1943 年延安举行"纪念左权将军牺牲一周年追悼会"，朱德总司令的题词："你们活在我们的记忆中，我们活在你们的事业中！"表达的显然已不只是对一个人的悼念，其间流露的那种温情与缅想，不但以其夺目的人性光芒超越了一般的礼仪表达，而且也很容易让人联想到

---

①　阿垅：《〈醒来的时候〉片论》，王玉树编著：《鲁藜研究文粹》，天津社会科学出版社1990 年版，第 34—35 页。

②　常任侠：《抗战四年来的诗创作》，《文艺月刊》第 11 卷第 7 期，1941 年 7 月。

那被勒南称为"一个国家国歌的精髓"的斯巴达古歌："现在的我们是过去
的你们；现在的你们是将来的我们"①。1944年，因八路军一个普通战士张思
德的牺牲，毛泽东写了著名的《为人民服务》一文，其中写道："要奋斗就
会有牺牲，死人的事是经常发生的。但是我们想到人民的利益，想到大多数
人民的痛苦，我们为人民而死，就是死得其所……今后我们的队伍里，不管
死了谁，不管是炊事员，是战士，只要他是做过一些有益的工作的，我们都
要给他送葬，开追悼会。这要成为一个制度。这个方法也要介绍到老百姓那
里去。村上的人死了，开个追悼会。用这样的方法，寄托我们的哀思，使整
个人民团结起来。"② 这篇文章随后成为20世纪中期最有影响的文献之一。

三、太伟大的，都没有名字

抗日战争是在中国现代民族国家建设尚未完成之时发生的。这就决定
当时中国进行这场战争所不得不面对一种残酷现实。由于没有一个完善的国
家建构，战乱频仍经济衰微，许多参加战争的士兵在战时、战后的权益很难
得到保障。诗人不得不一边全身心地歌颂这场战争，一边又不能不对身处其
中的小兵的悲惨命运发出深切的同情。

值得注意的，还有田涛的小说《泥土》③。写某一战役后幸存的两个士兵，
从战斗、负伤到逃亡，而终化泥土无人知晓的命运，罕见地正面描写了战争
的残酷和牺牲的悲怆。不同于后来革命英雄主义的那些抗战书写，整篇小说
始终笼罩在一种阴沉森冷、孤立无助、悲愤绝望的气氛里。出现其中的两个
战士——冯春宝和油葫芦——也是虽有名而实无名。

> 日子依旧过去，大地仍然十分岑静，人们没有发现过什么奇迹。
> 草原经过几场大雨的淋漓，异常蓬勃而有生气。到了割收季节，农夫
> 们从田野的荒草中发现一个死人头骨，骨骼被剥失得雪白放亮；从高粱

---

① ［法］欧内斯特·勒南：《何为民族》，《法兰西知识与道德改革》，黄可以译，海天
出版社2018年版，第187页。

② 《为人民服务　纪念白求恩　愚公移山》，人民出版社2004年版，第2页。

③ 《文艺复兴》第1卷5期，1946年6月。

林里发现两条人腿骨，从荞麦田里发现零碎的肋骨与脊椎骨。有些人在议论这骨骼的来源，有的说这是野狐狸从坟墓里拖出来的，有的说这是被害死的人，肉都被狐狸啃光了，只留了骨头。有的说这是……议论纷纷，然而没有一个猜到是一个小兵的骨骼呵。

这些零落的骨骼，被他们不经意地抛掷进一个小泥坑里埋了。

小说结尾的这段描写，也让人想起杜运燮 1945 年在昆明写的《一个有名字的兵》。这首诗的副题，标为"轻松诗（Lightverse）试作"①。但诗中却以一种轻诮的口气，写一个被抓丁后命名为"张必胜"的年轻农民入伍前后朴实的生活，写他的老实、勤勉和勇敢，以及他负伤后的遭遇："他在野地里躺了十天十夜，／腿上都长满了蛆，／身旁的草都被吃得精光，／仿佛还淋过一次夜雨。"从这些地方，我们仿佛都可以读出艾青《他死在第二次》的一种余响，其切入现实的冷峻，甚至使诸如"可怜无定河边骨，犹是春闺梦里人"一类的古典的悲悯，都因其掩藏于其中的那一丝浪漫而显得多少有点奢侈。这或许和某些想当然的英雄主义期许有相当差距，然而却毕竟是当时中国的一种现实。同时，也正是这种情形的存在，使我们对发生在战后的革命有了更深一层的理解。

同样的悲悯，也不独体现在对那些战死沙场者的同情中，它同样显现在诸如萧乾《血肉筑成的滇缅路》这一类题材的作品中。"有一天你旅行也许要经过这条血肉筑成的公路。你剥橘子糖果，你对美景吭歌，你可也别忘记听听车轮下面咯吱吱的声响。那是为这条公路捐躯者的白骨，是构成历史不可少的原料。"②读着这样的文字，如何能不有一种惊心动魄的感觉。

抗战胜利后，对这些有名或无名烈士的纪念一度成为文学表现的最重

---

① 按：所谓"轻松诗"，是从英文翻译过来的一个词，作者后来又译为"轻诗"，按艾布拉姆斯《文学名词汇编》的说法："轻诗使用平常说话的语气和宽松的态度，欢快地、滑稽地，以至怪诞地处理一些题材或者带有善意的讽刺。"40 年代的杜运燮受奥登影响，尝试以之写讽刺诗，同时加入严肃的内容，形成了一种独具风格的创作。参见《杜运燮六十年诗选·自序》，人民文学出版社 2000 年版，第 3—4 页。

② 萧乾：《血肉筑成的滇缅路》，《萧乾选集》第 2 卷，四川人民出版社 1983 年版，第113 页。

要的主题。人们纪念的，除了那些在战场上壮烈地为国捐躯者，还有许多平凡的牺牲者。1945 年，郑振铎出版《蛰居杂记》，其中《记几个遭难的朋友》提到陆蠡的死，就说"其他不知名的死难者更不知有多少。我们应该建一座'无名英雄墓'来作永久的纪念"。这本书中的许多篇，也都可以看作是他以文字为这项工作所做的准备，如《悼胡咏骐先生》《记刘张二先生的被刺》《坠楼人》《韬奋的最后》《忆愈之》《记陈三才》《记平祖仁与英茵》……其中尤可注意的是《坠楼人》一篇。哀悼的是一位不知名的妙龄女郎，"这位妙龄女郎，听说姓贝，一个大商人的儿媳。她有一个保管箱在一家外商银行里。当敌兵占领了租界后，他们出了布告，要每个保管箱的主人都到各外商银行里，会同他们开箱查验箱内的东西"。"那个监视她的'兽'类却动了心……将她囚禁于某一个房间里。"她就这样跳楼自杀了。这完全是一个平民的故事，然而在作者看来：

> 这位有烈性的妇人，应该是受褒扬的，却没没无闻的不曾有人提起过。——这比绿珠还惨痛的一个故事，一个兽性的敌人所创造成功的悲剧，一个国家在抗战中受屠杀、伤害的人物壮烈的牺牲。
>
> 这血仇，这牺牲，是应该由我们来报复的。
>
> 如果有什么"胜利勋章"的话，那勋章是应该首先献给一大批的死难者们的，而她也是其中之一。①

"多少人是失了踪，死了，多少是变成残废了。然而祖国终于是得救了！"（《记几个遇难的朋友们》）这不唯是郑振铎的感叹，也是当时社会的心声。在这种背景下，建一座无名英雄墓或无名英雄纪念碑，在当时已成相当一部分人的共同心理期待。

然而，由于历史的复杂性，这种纪念的氛围很快为新的时代主题所冲淡。相比同样经历了战争的其他国家，中国文学的抗日表现及无名英雄纪念，犹然显得不足。与之相反，中国文学中的无名英雄纪念，理当始终回荡着一种雄奇悲壮的旋律。

---

① 《郑振铎全集》第 2 卷，花山文艺出版社 1998 年版，第 426—427 页。

四、纪念碑：不朽的死者的石像

在海德格尔的名作《艺术作品的本源》中，这位 20 世纪最著名的哲学家通过对一座希腊神庙的分析，曾经如此描述这样一类建筑的精神含义："这个建筑包含着神的形象，并在这种隐蔽状态中，通过敞开的圆柱式门厅让神的形象进入神圣的领域。贯通这座神庙，神在神庙中在场……正是神庙作品才嵌合那些道路和关联的统一体，同时使这个统一体凝聚于自身周围；在这些道路和关联中，诞生和死亡，灾祸和福祉，胜利和耻辱，忍耐和堕落——从人类存在那里获得了人类命运的形态。这些敞开的关联所作用的范围，正是这个历史性民族的世界。出自这个世界并在这个世界中，这个民族才回归到它自身，从而实现它的使命。"① 有西方学者在论及民族主义激发起的"阵亡将士的崇拜"，更明确地指出："在传统意义上的宗教影响力明显衰弱的时代，民族主义的逻辑和语言使战争的巨大损失不至于彻底失去意义。""对一个民族来说，阵亡者的墓地和纪念仪式类似于教堂建筑，设计此类神圣空间如同教堂建筑一样受到关注。""一经建立，公墓和纪念碑便成为举行纪念内容远远超越哀悼个体逝亡的民族典礼之所在。这些纪念物的真正含义是对为民族做出的牺牲表示敬意。"②

战前的冯至，曾留学德国海德堡大学，虽没有听过海德格尔的课，却颇受另一哲学家雅斯贝尔斯和诗人里尔克的影响。在本文开头提到的同一文章中，他还曾深有感触地说：

> 我们是宗教性最薄弱的民族，"神"这个名词在我们的精神上很少起什么作用。现在，让这些死者作为我们面前的神吧。若是没有他们的死，他们的牺牲，我们不会有今日……我们久已没有再建筑起雄伟的万里长城，没有再创造出象龙门、象云岗那样的雕刻了，现在让这

---

① ［德］海德格尔：《艺术作品的本源》，《林中路》，孙周兴译，上海世纪出版集团有限公司 2008 年版，第 23—24 页。

② ［英］奥利弗·齐默：《欧洲民族主义，1890—1940》，杨光译，北京大学出版社 2013 年版，第 72 页。

些不朽的死者象石像一般蠹立在我们面前吧，这石像，能镇定我们紊
乱的心情，指示我们将来的方向……①

而在此之前的 1948 年 5 月，七月派诗人邹荻帆就已写下这样一首《无题》：

> 我们将仆倒在这大风雪里吗！
>
> 是的，
>
> 我们将。
>
> 而我们温暖的血
>
> 将随着雪而溶化
>
> 被吸收到大树的根里去
>
> 吸收到小草的须里去
>
> 吸收到五月的河里去。
>
> 而这雪后的平原
>
> 会坦露出来
>
> 那时候
>
> 天青
>
> 水绿
>
> 鸟飞
>
> 鱼游
>
> 风将吹拂着英雄底墓碑……

这种神性的欲求，这种宗教的渴望，同样是认识这个时代精神的一个重
要方面。1939 年 3 月，郭沫若在中华全国文艺界抗敌协会成立一周年纪念会
上的讲话，就以《纪念碑性的建国史诗之期待》为题，寄希望于从抗战所促
生的文章"入伍""下乡"，带来"纪念碑性的建国史诗般的伟大作品出现"②。

1945 年 4 月 23 日至 6 月 11 日，中共七大在延安召开，大会决定在大
会闭幕后，在延安召开扩大的中国革命死难烈士追悼大会，以纪念三个革命

---

① 冯至：《纪念死者》，《冯至全集》第 4 卷，第 71 页。
② 《郭沫若全集》第 19 卷，人民文学出版社 1989 年版，第 16—18 页。

时期死难的人民与党的烈士。

1949 年 9 月，经第一届中国人民政治协商会议全体会议决定，新生的共和国就在国家的政治中心天安门广场开始建造"人民英雄纪念碑"。在这座经百余名建筑学家反复讨论、设计，又由"人民领袖"奠基、题字的纪念碑上，不仅镌刻了 1940 年代后期波澜壮阔的"三年"，而且镌刻了自"五四"以来的"三十年"，以及"由此上溯"到"一千八百四十年"中国历史上所有"为了反对内外敌人，争取民族独立和人民自由幸福，在历次斗争中牺牲的'人民英雄'"的纪念。不但以国家意志的方式，给 40 年代后期这段交织着哀伤与悲愤、激情与壮烈的历史，画上了一个句号；而且也以至为庄重的方式，给历代以来中国的铭诔文学传统做出了一个现代国家意义上的总结。

正如数十年后一位诗人一首以《纪念碑》为题的名作里所说："整个民族的骨骼是他的结构 / 人民巨大的牺牲给了他生命 / 他从东方古老的黑暗中醒来 / 把不能忘记的一切都刻在身上"（江河《纪念碑》）。作为一种民族精神的象征，纪念碑从此不但担负起了凝聚民族精神的历史重任，而且也以某种亲在的方式，不断见证着这个共和国新的风风雨雨。

五、国魂与初心：历史如何铭刻记忆

论及新中国建立初期的英雄纪念，也有海外学者指出，中国的"纪念碑和欧美的纪念碑有一点很大的不同。第一和第二次世界大战后，欧美各国建成的纪念碑，虽然不少是表扬战死沙场的将士，但也有甚多是描写痛失亲人的悲苦，以及表达对战争的不满和批评战争所带来的破坏。欧美纪念碑中常见到'圣殇'（Pietà）的形象，主要是表露母亲失去儿子时那种痛不欲生的感觉"，这类痛斥战争残酷的纪念碑，在中国的悼念文化中是较难找到的。"近世欧美有不少纪念碑，表达了一种宗教含义，就是把战士的死，看作是仿效耶稣把生命奉献出来，因而超越了死亡"，这种宗教含义在中国的悼念文化中似乎也是没有的。①

---

① 　洪长泰：《新文化史与中国政治》，台北一方出版有限公司 2003 年版，第 297 页。

这种着眼于政治文化层面对有关现象的论述是否准确，仍须细论。假如我们将自古至今中国的悼念文化，大体区分为以下三个层面：国家层面的阵亡者追悼、民间宗教礼仪中的亡灵追荐、文学表现中的无名英雄纪念的话，则三个方面的表现，关注重心或许本来就有很大的不同。中国文化中究竟有无如西方所谓"圣殇"，即"母亲失去儿子时那种痛不欲生的感觉"，或许也该从不同的层面去细究。不该忘记的是，还在抗战之前的 1931 年，鲁迅就因纪念柔石等人的遇害，在创刊不久便被禁止的《北斗》杂志上刊印过一幅珂勒惠支的木刻画《牺牲》，而那画面正是"一个母亲，悲哀的闭了眼睛，交出她的孩子去"，并且称其为"一切'被侮辱和被损害的'的母亲的心的图像"，同时指明"这类母亲，在中国的指甲还未染红的乡下，也常有的"，这也是她的"版画介绍进中国来的第一幅"。① 然而，从一种文化心理结构来看，这究竟是将一种异文化的东西引入中国，还是借之使本来就隐藏在民族深层心理结构中的东西更为彰显，也是一个很值得深究的问题。不过，无可否认的是，不论是在中国古代还是现代，这类形象的出现，都不以表现其哀伤为重心，而更突出其对"大义"的"牺牲"与奉献，比如著名的"岳母刺字"故事就是这种心理和形象的最突出体现。这样的表现传统，再加上现代以来一些翻译文学作品，如高尔基小说中的"母亲"形象一类的影响，出现在中国现当代文学中的此类"母亲"形象，便也多以歌颂其牺牲、奉献为主题，而较少触及其内心的哀痛，即如歌曲《在太行山上》中所歌咏的"母亲叫儿打东洋，妻子送郎上战场"，以及冯德英小说《苦菜花》对女主人公形象的塑造。更为重要的是，由于抗日战争的民族解放特性，在 1950 年代以后的战争及无名英雄纪念中，突出的确实都主要是集体主义、英雄主义的因素，而较少涉及战争的残酷和牺牲的痛苦。

不过，即便如此，在一些文学表现的细节，我们仍然能够看到一些对于战争、人性及牺牲的较为个人化的思索。孙犁的《风云初记》是新中国最早出现的表现抗日战争的长篇小说之一，临近终篇，讲完了故事的作者却对

---

① 鲁迅：《写于深夜里》，《鲁迅全集》第 6 卷，人民文学出版社 2005 年版，第 517 页。

历史记忆发出了这样一番议论："历史，究竟是凭借什么东西，才能真实地、完整地保留下来，而传之久远？在当时，我们是把很多诗文写在残毁的墙壁上，或是刻在路石悬崖上。经过多年风吹雨打，它们还存在吗？河水曾经伴奏我们的歌声，山谷曾经有歌声的回响。是的，河水和山谷是永远存在的。然而，河水也在流逝，山谷的面貌也在改变。歌声和回响，将随时代和人们心情的变化而改易。口头的传说，自然是可靠的碑碣，然而，时过境迁，添添去去，叫它完全保留当时和当事者的心情，也会有些困难吧？"① 在一部长篇小说的结尾，忽然出现这样一段抒情味十足的文字，并且思考的对象直接指向历史，而发出这样一番颇有历史哲学意味的议论，这正是孙犁不同于许多同代作家的地方之一。而更可注意的还有，就在这样一段之后，他又以如下的方式追记了书中一个人物李佩钟的死：

> ……第二年春天，铁路附近一个小村庄的人在远离村庄的一眼土井里淘水的时候，打捞出一个女人的尸体。尸体已经模糊，但在水皮上面一尺多高的地方，有用手扒掘的一个小洞，小洞里保存了一包文件。这是一包机密的文件，并从文件证实了死者是李佩钟。这样就可以正式判定：当他们那一队人，被敌人冲散以后，夜晚，李佩钟一个人徘徊在铁路旁边，想通过沟墙到山地里去。据同时失散的人回忆，那一夜狂风吼叫，飞沙走石，烽火遍地。李佩钟或是寻求隐蔽，或是被敌人追逐，不得已寻死，或是在荒野里奔走，失足落到这眼土井里。土井里水并不深，也许是她太疲乏了，太饥饿了，太寒冷了，她既不敢呼喊求救，也无力攀登出险，就冻死在水井里，她的生命，就这样结束了……②

在小说中，李佩钟并不是一个中心人物，却是一个始终不能令人忘怀的人物。作者对于这个形象的处理，颇包含了一些复杂的内容。③ 对这样一个女

---

① 孙犁：《风云初记》，《孙犁全集》第 4 卷，人民文学出版社 2004 年版，第 443 页。
② 孙犁：《风云初记》，《孙犁全集》第 4 卷，人民文学出版社 2004 年版，第 445 页。
③ 参见杨联芬：《孙犁：革命文学中的"多余人"》，《中国现代文学研究丛刊》1998 年第 4 期；李展：《李佩钟论：被折断的女性命运——重释孙犁〈风云初记〉文学意蕴》，《名作

性的死的描写，以及所流露出的怜惜、宽容、肯定，也让人想起苏联作家瓦西里耶夫的小说《这里的黎明静悄悄》里那个送信陷入泥沼的女孩，以及战斗一开始就因惊慌而丧生的另一名战士。表现在这里的体谅和肯定，是更为珍贵的东西。更值得注意的还有，在这段话之后，他又以颇含歉疚的口气说："作者在描述她的时候，不是用了很多讽刺的手法吗？但是，她那苗细的高高的身影，她那长长的白嫩的脸庞，她那一双真挚多情的眼睛，现在还在我脑子里流连，愿她安息！"所谓"用了很多讽刺的手法"，显然指小说中因李佩钟的出身背景和她的某种知识分子气质而表达的一切，但这样一种话语、口气，显然已超出了对一个小说人物的纪念。而接下去的话："……她参加了神圣的抗日战争，并在战争中牺牲了她的生命。她究竟是属于中华民族优秀儿女的队伍，是抗日战争中千百万烈士中间的一个。"而整部小说也就结束在这样一个句子上："她的名字已经刻在县里的抗战烈士纪念碑上。"书末自记："一九六二年春季，病稍愈，编排章节并重写尾声。"① 可见，时间的流逝，并没有使得这种怀念之意变得淡漠，作者对自己身体状况的说明及特意说明的"重写"所包含的一切，同样能引发人对于这一切的复杂联想。

英国思想家约翰·密尔说："如果人类的一部分由共同感情联结在一起，这种感情不是他们和任何别人之间共同存在的，这部分人类就可以说构成了一个民族……"②20 世纪初，梁启超受日本学者德富苏峰文章的启发，曾写过一篇题为《无名之英雄》的文章，从民族复兴的角度，呼唤无名英雄的出现。他所说的无名英雄，不限于战场上的牺牲者，而包括在任一事业中为其实现做出基础铺垫的那些人。即如德富苏峰所说之"使英雄如彼其大者，有无名之英雄为之也"③。然而，倘若将其放在战争环境中，无名英雄的意义，则更为重大。而从另一方面说，"无名英雄"之重要，或许正因其"无名"，

欣赏》2012 年第 35 期。
　　①　孙犁：《风云初记》，《孙犁全集》第 4 卷，第 445—446 页。
　　②　[英] 约翰·密尔：《代议制政府》，汪瑄译，商务印书馆 2017 年版，第 221 页。
　　③　梁启超：《无名之英雄》，《梁启超全集》第 1 卷，北京出版社 1999 年版，第 363—364 页。

才更显其牺牲之于民族性意义。曾经对近代法国国民意识之形成产生过重大影响的学者勒南说，国民"也和个人一样，是过去长期努力、牺牲、献身的结果"。"共同的痛苦比喜悦更能使人团结起来；对国民的追忆，哀悼比胜利更有价值……因为哀悼要求义务，命令我们共同努力。""所谓国民就是人们在过去构成的，今后也要继承由牺牲的感情构成的伟大的团结精神。"① 对战争的纪念，对先烈的追怀，都并非只有表现英勇无畏才足以显示其崇高之意义，对牺牲，对苦难的铭记，同样不只具有个人情感宣泄的意义。只有懂得这一切，才能真正告别形形色色的"将屠户的凶残，使大家化为一笑"②，将神圣的郁结消释于精神胜利的虚无的"抗日神剧"，而从对历史的真正铭记与反思中，找到通向未来的正确道路。

第五节　最后的古典家园梦想及其破灭
——李广田的《引力》

一、《引力》与中国抗战文学的历史丰富性

《引力》是李广田唯一的一部长篇小说，也是抗战胜利后中国小说创作的一项重要收获③。由于种种原因，问世六十余年来，这部颇具特色的作品一直未能得到充分的研究和重视。虽然作品发表不久李长之即有一篇《评李广田创作〈引力〉》发表在 1948 年 5 卷 5 期的《观察》杂志上，但此后《引

---

① ［法］恩斯特·勒南：《什么是民族？》，译文转引自 ［日］高桥哲哉：《国家与牺牲》，徐曼译，社会科学文献出版社 2008 年版，第 99、101、102 页。勒南此文的中文翻译，亦见 ［法］欧内斯特·勒南：《法兰西知识与道德改革》附录《何为民族》，黄可以译，海天出版社 2018 年版。字句略异，意思相同。关于勒南有关民族问题的相关论述，亦可参见黎英亮：《何谓民族：普法战争与厄内斯特·勒南的民族主义思想》，社会科学文献出版社 2015年版，第 60—63 页。

② 鲁迅：《"论语一年"》，《鲁迅全集》第 4 卷，人民文学出版社 2005 年版，第 582 页。

③ 《引力》最初连载于 1946 年 2—9 月的《文艺复兴》杂志 1 卷 2 期至 2 卷 2 期，1947 年 6 月由晨光出版公司出版，属《晨光文学丛书》第二十五种。

力》在国内文坛所得到的关注和研究，却一直未能越过该文。与之形成对照的是，在战后的日本，它所引起的反响却令人惊异地热烈："先是日本的中国研究所出版了冈崎俊夫的节译本，后来，《中国语杂志》又发表了吉田浩的另一节译本。1952 年，岩波书店出版了冈崎俊夫的全译本，截至 1959 年 4 月，一连再版 11 次。"① 日本的学术界和文艺界也不断有评论文章从不同角度对《引力》及其对日本读者的意义做出论述。"日本的研究者们认为，一部现代中国文学作品，有如此出版数量，在日本是罕见的。"冈崎俊夫的节译本《译后记》云："小说震撼我的心灵，中国民众慷慨激昂的亡国哀痛，对敌人的深仇大恨，凡此种种都表露了强烈的民族意识。如此描述，既不是作家刻意雕琢，也不是渲染夸大。"② 这种"使日本读者受到强烈的感动"的民族情怀，不仅像中岛健藏所说"对日本读者起了'苦口良药'的作用"③，而且在五十年代初美军占领之下的日本，获得一种特殊的精神共鸣。④

对此，丸山升在其《战后五十年——中国现代文学研究的历史回顾》一文中，曾经有这样的论述：

> 一进入 1950 年前半期，对战争的悔恨和对中国的负罪意识的要素中，又增加了新要素。从这稍早些时候开始，美国在日本的占领政策发生转变。因为中国通过革命实现了社会主义化，对美国而言，有着比日本的民主化更重要的事情。美国从将韩国、日本、（中国）台湾作为所谓的反共堤防、前线这一世界战略出发，把占领政策的重点从

---

① 李岫：《李广田和他的作品》，《中国现代作家选集·李广田》，人民文学出版社 1984 年版，第 274—275 页。

② 转引自陈嘉冠：《〈引力〉在日本》，《李广田研究专集》，云南人民出版社 1985 年版，第 400 页。

③ ［日］中岛健藏："冈崎俊夫在一九五二年翻译的李广田的《引力》，使日本读者受到强烈的感动。那是在茅盾的《腐蚀》翻译出版之前，许广平的《夜记》和郭沫若的《亡命十年》等作品尚未翻译的时候，李广田的这部作品，对日本读者起了'苦口良药'的作用，乃是当然的事了。"转引自李岫：《李广田和他的作品》，《中国现代作家选集·李广田》，人民文学出版社 1984 年版，第 274—275 页。

④ 转引自陈嘉冠：《〈引力〉在日本》，《李广田研究专集》，云南人民出版社 1985 年版，第 404 页。

推进日本民主化，转移到不惜保存旧势力的反共政策……在那样的状况下，日本人才开始把美军作为占领军来认识。从中，产生了对法国的抵抗文学、中国的抗战文学的共鸣。也就是说，一样是阅读相同的抗战作品，与战后不久的认识方法——日本在那场战争中到底干了哪些残酷的事——相比，这次更在于把描写抗日战争的中国文学作为对压迫者、侵略者的抵抗来把握，产生了倾注共鸣地阅读这种新的要素。例如，法国文学中的韦科尔的《海的沉默》，摩尔根的《人间的象征》等，都由岩波书店出版而被广泛阅读。与此同时，一度出现了阅读中国文学的状况。

《四世同堂》也是其中之一，特别突出的是李广田的《引力》。它属于"岩波新书"系列，但与那时"岩波新书"中的其他一些中国文学作品相比，读者的范围应当广泛得多……总之，这是一本非常广泛地唤起共鸣的作品。①

《引力》之所以受到日本读者的喜爱，有着复杂的原因。丸山升所说的那一种与20世纪50年代日本政治有关的说法当然只是其中之一。早在1952年，奥野信太郎在《读〈引力〉》一文中就曾谈到过这样的看法："第二次世界大战结束后，深信美国的占领政策会使日本民主化，后来却显出了使日本军事基地化、殖民地化的意图。一旦施予的自由逐渐减少，日本人就有了被压迫国民的感情，于是同小说发生了共鸣。"② 立间详介则在《读小说〈引力〉有感——反抗的起点》一文中更明确地说："读罢《引力》，我冲口而出的一句话是：'反抗'……'反抗'，不单是嘴里讲，而且得有行动。"③ 作为一部描写侵华战争的作品，《引力》之所以引起邻国（也是作品中的敌国）读者的"共鸣"，首先在它所表现的那样一种民族意识和反抗意识，这当然

---

① ［日］丸山升：《鲁迅、革命、历史——丸山升现代中国文学论集》，王俊文译，北京大学出版社 2005 年版，第 385—386 页。

② 转引自陈嘉冠：《〈引力〉在日本》，《李广田研究专集》，云南人民出版社 1985 年版，第 404 页。

③ 转引自陈嘉冠：《〈引力〉在日本》，《李广田研究专集》，云南人民出版社 1985 年版，第 402 页。

是一桩很值得深思的事。

然而，在我看来，仅仅从外部情境所引起的"共鸣"作用去解释《引力》在日本所引起的这种热烈反应，显然还远远不够。因为它还不能解释为什么另外一些作品不能得到同样的对待。《引力》之所以引起日本读者的重视，还应有更内在的原因。那就是它在表现民族意识时所表现出的，既不"刻意雕琢，也不是渲染夸大"的态度。同样是丸山升，在谈到《引力》所唤起的广泛共鸣时，还曾提到，对于它当时还存在另一种说法："桧山久雄在当时的《新日本文学》上发表的书评说：'对于李广田的《引力》，我的朋友们——即一些与中国文学无关的人说，那些作品与通常所谓的中国的人民文学的味儿完全不一样啊。'"①"不一样"在什么地方，文本中并没有明确说明。但在笔者看来，正是这个"不一样"，才是它一方面受到外国读者的欢迎，另一方面又在国内颇受冷遇的重要原因。认识到这个"不一样"，不但可以使我们对《引力》有一个更清晰的认识，而且也可以让我们对中国的抗战文学历史增加一些更深入的了解。

中国文学对抗战生活的表现，有一个演变过程。不同阶段的文学作品，呈现出的战争记忆及历史态度亦有所不同。为了便于看清问题，我曾经把它粗略地分为四个大的阶段：第一阶段为抗战中，即从九一八事变到抗战胜利14年间产生的文学作品，如萧军的《八月的乡村》、萧红的《生死场》、丘东平的《第七连》等，铭刻和呈现的，多为亲历者的体验和经历，同时也是未经充分反思的历史记忆。第二阶段为抗战后，即20世纪40年代后期几年中的创作。这一时期的一个重要特点，就是产生于该时期的作品中的很大一部分，如巴金的《寒夜》、钱锺书的《围城》、废名的《莫须有先生坐飞机以后》、老舍的《四世同堂》等，往往都不直接以抗战为题，或者不从正面展示战争的血与火，然而，却从更深的层面铭刻和呈现着战争之于中国社会、个人人生最深切的影响和记忆。第三阶段，即1949年以后的创作，如《铁

---

① ［日］丸山升：《鲁迅、革命、历史——丸山升现代中国文学论集》，王俊文译，北京大学出版社2005年版，第385—386页。

道游击队》《平原游击队》《苦菜花》《地道战》《地雷战》《小兵张嘎》《鸡毛信》等，在一种当代生活的背景的影响下，突出的主要是战争的民族解放意义，和贯穿其中的革命英雄主义。第四阶段，即 80 年代以后的创作，如《血战台儿庄》《红高粱》《大捷》《举起手来》《紫日》《鬼子来了》等，一方面延续了当代抗战文学的英雄主义传统，另一方面不断挖掘和呈现历史记忆中那些被有意无意遗忘或遮蔽的部分，更加突出历史和人性的复杂。日本学者所说的"人民文学"，主要指的应该是抗战期间及 50 到 70 年代中国文学中那些以英雄主义为基调，正面表现抗战期间民族冲突和民族斗争的作品。2005 年 8 月，在中国社会科学院文学所召开的纪念抗战胜利 60 周年国际学术研讨会上，陈晓明、孟繁华分别从不同角度对现当代中国的抗战文学提出批评，指出中国现代抗战文学的一个重要特点，就是它存在着比较明显的将敌人"鬼化"或"妖魔化"的问题。[1] 他们所说的抗战文学，其实也主要指这两个阶段中这一类型的作品。

《引力》的独特之处在于它是中国现代为数不多的几部就近观察沦陷区生活，并能以一种较客观的眼光、较理性的态度、较贴近个人体验的方式描写沦陷区生活的作品之一。它既写到侵略者的凶残，又写到了他们为稳固自己的统治所花费的心机。《引力》中民族意识的体现，及对侵略者的刻画，均超越了这种简单化的思维。其中的石川教官形象，是中国抗战文学中未被简单化和"妖魔化"的例子，同时也是一个让我们看得清其面目的侵略者形象。"石川是一个五十多岁的老处女。她在东三省住过多年，但是一直不会说中国话，她无论教书，谈话，都必须有人作翻译。这人十分严峻，黄黄的，瘦而且长的脸上，敷了一层白粉，更令人有霜雪寒冷之感。但是据她自己说，她最重感情，她待人最热诚……"尽管从骨底里看不起中国人，并且时刻想从种种途径刺探反抗者的消息，但她在人们面前又总是装得那么温和有礼。"她总是说学生不懂礼节，说中国是礼义之邦，为什么反而把礼节都

---

① 陈晓明：《鬼影底下的历史虚空——对抗战文学及其历史态度的反思》，《南方文坛》2006 年第 1 期；孟繁华：《战争本质的国族叙事与个人体验——中国、西方战争文艺历史文书的差异性》，《山东社会科学》2006 年第 4 期。

不要了，因此她在学校里特设了一个'作法教室'，专教学生习礼。"就是在学校发生了学生自发纪念五四的活动之后，急于打探情况的她，也是"客气一如往昔，甚至比从前还要客气些"。小说中对日本士兵与军官的描写，也都超越了简单化、"妖魔化"的表现。

作为抗战文学第二阶段的作品，《引力》也相当真实地写到了沦陷区人们的反抗，民族意识的自觉，既深刻独到又具体细腻。尤其是学生们自发纪念五四，以及梦华为学生们讲授"最后一课"的情景，在亲切自然中透出一种动人的魅力。当代意义上对战争的反思，常以人道主义的唤起为基本期待，就此而言，中国抗战文学，不论哪个时期，其表现确然不够深切。不过，作为一种补偿，它也自有其意义独到之处。那就是，就那些最深刻表现了抗战时期国民生活实际的作品而言，如《生死场》《四世同堂》《莫须有先生坐飞机以后》《引力》，甚至《寒夜》《围城》一类的作品，都从更深刻的层面上，反映了战争对中国社会的深层影响，以及作为普通民众的中国人，民族意识的觉醒及现代"国民"意识的获得过程。日本学者所说的"不一样"，或许就在这里。

国内文坛对《引力》的长期漠视，同样有着复杂的原因。一方面，由于作品对沦陷区生活及知识分子精神境遇的描写在很多地方都超出了人们的惯常期待；另一方面，它所采用的写作方式在处理事实与虚构、叙事与抒情、节奏与情调等方面的特点，也背离了人们对于小说的某种"常识"。而四五十年代之交及其后很长一段时期的社会文化环境，很难使读者静下心来，仔细品味像这样一部作品的深幽韵味。

还在小说的写作过程中，作者就为一些艺术上的问题而苦恼，"后记"云："我这一个月的写作生活是相当愉快的，不过愉快之中也并非没有痛苦，那就是我常常为一些材料所拘牵，思想与想象往往被缠在一层有粘性的蜘蛛网里，摘也摘不尽，脱也脱不开，弄得简直不成'创作'。又因我总喜欢一面写作一面读书，读人家的好文章固可得到鼓舞，但有时觉得自己太不行，便难免为幻灭的心情所苦。""我的幻灭之感大半由于觉察自己的小说算不得'创作'，也不过是画了一段历史的侧面，而且又画得一个简单的轮廓，我几乎相信我自己有一个不易越过的限制，我大概也就只宜于勉强写些短短的散文而已……"① 可以看出，他所面临的问题，一方面牵涉到如何处理事实与虚构的关系，另一方面也牵涉到如何看待小说与散文在文体上的差异。作者自己就先对自己的"创作"并不满意，而这种"反省"，这种自我批评，也在很大程度上给后来的评论以影响深远的暗示。最早发表的李长之的评论，除肯定作品主题的深刻外，也以很大的篇幅进一步坐实了这种看法："事实的拘牵，和枝节上的繁琐，是让这本有健康的思想所灌溉的书受了些委屈"②；"现成的材料，事实的镣铐，的确是一个致命伤"，"作者向来的文章，一如他的为人，是淳朴、诚实、不夹半点儿假的。他思想上给朋友或一般青年人的感染上是如此，他那构成吸引人的散文风格的原故也在此。可是这种优长到了他写小说时便成为了障碍，使他有点迈不开步了。"不论李广田，还是他的朋友和评论者，都觉得他更是一个散文家或诗人，而不是一个小说家。这样一种认识几乎成为后来人们评价《引力》时的一种最基本的态度。然而将一部曾在邻国(也是作品中的敌国)引起如许反响的作品的意义，仅仅定位在它的主题的时代适应性，以及它在中日文化交流中的意义上，显然有点过于低估了作品，也过于低估了邻国读者的审美判断力。

　　诚然，小说可能确实存在一些如评论者所指出的弱点或缺点。但这里也存在一个如何看待小说艺术的问题。按传统的，以虚构性和故事的均衡完整来衡量其成熟与否的小说观念，尤其是，按李长之引用的"德国一位表现派作家"的说法，"史诗性的文艺须要捣碎现实，而重新去组织"，这些可能都是使得《引力》不够成功的原因。"长于写心情，而拙于编故事"的作者③，没能在此完全鼓荡起他艺术想象的翅膀，因而，读者从中得来的印象，也就不免有些拘泥或过于质实。在一般的观念中，由虚构而来的故事因素的完整，刻画描写的集中，矛盾冲突的强烈，可能是一部成功的叙事作品必得具备的要素，在这方面，《引力》或许真的存在欠缺。然而，有所失的

----

　　①　《李广田文集》第二卷，山东文艺出版社 1984 年版。

　　②　李长之：《评李广田创作〈引力〉》，《观察》第 5 卷第 5 期，1948 年 9 月。

　　③　李长之：《评李广田创作〈引力〉》，《观察》第 5 卷第 5 期，1948 年 9 月。

另一面或许是另有所得。因为说到底，小说的表现是否必须如此，本身就是一个问题。中国现代小说发展到 40 年代，其叙事方式呈现出一种多元发展的局面，这一阶段不少作家的写作，事实上都已冲破了传统的文体规范。比较突出的例子，如萧红的《呼兰河传》、冯至的《伍子胥》、师陀的《果园城记》、废名的《莫须有先生坐飞机以后》，以及更年轻一代的作家如汪曾祺、阿湛等人的作品，都已使小说与诗、小说与散文的界限变得不那么分明，而写实与虚构的边缘也发生了更多的交融。废名在写《莫须有先生坐飞机以后》时说："莫须有先生现在所喜欢的文学要具有教育的意义，即是喜欢散文，不喜欢小说。散文注重事实，注重生活，不求安排布置，只求写得有趣，读之可以兴观，可以群，能够多识于鸟兽草木之名更好，小说则注意情节，注重结构，因之不自然……最要紧的是写得自然，不在乎结构，此莫须有先生之所以喜欢散文。他简直还有心将以前所写的小说都给还原，即是不装假，事实都恢复原状，那倒成了散文……"① 汪曾祺谈短篇小说的本质，则径直称其"是一种思索方式，一种情感形态，是人类智慧的一种模样"②。与此相先后，李广田也写过一篇题为《论情调》的理论文章，指出："任何一件素材，一个故事，一个人物，其中本来就有一种情调"，而为作者尤为看重的，是"那当尚未执笔之前即以存在于作者生命之中的情调"，"情调、滋味、氛围、风格等，都是很相近的，我们之所以不说风格，而只说情调，其原因，在这里也可以更进一步的明白了，一个专门在文字技巧上追求风格的作家，反而没有什么真正的风格，甚至连他自己也丧失了；相反，并不专在文字琢磨上追求风格，而只在创作以前或正在写作时感觉得极透彻，浸润得极浓酣，他和那所要写的东西成为一个生命，他只是诚实地写，诚实于自己，也诚实于所要表现的那个天地，等写出来了，文章中自然充满了情调，也就自然有了特殊的风格，自然，也就是有了特殊的氛围与滋味"。对于"怎样才能在自

---

① 《文学杂志》第 2 卷第 8 期，1948 年 1 月。

② 汪曾祺：《短篇小说的本质》，原载天津《益世报·文学周刊》第 43 期，1947 年 5 月 31 日；转引自钱理群编：《二十世纪中国小说理论资料》（第四卷），北京大学出版社 1997 年版，第 442 页。

己生命中充满某种情调，然后，在作品中也充满这种情调而成为一种特殊风格"，他反复强调说，"为了使自己作品中充满了情调，为了使情调谐和，为了使读者在接触作品的顷刻之间就能感到灵魂的震颤，作者应尽可能地多体验，多思索，尽可能地使作品怀孕的时间充分而不致粗制滥造。而且，为了加强某种情调，作者的想象要在长时间里活动，他要用想象创造种种事物以为帮助"①。这篇写于 1948 年的文章，所表达的既有他的理想，也有他的经验。可以认为，在《论情调》一文中，李广田表达了一种颇具个人风格的小说美学，倘若将这种以情调为核心的文学观念落实到创作实际，其所得，大概就不会是李长之称述过的那种"史诗性的文艺"。如果我们要以后者的标准去衡量它，自然会因方枘圆凿而显得格格不入。换句话说，作品的魅力，不在"史诗性文艺"的虚构性和故事的均衡完整，而在探索"情调小说"时的独到贡献。要正确认识《引力》在中国现代小说中的价值，从艺术上说，我们也得换一种角度去思考问题，从作者所提出的这种以情调为核心的艺术观念出发解读作品。我们要做的是，只有弄清了《引力》想表现的究竟是什么，然后才能将其放置到中国现代文化和现代艺术精神的发展历史中，考察其所达到的境界和所具有的意义。

二、最后的古典家园魅惑

像抗战前后的许多文学作品一样，《引力》讲述的其实是一个知识分子的精神"蜕变"故事。尽管后来的解读一再突出的是"引力"的象征寓意，和作品最后所暗示的那个光明的"归宿"，然而，《引力》中写得最动人的，却是黄梦华对于"家"的那一种依恋。小说一开始，就写到她对于"家"的依恋。这个家是具体的，有母亲，有孩子，有兄弟。正是为了这个家，她不能离开即将沦陷的济南，跟随丈夫去流亡。黄梦华是一个很怀旧的人。从丈夫给她信里以及她的回忆里，我们知道，她时时都在痛惜为战争所毁坏的属

---

① 李广田：《论情调》，原载《文讯》第 8 卷第 2 期，1948 年 2 月 15 日；转引自钱理群编：《二十世纪中国小说理论资料》（第 4 卷），北京大学出版社 1997 年版，第 475、476、481、482 页。

于"家"的一切："几篇故纸，几件小摆设，几件家具……"她出生在一个家道富足的仕宦人家，"幼年时代是在一种非常安乐的环境中过来的"，虽然也曾经历父亲死后一段时期家境中落的困苦，但旧家庭生活留在她记忆里的，却并没有多少巴金小说所描写的那种罪恶，相反倒有一种温馨在时时吸引着她。在嫁给出身乡村小康之家的雷孟坚后，她更是不但爱自己城里这个小家，也爱乡下翁姑那个大家，"因为一个女子既有一个所谓'家'的存在，便只想经营这个家，并理想日积月累，渐渐有所建设，她的心正如一颗风中的种子，随便落到什么地方，只要稍稍有一点沙土可以遮覆住自己，便想生根在这片土地上"，"乡下的一切都使她爱，都使她惊奇，而慈善的翁姑与朴实的弟弟妹妹更使她惊讶于世间竟有这么可亲的灵魂，她甚至想到，而且竟老实地告诉了孟坚，她宁愿意在乡下住下去，宁愿在这么一个家的温暖和爱中过此一世"。就是在战争的乱离岁月里，她的梦想也总是萦绕在"家"的周围。且看她写给丈夫的信中的几节：

> 将来我积一宗钱，就可以盖一处如意的小房子了……大门朝东，一进五间北屋，两间东房，用花墙子隔成两个院落，用青石凿一个横匾，写着"西园"二字——你当然知道为了什么用这两个字，西院三间西屋，是我们读书会客之所，开一后门，临河，以便浇花灌菜。那时我不反对你买书了，我们不读书干什么呢？窗前种点芭蕉，以听夜雨，种几株梧桐，以赏秋月，约二三知己，酒酣耳热，引吭高歌固好，焚香扫地，煮茗清谈，亦未尝不好，"西园日日赏新晴"，将为我们所咏了①。

> ……我还是向往一处清幽的房子，把你我安置在里边，能够过一些和平的日子就好了，免得像只顺水的船，只是东奔西驰，以后飞倦了，也可以有一个归宿。

> 一日昼寝，醒闻鸡啼，庭阴转午，安静和平，尘虑顿消，以为不

---

① 该段文字，基本为作者妻子书信的实录。见李广田：《流亡日记·山踟躅》1939 年 3 月 4 日，《李广田全集》第 6 卷，云南人民出版社 2010 年版，第 152 页。

易得之境界。想起陶渊明的"问君何能尔，心远地自偏"，诚然，臣门如市，臣心如水，就是这个意思。你还记得我的旧诗吗："闭门自有闲中趣，一任春城处处花"，我近来心情更老了，梦中仿佛已是一个白发的老妪。近日读佛经，似有心得，似幽兰香，萦绕心头，在有无间。我问你，权当一个笑话，如将来我真的出了家，离开你入了山，你想怎么安排自己呢？怎么能够叫我放心去了呢？可笑处这问法就不行，我是去不成的居多了。

中国现代文学对"家"的表现，从一开始就有其复杂性。受五四启蒙主义、人道主义思潮的支配，作家们对家庭生活的表现，明显地表现出一种两歧性：一方面是对旧家罪恶的揭露，另一方面是对一种建立在"爱的哲学"基础上的亲情伦理的歌颂。前者如鲁迅"意在暴露家庭制度和礼教的弊害"的小说《狂人日记》；后者如冰心、许地山的小诗、散文，以及郑振铎《家庭的故事》一类的小说。30 年代以后，"斗争哲学"兴起，"爱的哲学"逐渐式微，随着社会现实领域冲突的加剧，文学对家庭生活的表现也更偏于《激流》式的反抗或批判。直到抗战爆发，人对"家"的感情，又一次发生了偏转。"对心灵'归宿'的追求，也使中国作家以新的眼光重新审视中国的'家庭'"①。姑且不说林语堂抗战初用英文写的《京华烟云》，已对"家"的意义做出了正面演绎。就是巴金、老舍、路翎这些作家，对"家"的态度，也从反叛更多地转向了依恋。曾经写出过《激流》的巴金，到 40 年代又写出了《憩园》和《寒夜》，"黎先生"的乡思及忧虑，曾树生的离去又归来，均使人对"家"的意义产生出一种复杂的思绪。同样是大家庭的家长，《四世同堂》中的祁老人已不再是家庭专制的化身，而更像是这个家曾经的"保护神"；同样是反叛的一代，《财主底儿女们》中的蒋少祖也不同于巴金笔下的觉慧，而对传统生活更多地表现出一种恋慕与认同。就此而言，《引力》所表现的那样一种对于旧家生活的留恋，同样具有鲜明的时代意义。黄梦华并不是完

---

① 钱理群：《"流亡者文学"的心理指归——抗战时期知识分子精神史的一个侧面》，王晓明主编：《批评空间的开创》，东方出版中心 1998 年版，第 255 页。

全传统的女性，这从小说第一章她对自己在沦陷区学校里教授的《内则》的反感就可以看得很分明。李长之说："最初的黄梦华和雷孟坚截然是在两个世界里，一个在旧礼教下沉埋着，一个面向新生的力量"，存在显然的误解。不过，说梦华的家园梦幻更偏于一种古典的情调，却是没有问题的，尽管在这里确也存在新型的以"爱的哲学"为核心的家庭伦理精神，但她对于家庭生活细节的那一种描摹，确实流露出更多的传统文人的生活想象。李广田在战前是著名的"京派"后起之秀，与"京派"中的许多人一样，他虽然自居"乡下人"，自称"地之子"，但其文化趣味的核心，仍然离不开闲适唯美的士大夫生活传统。从黄梦华关于家庭生活的这些想象，不难读出一种《浮生六记》式的古典生活诗意。如果说现实中的"家"，使梦华最为依恋是一种天伦亲情的话；想象中的"家"，使她魂牵梦萦的，则更是一种园林情境，一种文化心理上的最后依归。这样的"家"，也就不一定只是一个小庭院，它也可能是一座城市、一片乡土、一段难忘的生活记忆。从这一意义上说，梦华对于北京城和泰安的牵挂，表达的也正是李广田自己的生命情结。《引力》有一节说到梦华和孟坚对于北京城的感情，说到离开北京后的梦华希望能再"在金鳌玉蝀桥上遇一次夜深的暴雨，好再听一次南海北海中荷叶上的急雨声"，这固然有她对初恋生活的回味，但更深处，却是他们（也是作者）对北平这座"文化城"及其所代表的那样一种文明生活，难以割弃的精神恋慕。

　　然而，到了这样一个民族战争的年代，这一切又成为她不能放弃的东西。就在她动身去后方的途中，车过泰安，茶房的呼声唤起她对往昔一段生活的回忆，"那些梦都是美丽的，温暖的，而此刻她能把握的也还只是凄凉和空虚"。继之而来的，是一种故国黍离式的悲哀：

　　　　……她在那里消磨了多少好岁月啊！南窗下边，有她亲手种植的扁豆，花生，向日葵，扁豆的蔓子爬满了窗子，虽然屋里显得比较阴暗，可是叶影姗姗，绿凝几案，也觉得满是生趣。这些东西，如今当然都已遭了厄运，扁豆花生可能已喂了洋马，向日葵的大叶子可能采去擦了刺刀，至于房屋，恐怕早已变成了灰烬，或已经完全倒塌。她又想起了那里有很多奇禽异鸟，每到破晓时就可以在枕上听到种种的呼唱，有像芦笛的，有像银铃的，有像响箭的，接着在残星银雾中，鼓动着双翼，沙沙地飞去了。她想，这地方的人也许都远走高飞了，而这些鸟也许还在依恋这里的山林吧。她想起王母池，岱宗坊，到处都有她和孟坚的足迹，中天门，快活三里，他们曾在那里山居多日，这些地方一定都变成豺狼的巢穴了。

读这段话，我们很可以想到屈原、陶潜、杜甫，也很可以想到写《狱中题壁》的戴望舒，也正是从这些地方，李广田的小说显出他为别人无法取代的诗人风致。日本批评者小野忍云："小说描绘女主人公梦华，由最关心家庭的一个妇女，转变成关心社会的人这样一个历程"①。小说对这样一个过程的描写，只是任由"事实的拘牵"，没有大的波澜，但唯其自自然然，才更有一种深入人心的力量。值得注意的是，小说中但凡写到梦华的家园之梦的片段，所用的必是最为精彩的笔墨。去后方的途中，经过了一番旅途的惊吓与劳累之后，梦华跟着伴送她的人来到亳州商会会长、水陆码头首领高月波的家里，她看到的一切，真可谓现代中国最后的古典家园：

> 进得第一院，一列南房是五间大厅，有石榴树，梧桐树，又高高地搭了凉棚，小昂昂一进这个院子就拉着妈妈指指点点，显得非常稀罕。梦华第一眼先注意到了贴金的绿屏门上那四个红漆大字，"福禄祯祥"。第二院的西边是砖砌的花墙，上面盖满了爬山虎的绿叶，有一个圆门通入一个小院，圆门上有石刻的横额，是"晦园"两个字，旁边有一副对联，是"风到夜来频讯竹，鸟窥人静乱啼花"，这个院落实在幽静得很。她们住宿的地方是三间小楼，这小楼雕栏画栋，极其精致，楼上有一个小匾是"得月楼"，楼下藏书甚多，想见主人的风雅。楼前一列荷花缸，正翠袖红裳，亭亭玉立地盛开着，楼角一丛翠竹，几棵美人蕉正开满了黄花，一树马缨，高与檐齐，红英委地，依在绿茸茸的苍苔上，沿着甬道还种了些鸡冠，凤仙，剪秋罗，茉莉之类，楼栏上又摆了几盆玉簪，时时有香气袭来。梦华在这里凝神多时，她觉得

---

① 陈嘉冠：《〈引力〉在日本》，《李广田研究专集》，云南人民出版社 1985 年版，第 402 页。

这地方很熟悉，很亲切，好像自己曾经到过这地方，好像自己也有这么个地方，原来她多少年来就梦想着有这么处园林，有这么一个可安身立命的"家"，她在给孟坚的信里就不知提到过多少次，而此刻自己却是在长途的跋涉中，对于一个"家"的梦想是完全渺茫了……

论及李广田这一时期的思想变化，同样经历了抗战时期迁徙、流离的精神陶冶的冯至，有云："抗日战争爆发后，广田随着学校从泰山脚下经过河南、鄂西、陕西转移到四川罗江。他徒步从鄂西到罗江，把这一段旅途上的见闻写成一部散文集，题名《圈外》。这一段路程'完全是走在穷山荒水之中，贫穷、贫穷，也许贫穷二字可以代表一切，而毒害、匪患，以及政治、教育、一般文化之不合理现象，每走一步都有令人陷入"圈外"之感'。可是这个'圈外'，从地位上看，正处在祖国的内心。可以说，他从乡土走入了国土，（当然，他的乡土也是国土的一部分。）这段国土是极其黑暗的，他'努力从黑暗中寻取那一线光明'……从此广田的思想发生了变化。广田的一部长篇小说《引力》写成于 1945 年，实际也是这时开始酝酿的。"① 长途旅行的过程，也是一个破除对小家的依恋，将自己融入更大的国家想象的过程。古典中国的生活世界想象，一向以"天下"和"家族"为重心，而缺少现代意义上的"国家"及"国民"意识。梁漱溟说："中国人心目中所有者，近则身家，远则天下；此外便多半轻忽了。"② 对于战前，甚至离家寻夫之前的梦华来说，事情正是如此。"家"之外的世界，一开始或许就如她在思念丈夫时在灯下看的地图一样"山水渺茫"。然而，"国"的沦亡却使她清晰地感受到了它的意义。如果说，是沦陷区的生活，攻城游击队的夜半枪声，及"中华民国万岁，万万岁"的口号，让她第一次真切地感受到"国"对于自己生命的意义；那么，其后的旅行则是这个"国"在她的眼中次第展开的过程。这一过程中，国家不仅以具体的山川原野，也以国中人民的苦难呈现在她的面前。就在看过高月波的家之后不久，黄梦华在亳州城外关帝庙旁又发

---

① 冯至：《李广田文集序》，《李广田研究专集》，云南人民出版社 1985 年版，第 258—259 页。

② 梁漱溟：《中国文化要义》，学林出版社 1987 年版，第 167—168 页。

现了另一个"家"，一个极度贫穷的家：

> 那是用破砖瓦盖成的两间小屋，那墙头上都是破盆片破瓦片，土墙上挖了一个洞，那洞里嵌入了一个小小的破水缸，一块破门板用树皮拧成的绳子拴在一根木柱上。梦华想道："这真是所谓瓮牖绳枢的样子了。"见了这样的情景，梦华又想起了亳州高月波家的情形，她想：无论如何，这也总是一个"家"呀，可以长期安身，可以一家团聚，也自是一件乐事……

透过黄梦华的故事，以及与作者有关的这些论述，我们或许可以看出，正是这场战争，在造成国内生活整体动荡的同时，也使广大国民意识到了自身命运与国家命运之间的密切关系，从而引导他们在战时和战后更深地投入到为构建它的现代形态而奋斗的理想中去。

三、"进步"想象与旅途哲学

只要谈到《引力》，就不能不谈它的标题。这样一个字眼，以及作品末尾主人公终于到达丈夫所在的成都，却发现他又"到一个更新鲜的地方，到一个更多希望与更多进步的地方"去描写，很容易让人从中找到一个进步性的主题①。李长之说："引力！引力！人们上升的努力是需要引力的，中国近代史上，已经有过好几个发生引力的地带了。到广东去！到重庆去！'到一个更多希望与更多进步的地方去！'这几乎成了每一个现代青年心上所燃烧着的三部曲。这本书所写的就是这三部曲中的后二部。"②日译者在全译本《后记》中说："作家在寄给我的信中，对小说题作《引力》，有所说明，认为有这样的含意：以梦华而言，丈夫所在的自由区是一股'引力'；以孟坚而言，更自由的天地是一股'引力'。"③李健吾 1982 年为它写的"序"里也说：

---

① 李岫说："《引力》的主题是反蒋、抗日、向往解放区。"《岁月、命运、人——李广田传》，人民文学出版社 2006 年版，第 137 页。

② 李长之：《评李广田创作〈引力〉》，1948 年《观察》第 5 卷第 5 期。

③ 转引自陈嘉冠：《〈引力〉在日本》，《李广田研究专集》，云南人民出版社 1985 年版，第 400 页。

"……孟坚走向一个更有吸引力的地方，什么地方，读者是可以意会得出来的。"① 赵园说："我注意到了《引力》（李广田）的主题。'引力'——先是抗战的，民族解放的，接着是'新中国'的。'新中国'则先是朦胧，而后来愈来愈具体。到得小说第十八章后，柳暗花明，小说的主题出人意料地发展，匆促地，但却又是深沉地，富于包孕、富于暗示地，松散的书得到了一个意想不到的有力的收束。"② 凡此种种，暗示出的似乎都是主人公最后得到的，将会是一个真正的"归宿"。钱理群说："对于李广田这样的作家（包括茅盾、郭沫若在内的 40 年代越来越多的知识分子）来说，这'前边'的'希望'并非如同一时期不断呼唤'向天空凝眸'的沈从文那样，仅仅是'形而上'的可望不可即的'远景'，而是一个现实的存在，一个政治、经济、军事、文化的实体——中国共产党所领导的、以延安为中心的抗日根据地里的人民军队与人民政权。"③

　　熟悉中国现代文学的人都知道，从五四时期开始，直到新时期，中国文学中一直都存在着一个"穿过黑暗走向光明"的象征性叙事模式，与之相伴随的，则往往又是一种"希望—幻灭—希望"的循环，在黄梦华的故事中，我们同样可以发现它的存在。作品的最后，写千辛万苦来到大后方的黄梦华听人介绍完所谓"后方"学校的情况，感想是："我原来是从昏天黑地的沦陷区走到这昏天黑地的大后方来了"，在经历了一番关于人生的了悟与思考之后，对于丈夫所去的地方又燃起了新希望，在写给沦陷区学生的信的最后说："希望总在前边，青年朋友们，但愿你们永远有更好的理想！""等她写好这最后一句时，不知从什么地方传来了第一声鸡唱，她站起来伸了一下腰身，好像得到了什么启示。她走到床边看看小昂昂，昂昂在电灯光下睡得正好，他在梦里不知梦见了什么可喜的事物，一个微笑正在他那圆脸上闪耀。"

————————

　　① 李健吾：《〈引力〉序》，《李健吾文集·散文卷》，北岳文艺出版社 2016 年版，第453 页。

　　② 赵园：《艰难的选择》，上海文艺出版社 2001 年版，第 234 页。

　　③ 钱理群：《"流亡者文学"的心理指归——抗战时期知识分子精神史的一个侧面》，王晓明主编：《批评空间的开创》，东方出版中心 1998 年版，第 259 页。

而小说也就结束在这通知黎明的鸡唱和隐喻未来的甜梦里。这自然是一个很能令人振奋的结尾。

然而，问题的复杂性在于，经历了战时生活的流离，李广田和他的主人公由之获得的，不止是一种现实的归宿，而且是一种颇具现代意义的人生哲学：

> 住在客店里，她暗暗地想道："大概以后也还是住店，大概要永远住店的吧？古人说'人生如寄'，也就是住店的意思，不过她此刻的认识却自不同，她感到人生总是在一种不停的进步中，永远是在一个过程中，偶尔住一次店，那也不过是为了暂时的休息，假如并没有必要非在风雨里走开不可，人自然可以选择一个最晴朗的日子，再起始那新旅程，但如果有一种必要，即使是一个暴风雨的早晨，甚至在一个黑暗的深夜，也就要摒挡就道吧。"此刻，她对于"家"的念头，已经完全消逝了，什么是"家"呢？她想，一个家是供人作长期休息的，但那也就是说叫人停止下来，叫人不再前进的意思。她想得很远，从个人想到了群体，从国家想到人类，想到人类的历史，她仿佛一下子都看得明明白白。

作品最终给人们的是一种希望，一个前景，还是一个最终的归宿，仍然是一个十分耐人寻味的问题。

第六节　现代中国的弥赛亚信仰与乌托邦想象

弥赛亚（Messiah）是来自古犹太民族的一个传说；乌托邦是来自 16 世纪英国思想家托马斯·摩尔的一个政治理念。根据犹太教末世论预言，"世界末日"来临时，弥赛亚将降临耶路撒冷，开创一个新的"以公平、正义为特征的王国。"基督教以拿撒勒人耶稣为弥赛亚，犹太教则认为真正的弥赛亚尚未降临。[1] 作为西方思想最重要的传统之一，弥赛亚信仰长期和乌托邦

---

① 　梁工：《弥赛亚观念考论》，《世界宗教研究》2006 年第 1 期；有关观念亦可参见傅有德：《犹太教的弥赛亚观及其与基督教的分歧》，《世界宗教研究》1997 年第 2 期。

思想结合在一起，在整个文化上的地位，至关重要。

非犹太—基督教传统的中国，当然没有弥赛亚。然而，正如比较宗教学家伊里亚德所说："对于新天新地的期待，包括期待人类恢复到太初的完善状态，乃是一种极其古老的宗教精神的核心概念，尤其是古代农业民族的核心概念。"①"绝地天通"后的中国，从根本上祛除了对彼岸世界的依恃和信仰，然而，这并不意味着对常常陷于孤苦无告的普通民众来说，从此再不期望某个根本的救渡者及其天国世界的降临。无论是汉末的五斗米道、太平道，魏晋南北朝的观音、弥勒、阿弥陀佛信仰，还是宋元白莲教，清季太平天国，都不曾放弃以一种宗教的救赎应许和天国想象来号召民众。而普通民众对"真命天子"的期待，也随时随地一直有着广泛的社会基础。

不同于西方神话中的伊甸园或中国传说中的桃花源，后起的乌托邦思想并不满足于浪漫的想象，而更力图将一种未来生活的图景与人的理性设计结合在一起。这样的思想，其远源在西方，或可追溯至希腊哲学家柏拉图的理想国；在中国，则可追溯到孟子中的有关论述及《礼记》中的"小康""大同"社会理想。近代以来的中国，随着改革愿望的高涨和西方思想的传播，新的乌托邦梦想不断涌现。在政治理论层面，较早者如康有为《大同书》、孙中山《建国方略》，其社会影响，均相当复杂。而所有这一切，又都和近代以来的中国一般社会层面对某种形式的弥赛亚期待有着深刻的关联。

一、东方红：天国想象与黎明期盼

大约从《穆天子传》的时代开始，"西方"在中国，就是一个神秘而令人向往的地方。近代以来，随着"泰西"新事物的不断传入，一种新的乌托邦想象也不断与之联系在一起。

1902 年梁启超的《新中国未来记》开始在《新小说》创刊号连载，首开现代中国文学乌托邦小说之先河。此后，不论是萧然郁生的《乌托邦游

---

① 米尔恰·伊利亚德：《宗教思想史》，吴晓群、晏可佳译，上海社会科学院出版社2004 年版，第 643、644 页。

记》、春飔的《未来世界》，还是陆士谔的《新中国》，其有关未来中国的想象，大都和国家强大、社会公平、文教昌盛联系在一起①，而所有这一切，又都依稀以欧美近代社会为原型。

当新文学运动发轫之初的 1920 年前后，虽然受第一次世界大战后社会现实的影响，一些亲历欧美的中国文人对"西方"的感觉并不全然正面②，然而在这一时期的中国诗文中，更主流的仍然是对西方文明的礼赞。如果说，在郭沫若的《女神》中，形形色色的"西方形象"象征的还只是"科学、自由、进步"③；那么，到冰心、徐志摩笔下，异域的生活就更像是一个个满足着人的自由发展的具体的乐园。只要是读过《寄小读者》《我所认识的康桥》一类名作的人，都不会不被其中异域风光的美丽所吸引：

> 每日黄昏的游泛，舟轻如羽，水柔如不胜桨。岸上四围的树叶，绿的，红的，黄的，白的，一丛一丛的倒影到水中来，覆盖了半湖秋水。夕阳下极其艳冶，极其柔媚。将落的金光，到了树梢，散在湖面……

> ——冰心《寄小读者·通讯七》

> 如今呢？过的是花的生活，生长于光天化日之下，微风细雨之中；过的是鸟的生活，游息于山巅水涯，寄身于上下左右空气环围的巢床里；过的是水的生活，自在的潺潺流走；过的是云的生活，随意的袅袅卷舒……

> ——冰心《寄小读者·通讯十四》

> 你一个人漫游的时候，你就会在青草里坐仰卧，甚至有时打滚，因为草的和暖的颜色自然的唤起你童稚的活泼；在静僻的道上你就会不自主的狂舞，看着你自己的身影幻出种种诡异的变相……你也会得信

---

① 参见杨联芬：《晚清至五四：中国文学现代性的发生》，北京大学出版社 2003 年版，第 54—72 页。

② 其著者，如梁启超《欧游心影录》对西方文明的批判，以及闻一多《红烛》中《太阳吟》《孤雁》等作对美国资本主义文明的揭露等。

③ 方长安：《新诗传播与构建》，中国社会科学出版社 2012 年版，第 226 页。

口的歌唱，偶尔记起断片的音调……

——徐志摩《翡冷翠山居闲话》

冰心称她游历的美国为"地上的乐园"（《寄小读者·通讯二十》），徐志摩也说："到过巴黎的一定不会再稀罕天堂"（《巴黎的鳞爪》）。无论是美国波士顿的一带的小镇、湖、海，还是英国剑桥或意大利佛罗伦萨、法国巴黎的草地、白云、屋舍、溪流，弥漫其间的是，自然的纯净伴和着人性的健全。失去了桃源梦幻的中国人，仿佛在这里找到了一个新的伊甸园。自王羲之、陶弘景以来，中国文学中的自然描写，一直就很少有这样的轩敞、净朗。

然而，对于大多数长期生活在苦难中的中国人来说，充满了布尔乔亚味的这一切，显然还是过于奢侈、过于遥远了一些。

1920年冬，出身江苏常州一个败落之家的青年瞿秋白，接受北京《晨报》和上海《时事新报》委托，作为特约通讯员，一路踏上了出访苏俄的旅程。其后，随着《饿乡纪程》《赤都心史》的发表，身处苦难中的国人也就听到了一种新的福音："阴沉沉，黑沉沉的天地间，忽然放出一线光明来了……一线的光明！一线的光明，血也似的红，就此一线便照遍了大千世界……宇宙虽大，也快被他笼罩遍了。"[1] 到1924年，就连朱自清作诗送友人出国，也赞许他要"建红色的天国在地上"[2]，而蒋光慈的《新梦》中有一首诗，题目就是《昨夜里梦入天国》，诗中写："……也没有城市，也没有乡村，都是花园。/人们群住在广大美丽的自然间。/要听音乐罢，这工作房外是音乐馆；/要去歌舞罢，那住室前面便是演剧院……"这"天国"，所指亦是苏联。此后，直至三四十年代胡愈之的《莫斯科印象记》、茅盾的《苏联见闻录》等作，以及50年代中苏关系蜜月期众多讴歌苏联的诗文，都有以苏联为人类理想国的倾向，而始终未像纪德或罗曼·罗兰，以一种更客观的笔墨写出它的另一面。

---

① 《瞿秋白文集·文学编》第1卷，人民文学出版社1985年版，第4页。

② 参见严家炎：《朱自清与邓中夏》，《五四的误读——严家炎学术随笔自选集》，福建教育出版社2000年版，第3—5页。

　　30 年代中期，艾青撰文讽刺《画梦录》作者早期创作中的忧郁情调，说"何其芳的这个美丽却又忧郁的集子，几乎全部是他的'倔强的灵魂'的温柔的，悲哀的，或是狂暴的独语的纪录，梦的纪录，幻想的纪录。而我却如此辜负了我们的作者：我拿它来读，在充满了阳光的地方……"① 在这里，阳光显然是一个有关健康的生活的隐喻，阳光照耀的地方，明亮、坦荡，孕育着生命的激情和活力，艾青拈出它，显然是为了与《画梦录》中那般忧郁、晦暗、隐秘、个人主义的情调形成一种对照。这不能不说是一种相当有意思的修辞。然而，数个月后何其芳写公开信回应这次批评，同样特意提到了阳光："我只承认《画梦录》是一片荒芜的旷地。前几天我借了一本来自己读了一遍……我'拿它来读'的时候和地方，比较你读它的时候和地方，恐怕还更'充满了阳光'"。这里的"阳光"，显然更多出了一重隐喻：它更明确地被和一种"时候和地方"联系在了一起。

　　这个"时候和地方"，就是抗战时期的延安。"夕阳照耀着山头的塔影，/ 月色映照着河边的流萤，/ 春风吹遍了坦平的原野，/ 群山结成了坚固的围屏。/ 啊！延安！/ 你这庄严雄伟的古城，/ 到处传遍了抗战的歌声……"延安，几乎成为当时所有追求进步的青年向往的圣地。由当年只有 19 岁的文学青年莫耶作词，朝鲜族作曲家郑律成作曲的《延安颂》，一时唱遍了中国各地。在今天的研究者看来，"延安最值得称道的，显然不是物质生活的粗略温饱与安定，而是革命真理，是担当天下，重拯乾坤，砸碎一个旧世界，创造一个新世界的理想、豪情和愿望"。"从保安到延安，很少写诗的丁玲，1937 年 7 月赋诗称颂延安，'这是乐园'，'我们才到这里半年 / 说不上伟大建设但 / 街衢清洁植满槐桑 / 没有乞丐也没有卖笑的女郎 / 不见烟馆找不到赌场 / 百事乐业 / 耕者有田……'""'革命的圣地——延安'。这是新知识分子对于延安的一个共同心声，1937 年 7 月被如此完整地表达出来。当这个核心意象出现后，迅速传播，不断重复，并被扩展延伸。……从'乐园'、'真

　　① 艾青：《梦·幻想与现实》，易明善编：《何其芳研究专集》，四川文艺出版社 1986 年版，第 595 页。

理的标志'、'光明的象征'，到'革命圣地'、'全国青年们心上的圣城麦迦'、'人间极乐世界'、'黄金的王国'，几乎所有表示崇高神圣的词汇都被派上了用场，借以表达他们对延安的礼赞。"①

而所有的这一切，又几乎都同时混合着犹太 - 基督教弥赛亚信仰、佛教弥勒、观音传说，以及中国民间对"真命天子"的期待。也是从这个时候开始，对毛泽东的自觉赞颂，就成为中国现、当代文学的一个最显赫的主题。1943 年，据说是陕西葭县一位农民歌手李有源，将当地民歌《骑白马》改编成了另一首远为著名的歌曲："东方红，太阳升，中国出了个毛泽东。他为人民谋幸福，他是人民的大救星……"其后，这首歌不但响彻了整个中国，而且——到 1971 年——还被中国第一颗人造卫星传送向整个宇宙。

1945 年毛泽东到重庆谈判。诗人徐迟于同年 8 月 30 日作《毛泽东颂》，其中说："这里的人都在期待 / 你大力量的人前来。/ 都知道你把戈壁荒原，/ 化为天堂乐园。"9 月 6 日，另一位著名诗人臧克家又作《毛泽东，你是一颗大星》，其中写道："你领导的成功，并不是什么奇迹，/ 抓住人民的要求，你就慷慨地'给'，/……你使陕北的一片荒山，/ 生长出丰足的五谷杂粮，/ 你使千万受苦的人民，/ 有田种，有饭吃，还有文化的滋养 / 疾病袭来了，/ 有药石代替巫卜的仙方。/ 在你荫覆下的人民 / 重新活了，/ 象春风里的枝条，/ 眼里不再淌酸辛的泪水，/ 恐怖、恼恨，也从心里拔去了根，/ 屋檐挨着屋檐，邻人们互相亲近，/ 血脉，感情、心灵、活泼泼的，/ 象流水，彼此灌注、交流，/ 淙淙的流出了生之欢快的声音！……// 你亲自降临到这战时的都城，/ 做了一个伟大的象征。/ 从你的声音里，/ 我们听出了一个新中国，/ 从你的反射里，/ 我们看到了一道大光明。"虽然其内容较后来一些颂歌仍显质朴，但其中的弥赛亚情结，同样显而易见。

从歌曲《延安颂》到《南泥湾》，歌唱的都是这里是一个新的乐园。而各式各样的"奇迹"，遂成为此后直到当代文学中书写的不变主题。

---

① 朱鸿召：《延安日常生活中的历史 1937—1947》，广西师范大学出版社 2007 年版，第 316—318 页。

在这里，我们首先看到的是活力和阳光。曾经被艾青讥为写出过"象患上了肺结核的少女般的句子"的"瘦弱得可怜的少年"何其芳，开始"为少男少女歌唱"，"歌唱早晨"，"歌唱希望"，"歌唱那些属于未来的事物"，"歌唱正在生长的力量"，同时感觉自己"重新变得年轻了"，"血流得很快"，对于生活"又充满了梦想，充满了渴望"。也是在同样的背景下，由七月派诗人鲁藜创作的《延河组诗》，开始被誉为"传遍世界的福音"。这是他的《一个深夜的记忆》：

> 月光流进门槛，/我以为是月光，/开门，还是深夜。//不久，有风从北边来，/仿佛吹动了月亮的弓弦，/于是我听见了黎明的音响。//河岸被山影压着，/有星流过旷野去，/我感觉得，万物还在沉睡，只有我是最初醒来的人。

平静的语调，宁静的夜色，"万物还在沉睡/只有我是最初醒来的人"的喜悦和自豪使一切都变得不再平凡。读这首诗，很容易让人想起艾青的《吹号者》里的描写："门外依然是一片黝黑，/黎明还没有到来，/那惊醒他的/是他自己对于黎明的/过于殷切的想望"。

时至40年代后期，一种有关"黎明"的想象，开始成为无数诗人最乐于歌咏的主题。而在所有这些献给黎明的作品中，最著名的当推艾青的《黎明的通知》：

> 为了我的祈愿，/诗人啊，你起来吧！//而且请你告诉他们，/说他们所等待的已经要来。//说我已踏着露水而来，/已借着最后一颗星的照引而来。//我从东方来，/从汹涌着波涛的海上来。//我将带光明给世界，/又将带温暖给人类。

至今没有人统计过这一时期究竟有多少以"黎明"为题的诗作，但以"黎明"为题来标志这一时期的文学追求，的确是当时极为普遍的现象。一些比较突出的例子，如1946年创刊的最重要的文艺期刊《文艺复兴》创刊号封面即以"黎明"为插图，40年代后期最重要的诗刊之一《中国新诗》有一期也以"黎明乐队"为其专辑，而只要是活跃在那一时期的诗人，很难说有谁在其心间笔底完全没有闪现过与黎明有关的象征或隐喻。1982年圣野、曹辛之、鲁兵选编 40 年代后期诗选，以《黎明的呼唤》命名，可谓相当准确地点出这一时期社会精神的一个突出特点。不过，同是以"黎明"为表现对象，不同人的表现也有相当的差异。譬如陈敬容的表现，突出的是："给黑夜开一个窗子，让那儿流进星辉、月光"（《铸炼》），林庚则更多流露出对时代转换的一种复杂思绪（《黎明前的对话》）。而艾青《黎明的通知》的最突出特点，或就在其所使用的这种弥赛亚预言般的语言。熟悉现代文学的人都知道，大约十多年前，另一位诗人何其芳也曾以一首《预言》登上三十年代的诗坛。与何其芳当年的"预言"所期待的"年轻的神"不同，这里宣告的更像一个真正的"福音"。从"祈愿"到"等待"，从"星的照引"到"东方"的"光明"，所有的用词，暗示的都是正在发生的一切根本上形同"神迹"。而这也同时让人想到，艾青在一首以《我的父亲》为题的诗中所说的："我要效忠的不是我自己的家 / 而是属于万人的 / 一个神圣的信仰。"

二、"换了人间"：新时代的桃花源与巴别塔

就是在这样的预言和期盼中，终于等来了一个新时代的诞生。1949 年 10 月，新中国在人们的热切盼望中诞生。胡风在《时间开始了》一开头，这样描绘他心目中的领袖：

> 毛泽东，/ 他站到了主席台底正中间，/ 他站在飘着四面红旗的地球面底，/ 中国地形正前面，/ 他屹立着象一尊塑像……

接下去，诗人仿照但丁在地狱门上的留言，"在中国新生的时间大门上面"写下了这样的诗句：

> 一切愿意新生的
>
> 到这里来罢
>
> 最美好最纯洁的希望
>
> 在等待着你！

但什么是"最美好最纯洁"呢？在不同时期、不同人的想象中，对这一切的理解，显然并不全然一致。

在何其芳延安时期的诗集《夜歌》里，有一首诗刚好就叫《我想谈说种

种纯洁的事情》，在其中我们看到，令作者激动不已的那些事物，包括："最早的朋友，最早的爱情"，"地上有花。天上有星星。/人——有着心灵"，以及"草地上读着书籍"，星空下谈着未来，失恋后仍然懂得"世界上仍然到处有着青春，/到处有着刚开放的心灵"。而在其之前，他还写过一首《生活是多么广阔》，为我们展示了一些更具体、更浪漫的场景：

> 生活是多么广阔，/生活是海洋。//凡是有生活的地方就有快乐和宝藏。//去参加歌咏队，去演戏，/去建设铁路，去作飞行师，/去坐在实验室里，去写诗，/去高山上滑雪，去驾一只船颠簸在波涛上，/去北极探险，去热带搜集植物，/去带一个帐篷在星光下露宿。//去过寻常的日子，/去在平凡的事物中睁大你的眼睛，/去以自己的火点燃旁人的火，/去以心发现心。

而将这一切合起来，刚好可以看出诗人对未来生活的无限憧憬。无独有偶，同样是在40年代初的延安，比何其芳还要年轻一代的诗人贺敬之，在一首题为《明天》的诗里，也对他心中的未来生活做出了这样的描绘：

> 有一天/太阳打从我们共和国的草原/升起；//有一天，/我们驾着拖拉机/去耕种；//有一天，/早晨的露珠刷湿了皮靴，/我们去集体农场

不同于何其芳天马行空式的浪漫，贺敬之的想象有着更清晰的乌托邦设计痕迹。出现在这里的一系列意象：太阳、草原、拖拉机、皮靴、集体农庄，看似信手拈来，实际都具有某种特殊的符号意义。如果说太阳象征着光明、希望、辉煌，草原象征着广阔、自由、舒畅，拖拉机则指示着生产的工业化、现代化，皮靴暗示着生活的富足、时尚的话；集体农庄，则无疑是苏式社会主义的最鲜明的符号。到后来，这一切无疑也都成了当代天堂想象的最重要的元素。

前面说到，早在20年代，苏联对于中国就已具有某种理想原型的意义。到1949年之后，这一切似乎变得更加切近。在50—70年代的中国，除了和集体主义联系在一起的一切，拖拉机几乎成了社会主义新农村的最重要的符号，而像贺敬之《明天》中的"皮靴"所预示的，那种对于富裕、文明（时尚）

生活的想象，一度也曾是 1950 年代人们普遍的梦想。众所周知，如何去除知识分子生活想象中的小资产阶级浪漫，一直是左翼—革命文学的一个重要课题。早在延安时期，随着何其芳《夜歌》中一些作品的发表，就颇有一些人对"他与工农之间"存在的"间隔"，以及"字里行间的小资产阶级知识分子的幻想"提出苛刻的批评①。到 50 年代初，通过对萧也牧小说《我们夫妇之间》的批判，当代文坛一开始也对这一问题提出了重要的警示。然而，问题的另一面是，不论在任何情况下，对幸福、富裕、文明生活的追求，大概都是人的本能。读过魏巍名作《谁是最可爱的人》（1951）的人，大概都不会忘记这样的文字：

> 亲爱的朋友们，当你坐上早晨第一列电车走向工厂的时候，当你扛起犁靶走向田野的时候，当你喝完一杯豆浆、提着书包走向学校的时候，当你坐到办公桌前开始这一天工作的时候，当你向孩子嘴里塞着苹果的时候，当你和爱人悠闲散步的时候……朋友，你是否意识到你是在幸福中呢？

不错，50 年代初，就是在这样的最纯粹的革命文字里，你也能读到这种梦想的某些痕迹。当然，在文章中，它出现在刚刚讲过的无比惨烈的松骨峰战斗之后，出现在防空洞里的志愿军战士吃一口炒面，就一口雪的介绍之后，作者的本意，无疑是要通过这样一种"战争与和平"的对比，激发读者对"最可爱的人"的钦敬和爱慕。然而，它同样让你看到在作者当时的心中，幸福生活是怎样一副样子，而如果又经历了 60 年代之后不断进行的"反修防修"教育，则不难发现，这里所表现的生活情调，其实是最小资味的——无论是"朋友"这个称呼，还是生活想象中的电车、牛奶、河边散步，显然都和后来称为一概"同志"化时期的观念并不一致。

　　这一现象或许说明，即便共同进入了一个新的时代，知识分子和普通工农大众之间的幸福想象，仍然存在着不小的差异。与前述知识分子想象不

---

　　①　金灿然：《间隔——何诗与吴评》；贾芝：《略谈何其芳同志的六首诗》，易明善编：《何其芳研究专集》，四川文艺出版社 1986 年版，第 546、556 页。

同，一般大众对新生活的想象，更单纯、更朴素。不可置疑的是，无论是谁，在当时的想象中，新的时代所创造的，都将是一个新的乐园，一个社会主义的人间乐园。1956年，正当合作化高潮到来的时候，有人这样描绘正在实现中的对这个世界想象：

> 在这片土地上，没有荒地，没有水灾，旱灾，没有害虫、害鸟，没有伤人的野兽，不但人不会受到可怕的疾病危害，连动物植物都不会受到可怕的疾病危害。

> 在这片土地上，到处是桃红柳绿和金黄色的庄稼，到处是新市区的新住宅……在这片土地上，所有的老人都受尊敬，所有的孩子都受到爱护……在这片土地上，谁都不会有忧愁，除非他送给爱人的礼物没有被接受；谁的脸上都不会有眼泪，除非他在看一个动人的古典剧或是笑得太过分……①

熟悉历史的人都不难看出，这样的想象不仅有自《山海经》以来中国古代各种乐园想象的遗意，而且与西方的宗教传统中的乐园想象也有着不少的相似②。

回顾1950年代的文学史，不难发现，在从新中国成立到"大跃进"发生的这段历史区间里，在当代作家笔下，曾经大量出现有关社会主义新农村和新兴工业城镇的动人想象。尽管在今天看来，这些想象的确不乏幼稚、不乏空洞，然而，相较后来的某些描绘，却仍然不乏朴素、不乏亲切。

在一种新的工业化、现代化想象的激励下，"到远方去"成为激励着青年一代的最响亮的口号："在我将去的铁路线上，/还没有铁路的影子。/在我将去的矿井，/还只是一片荒凉。//但是没有的都将会有，/美好的希望都不会落空"（邵燕祥《到远方去》）。而在另一个更属于这个时代的诗人笔下，一种更激动人心的声音也在以"致青年公民"的名义下显得更为响亮："把家

---

① 戈阳：《向新的高潮前进》，《文艺报》1956年第3期。

② 有关记述可参见阿利斯特·E.麦格拉斯：《天堂简史》，高民贵、陈晓霞译，北京大学出版社2006年版，第43—53页。

乡建成天堂"！①

于是，我们看到：

我们的工地，在云彩中间。/ 我们的帐篷，就搭在云彩上面。

——雁翼《在云彩上面》

无数巍峨险峻的高山被切开了，数不尽的新建市镇在你的眼前闪过。

——宋之的《草地颂歌》

千万盏电灯驱走了祁连山的黑暗，/ 森林般的井架竖立在你的河身两旁。

——李季《石油河》

往昔的不毛之地，现在已变成了祖国的大粮仓。在这无边的戈壁荒滩上，也出现了许多新的城市、集镇和村庄。发电站、钢铁厂、纺织厂、汽车修配厂和拖拉机修配厂的高耸云霄的烟囱在冒烟，果木掩映的医院，花草围绕的托儿所，灯光明亮的剧院，充满了笑声的俱乐部和幽静的图书馆，显示出一种崭新的美丽的生活。

——碧野《新疆在欢呼》

一个氤氲了千年的乐园梦想，恍然已在这片土地上实现。而这一切，仍然离不开对一个人的信仰："这都是为了执行他的命令，/ 他派我们前来开发宝库，消减荒凉。/ 他要我们把祁连山钻透挖空，/ 在戈壁上建造成人间天堂"（李季《石油河》）。

不可否认的是，在这些想象中，一直存在着某种宗教性的隐喻和象征。就此而言，胡风的诗以"时间开始了"为题，堪称最集中地表现了当时人们的一种创世想象。与之相应，在十年后贺敬之所做的另一首颂歌中，它被描绘为："一九四九年 / 十月一日！ / 开始了 / 我们开天辟地的 / 伟大神话"（《十年颂歌》）。而在其前后，更多的本该用于宗教生活的语汇，像"奇迹""天堂""乐园""永远"等，也被频繁地和不断展开的社会主义的事业联系到了

---

① 郭小川：《把家乡建设成天堂——三致青年公民》，《人民文学》1956 年第 3 期。

一起。看上去，贺敬之《明天》中所预言的，似乎都在逐一实现；胡风所许诺的"最美好最纯洁"也在渐次展开："凡是能开的花，全在开放；/凡是能唱的鸟，全在歌唱"（严阵）。同样是在贺敬之笔下，这个新生的共和国，被描绘成到处都是"万花起舞的花园""万人狂欢的人海"（《放声歌唱》）。一种由未来主义者首创的楼梯诗，在他的手里，开始形象地构设这样一幅在时间的永恒循环中不断增长的"巴别塔"神话：

> 春天了。
>
> 又一个春天。
>
> 黎明了。
>
> 又一个黎明。
>
> 啊，我们共和国的
>
> 万丈高楼
>
> 站起来！
>
> 它，加高了
>
> 一层——
>
> 又一层！

天国里幸福在不断增长，它的存在也天然地要求从某种程度上剔除时间的影响。"我会/永远地/活着，/我将会/五十次——一百次地/庆祝/你的诞辰！/在未来的/共产主义的/地球上，/我永远是/一个年轻的公民。"（《十年颂歌》）"生，一千回，/生在/中国母亲的/怀抱里，//活，一万年，/活在/伟大毛泽东的/事业中！"（《雷锋之歌》）对祖国的眷恋和对领袖的崇拜，就这样被同一的天堂想象紧密地揉结成一体。而用另一位作者更富象征性的表达，则可以说："我们将永远生活在黎明的早霞里。"① 也是从这里，我们可以预感到当代文学所面临的一种根本性的困难。

然而，天堂是光明的，也是单调的。看过古斯塔夫·多雷为《神曲》所作插图的人，一定不难发现，相较《地狱篇》《炼狱篇》画面内容的丰富，《天

---

① 柯蓝：《早霞短笛·谁》，作家出版社 1958 年版。

堂篇》的内容相当的单调。除了主人公和数量众多的长翅膀的天使，这里给人印象最为深刻的，大概就是充溢其间的各式各样的光芒或光环。而这或许就是对所谓"最美好最纯洁"的一个最好的说明。显而易见的是，相较揉入了人类诸种痛苦生活经验的地狱或炼狱想象，人类对这个纯想象的或超验的世界的了解，至今所知仍然甚少。除了青春、激情、光明、热力——而这也正是从延安时期的何其芳，到五六十年代的贺敬之、郭小川们所最热衷表现的东西——我们还能对它说些什么，至今恐怕仍然是一个难题。

三、荒原：镀金的天空与丢失的钥匙

当然，这只是就某种逻辑的极致而言。如前所述，就实际存在状况而言，所有有关这一切的想象，仍然有比较朴素的一面。比如，虽然在维吾尔族诗人铁衣甫江看来，新生的祖国为他提供的这个乐园，会使过去一切有关天堂的想象都变得黯然无光："如果艾沙圣人真的住在天上，/并且天堂还将为我开放，/那天堂的欢乐只是毒饵，/因为，离开祖国我不如死亡"。不过，即使如此他仍然承认，虽然"这宏伟的大厦俯瞰一切、直耸云霄"，但它仍然"还只是幸福金书的一页初稿"①。

有着当代前期生活经验的人都知道，类似的富裕、悠闲，很快就沦为资产阶级或小资产阶级意识的一种表现。当整个社会的价值取向改为"跟困难作斗争，其乐无穷"的时代②，艰苦、朴素才能成为一种圣徒的品质。当从话剧《霓虹灯下的哨兵》到有关领袖带补丁的衬衣、睡衣的宣传，都将社会引向一种以禁欲和节俭为特征的清教伦理。

就这一时期文学史的整体实际来看，我们也可以发现，越是靠近50年代前期，这个想象就越是朴素，而越靠近"文化大革命"，它就越显得空洞。

在此之前，在诗人郭小川的笔下，这个天堂意象甚至已经与更明确的

---

① 铁衣甫江·艾里耶夫：《柔马依》，郭志刚等编：《中国当代文学作品选下》，人民文学出版社1989年版，第31—32页。

② 吴伯箫：《记一辆纺车》，郭志刚等编：《中国当代文学作品选下》，人民文学出版社1989年版，第308页。

某个大地的中心联系在了一起。《望星空》第三节："忽然之间，/ 壮丽的星空，/ 一下子变了模样。/ 天黑了，/ 星小了，/ 高空显得暗淡无光……/ 就在我的近边，/ 在天安门广场，/ 升起了一座美妙的人民会堂；/ 就在那会堂的里面，/ 在宴会厅的杯盏中，/ 斟满了芬芳的友谊的酒浆；/ 就在我的两侧，/ 在长安街上，/ 挂出了长串的灯光；/ 就在那灯光之下，/ 在北京的中心，/ 架起了一座银河般的桥梁。"

这是天上人间吗？

不，人间天上！

这是天堂中的大地吗？

不，大地上的天堂。

其实，自近代以来，有关"新中国"的想象，本就存在着不同的原型。在经历了 2010 年上海世博会的人看来，梁启超《新中国未来记》中的有关描写，无疑已显示出一种十足的预见性。该作开篇从"孔子降生后 2513 年"（1962 年）正月初一，中国举行维新五十年大典，在上海举办大博览会起笔："不特陈设商务、工艺诸物品而已，乃至各种学问、宗教皆以此时开联合大会，处处有论说坛、日日开讲论会，竟把偌大一个上海，连江北，连吴淞口，连崇明县，都变作博览会场了。"无论是其中包含的民族主义因素，还是现代化因素，显然都以欧美资本主义文明为蓝本。

然而，就历史的实际进程而言，这种与都市、与商业联系在一起的现代想象，却并非一直是近代以来中国社会想象的主流。受长期的农业文明传统和现实发展水平限制，当代中国的乐园想象，仍然与农业文明有着千丝万缕的联系。1954 年，毛泽东在《浪淘沙·北戴河》中感叹"萧瑟秋风今又是，换了人间"。这"换了"的"人间"又是怎样，又该是怎样的的呢？"春风杨柳万千条，六亿神州尽舜尧"；"陶令不知何处去，桃花源里可耕田"等，就是领袖本人对新生活的这些描绘和想象，也都仍然不脱农业文明的特点。

合作化和人民公社乍看起来几近于实现了数千载的"大同"梦想，然而将一种工业文明时代的社会理想，简单地移植到农业社会之上，并不能构成真正的历史进步。一方面，社会主义的一大二公，并不同于孟子所念念不忘的"五亩之宅，树之以桑……"，共和国二十多年来农村发展中的挫折和农民生活上的困苦，使得农村仍然是这个社会最为贫穷、落后的地区。另一方面，历史进程中实际奉行的斗争哲学，也毁坏了原有的农村生活伦理和美学，从天人关系到人际关系，到人与内心自我的关系，失去了原有的和谐。

五六十年代那些有重大影响的农村生活小说，虽然不乏对农村生活的溢美，但很难说哪一部具有真正深刻的家园意识。

到"文化大革命"后期，所有的内在矛盾都濒于爆发。1975 年，郭小川著名的《团泊洼的秋天》以"秋风象一把柔韧的梳子，梳理着静静的团泊洼……"起头，前边数节景物描写的浏亮、明净，几让人疑心要领我们走入一种乡村生活的恬然梦境。然而，诗的中心部分真正表现的，却是一种思想战斗中的极度紧张："这里没有第三次世界大战，但人人都在枪炮齐发"，"这里没有刀光剑影的火阵，但日夜都在攻打厮杀"。这是一个激情的时刻，也是一个迷惘的时刻。

也就在这样的时刻后不久，经历了更多的精神磨难的另一位诗人，在一首生前未发表之作里发问[1]：

> 我冲出黑暗，走上光明的长廊，/ 而不知长廊的尽头仍是黑暗；/ 我曾诅咒黑暗，歌颂它的一线光 / 但现在，黑暗却受到光明的礼赞：/ 心呵，你可要追求天堂？// 多少追求者享受了至高的欢欣，/ 因为他们播种于黑暗而看不见。/ 不幸的是：我们活到了睁开眼睛，/ 却看见收获的希望竟如此卑贱：/ 心呵，你可要唾弃地狱？// 我曾经唾弃地狱而赢得光荣，/ 而今挣脱天堂却要受到诅咒；/

> 我是否害怕诅咒而不敢求生？/ 我可要为天堂的绝望所拘留？/ 心呵，你竟要浪迹何方？//

穿过黑暗走向黎明，曾是现代文学表现理想追求的一个基本模式[2]。从郭沫

---

① 穆旦：《问》，约作于 1976 年，见《穆旦诗文集》编者注，人民文学出版社 2006 年版，第 359 页。

② 参见 [日] 岩佐昌暲：《中国现代文学中的传统创作思维模式》，南京大学中国文学研究中心编：《中国现代文学传统》，人民文学出版社 2002 年版，第 88—99 页。

若到艾青，到其他诗人，在现当代诗歌史上我们曾不断看到这种模式的各类转换。然而到晚年穆旦，生活经验和社会想象中的明暗转换，天堂、地狱的奇诡换位，使人心不免陷入一种无所归依的惶惑之境。这对于 20 世纪以来不断掀起的弥赛亚寻求与乌托邦向往来说，则无异标志了一个关键性的转折。更令人惊异的是，到 1980 年，我们忽然听到一个"归来的"诗人的如斯吟唱："一个幽灵在中国大地上游荡！"

曾为无数人期盼，无数人信仰的弥赛亚（救世主），出乎意料地变成了一个"古堡里的幽灵"，"流血流汗、辛辛苦苦"建成的"大厦"，也被还原成另一座"教堂"。① 不用多想都能感觉出来，这一切的发生是多么地令人猝不及防！曾经以为获得解放的人群，还原成了公刘笔下没有人"数得清""死过了多少次"的"父亲"；曾经艳阳高张的天空，变得酷肖《神曲·炼狱》中的某个所在："看哪，在那镀金的天空中，/ 飘满了死者弯曲的倒影"；曾经被描绘为"到处莺歌燕舞"的土地，也仿佛进入了《荒原》的某个片段："悲哀的雾 / 覆盖着补丁般错落的屋顶 / 在房子与房子之间 / 烟囱喷吐着灰烬般的人群 / 温暖从明亮的树梢吹散 / 逗留在贫困的烟头上 / 一只只疲倦的手中 / 升起低沉的乌云 // 以太阳的名义 / 黑暗公开地掠夺 / 沉默依然是东方的故事 / 人民在古老的壁画上 / 默默地永生 / 默默地死去"（北岛《结局或开始》）。就是在这样的背景中，我们听到了一个振聋发聩的声音：

> 告诉你吧，世界，
>
> 我——不——相——信！

与之同时，一种新的"荒原"意象，也忽然从最繁华热闹处显出了其原型：

> 中国，我的钥匙丢了。
>
> 那是十多年前，
>
> 我沿着红色大街疯狂地奔跑，
>
> 我跑到了郊外的荒野上欢叫，

---

① 孙静轩：《一个幽灵在中国大地上游荡》，《孙静轩诗选》，花城出版社 2011 年版。

后来，

我的钥匙丢了。

诗人梁小斌笔下的"红色大街"，让我们想到一个特别的年代，而"荒野"和"钥匙"的意象，也让我们想到一种令人相当惶惑的宗教隐喻。在一项有关何其芳早期诗文意象的研究中，黎活仁指出，"用钥匙开启乐园或墓门的典故，在中国文学里面似乎没有；然而，何其芳的早期作品却有许多用例"，如：

孩提时有什么必须记起的梦呢：丢了一把钥匙，找得焦急之至，想若是梦倒好，醒来果然是梦，而已。

把钥匙放进锁穴里，旋起一声轻响，我像打开了自己的狱门，迟疑者，无力去摸索那一室的黑暗。

——《画梦录·梦后》

我乃寻找着我失掉了的金钥匙，可开启梦幻的门，让我带着岁月、烦忧，与尘土回到那充满了绿荫的园子里去。

——《刻意集·燕泥集后语》

据艾略特自注，《荒原》中的"钥匙典故出自《神曲》（地狱篇·第三十三歌）中的一句：'而我听到了下面那可怖的塔楼的出口经上了锁……'这是13世纪比萨的贵族乌哥利诺伯爵在地狱跟但丁所说的话中的一句。乌哥利诺中了总主教罗吉挨利的奸计，以谋反罪与其子及孙系狱；次年，归多将军统兵比萨，把狱门的钥匙投于河中，乌哥利诺等听到狱门'加锁'的声音后，食物的供应断绝，结果饿死。艾略特诗旨意是慨叹人们各被囚于死亡的牢房，隔离开来，无法交通，灵魂只了解自己的境遇，记起下狱时上锁的声音。"[1] 从对何其芳一些诗文早期版本与后来版本的比较，这位研究者敏锐地发现了他的创作所受艾略特影响的明显痕迹，他所未注意的是，延安时期的何其芳，事实上宣称过已找到那把可以从根本上消除人生的不幸和痛苦的"最后的钥

---

① 黎活仁：《现代中国文学的时间观与空间观——鲁迅、何其芳、施蛰存作品的精神分析》，业强出版社1993年版，第127—133页。

匙"①。

或许，当梁小斌写作《中国，我的钥匙丢了》时，当时未必想到这些典故。但钥匙意象在这里以"丢失"的方式出现，却也并非偶然。一个重要的例证或是，类似的意象，同一时期同样也出现在顾城的诗里："小巷 / 又弯又长 // 没有门 / 没有窗 // 我拿把旧钥匙 / 敲着厚厚的墙"（《小巷》）。而从精神分析的角度看，这一切或许并不难解释，钥匙的丢失或失效，所暗示的无疑是一种精神困境，而其出现在身历"文化大革命"幻灭的这一代人心理的深层，也自然是一种时代精神使然。

由期待而预言，由狂信而幻灭。现代中国的弥赛亚信仰和乐园想象，至此终于走向了它的反面。70 年代末以来，随着曾经的偶像一个个"走下神坛"，一种意味深长的幻灭感，开始四处弥漫。新的时代对于信仰、神话的怀疑，不但贯穿了文学中那些反思过去的作品，并且出现在新的现实生活感受里，就是到 90 年代，面对新的生活现实，仍然有人如此表述自己的世界感受："许多美丽的梦想已经破灭……新世界并未在我的梦想中冉冉升起。世界依然如故。只是多了些汽车，多了些高楼，也多了些富人，当然，更多了些穷人。""我为自己虚构了许多的神话，然后，我看着我的神话逐一破灭。我走出我的神话，我不知道我该走向哪里？"② 这虽然已属另一个时代的感受，然而，也含有从前世纪之梦破灭的回声。

---

① 何其芳：《论快乐》，《何其芳文集》第 2 卷，第 229 页。
② 蔡翔：《底层》，薛毅编：《乡土中国与文化研究》，上海书店出版社 2008 年版。

第四章　城市化与文明秩序的重建

第一节　乡土中国奉献于现代化的一只精神羔羊
——海子的诗及其人生悲剧

一、海子与中国现代田园诗传统

1989 年 3 月 26 日，二十五岁的诗人海子在山海关卧轨自杀，由于种种因缘，这一偶然的事件，出乎意料地成为当代中国精神史的一个重要标志点。

如今的人们谈起海子，几乎无一例外地会想到他的"麦地"。作为一个为乡土生活所养育的诗人，海子的麦地意象，的确凝聚了他生活中太多的痛苦，太多的诗情。而就中国现当代文学来说，至今还没有一个诗人在类似的意义上对乡土生活吐露出那么浪漫的梦境。西川说："每一个接近他的人，每一个诵读过他的诗篇的人，都能从他身上嗅到四季的轮转、风吹的方向和麦子的成长。泥土的光明与黑暗，温情与严酷化作他生命的本质，化作他出类拔萃、简约、流畅又铿锵的诗歌语言，仿佛沉默的大地为了说话而一把抓住了他，把他变成了大地的嗓子……"[1]

的确，像俄罗斯诗人叶赛宁一样，在海子的诗歌中，我们随处都可看

---

[1]　西川：《怀念》，《海子诗全集》，作家出版社 2009 年版，第 11 页。

到令人心醉的乡村生活意象，麦地、雨水、阳光、月亮、雪、桃花、马、秋天、河流、村庄、丰收、山岗……而这首作于 1985 年的《麦地》，更是几乎聚拢了乡村生活的所有迷人和它的淳朴伦理：

> 吃麦子长大的 / 在月亮下端着大碗 / 碗内的月亮 / 和麦子 / 一直没有声响 // ……月亮下 / 连夜种麦的父亲 / 身上像流动金子 / ……看麦子时我睡在地里 / 月亮照我如照一口井 / 家乡的风 / 家乡的云 / 收聚翅膀 / 睡在我的双肩 / ……收割季节 / 麦浪和月光 / 洗着快镰刀 // 月亮知道我 / 有时比泥土还要累 // 而羞涩的情人 / 眼前晃动着 / 麦秸 // ……收麦这天我和仇人 / 握手言和 / 我们一起干完活 / 合上眼睛，命中注定的一切 / 此刻我们心满意足地接受 / ……这时正当月光普照大地。/ 我们各自领着 / 尼罗河，巴比伦或黄河 / 的孩子　在河流两岸 / 在群蜂飞舞的岛屿或平原 / 洗了手 / 准备吃饭 // ……月亮下 / 一共有两个人 / 穷人和富人 / 纽约和耶路撒冷 / 还有我 / 我们三个人 / 一同梦到了城市外面的麦地 / 白杨树围住的 / 健康的麦地 / 健康的麦子 / 养我性命的麦子！

　　如今的人们想起海子，大都会想到荷尔德林、叶赛宁。海子生前，也确曾以中国的"叶赛宁"自许："我是中国诗人……也是欧罗巴诗人……别人叫我 / 诗人叶赛宁……"① 但这在中国现代文学，却不能说是一个新鲜的比拟。据学者介绍，叶赛宁的名字 1922 年开始出现于中国文坛，此后，有包括戴望舒、艾青在内的不止一代的中国诗人都与他发生了深浅不同的共鸣②。而早在 1944 年，作家姚雪垠在一篇为他的朋友臧克家诗集《泥土的歌》所写的评论中，就曾将所论诗人与这位俄罗斯文学天才相提并论。针对他人对臧克家的"落后的农村"抱有"强烈的偏爱"的批评，姚雪垠指出，诗人的心中其实存在着深刻的"矛盾和寂寞"，他虽然"在电灯下"写诗，"精神却是向往于'柳梢上挂着的月明'"，前者是其"现实生活"，后者则是他的"梦"。也就是在这篇题为《现代田园诗》的评论里，我们看到，作者将

---

①　海子：《叶赛宁组诗》，西川编：《海子诗全编》，作家出版社 2009 年版，第 327 页。

②　王守仁：《叶赛宁与中国》，《国外社会科学》1994 年第 3 期。

他的评论对象明确地比为叶赛宁，认为"不管时代怎样变，叫你歌颂都市，歌颂机器，大概是不可能的"，同时，又担心"……假若将来有那么一天，整个的社会变了，或生活变了"，诗人又"真要走叶赛宁的路……"他认为臧克家和自己一样，所了解的只是"悲惨黑暗的农村，而不是新生的农村"，因而劝他"不必从观念出发去歌颂新生和斗争，只要牢牢实实的去揭发黑暗，代悲苦无告的农民诉出冤抑，达到字字血泪，语语惊心，也就尽了诗人的伟大任务了"，而要做到这一点，则"必须在意识上克服掉陶潜王维们的传统精神"，必须把"同农民大众之间的精神距离根本除掉，或尽量减小"，以创造出"澈里澈外的不同于士大夫文人的田园诗的"，"美丽辉煌的'现代田园诗'"①。

众所周知，在中国现代文学史上，臧克家的确是一位以写农村生活而著称的诗人，但其诗风沉郁、浊重，很难与叶赛宁的轻灵、浪漫相比。臧诗内容，如姚雪垠所说，也是更多地偏于对旧乡村生活黑暗和农民愚木精神的揭示，其名作如《难民》、《老马》、《三代》，莫不如此。即便是其中风格较为淡远、自然之作，如《泥土的歌》引起当年批评的下列诗句：

> 乡村 / 是我的海，/ 我不否认人家说 / 我对它的偏爱。/ 我爱那：/ 红的心，/ 黑的脸，/ 连他们身上的疮疤 / 我也喜欢。/ 都市的高楼 / 使我失眠，/ 在麦秸香里，/ 在豆秸香里，/ 在马粪香里，/ 一席光地，/ 我睡得又稳又甜。

——《海》

一样也以质朴、敦厚见长，而少飘逸、轻灵之感。这一点不论和叶赛宁还是海子比，都相去甚远。但不可忽视的是，在他们产生于不同时期的那些诗歌里，却的确一样有着城乡生活对比，一样有着对乡村文明的痴迷：

> 我不爱 / 刺眼的霓虹灯 / 我爱乡村里 / 柳梢上挂着的月明。

——《钢铁的灵魂》

> 在洋场里，/ 我是枯鱼一条；/ 在乡村，/ 你说我那一样不地道

——《眼睛和耳朵》

---

① 姚雪垠：《现代田园诗》，《当代文艺》第 1 卷 5—6 期，1944 年。

臧克家的诗滞浊、厚重，甚至散发着刺鼻的泥土气息，而叶赛宁和海子的诗作给人的感觉都要远为典雅、轻盈，闪漾着更多的灵性的、神异的光辉，在今天热爱海子的读者来看，很难再将他们做同一类诗人谈论。然而，仅就诗中所表现的这种文明困扰而言，却的确有一种一贯性的东西将他们牵系在一起。这或许就是姚雪垠所说的"现代田园诗"的传统。

众所周知，不论是在中国还是在欧洲，田园诗的存在都曾有着悠久的传统。而在中国，这个传统的真正成立，首先要和陶渊明的名字联系在一起。但论其产生的背景，则不能不提到两汉以来中国日渐发达的农业经济和田园生活。从陶潜到王孟，从韦柳到苏辛，从杨万里、范成大到后世无数的作者，中国的田园诗传统，不但源远流长，而且影响巨大。1949 年以来的中国文学史，为突出阶级意识或人民性，介绍这类诗歌时多突出其对社会矛盾和农民困苦的揭露，但就其本意而言，田园诗所要表现的，其实多是诗人对生命和生活的一种安适、自足的喜悦："众鸟欣有托，吾亦爱吾庐"，"倚南窗以寄傲，审容膝之易安"，"衣沾不足惜，但使愿无违"；"开轩面场圃，把酒话桑麻"；"随意春芳歇，王孙自可留"；"盘飧市远无兼味，樽酒家贫只旧醅"；"大儿锄豆溪东，中儿正织鸡笼。最喜小儿亡赖，溪头卧剥莲蓬"……虽然没有物质的完全的富足与奢华，却有精神的纯粹的闲适与优裕。即便在这大背景下，不时也可以听到一些不谐和之声："昨日入城市，归来泪满襟。遍身罗绮者，不是养蚕人"；"黄纸蠲租白纸催，皂衣旁午下乡来……"等，但都无损于这类诗歌从根本上对于乡村生活的这种自得 ①。

直到时及近代，问题才变得渐渐复杂起来。随着工业文明以及与相伴的城市生活方式的兴起，古老的田园文化面临的显然是一种几乎无法抗拒的被扬弃的命运。在这样的背景下，在世界文学史上，我们不断地看到一种留恋而又无从挽回的对于农业文明的哀挽之音。就此而言，叶赛宁无疑是其中的一个最高音。然而，问题的复杂性在于，在中国，城市、工业的兴起和乡

---

① 这一点，其实我们只要略微对陶渊明或范成大这类田园诗人的作品所表现的内容做一个分析，就可以得出明显的结论。

村、农业的初始退场，又是在一个后发国家遭受殖民压迫的语境下同时进行，而代表着时代的超越的"革命"，又不可避免地要依恃农民的支持以完成其使命。因之，中国现代文学对乡土文明的表现，从一开始就蒙上了一层阴影。先是启蒙主义目光下对农村落后、农民落伍的不断表现，继而围绕阶级矛盾的揭示宣扬革命，再接下去就是对新时代乌托邦的一种礼赞。而这也就决定了现代作家笔下的乡土，很快地要从鲁迅、许杰、王鲁彦等"田园将芜"的失乐园经验，转向艾青、蒲风式对"暴风雨所打击的土地"的同情，转向李季、田间式的对新的土地和新的人民的歌颂。而这也正是姚雪垠当年要求臧克家"克服掉陶潜王维们的传统"，以创造"澈里澈外的不同于士大夫文人的田园诗的""现代田园诗"的背景。

或许也正因此，虽然中国现代文学的发展始终以乡土为重心，令人惊讶的却是，除了废名、沈从文等的小说，在现代诗歌中，虽然也偶有像杜谷《泥土的梦》那样诗意浓郁之作，但就主流而言，却一向缺少如古典诗那般的对乡土生活的倾心和陶醉。正如姚雪垠所说，至晚从 30 年代起，"揭发黑暗"，"歌颂新生和斗争"，逐渐成为"现代田园诗"的首要主题。即便偶尔有人像臧克家，偏离主题写出一点都市化背景下对乡村生活的留恋，很快地也会有人要求，要将之作为与"农民大众之间的精神距离"而"根本除掉"。

不过，即便如此，也不能说像海子一样的诗歌意象在现代文学史上纯属罕见。包括他那些被人普遍看作其诗歌意象的独特符号的东西——乡村、麦地、太阳，历史地看，或许也都并非全都出自他的匠心独运。譬如下面这首诗，无论是其中的主题、意象，还是青春的热情，都会使我们想到，这或许正是他的先声：

> 我们的生活：/ 太阳和汗液。// 太阳从我们头上升起，/ 太阳晒着我们。// 像小麦，/ 我们生长 / 在五月的田野。// 我们是小麦，/ 我们是太阳的孩子。/ 我们流汗，/ 发着太阳味，/ 工作 / 在太阳色的愉快里。// 歌唱！/ 歌唱 / 在每个早晨和晚上。// 生活，/ 甜蜜而饱满的穗子，/ 我们兄弟般地 / 结紧在穗子上。// 我们——熟透的麦粒呀。
>
> ——贺敬之《生活》，1940 年，延安

只要是略微熟悉海子诗歌的人，大概都不难认出这里许多意象（太阳、小麦、五月的田野、孩子、早晨和晚上、兄弟）与他的某种相似性，我不敢断定海子一定读过这首诗①，论精神的深度，这里的单纯坦荡，显然也无法与海子那些燃烧着内在的痛苦和激情的诗行相比。但即便如此，我们也不可否认，这种相似之间的意义。贺敬之后来成为五六十年代政治抒情诗的代表，但其早期诗歌中的这些意象，的确令人想到海子对于麦地、太阳的那种热情。

50年代以后的中国乡土生活表现，一直处于一种"换了人间"所带来的喜悦之中。虽然这个时代的引领者，也在吟诵着"陶令不知何处去，桃花源里可耕田"的诗句，但古典田园诗的传统已然不可能得到恢复。而当一个新的乌托邦幻梦归于终结。新一代的诗人提到"土地"时，仍然一边醉心于苦难的诗情，一边却已准备着新的撤离。

海子正出现在这样的时刻。新时代新的生活可能已使他不意成为一名城市人，但其心绪却一直萦绕着"城市外面的麦地"。这就决定了，他的诗歌之路必然是一条从热情、陶醉渐趋疑虑、痛苦、幻灭、空虚的路。痴恋着乡土，热爱着乡村文明的他，却不得不目睹这一文明在工业和都市的压力下，日趋委顿，日趋衰微。海子的悲剧，也是整个传统农业文明的悲剧。

> 在青麦地上跑着
> 雪和太阳的光芒
>
> 诗人，你无力偿还
> 麦地和光芒的情义
> 一种愿望

---

① 按：该诗40年代曾被闻一多收入《现代诗钞》（署名艾漠），并于1948年随开明版《闻一多全集》第4卷出版。1982年，该书由三联书店再版，笔者因之于那一时期读到，并留下深刻印象。其时，也正是海子开始诗歌创作的时期，因而他读到并受其影响的可能是极大的。

一种善良

你无力偿还

你无力偿还

一颗放射光芒的星辰

在你头顶寂寞燃烧

——《询问》

农业文明哺育出来的诗人，对麦地、雪水、阳光，总是怀有一种难以遏止的激情。然而，工业文明的酸雨正在污染白雪的纯净，钢筋混凝土的厂房正在侵蚀麦地的无垠，都市的灯火正在冷淡人们对阳光的热情。诗人不但无力挽回这一切，无力报偿农业文明的养育所带来的精神负累，甚且无力解决自己乡下人的身份进入城市后所面临的种种现实的困窘。也正因如此，才有了：

麦地

别人看见你

觉得你温暖，美丽

我则站在你痛苦质问的中心

被你灼伤

我站在太阳痛苦的芒上

麦地

神秘的质问者啊

当我痛苦地站在你的面前

你不能说我一无所有

你不能说我两手空空

——《回答》

这一问一答所呈现出诗人的存在感，除了"无力"，就是"一无所有""两手空空"，以及因之而生的灼烧般的刺痛。"偿还"只是"一种愿望"、"一种善良"，背负"麦地和光芒的情义"的他，面对来自乡村生活的质询只能是一直站在"痛苦的芒上"。所谓"你不能说"的东西，表现的恰好就是诗人对于生活的真实情形的一种恐惧。我曾说，读海子诗，必须读出他没有说出的心理背景，只有这样，我们才能更深切地领悟诗中麦地、雪、阳光的清新、明净，以及那一种"寂寞燃烧"的苍凉意境。

正如另一个当代诗人王家新所说："海子并不是一个表面意义上的乡村诗意的描绘者。这首先是一个从内部来承担诗歌的诗人。这如他自己所表白：'对我来说，四季循环不仅是一种外界景色，土地景色和故乡景色。更主要是一种内心冲突、对话与和解。'也可以说，使他走向诗歌并被诗歌紧紧抓住的，首先是他生命内部的那些最内在的痛苦和孤独。"① 但这一切当然也有着某种更为现实的基础。作为一个具体的人，海子进入了 90 年代后，感受到中国的城市生活对乡村文明的巨大冲击。

前面已说到，早在臧克家的时代，我们就看到了城市对一个醉心乡土的诗人所造成的精神困扰。但在当时，这种困扰还是局部的、浅表层的。到海子的时代，情况变得大为不同。这就使得他的诗"虽然从多方面来看，都出自他自幼所接受的'农耕文明'的养育，但却和传统的诗意有了质的区别。即使他的土地诗篇，也正如他自己所说'与危机的意识并存'，它已由叶赛宁式的乡村抒情转向了现时代意义上的思与诗，它融合了生命的苦痛、对贫乏的意识和一种信仰冲动。"②

城市带给海子的，既有具体的、实在的困窘，也有抽象的、伦理的、美学的迷惘。许多人的回忆和评论都写到了海子生活的困窘。林贤治说："在爱情生活中，他一再看见那个一直盯视着爱神的可怕的怪兽：贫穷。""《太阳和野花》是书赠女友的，他这样写：'我对你说 / 你的母亲不像我的母亲 // 在月光的照耀下 / 你的母亲是樱桃 / 我的母亲是血泪'。当执手

---

① 王家新：《"大地的转变者"》，《为凤凰找寻栖所》，北京大学出版社 2008 年版，第122 页。

② 王家新：《"大地的转变者"》，《为凤凰找寻栖所》，北京大学出版社 2008 年版，第123 页。

相看时，他早已找到未来分手的依据。"①

海子死后，有很多人都意识到存在于他身上的乡村与城市这两种文化的冲突。西川说："海子是农民的儿子，他迷恋泥土，对于伴随着时代发展而消亡的某些东西，他自然伤感于心。1989 年初，海子回了趟安徽。这趟故乡之行给他带来了巨大的荒凉之感。'有些你熟悉的东西再也找不到了'，他说。'你在家乡完全变成了陌生人！'"② 钟鸣说："海子的自杀与他生活、往返的两个地区相关，一面是单调乏味的小镇"，一面是"不乏机会，精神可以得到拓展和丰富的文化中心"（首都）。"海子要以不同的身份和态度来应付这两种生活"，而这就让"他身不由己地卷入了一场道义上的冲突，一种肉体的、同时又是文字的耗散性的双向运动和历险……"③

从他的诗和他的死，人们可以读出他的许多先驱：屈原、荷尔德林、普希金、叶赛宁……叶赛宁生前就曾自称是"乡村最后一个诗人"，在海子的笔下，我们同样可以看到这种清晰的"最后一个"的意识：

> 在春天，野蛮而悲伤的海子
>
> 就剩下这一个，最后一个
>
> 这是一个黑夜的孩子，沉浸于冬天，倾心死亡
>
> 不能自拔，热爱着空虚而寒冷的乡村

这首作于 1989 年 3 月的《春天，十个海子》，是他生前最后一首诗。其中不但可以看到他清醒的自我历史定位，而且依稀透露着决定了他的生死的一种历史原因。关于叶赛宁的死，高尔基就已提出过城乡文明冲突的说法。而在作于 1920 年的《四旬祭》中，叶赛宁也的确称正在到来的工业文明像"一场钢铁的寒热病／使农舍的木肚子颤动"，同时通过对一列标志着新的文明的"铁的列车"与一匹"红鬃马驹"的赛跑的象征性场景，嘲笑在"铁马

---

① 林贤治：《海子：在麦地与太阳之间》，金肽频主编：《海子纪念文集·评论卷》，合肥工业大学出版社 2009 年版，第 179 页。

② 西川：《死亡后记》，金肽频主编：《海子纪念文集·散文卷》，合肥工业大学出版社 2009 年版，第 39 页。

③ 钟鸣：《中间地带》，金肽频主编：《海子纪念文集·散文卷》，合肥工业大学出版社 2009 年版，第 11—12 页。

已战胜活马"，它的奔跑"在这暗无天光的田野上／无法追回贝琴涅戈人愿用两个／草原俄罗斯美人换匹马的时光"①。海子最后的自杀，的确使人想起叶赛宁笔下的这匹不识时务的"红鬃马驹"。

海子更常使我想到一位台湾的诗人。与海子一样，这个年轻的天才留在世间的生命只有 25 年；更富戏剧性的是，与海子一样，他的死也是由于火车的碾压。不同只在于，事件的发生比海子早了整整 35 年。迄今为止，这位叫杨唤的诗人，无论是在海峡彼岸还是此岸，都仍然主要被看作是一个儿童诗创作的先驱。然而，使我深感兴趣而又常将之联系于海子的，却是题为《乡愁》的这样一首短诗：

> 在从前，我是王，是快乐而富有的，
>
> 邻家的公主是我美丽的妻。
>
> 我们收获高粱的珍珠，玉蜀黍的宝石，
>
> 还有那挂满在老榆树上的金币。
>
> 如今呢？如今我一贫如洗。
>
> 流行歌曲和霓虹灯使我的思想贫血。
>
> 站在神经错乱的街头，
>
> 我不知道该走向哪里。

台湾诗人多乡愁且擅写乡愁，一首同题诗作，曾使余光中的名字在中国变得老幼咸知。但我要说的是，出现在这里的，实质上是另一种乡愁，是对与乡土联系在一起的往昔生活方式的怀恋，是才从农业社会、乡村生活中走出来的人对现代都市文明的迷惘与困惑，是伴随时代发展而注定要与传统生活方式告别的一代人无法避免、也无法抑制的心理悸痛，它更普遍地埋藏在现代人心底。诗的前半，是对传统生活的一种回味，闪烁着童话光芒的语言，简洁、有力而又突出地勾勒出一种我们曾经非常稔熟的伦理和美学；诗的后半，是都市的街头，迷乱、空虚，令人不知所措。

这当然是一种被放大了的感觉，无论是乡村的美好，还是都市的空虚。

---

① 《叶赛宁诗选》，顾蕴璞译，译林出版社 1999 年版，第 147—148 页。

就精神史而言，该诗所写的一切在整个中国现代文学中，都给人一种似曾相识感。它的前半，很容易使我们想起绿原（《小时候》），想起戴望舒、何其芳涉及乡村生活的一些诗篇；它的后半，也让我们想起废名的《街头》，想起李金发、王独清那些有明显的异域色彩和颓废情调的诗作。它还使我们想起 80 年代以来流行于海峡两岸的一些歌曲，苏芮的《一样的月光》，罗大佑的《鹿港小镇》等。时至 20 世纪末，时间性的乡愁开始遍及中国，伴随着社会的现代化而注定要与传统生活告别的一代，很少有谁能够完全避免这种失落和悸痛。

杨唤和海子的死，一个缘于偶然的车祸，一个出自生命的决断。但不管是有心还是无意，这一后一前，海峡两岸两位诗人令人惊异的生命轨迹，都似乎在昭示着一种象征、一种宿命：现代化的实现，实际就是要以工业文明的铁轮从乡村之子身上碾过为其代价。而这又是怎样的一种历史悲剧与历史美学啊！从历史的角度看，这一切也很可能标志着，一种从陶渊明开始建立的有近两千年辉煌传统的田园诗正在趋于终结。通过海子，20 世纪中国的乡土恋歌奏出了它的最高音。乡土中国正在一点一点地消逝，但作为中国人曾经的长期栖息的精神故地，在今后漫长的岁月里，它仍然会使我们魂牵梦系，而当我们离它越远时，它越显得美丽。

二、天空、远方、道路和风

前面说海子是乡土中国奉献给现代化的一只精神羔羊，还仅仅只是从城乡文明的角度去看问题，还不足以让我们完整地了解海子在中国文学史上的意义。为了说明这一点，我们还必须将他与中国文学的一种更久远的传统和更深刻的精神迷思联系在一起。海子家园失落的痛楚是双重的。一重来自现代化过程中农村经济凋敝的现实，另一重来自更深的形而上体验。

前文已论及，陶渊明诗文在中国精神史上的一个突出意义，就在它通过对诸如"采菊东篱下，悠然见南山""云无心以出岫，鸟倦飞而知还"这样完全祛除了神性的纯自然的书写，彻底搁置对彼岸世界的依恋，而将中国人的家园世界，完全地奠基于此岸的劳作与栖居。在他之后，虽然情况时有参差，但就整体而言，中国诗人的家园意识，也的确始终未能再恢复到庄子、屈原或更早期的神人杂糅境界。到中国现代文学，虽然时而有一些像戴望舒、何其芳这样的诗人，也常止不住会流露出一种"对于天的怀乡病"，但其最后的精神指向，归根结底还是会返归此岸，而从种种世俗的价值追寻中赋予生命以或高或低的意义。

在当代中国，海子的诗歌另一重要贡献就在于，借西方诗歌传统，通过对荷马、《圣经》、印度史诗、但丁、歌德以及荷尔德林等诗人诗作的领悟融会，再一次在中国诗歌史上恢复了诗歌对彼岸、对神性、对终极事物的追寻与探究。这是一个比前面提到的更深刻，也更复杂的主题。为了明确这一点，这里先要特别提出讨论的，是两组反复出现于其诗中的意象：一组是天空、远方、道路和风；另一组是大地、死亡、再生和历史。

（一）天空一无所有，为何给我安慰

"天空"一词在海子诗歌中，未必是出现最多的，但却是最重要的意象。海子的天空，特别突出了其"空"的属性。《黑夜的献诗》说："天空一无所有，为何给我安慰。"又说："大风刮过山岗，上面是无边的天空。"《四姐妹》说："风后面是风，天空上面是天空，道路前面还是道路。"《黎明》（之二）说："荒凉大地承受着更加荒凉的天空。"

这些地方的"天空"，都不是简单的自然天穹。隐含在它的"空""一无所有"之中的，无疑是诗人对于某种至高之物、永恒之物的追寻和恋慕。这里的"空"，与其说是"无"，毋宁说是"亡"[1]，亦即某种"缺失"或"缺席"。在早先有关海子的评论中，有不少批评者都已认识到了神性之维在他的创作中的意义[2]。

---

[1]　庞朴：《说无》："就中国文化来说，人们最先认识到的'无'，是有了而又失去，或将有而尚未到来的那种'无'。它同有相对待而成立，是有的缺失或未完。表示这种意义的文字符号……后来隶定成'亡'。"《庞朴学术文化随笔》，中国青年出版社1996年版，第42页。

[2]　参见余虹：《神·语·诗……》，朱大可：《先知之门：海子与骆一禾论纲》等文，见崔卫平编：《不死的海子》，中国文联出版社1999年版。

　　有人说，"在中国诗歌史上，没有哪一位诗人像海子这样真切地体验到神的不在场。'神性之维'的缺失，是海子在这片土地上最不堪忍受的发现。"① 这句话的后半，的确指出了一个重要的发现，前半则仍须讨论。

　　在前面的论说中，笔者已指出，在中国古代，第一次清晰地意识到并表达出对天空的这种"一无所有"属性认识的诗人，其实是陶渊明。从"遥遥望白云，怀古一何深"（《和郭主簿二首之一》）式的怅惘，到"云无心以出岫，鸟倦飞而知还"（《归去来兮辞》）式的释然，历史在他身上完成的，或是对庄子式"乘彼白云，至于帝乡"愿望的一种彻底的消解。"采菊东篱下，悠然见南山"，常被看作一种以任性自然为核心的人生态度。这里的"自然"，在两个层面上显出其意义：一是人生态度的，即人对存在于自身之内的天性的率然放任；二是认识论的，即人对存在的自然——"自己而然"的体悟了解②。陶渊明之后，佛教的传入，为这种"空"的认识注入了更充分的形而上内容。但即便如此，人们对于天空的仰望，仍然还是常和对"帝乡"的某种期盼联系在一起。以至直到近代，对中国文化中"神性之维"缺失的这种怅叹，仍然构成了诸多思想者共有的精神基础。从康有为到蔡元培，从鲁迅到张承志，不同人对这一问题的思考和解决，也各有各的方略。康有为改儒学为宗教，蔡元培以美育代宗教，可说是对这同一问题的两种不同解决路径。而鲁迅从主张"伪士可去，迷信可存"（《破恶声论》）到"反抗绝望"；张承志先醉心于母性的大地或《金牧场》式的朝圣之旅，继而皈依本土化的伊斯兰教派哲合忍耶，尝试以融哲学、宗教、历史、文学为一体的《心灵史》写作，为中国文化输入一股"烈性的血"，亦属对这同一问题的不同精神反应。

　　对于这一切，海子有着深刻的解悟。在作为《太阳·断头篇》代后记

---

　　① 廖建国：《试论海子的"殉诗之路"》，《海子纪念文集·评论卷》，合肥工业大学出版社 2009 年版，第 106—112 页。

　　② 有关"自然"的"自己而然"意义，参见王庆节：《老子的自然观念：自我的自己而然和他者的自己而然》，《解释学、海德格尔与传道今释》，中国人民大学出版社 2009 年版，第 143—163 页。

的《动作》一文的第二节，他说："如果说海是希腊的，那么天空是中国的。任何人都不像中国人对于天空有那么深的感知。当然，一切伟大的作品都是在通向天空的道路上消失，但我说的是另一个天空。那个天空是中国人固有的，是中国文人的人格所保存的，虽然现在只能从形式的趣味上才能隐忍看去。这当然不是形成宇宙和血缘时那一团团血腥预言的天空。中国人用漫长的正史把核心包起来了，所以文人最终由山林、酒杯和月亮导向反射灵魂的天空。它是深入时间秘密的，因而是淡泊的，最终是和解的。唐诗中有许多精粹的时刻，中国是伟大抒情诗篇的国度。那么我的天空就与此不同，它不仅是抒情诗篇的天空，苦难艺术家的天空，也是歌巫和武人，老祖母和死婴的天空，更是民族贪杯行动的天空。因此，我的天空往往是血腥的大地。"①

　　像一千多年前的诗人陶渊明一样，在当代中国，海子再一次发现了天空的"一无所有"，但却不能像前者一样，再次以"纵浪大化中，不喜亦不惧"的达观化解这种终极意义的空缺。从"天空一无所有／为何给我安慰"，我们听到的不仅是幻灭，更有一种莫名的希冀。在当代中国的著名诗人中，他或许要算是最多在其创作中明确地一再书写"天堂"意象的一位。在他较早的创作里，大地就是天堂，田园就是乐土。所以才有《活在珍贵的人间》中的生之欢趣，才有《秋天的祖国》里的"大地似乎苦难而丰盛"，而《麦地》干脆说：

　　麦浪——／天堂的桌子／摆在田野上

　　但越到后来，这个在大地上寻找天堂的梦想，越趋于幻灭。《最后一夜和第一日的献诗》里说："今夜九十九座雪山高出天堂／使我彻夜难眠"。《诗学：一份提纲》的第五节的开头先用括号括起来说："（今夜，我仿佛感到天堂也是黑暗而空虚）"。而《太阳·断头篇》干脆说："天空死了"。从《太阳·弥赛亚》天堂的大合唱之后附录的那个"残存的史诗片断"，我们还看到这样的"陈述"：

　　1. 世界只有天空和石头。

---

　　① 西川编：《海子诗全集》，作家出版社 2009 年版，第 1036 页。

2. 世界是我们这个世界。

3. 世界是唯一的。

正如朱大可所指出的："这无疑是启示言说的秘密核心和纲中之纲，构筑着海子的绝望神学的形而上根基……它首先对'世界'的废墟性和荒凉性作出规定，而后指明了'世界'与我们的关系，也就是明确地告知这个'只有天空和石头'的世界正是我们的居所。最后，我们不要被告知：这是唯一的世界，此外再无其他世界，那么，我们就被剥夺了对我们之外的幸福所在进行憧憬的权利。"①

（二）我把这远方的远归还草原

失去"天空"信仰的人，很容易将希望转寄向"远方"。这"远方"，可以是空间意义上的，也可以是时间意义上的。空间意义上的远方，标明的是某个未知的地界；在人们的想象中，也常被用来隐喻某片拟想中的乐土。事实上，"绝地天通"之后的中国人，也的确曾不止一次试图以某个"远方殊国"的想象，来替代那个业经失去的天国乐园。从《山海经》到《拾遗记》，从《西游记》到《镜花缘》，我们已见识过无数这样的乐园。就是到了中国现代，我们还是看到一个个这样的远方图景。但事实的情况是，所谓"远方"，只有唯其是"远方"时，才能维持它的"理想国"特性。过度的迫近带来的，往往却是幻灭。在海子的时代，人们刚刚经历过这样的幻灭。在这样的背景下，80 年代以降的社会，愈来愈失去"远方"的招引而趋于一种"摸着石头过河"的实用功利主义。也就在这样的背景下，我们听到了海子那坚定的声音：

我要做远方的忠诚的儿子

和物质的短暂情人

这是作于 1987 年的《祖国》（又名以梦为马）。在这样宣称的同时，无

---

① 朱大可：《先知之门：海子与骆一禾论纲》，崔卫平编：《不死的海子》，中国文联出版社 1999 年版，第 136 页。

论在诗中还是在实际中，他也一再地做出对"远方"的探询。据他的朋友回忆，海子短暂的一生曾两赴西藏，而从他的诗作看，他对这个遥远地方的痴迷，显然与他对于"远方"的寻求这个现实的心理动力直接相关。1984 年，在一首题为《龙》的短诗中，他说"远方就是你一无所有的地方"，1987 年在《太阳·土地篇》第九章《家园》中，他又说："远方就是你一无所有的家乡"。到 1988 年的《远方》中，类似的句子变成了："远方啊除了遥远一无所有"。从"你一无所有"到"除了遥远一无所有"，其间经历了多少精神的、现实的寻觅，经历了多少的幻灭，如今我们只能从留下来的那些诗篇中去寻找。在后一首，也即海子写于第二次西藏朝圣之旅尽头的这首诗里，有着中国文学中罕见的荒原意象：

> 遥远的青稞地
> 除了遥远一无所有
>
> 更远的地方更加孤独
> 远方啊除了遥远一无所有
>
> 这时石头
> 飞到我身边
>
> 石头长出血
> 石头长出七姐妹
>
> 那时我站在荒芜的草原上

从这里我们可以明显看出，究竟是一种什么样的绝望，将他彻底击伤。"远方啊除了遥远一无所有"，这简直是一种比艾略特的《荒原》更为空虚的意象。对于海子，西藏的确是一个异常重要的地方。西藏之行使他憬悟："远方就是这样的，就是我站立的地方"（《遥远的路程：十四行——献给 89 年初的雪》），"远方啊除了遥远一无所有"，"远方的幸福是多少痛苦"（《远方》）；

使他了解"七百年前辉煌的王城今天是一座肮脏的小镇"(《七百年前》),"和水相比,土地是多么肮脏而荒芜"(《情诗一束·绿松石》);而更深的体验,则是无边的空旷、孤独与荒凉:"一块孤独的石头坐满整个天空"(《西藏》),"荒凉大地承受着荒凉天空的雷霆 / 圣书上卷是我的翅膀,无比明亮 / 有时像一个阴沉沉的今天 / 圣书下卷肮脏而快乐 / 当然也是我受伤的翅膀 / 荒凉大地承受着更荒凉的天空"。

时间意义上的"远方",也可称为"未来"。它同样常被用来代称某种乌托邦的梦想。不同于古圣先贤的常常将理想的黄金世界上溯于远古,或许是受进化论的影响,中国现代的作家更常将之寄托于未来。这也就是现代文学中为什么会出现那么多"明天""未来""黎明""曙光"一类的意象。相比于尚未到来的"明天""未来","黎明""曙光"更令人激动的地方就在于它是一个临界点——过去与未来的临界点,现实与理想的临界点——同时又无限地贴近"未来"。海子也想,"从明天起,做一个幸福的人"(《面朝大海,春暖花开》);他也曾守候黎明,期盼曙光。在《太阳·弥赛亚》的开头,是一首这样的献诗:"谨用此太阳献给新的纪元! 献给真理! ……// 献给新时代的曙光……"然而,在生命的最后,他留给我们的却又恰好是对这"曙光"意义的怀疑:

　　大风从东吹到西,从北刮向南,无视黑夜和黎明

　　你所说的曙光究竟是什么意思?

在中国现代作家中,最先意识到"未来"的这种乌托邦性质,而加以质询的,是鲁迅。写于 1920 年的《头发的故事》借阿尔志跋绥夫的话,就曾针对当时的空想社会主义者发出这样的质询:"你们将黄金的时代的出现预约给这些人们的子孙了,但有什么给这些人们自己呢?"《影的告别》又说:"有我所不乐意的在你们将来的黄金世界里,我不愿去。"[①] 然而,即便如此,鲁迅也还是对"曙光"寄予了深切的期待:"……骨肉碰钝了锋刃,血液浇灭了烟焰。在刀光火色衰微中,看出一种薄明的天色,便是新世纪的曙光。

---

① 钱理群:《心灵的探寻》,北京大学出版社 1999 年版,第 36—37 页。

曙光在头上，不抬起头，便永远只能看见物质的闪光。"① 在此后更长的时间，更多的人那里，对于"明天""未来"，"黎明""曙光"的期待，仍然构成了我们的现代文化的一个鲜明特点。海子不能自外于这种现代传统，但他最终留给我们的还是："你所说的曙光究竟是什么意思？"这或许既是对他人，也是对自己最深刻的疑问。

（三）远在远方的风比远方更远

风，同样也是海子诗中最可注意的意象。"大块噫气，其名为风"（《庄子·齐物论》），从自然的意义上，风不过是空气的流动。然而，流动就会带来交换，会带来原本不属于某一空间中的事物的信息，因而，也是从很早的时候起，"风"就被当作了传递某种信息的载体或工具，《诗》有十五国风，而那"风"据说就是由当初王室采集或诸侯贡献，以"知民情，观风俗"的民谣、乐歌 ②。不同的人、事，产生不同的信息，而所谓"风"就是这些信息的载体，所以才有"君子之风""王者之风""林下之风""四时之风""不正之风"等说法。总之，"风"字的出现，总会携带着某种信息，不论这信息是明白还是隐晦。南唐冯延巳作词《谒金门》起首说："风乍起，吹皱一池春水"，中主李璟责问他："吹皱一池春水，干卿何事？"自然之风的吹拂的确无关于人事，然而它所携带的春天的信息，又的确能够打破人心的平静，能写出"西风愁起绿波间"的李璟自然不会如此不解"风情"。所以有此一问，不过是故作不解的玩笑。从古到今，文学中的"风"，其实都有这样的意义，也正因此，李贺那一句"东方风来满眼春"才会成为传递某种激动人心的社会变化的流行词语。而何其芳那一节"轻一点吹呵，让我在我的河流里 / 勇敢的航行"，才会成为透露一个时代的精神困惑的著名诗章。

懂得了这些，也就可以懂得海子诗作中的"风"。早在写于 1986 年的《九月》开头，他就写：

---

① 鲁迅：《热风·五十九"圣武"》，《鲁迅全集》第 1 卷，人民文学出版社 2005 年版，第 373 页。

② 参见夏传才：《诗经研究史概要》，清华大学出版社 2007 年版，第 18—23 页。

> 目击众神死亡的草原上野花一片
>
> 远在远方的风比远方更远

这首诗一开始，展示给我们的就是一个极具历史意义的场景："众神死亡"，是人类历史上最为重大的精神事件之一，在中国，它最初发生或在先秦，但在今天却仍然有着相当现实的意义。孔子说"天道远，人道迩"，陶渊明说"天道渺且远，鬼神茫昧然"，崔颢说"斯人已乘黄鹤去，此地空余黄鹤楼"，刻画出的几乎都是"神"的缺位。随着"文化大革命"的结束，这一切到当代中国或许又添了新时代的内容。海子的诗，一开始呈现的就是这样一个历史性的精神场景。空阔的草原，本该是众神的栖所，如今却剩下野花一片的自在和茫然。

风，本该是带来"远方"的信息的，但此刻的它却比"远方"更远。信使尚且不见，遑论信函！这里的"风"，与《四姐妹》中的"风"（"风后面是风"），《黑夜的献诗》中的"风"（"大风刮过山岗 / 上面是无边的天空"），《春天，十个海子》中的"风"（"大风从东吹到西，从北刮向南，无视黑夜和黎明"）一样，展示的同样是空虚和绝望。

（四）走在路上 / 放声歌唱

在中国文化中，所谓"道""路""途"，一直有着既具象又抽象的深刻象征意义，按海德格尔的领悟，"道"的原型就是道路。自诸子传说中的杨朱泣歧，屈原作品中的"既遵道而得路""路漫漫其修远兮，吾将上下而求索"（《离骚》），到阮籍的日暮途穷，大哭而返，有关"路"的感慨和象征在中国文学中同样源远流长。现代文学中，自从鲁迅说了"其实地上本没有路，走的人多了，也便成了路"（《故乡》），这个既具象又抽象的"路"，同样一直是作家最钟爱的精神意象之一。一方面，对"失路"的感慨和对"道路"的探询，不断构成文学表现的重要主题；另一方面，对失去生命 / 生活的原初家园，而又未能找到新的终极归止的人们，"在路上"也常常生成为一种生命哲学的隐喻根基。鲁迅有《过客》，海子的知音骆一禾，则以《修远》为题。在海子的诗中，我们同样时时看到许多既具象又抽象的"道路"形象。《黑夜的献诗》中的："你从远方来，我到远方去 / 遥远的路程经过这里"，这里的"路"让人想起的也不仅是人生的旅途，同时似乎也暗含着一种历史的中间物意识，而它的结尾："走在路上 / 放声歌唱 / 大风刮过山冈 / 上面是无边的天空"，更易引发关于人生态度和人生哲学的玄想。

海子之死正发生在一个大的时代事件的前夜。在他生前，中国社会的市场化才刚刚露出一点端倪，然而却正是它那非理性一面的端倪。在半遮半掩、悄然前行的市场巨手面前，作为当代中国精神传统的理想主义、群体主义遭遇重挫，80 年代初知识分子新产生出的希望也面临绝灭。海子活跃的年代，也正是小说中的"新写实"思潮产生的时期。生活的贫困，并不是一个绝对的东西。它的影响和承担主体和承担能力有着密切的关系。60 年代的贫困更为极端，但承担着的却几乎是一个民族的全体。80 年代后的物质生活有了很大的改善，同时社会财富正以每年大约10% 的速度积聚，但对于当时的知识分子来说，却面临着有史以来空前的贫穷和失落。

这种"在路上"的选择，不仅构成了他诗歌精神探求的一个重要特点，甚至也影响到了他更现实的人生。廖亦武说："海子曾怀揣几万行诗歌，走遍大半个中国，想找到一个知音"，但"中国没有一个诗人同意海子的梦。'真的吗?'他们问，于是海子卧轨了。"①

三、大地、死亡、再生和历史

（一）灵魂啊，不要躲开大地 / 不要躲开这大地上的尘土

虽然从很早就明白了"天空"及"远方"的一无所有，但还是希望能从这虚无中得到安慰（"天空一无所有，为何给我安慰?""远方啊除了遥远一无所有"）。这是否像鲁迅，明知道"唯黑暗与虚无乃为实有"而偏要"反抗绝望"?

---

① 廖亦武：《远方啊除了遥远一无所有》，金肽频主编：《海子纪念文集·散文卷》，合肥工业大学出版社 2009 年版，第 244 页。

与天空、太阳一样，海子诗歌中的"大地"，也是一个有着特殊含义的意象。《动作》第二节"是天空，还是大地"中说："……催人生长，保存四季、仪式、诞生和死亡的大地艺术。是它给了我结实的心。"①《太阳·土地篇》第九章《家园》中说："坐在秋天 / 大地美好的房子 / 风吹居住在大地的灵魂 / 那时圣洁而美好。"大约从郭沫若的《地球，我的母亲》开始，对大地的歌颂，同样构成了现代文学的一个重要主题。艾青有《我爱这土地》，李广田有《地之子》，舒婷有《土地情诗》……海子诗中的大地情结与前述倾向有联系，而又有颇为不同的含义。他的大地是和丰收、死亡、再生联系在一起的。早在 1984 年，在他的成名作《亚洲铜》里，我们就看到他这样赞美脚下的这片土地：

> 亚洲铜，亚洲铜
>
> 祖父死在这里，父亲死在这里，我也将死在这里
>
> 你是唯一的一块埋人的地方
>
>
> 亚洲铜，亚洲铜
>
> 爱怀疑和爱飞翔的是鸟，淹没一切的是海水
>
> 你的主人却是青草，住在自己细小的腰上，守住野花的手掌和秘密

朱大可指出："在所有的诗篇中，他都坚持了对天堂的敌意和对于大地的亲近。这与其说是在选择一个更为可靠的家园，不如说在表达对神的缺席的难以言喻的失望。由于天堂空空荡荡，大地显露了某种稳定而坚实的属性。如果他坠落，大地将成为他尸骸的唯一接受者，而一个没有上帝的天堂甚至不能充当他最后的坟墓。"②廖建国说："从土地到太阳，由家园到宇宙，由悲伤的土地眷恋到狂热的天国梦，人们可以概括他走过的由抒情诗向史诗突进的诗路历程。在海子的诗歌中，天国的追求，是家园意识的延伸，是人类失去精神的无可奈何的补偿追求。因此，认识海子的诗歌内核是果园，而

---

① 　西川编：《海子诗全集》，作家出版社 2009 年版，第 1036 页。

② 　朱大可：《先知之门——海子与骆一禾论纲》，崔卫平编：《不死的海子》，中国文联出版社 1999 年版，第 134—135 页。

不是麦子。"①

　　然而，海子的大地是丰盛的，又是荒凉的；是繁育的，又是埋人的。《黎明》中说："荒凉的大地承受着荒凉天空的雷霆""荒凉的大地承受着更加荒凉的天空"。

　　王家新曾谈道，1989 年 3 月，就在海子死前大半个月，他们还见过面，当时海子曾对他谈起了回安庆老家时的一个发现："黑暗不是从别处，是傍晚从麦地里升起来的。"王家新说他当时没有怎么留意他这个"发现"，直到后来读到《黑夜的献诗》，"才如梦初醒般地理解了一切"②。

> 黑夜从大地上升起
> 遮住了光明的天空
> 丰收后荒凉的大地
> 黑夜从你的内部上升
>
> 丰收之后荒凉的大地
> 人们取走了一年的收成
> 取走了粮食骑走了马
> 留在地里的人，埋的很深
>
> 草叉闪闪发亮，稻草堆在火上
> 稻谷堆在黑暗的谷仓
> 谷仓中太黑暗，太寂静，太丰收
> 也太荒凉，我在丰收中看到了阎王的眼睛

---

①　廖建国：《试论海子的"殉诗之路"》，《海子纪念文集·评论卷》，合肥工业大学出版社 2009 年版，第 106 页。

②　王家新：《"大地的转变者"——德国的诗性传统与中国现当代诗人》，《为凤凰找寻栖所》，北京大学出版社 2008 年版，第 129 页。

（二）远方只有在死亡中凝聚野花一片

和大地相联的是死亡。在其生命最后的诗篇《春天，十个海子里》，他说："这是一个黑夜的孩子，沉浸于冬天，倾心死亡"，对死亡的倾心，是诗人自始至终的一种宿命。早就有人注意到，频频出现的死亡意象构成了海子诗歌的一个鲜明特点。这其实也同样是 20 世纪中国诗歌的一个贯穿性主题。从郭沫若的《女神》，到艾青的《太阳》，20 世纪中国的新生激情似乎总是与死亡的冲动紧相伴随。此后，无论是郁达夫、闻一多、何其芳，还是艾青，这个民族最敏感的那些神经，总是不断地发出死亡的颤音。早有研究者指出，何其芳的早期作品曾"多次明确地表示生无可恋或死亡可亲的感叹"①，如："你有美丽得使你哀愁的日子，/ 你有更美丽的死亡"（《花环》），"这是颓废吗：我能很美丽的想着'死'，反不能美丽的想着生吗？"（《独语》）等，如果说何其芳这样私语还显得过于轻消的话，艾青的《太阳》："于是我的心胸 / 被火焰之手撕开 / 陈腐的灵魂 / 搁弃在河畔 / 我乃有对于人类再生之确信"，则更显悲壮、决绝。《女神》中最重要的《女神之再生》《凤凰涅槃》，都将一个民族生命的更新，寄托于旧的躯体的死灭。虽然迄今为止，尚未见有人对《太阳·七部书》和这个诗歌传统之间有关系，做出过任何有力的清理，但仅凭直觉你就可以感到，这里的确存在一些真实的联系。

与他的无数先辈一样，海子在这个世界上的执着追寻，不过是再一次发现了"神"的"缺位"。"目击众神死亡的草原上野花一片"的空茫，让人想起崔颢的"晴川历历汉阳树，芳草萋萋鹦鹉洲"。所不同的是，崔诗中随之而来的似是更落实的乡关迷惘，而出现在海子诗中的，是一种更深的生命迷惘：

> 我的琴声呜咽泪水全无
>
> 我把这远方的远归还草原

---

① 黎活仁：《乐园的追寻——何其芳早期作品的一个重要的主题》，《现代中国文学的时间观与空间观》，业强出版社 1993 年版，第 142—144 页。

一个叫木头一个叫马尾

我的琴声呜咽泪水全无

短短四行诗中出现了两次"琴声呜咽泪水全无",夹在中间的是"我把这远方的远归还草原/一个叫木头一个叫马尾"。如前所述,"远方"本是一个指涉着希望,指涉着梦想、未来、乌托邦等意向的词;但草原的"远",却只是一种空茫、邈远的物态。如此说来,"把远方的远归还草原"无疑就是要剥去附着在"远方"上的种种象征,而让其回归到本然的物质性的空间中去。"木头"和"马尾",经匠心的妙用,即可成一具"琴"。然而在这里,木头是木头,马尾是马尾,本应艺术性地整合为一体的事物,以其离散再显"物"的本性。懂得了这些,就会懂得,"琴声呜咽泪水全无",作者呈现给我们的应该是一张漠然、失神的脸。

海德格尔在《诗人何为》一文论及荷尔德林《面包和葡萄酒》"……在贫困时代里诗人何为"一语时说:"对于荷尔德林的历史经验来说,随着基督的出现和殉道,神的日子就日薄西山了……世界黑夜弥漫着它的黑暗。上帝之离去,'上帝的缺席',决定了世界时代……上帝之缺席意味着,不再有上帝显明而确实地把人和物聚集在它周围,并且由于这种聚集,把世界历史和人在其中的栖留嵌合为一体。"①

在一个解体的或失去有机性的世界上,有什么能成为再度"聚集"的力量?《九月》说:"远方只有在死亡中凝聚野花一片"。"凝聚"这个词的使用,很容易让人想到海德格尔。所谓"凝聚",就是将本属涣散的东西整合为一体,而其关键,在以意义赋予事物以一种秩序。也就是说,这里的"凝聚",实际所指应是一种整合世界使其获得意义的能力。而"死亡"在这里仿佛成为原始信仰中那种过渡仪式,只有通过死亡这道窄门,世界的有机性(即整合的力量)和意义才能得到恢复。就这样,我们又一次看到中国的诗人对于"死亡"的一种认真谛视。

---

① [德]海德格尔:《诗人何为》,《林中路》,孙周兴译,上海译文出版社2004年版,第281页。

（三）春天，十个海子全都复活

现在看来，作为醉心乡土中国的最后一位诗人，海子的精神世界其实从一开始就面临着一种分裂。他无限痴恋的乡村及其文明已成过去，他赖以维生的城市使他困窘，唯一可以寄望的未来又使他绝望。在这样一种既回不到过去，又看不见未来的时分，为生的深深忧惧所攫取的他，最终选择了死。这既是绝望，也是希望。有研究者说，海子的死有着强烈的自我升华愿望，就连他自杀所选择的铁路，也都可以看作一种"天梯"的形象。不管海子是否真的将自杀视之为升向另一世界的阶梯，我们从他的诗中，的确可以看到许多对于再生的想象。写于 1986 年或 1987 年的《诗人叶赛宁》中写道：

> 仙鹤飞走了
>
> 桌子抬走了
>
> 尸体抬走了
>
> 屋里安坐忧郁的诗人
>
> 仍然安坐诗人叶赛宁
>
> 叶赛宁
>
> 不曾料到又一次
>
> 春回大地……
>
> 诗人叶赛宁
>
> 在大地中
>
> 死而复生

作于 1987 年的《祖国》再一次预言：

> 千年后如若我再生于祖国的河岸
>
> 千年后我再次拥有中国的稻田和周天子的雪山天马踢踏

对于"再生"的想象，同样是现代文学最重要的主题之一。不说郭沫若的《凤凰涅槃》、闻一多的《烂果》，也不说艾青的《太阳》、何其芳的《醉吧》，就是身陷狱中的戴望舒，也有这样一首《偶成》："假如生命的春天重到，/ 古旧的凝冰哗哗地解冻，/那时我会再看见灿烂的微笑，/再听见明朗的呼唤——这些迢遥的梦。// 这些好东西都决不会消失，/因为一切好东西都永远存在，/它们只是像冰一样凝结，/而有一天会像花一样重开。"同样的意思，在戴望舒笔下，是和缓的，温柔的；在海子笔下，却更迸发出一种近乎狂暴的激情。《春天，十个海子》是他的绝命之作，也是他的天鹅绝唱，其中的激情、痛苦、渴望，甚至让人窥见诗人精神开始分裂的某种症像：

> 春天，十个海子全都复活
>
> 在光明的景色中
>
> 嘲笑这一个野蛮而悲伤的海子
>
> 你这么长久地沉睡究竟为了什么？
>
> 春天，十个海子低低地怒吼
>
> 围着你和我跳舞、唱歌
>
> 扯乱你的黑头发，骑上你飞奔而去，尘土飞扬
>
> 你被劈开的疼痛在大地弥漫

出现在这里的"十个"和"一个"，明显地让人感觉出一种疯狂。关于春天的想象，充满了狂欢化特征。"劈开"一词，不由得也让人想到《九月》中的"凝聚"——

> 远方只有在死亡中凝聚野花一片
>
> 明月如镜高悬草原映照千年岁月
>
> 我的琴声呜咽泪水全无
>
> 只身打马过草原

米兰·昆德拉的《生命中不能承受之轻》一开始讨论的，就是尼采的"永劫回归"。他说："从反面说，'永劫回归'的幻念表明，曾经一次性消失了的生活，像影子一样没有分量，也就永远消失不复回归了。无论它是否恐怖，是否美丽，是否崇高，它的恐怖，崇高以及美丽都预先已经死去，没有任何意义。"又说："如果我们的生命的每一秒钟都有无数次的重复，我们就会像耶稣，被钉死在永恒上。这个前景是可怕的。在那永劫回归的世界里，无法承受的责任重荷，沉沉压着我们的每一个行动……如果永劫回归是最沉

重的负担，那么我们的生活就能以其全部的辉煌的轻松，来与之抗衡。"① 像陀思妥耶夫斯基的伊凡讨论的有没有上帝一样，有没有这个"永劫回归"其实同样是人生的一个根本性的问题。

昆德拉的小说写于 1984 年，1987 年它被第一次翻译到中国，随后在国内引起巨大反响。不清楚海子生前是否读过这本书，然而，在他的诗中我们一再读到的，却有他对于再生的执着想象。海子在他的诗歌中并没有创造出一个神性的世界、一个彼岸的家园，他对生命意义的执着最终还是与此岸的一切联系在一起。

（四）千年后如若我再生于祖国的河岸……

无论是在其生前还是死后，有关他的史诗写作，一直是海子评价中最具争议的内容之一。写东方式的现代"史诗"是海子最大的追求，也是他最大的伤痛。虽然海子一生写作过 200 多首优秀的抒情诗，但在他的挚友骆一禾看来，最重要的还是他的史诗。对于这些诗，誉之者称其为"不唯是海子生与死的关键，也是他诗歌的独创、成就和贡献"，是"达到顶峰状态的诗作"②，毁之者径直称其为"垃圾"③。这当然有着复杂的历史因缘与逻辑。

中国文学的主流（汉语文学）缺少史诗是一个众所周知的问题，但在我们的文学史上，我们却不时可以看到有人将一些创作誉为"诗史"。史诗与诗史的最大不同，或在于前者始终联系于一个神人杂糅的时代，而后者只是对人类生活的一种诗性记述。中国文化的主流（汉文明）从很早的时候就脱离了史诗时代，中国诗歌传统以抒情诗为主体，所反映的，其实同样是这个文化本质的此岸性。

---

① [捷克斯洛伐克] 米兰·昆德拉：《生命中不能承受之轻》，韩少功、韩刚译，时代文艺出版社 2002 年版，第 3—4 页。

② 骆一禾：《海子生涯》，金肽频主编：《海子纪念文集·评论卷》，合肥工业大学出版社 2009 年版，第 2 页；吴晓东、谢凌岚：《诗人之死》，《海子纪念文集·散文卷》，合肥工业大学出版社 2009 年版，第 16 页。

③ 伊沙：《纪念海子：一去十年》，金肽频主编：《海子纪念文集·散文卷》，合肥工业大学出版社 2009 年版，第 96 页。

　　然而，自近代以来，受西方文化影响，我们的文人在谈到这一点时，却一直总有点心怀愧意。而这也就决定了，在一些时候，寻找"史诗"，就成为我们的文学发展中一种很难抑止的追求。虽然通过一代代民间文学研究者的努力，人们在那些原处边缘的文化中找到了《格萨尔传》一类的活态史诗。但这显然还不够。从现代文学中写作《子夜》的茅盾，到当代文学中写作《创业史》《红旗谱》的柳青、梁斌，乃至晚近以《白鹿原》为"一个民族的秘史"的陈忠实，其创作观念中，都不无将小说当作史诗的现代版的西方影响的浓重痕迹。在诗歌的领域，这一追求于 80 年代中期的"寻根"冲动中达到了顶点。

　　近三十年的历程，一方面，从历史寻找辉煌，成为一种不可遏止的冲动；另一方面，面对随现代化而来的西化压力，许多敏感的心仿佛也唯有从历史中才能找到一种心理的平衡。重审或重构历史，一时成为当代文化发展不得不面对的一个重要课题。就诗歌而言，早在发表于 1979 年的《回答》中，就可以看到北岛是怎样用"五千年的象形文字"和"未来人们凝视的眼睛"，来收束他信仰幻灭后的不愿蜕尽的理想情怀。虽然他后来的写作并未继续就此掘进。但他的一些同代人随后的创作，从江河重构上古神话的《太阳和它的反光》，到杨炼不断向着历史文化"朝圣"的《诺日朗》《敦煌》《半坡》《西藏》《自在者说》，却给后来的文学包括海子的史诗追求以深远的影响。

　　海子的史诗创作，当然不能脱离这样一种潮流。崔卫平说："海子是从1984 年'寻根'开始踏上他的创作道路的……虽然那是一场民族性的广泛而深入的文学潮流，但它对海子的意义却是特殊的。"① 的确，在作为他成名作的《亚洲铜》中，我们一开始就看到了他对祖国土地文化的这样一种热忱，而直到生命的最后，对祖国土地和文化的眷恋和热忱，也构成了他诗歌创作的最为重要的内容。

　　对于海子，祖国是一个极其重要的概念，但它的内涵，更多的其实是

---

　　① 崔卫平：《海子神话》，金肽频主编：《海子纪念文集·评论卷》，合肥工业大学出版社 2009 年版，第 7 页。

历史文化。正如《祖国》（又名《以梦为马》）中对于生命永恒的这种寄望："千年后如若我再生于祖国的河岸／千年后我再次拥有中国的稻田和周天子的雪山……"祖国对他，不仅是一片土地，更是一段曾经辉煌的历史时间。对中国人来说，历史从来都是弥补彼岸世界空缺的有效界域。某种程度上说，只有理解了中国文化本源性的神性的缺失，和它的家园想象的此岸性，才能更深地理解海子的爱国主义及其"史诗"追求的意义。

　　现在看来，相较"江河"、"杨炼"们，海子的野心其实更大，试图承接的诗学传统也更为广阔（荷马、《圣经》、印度史诗、但丁、歌德）。在他作品的许多地方，我们甚至可以看到一种试图熔铸民族主义与世界主义以完成其艺术梦想的努力。骆一禾说："《七部书》的想象空间十分浩大，可以概括为东至太平洋沿岸，西至两河流域，分别以敦煌和金字塔为两极中心；北至蒙古大草原，南至印度次大陆，其中是以神话线索'鲲（南）鹏（北）之变'贯穿的……"[1] 而西川则将这一切径直概括为："他殷切渴望建立起一个庞大的诗歌帝国。"[2] 现在看来，这种由"寻根"而来的，追求"宏大""玄学上的意义"和民族责任的担当的诗学，与当时正在兴起的另一种以躲避崇高、肯定世俗生活和个人追求的价值的诗学之间，的确存在着话语背景及其针对性上的分歧，但作为 80 年代以来社会进步精神的两翼，它们的对立其实奠基于某种共同的基础。说"对旧事物的迷恋和复辟，对过往岁月的感伤"，"必然伴随着对新事物和今天的反动"[3]，显然是一种过于武断的、草率的推论。

　　放远了看，海子的诗歌梦想，仍然可以看作是近代以来中国文艺复兴努力的一种延续。谈及海子的诗歌梦想，尽管他本人和他的朋友们几乎无人多谈他与中国现代诗歌的关系，但从他的史诗及抒情诗对土地、对太阳、对

---

　　① 　骆一禾：《海子生涯》，金肽频主编：《海子纪念文集·评论卷》，合肥工业大学出版社 2009 年版，第 2 页。

　　② 　西川：《怀念》，《海子诗全集》，作家出版社 2009 年版，第 11 页。

　　③ 　尚仲敏：《向自己学习》，转引自刘春：《一个人的诗歌史》，广西师范大学出版社 2010 年版，第 76 页。

再生的那种激情，我们仍然可以认出从郭沫若到艾青、贺敬之、舒婷、江河、杨炼的一种现代抒情传统。颇显吊诡的是，当海子走入诗坛的那个时期，无论作为诗人还是文人，郭沫若、贺敬之的地位，其实都正处于一个下降的过程之中。无论是海子，还是他的研究者，也都很少见到将他们列为他的先驱。然而，从《太阳七部书》的架构和意象，特别是其中对创造，对光与力，对大地生命力的礼赞，以及其思绪在死与生之间的纠缠，仍然使人想起《女神》，想起从《女神之再生》到《凤凰涅槃》《太阳礼赞》，以及《立在地球边上放号》《地球我的母亲》一类的名篇。《太阳·弥赛亚》中对于青春和火的那种激情，也让人想到《凤凰涅槃》最后一节那有着天国氛围的、以火为主题的欢乐颂。海子的成就，可以看作是对一个世纪以来中国诗歌在这一方向上努力的一个总结；海子的死，也与这个诗歌传统的内在矛盾有着深刻的关系。

第二节　转型期现象与无家可归的文人

《废都》是一部畅销小说，在出版当年引起的轰动，大约只有80年代张贤亮发表《男人的一半是女人》时的盛况可以相比，所不同的是前一次还借有80年代思想解放潮流的绪余，而后者已挟裹入90年代市场化的狂欢仪式。《废都》的发表，给作家贾平凹带来了又一波的社会注意，同时也招致来自各个方面的批评非议。事隔十年，尘埃落定，所有的花絮也都飘散零落，但对它的评价仍然人言人殊。在笔者看来，《废都》作为一种精神现象文本，它为解读八九十年代之交中国社会的转型提供了丰富的内容。经历了十年的沉淀，现在再看《废都》，也许既可以保留一点现场亲历的直观，又不至于做出过分情绪化的评判。

一、社会转型与价值失衡

《废都》一开头，主人公庄之蝶就陷进一桩官司里了。这场有关"名誉权"的诉讼，把我们迅速带入一种转型期社会的当下语境。"名誉权"这个概念尽管早已被写入了法律，但在中国社会里，一个人用付诸诉讼的方式来维护自己的名誉，仍然是很能体现新的时代特征的事件。这标志着，一个有别于传统的维护社会生活秩序的方式正在中国悄然兴起。关于这场转型，从不同的角度，人们有不同的见解和描述。在我看来，从社会生活的角度，这一转型主要是从传统的政治—伦理型社会，向现代经济—法律型社会的转移。在传统社会里，社会的发展变化直接由政治因素所决定，社会的稳定有序则主要由伦理秩序来维持；一部二十四史，几乎都是权力斗争的历史，而中国社会的文明也就是"礼教"的文明。在新的社会形态里，经济生活逐渐代替政治成为社会发展的原动力和兴趣中心，而维持和调节着社会秩序的决定力量，也由"礼"转成了"法"。于是，"发展才是硬道理"，"建设现代法治国家"，这一类的提法逐渐成为新时期社会最具时代性的话题。所有的人都参与了这场巨变，并且不同程度地期待和推动着这场巨变向纵深发展。但并非每个处身其中的人，都能了解这场巨变的整体以及对自己生活所具有的确切意义，因而，在思想行为的许多方面，难免会发生某种程度的错位理解与反应。

譬如作品中用到的"官司"这个词，就牵连到一种对于法律的传统理解。这种理解总是将社会公正与某种行政权力联系在一起。它的形成固然有着悠久的传统生活基础，但在当下语境里，却相当触目地表征出人与他的时代之间那种微妙的错位。《废都》的主人公便自始至终都不能正确地理解和对待这场诉讼，其应对也有点进退失据。我们看到，按照传统社会的处事逻辑，他首先从人情着眼，想私了这桩"官司"，不成功后又左右活动，求助于官场权力。然而，尽管诉讼过程中不可避免地掺杂了许多来自权力的干扰因素，但权力最终还是不能决定这场诉讼的终局。在这部作品中，诉讼本身的是非其实并不重要，重要的只是从中显露出来的社会心态，以及和诉讼的背景一道呈现出来的社会生活对主人公的心理压力。它不仅有社会认识价值，而且在某种程度上也成为故事进一步发展过程中主人公颓废行为的直接动因。

从《废都》中的诉讼及其牵连起的一切，可以明显地感受出，社会正在发生一场历史性的巨变，传统的价值和秩序悄然失去了它原有的稳固性。在社会的权力系统中，权和法的关系不再像从前那样可以单向决定，权可以干扰法，法也可以制约权，同时又有第三样东西渗透进来，那就是钱。尽管权和法在某种情况下都可以剥夺它，但它也时时可能造成对前两者的侵蚀，至于那曾经与法相对而立的"情"（人情、情理），则愈来愈见软弱无力。在日常生活的领域，作为价值尺度的情与欲、义与利的原有平衡关系，也发生了意义重大的倾覆。

诉讼之外，主人公还有他的朋友们日常都忙些什么呢？庄之蝶是个作家，但是我们看到，他已很难定下心来写他的作品。除了和几个女人的偷情、周旋，他还开着一家书店。所谓"下海"，庄之蝶只是湿了脚，他还没有能力在商海中畅游。然而这却透露出了文人对于金钱和商业的一种时尚性兴趣。那几个"名人"朋友们的生活，包括艺术生活，也都沾染上了明显的商业趣味。他们挣到钱了吗？似乎不多。但利益关系却不知不觉间渗透到思想行为的底里，就是朋友间的往来，往往也掺杂进了这种货利关系。看庄之蝶和他那些朋友的关系，都是"利"的欲求远大于"义"的情谊，尤其是骗取龚靖元字画那一幕，简直活画出了某些现代文人的"见利忘义"。在《废都》中，我们很明显地看到，情与义被远远地搁到了欲与利之后，庄之蝶和许多女人发生了性关系，但在他们之间很难说存在着多少真正意义上的"情"，欲望压倒了一切，不只是庄之蝶，还有那些与他发生关系的女性。

这一切都说明着，改革带来的变化已在很大程度上颠覆了传统的伦理秩序。这并不是说在传统社会中，情与欲、义与利之间存在着一种合理的平衡。恰恰相反，传统社会的平衡，正是建立在一种强制性的不合理之上的。孔子说"君子喻于义，小人喻于利"，虽然有复杂的语义，但它也确实造成了传统社会"士人"空谈义理，羞于言利，甚而社会性地轻视物质利益的流弊，这显然是不适应现代工商社会的历史发展的。宋儒的"存天理，灭人欲"，更使价值的天平极不合理地倾向了一极。这种价值判断很深地渗透在人们的社会心理里，日常语言说"情义无价"，又说"利欲熏心"，两句成语的褒贬，十分鲜明地道出了这种价值判断取向上的偏倚。五四启蒙思潮打破了旧礼教，冲击了旧伦理，但它最大的成果是从"理"的压抑中赢得了"情"
的地位。至于"欲"，虽然一度也很解放，但终究又被压入了社会与心理的
隐蔽领域。当代文学直到新时期之前，都存在着某种程度的禁欲主义。在新
时期文学发展中，"性"一直是一个很敏感的领域，在某种程度上，社会对
性描写的宽容度，也成了社会开放程度的晴雨表。直到《废都》出场以前，
虽然也有个别出格之作，但文学对性的表现总体上还保持在比较隐晦、曲折
的阶段，至少它还都不能越出"情"对它的约束或批判。《废都》的最触目
之处，就在于它几乎剥去了所有的遮掩，赤裸裸地托出了人的欲望，"情"
在这里倒成了可有可无的装点。无分男女，"庄之蝶"、"唐婉儿"们在这里
所表现出的那种饥渴情状，病态地表现出了社会在经历了一段禁闭后的开放
激情。他们仿佛进到了一个纯粹"欲望"的时代，情欲关系的价值天秤被完
全推向了与传统相反的一极。只有从转型期社会这一变化中的现实着眼，我
们才能正确理解这一切。

二、"传统之城"的解体

贾平凹的"废都"感受不是毫无根据的①，确实，不但是西京，就是整
个中国都处在这种氛围里，但这却不是"现代之城"的堕落，而只是"传统
之城"的解体。现代中国的城市，大体可按所赖以建立的文明分为两种类型。
一种是农业文明中的城，另一种是工业文明中的城。前者主要是一种政治文
化中心而兼有手工业和商业活动中心的意义，后者则是大工业时代的产物，
其经济意义远远超越了政治意义。前者如有着古老历史的北京、西安，后者
则如 21 世纪新兴的上海、深圳。但这只是从理念上划分，实际情况要远为
复杂。尤其是那些老城，经历了历史的沧桑巨变，到今天早都具有了许多新
的内容，在它们内部，新城和旧城从空间上和文化上都存着某种程度的交叉

---

① 贾平凹在一次访谈中曾说："'废都'二字最早起源于我对西安的认识……但当我构
思时，我并不认为我仅是来写西安，扩而大之，西安在中国来说是废都，中国在地球上来
说是废都，地球在宇宙中来说是废都。"见贾平凹、王新民：《〈废都〉创作问答》，废人组稿，
先知、先实选编：《废都啊，废都》，甘肃人民出版社 1993 年版，第 7 页。

和重叠，可以说，它们是一座座农业文明和工业文明的"双城"。

　　然而，真正要从旧城里蝉蜕而出，所要经历的就不仅是建筑的拆除，而且是整个人情风习、社会伦理的改造与调整。而在这一过程中，免不了的是种种旧的沉渣的泛起和新的事物的扭曲。《废都》中有一个极有意味的细节，那就是旧城区拆除时满城扬起的使人人感觉瘙痒的暗红色无名粉屑，那是什么呢？它让人想起那些积年已久的秽物，譬如臭虫一类的东西。在原有环境里，它们的活动受到人的卫生活动的局限，后来又不同程度地接受了现代文明的清理。但它们并没有完全失去生命，它们的寄身之地还在，像某种随环境选择休眠或生长的低等生物一样，一旦重新获得它所需要的营养，枯死的身躯中就会又蠕动出新的丑恶。拆除就是这样的机会，尽管这是一个从根本上铲除它的存在根基的时刻，但也是暂时将它们从旧的禁制中释放出来的时刻。出现在《废都》中的不少文化现象，就都具有这样的意味。比如我们在文本中随处可遇到的形形色色的迷信：气功、占卜、闹鬼；比如书中写到的和文本本身充斥着的色情：妓女、梅毒、艳歌淫词、色情描写等。而与此相伴的，就是社会认识的某种紊乱，上层文化制衡机制的无力，底层情绪意识的泛起。《废都》中由那个捡垃圾的老头所传播的民间谣谚，也是作品认识价值中不可或缺的一个部分，它确实反映了一个时期的生活实际，同时也反映出了文化机制和文人精神在这一时期的疲软情形。谣谚是来自民间的东西，它既盲目又准确。准确的是感觉，盲目的是指向。它发泄着来自社会基层的情绪，却无力对产生这种情绪的现实给出有力的解释，更无力提供改变现实的积极途径和动力。

　　《废都》的色情文本和商业炒作本身就构成了这个社会混乱的一个部分，从而也构成了对作家人文意图的一种反讽，从这一角度说，社会对《废都》的批判是深有道理的。一个文本并不只是对社会生活的静观，在某种程度上它是具有使动意义的。不但它的深层逻辑，而且他的表层意象都能构成对社会风气的一种影响，而如果它的深层本身就存在着难以克服的矛盾，那就很难在短期内抵消它的表层所造成的不良影响。如果要做道德判断和美学判断，《废都》都未可轻许，只有进入认识领域，它的积极意义才能有所显现。

　　一说到腐败，人们就想到官场。确实，官场可以滋生出权力的腐败，书中也写到了这一点。腐败也可能延伸到文化领域。《废都》中更令人触目惊心的就是文化趣味的堕落和文人良知的悬空。迷信的流行表现出文化大传统对小传统的控制无力，本能的放纵见证着精神的萎缩，谣言四起则是一个社会陷于某种程度的精神错乱的文化表征。但混乱并不都是坏事。从混沌到有序是一种自然规律。正是在这种时候才显出知识分子存在的社会意义，倘如像《废都》中一样，一味将判断生活的能力让渡给这样的民间情绪，那就不仅是天职的丧失，而且也表明了他在认识判断能力上的欠缺，这也同时就说明了为什么他的亢奋只能在某种本能的领域。

　　但活动在《废都》中的也并非现代意义上的知识分子，他们只是传统社会所遗留下的"文人"。甚至也不是"王纲解纽"时代那种以天下为己任的"士"，而只是苟活在一统、承平时代的某类帮闲、清客。而且，在他们身上，甚至也找不到几千年士大夫文化涵养出来的那种风雅气节，而只剩下一些来自市井社会的鄙俚的趋时附势。所谓"四大名人"，精神上皆不出此范围，而在孟云房身上，这种特点表现得尤为鲜明。这种文人的生存，从根本上说，本来只是依附在某种政治机体的外缘，起一种装饰点缀的作用。在某种特定的情况下，他们也可能被推向社会关注的中心，但即便在这样的情况下，也不具备真正的主体性。鲁迅曾骂梁实秋"丧家的资本家的乏走狗"，如果滤去这句话中尖刻的贬义，并将资本家改作某种他们赖以立身的文化机制的话，倒是颇能形容《废都》中这一群文人在社会转型期惶然不知所归的生存实境。

三、无家可归的精神境遇

　　"牛"：不可归去的南山——农业文明想象的虚幻性（乡土非家园）。《废都》中有一个很特别的细节，那就是庄之蝶趴在地上直接吸食牛乳的描写。这个细节过于刻意的象征意味，使其在艺术上显得多少有伤含蓄，但它却以一种生硬的方式强烈地表现了作品对于农业文明的那种想象性热忱，凸显出那一代被时代的漩流抛入城市的农民"寻根"欲念的惶急。"牛"是乡土文明的象征，在作品中，它也是一种"思"的载体。而它所思念的"南山"，在中国文化中具有更浓厚的象征意蕴，作为一种意象，它紧紧地牵连着"陶潜"、"王维"们的山水田园世界。这就提示我们，贾平凹在这里揭出的不只是一段乡愁，而且也是一种深深的文化依恋。一种"采菊东篱下，悠然见南山""相逢无多言，但道桑麻长""开轩面场圃，把酒话桑麻"式的纯朴生活，以及与之系结在一起的农业文明的宗教、伦理与美学。然而这个"南山"是无从归去的，现代生活已从根本上扬弃了那种文明。从这一角度看，贾平凹此前所写的那些商州小说，尤其是那些涉及改革的小说，都只是在为这样一个时刻做着准备。当《鸡窝洼人家》中的桂兰进一趟城，发觉自己从前"白活了"的时候，当黑氏终于离开了她的第二个丈夫与情人私奔的时候（《黑氏》），当村人将妒羡的目光投向王才的时候（《腊月·正月》），当金狗在州河里开起小火轮的时候（《浮躁》），"南山"的诗意就已从其内部崩解了。执意要从这"南山"中寻出些什么的话，那也只是它的原始和野蛮，不论给它涂抹上多么厚重的民俗的或美学的色彩，都不可能遮挡住业已"启蒙"了的目光。贾平凹并非沈从文，他甚至从根柢上就不能理解后者作品中的那种神性之光，他的兴趣更在巫鬼，如果说那种神性之光在现代生活中还可能以某种方式照亮人们的生活的话，巫鬼的迷恋则只会使人坠入某种无法自拔的历史深渊。

"西京"：农业文明之都的没落（城非家）。 在 20 世纪后半期中国文学中，无论从何种意义上说，"进城"，都要算是一个关键性的词语。我们有太多的故事与这两个字联在一起。城外的人向往着"进城"，进到城里人又如何呢？他是否就是一个"城里人"？回答总是要费一些沉吟。一个农村社会里成长起来的人要真正融入城市文明，并不像户口的改动或居所的迁移那么容易，这里还存在一系列经济、文化的问题。不仅是人情伦理，就是饮食起居这类的日常习惯，要一下子适应新的秩序也不那么容易。这就使许多进了城的人，在很长一段时期里都不能摆脱土包子之讥。甚至连领袖、伟人，据说也都要蒙受夫人在这方面的轻蔑。这样的结果是，对许多曾经渴望着"进城"的乡村知识分子来说，一旦进到城里，马上又生出家园失落的感觉。上面说到的庄之蝶对农业文明的想象性热忱，印证了这一点。还要说到的是，并非在任何时候，农村知识分子与城市生活的不谐和感都显得这么突出。传统城市生活，不过是村镇文明的一种放大，虽说也存在着"城乡差别"，但城市与农村之间还存在着某种有机的联系，进城的人不会感到太多的陌生，城里人也不会产生出对他们太多的轻蔑；现代之城则不然，它从根本上并不靠农业的滋养，从生产到生活方式，它都越来越具有一种漂洋过海而来的"洋气"，在这种"洋气"的现代面前，土生土长的农村知识分子不免总是有点气怯，这就更加深了他们那种城市非家园的感觉。

　　"夫妻"：在而不属于的家（家非家）。传统之家中夫妻关系的意义最终系结在生育上，子嗣在婚姻关系中的首要地位是无可怀疑的，我们不必在这里去引证什么文献或文化人类学的资料，只看《废都》本文就可以明白问题。《废都》中，是牛月清主动挑逗丈夫的情欲，但那真实的目标却是生育。在夫妻生活中以这样一种方法夹入一个"孩子"，那本身就会败坏这种生活所可能有的和谐。庄之蝶和他的妻子之间并没有什么仇怨，从传统意义上，他们的生活说不上幸福，也说不上不幸，只是平淡，只是缺乏激情，五四以后关于家庭解放的那些话语在这里都找不到着力点，但庄之蝶就是不满足，仅从道德上谴责他的越轨是不够的，这里可能还存在着某些更深层的问题。无论如何，这个"家"是不能给庄之蝶栖居的宁静与自足的，夫妻只是共同生活的伴侣，而不是身心交融的有机整体，这就是问题的症结。仅仅是伴侣是不够的，这个问题的提出在若干年前简直不可想象，但它却是人类生活进步的一种表现，它实际上给现代生活提出了一个更高的质量要求。人们至今还不能完全正视这种要求，理论也没有澄清过这种要求，但它的存在却已给社会带来了很多现实的或道德的难题。这已不是危言耸听，而是一种无法忽视的社会存在。

　　"无忧堂"：生命原始乐园的空虚。无家可归又渴求着有所归依的文人，四处寻找可依恃的东西。他们也不排除向"生命之家"寻找安居之地。这种生命之家，除了记忆，尚有本能。两性关系在这里就具有了形而上的含义。两个人的亲密，是向生命的原始乐园寻求温暖，但同时也就保持了人的幸福的最低限度的社会性。《废都》中的色情描写并不能单纯看作商业文化的炒作和文人趣味的堕落，它其实也有精神性的东西，虽然它见证的只是文人精神的极度软弱。庄之蝶在唐婉儿身体隐秘处题写"无忧堂"，是《废都》中极精彩的一笔。它十分鲜明地表现出在现实中经验着无家可归的人生困境的文人，向"生命之家"寻求安慰的精神萎缩和退却。因成功而放任自己的人容易耽于淫乐，这个事实尽人皆知，似乎不需要举什么例子。处于沮丧或失败中的人同样也容易滑向淫乐，《子夜》中吴荪甫伸向女佣的手就是颇具说明性的一例①。对庄之蝶来说，与其说是某种成功，不如说是失败，是那种无家可归、进退失据的沮丧感把他推向了淫欲。然而，这个由本能所构成的"生命之家"的乐园，同样只有空虚。《废都》中的女性就是按传统标准来说，也皆不过世俗庸物，没有谁真能称得起"性情中人"，就像庄之蝶的趣味，总是"雅"得那么俗。片刻的欢娱过去后，还有什么呢？即便没有外力的剥夺，能想象庄之蝶真能和唐婉儿或别的女人生活在一起，而又继续保持着偷情时的热情和快乐吗？

　　"车站"：人生流浪的终点或起点。《废都》的最后，无家可归的庄之蝶来到了车站。这真是一个富于象征意味的地点！它十分鲜明地指示出了现代旅途人生的一种特点。庄之蝶是准备离家出走的，但他能到哪里去？似乎没有一个明确的地点，即便有，怎么保证它不是又一处"废都"？这些问题都不好回答。但这种出走的姿态却能让我们想起很多，从五四时期的"娜拉"、觉慧，到抗战时期的曾树生、方鸿渐。尽管具体的情况各异，但想以出走打破僵局或摆脱困境的意愿是相同的，而这些出走最终都找不到真正的归宿，一次次的出走，不过是一次次地重演"围城"。其实，在更深的意识中，庄之蝶是不想走的，他似乎时刻在期待着一种救渡。在作品的最后几行，作者让他隔着玻璃看到他暗恋多时的汪希眠老婆的目光。虽然这个女性形象在读者看来并没有多少美好，但她却是庄之蝶唯一真正"钟情"却没有与之陷入"欲"的漩流不能自拔的人。她的出现似乎发出了一个信号，它表明《废都》

---

　　①　《子夜》，《茅盾文集》第三卷，人民文学出版社 1963 年版，第 440—441 页。

的作者最终还是寄望于"情"，寄望于一个女性的引领救援之手。虽然这不是中国传统信仰中的观音，也不是西方宗教文化中的圣母，但她们却表达了同样的潜意识欲望。与其说这是对于情人的渴望，不如说是对于母爱的渴望。是一个惶然无助的孩子对于来自母亲的抚慰的渴望。至此，贾平凹就写尽了社会转型中文人无家可归的情状，并且将一个在新的社会结构中文人何所归依的问题，以一种异常触目的方式悬置在了整个社会的面前。

第三节　生命：无望的逃离之旅——张存学小说

在当代中国的文学版图中，张存学并非一个十分显赫的存在。在通常的情况下，他都只是被放置在所谓"西部文学"的概念下讨论的。尽管在笔者看来，他的写作具有某种无可置疑的先锋性，他所描写的生活领域和描写方式都有某种无可替代的独到性，但放在整体当代文坛来看，他的存在仍然是执拗而孤独的。然而，也正是这种执拗和孤独，使其构成了认识当代中国生活及中国人家园意识的一个十分独特的维度。

一、贫瘠的乡土与干渴的生命

在张存学的小说创作历程中，中篇《罗庄》是一个重要的起点。这部发表在1989年第5期《收获》上的小说，已相当完整地展示了他的小说艺术构成的大部分要素。这并不是说在此后的日子里，他的小说的主题和形式不存在任何的变化或超越，事实上，张存学执着较真的写作态度，使他的作品始终存在着活跃的变异成分，从精神到风格，都不断有新的因素的加入或尝试。这只是说，从故事构造和思想情感取向来看，他的大部分作品都存在着某种统一的东西，所有的变数不过是从某一向度上合乎逻辑的推进而已。从这一意义上说，他的那些具体内容各异的小说，是可以当作一部精神史来读的。我不知道在张存学的作品和他的生活之间存在着一种什么样的关系，但我可以推断，这种写作对他的精神成长来说，是意味着一次次的精神蜕变的。

《罗庄》是一部以西北乡村某地罗氏家庭生活为表现对象的小说，小说的环境和人物，对生活在现代都市中的读者来说，都可能显得遥远而陌生。作品中的罗庄，坐落在西北某处的荒原。张存学小说的环境背景，通常不脱这种荒凉、荒僻的特色，不论是这里写到的罗庄，还是出现在以后小说里的小城拉池，同样给人一种疏离于现代文明的感觉。这已触及了西北人的一种生存现实。这里的"荒"，不是美国西部文学里那种尚待开发的"荒"，从耕牧的角度说，这里甚至已遭受到过度的开发。这是中国的西北，以穷苦著称的甘肃。具体到张存学笔下描写的这片土地，邻接着青海、宁夏，干旱、少雨，山头光秃，黄河翻滚着浊浪，另一些河沟随季节流水时断时续，土地常因焦渴而冒着尘烟，人民艰辛的劳作，很少换来真正的富裕。开阔、空旷的野地，反衬着生活空间的逼仄，精神活动的枯寂。许多年轻人拼命地读书，却只是为了离开这里。命运之手是冷硬的，生在这里，就得面对这样的真实。西部，绝没有西部片里渲染的那种异国式的浪漫风情。

了解这一切，是理解张存学小说的一个必要的起点。他的所有小说的一个叙事基点，就是对主人公们那无望的挣扎和不停地"逃离"的层层展示。尽管这"逃离"在他后来的小说中越来越具有一种生存论的形而上意味，但它的原初意向显然是和这种生存环境绾结在一起的。

罗世太夫妇和他们的三个儿子两个女儿生活的这片土地，仿佛已承载不起他们对于生活的任何希望。性情暴躁、焦虑不安的罗世太，想勉力支撑起这个家，然而一切是那么的不如愿。三个儿子：老大罗仁横蛮自私，一度弃家出走，回来后就一心想着娶妻分家，一切不管不顾地榨取所有能到手的东西；老二罗梦文弱低能，高考落榜后回乡却不安于劳动，考大学对他来说只是一个逃离家乡的梦，但命运安排给他的却是再次落榜和精神分裂；老三罗德仿佛早早就看穿了一切，他不再挣扎，一边放任自己——赌博、偷卖家里的粮食、和寡妇鬼混，一边漫无目的而又心慌意乱地摆着祖传的乱石阵。两个女儿以不同的方式逃向城里，但得到的一样是不幸。大女儿罗香嫁了个司机，一度看上去很美满，一场车祸却又使她肩负起了生活的沉重。二女儿罗菊带着一种对世界的天真憧憬奔向城里，但城市接待她的却是诱骗、堕落和死亡。表面强悍的罗世太也只能将改变命运的希望寄托在迁坟上，而当经历了一切之后，对他来说，最后的归宿看上去只有古勒河那滚滚的浊浪。这已经不是一代人的故事，生活在这里就如罗德摆的乱石阵一样，没有头绪，没有出路。一直待在这样的生活中，会使人发疯。罗梦疯了，他们的爷爷疯了，罗菊也说："要是一直呆在罗庄，我会发疯的"。逃离的愿望始终存在，但是，逃又能逃到哪里？罗仁跑到了新疆，"在一个工地上干了一个月，结果，让人敲了一杠子"，跑回来发现"还是罗庄好"；罗菊跑进城不愿意回来，她不甘承认失败，最后只能以自杀来实现彻底的逃离；他们的母亲年轻的时候就跟着外爷在外面跑，"跑到跑不下去的时候"，一个人回到家里并且"立住了脚"；罗德说："一百年前，罗家祖宗从陕西逃到这里，在这世上，人总是逃来逃去"。这并不是一个缺乏生命力的家族，乡人说"罗家人都是顶呱呱的"，罗家的祖上曾有人带过兵打过仗，还得过兰州的都督赠予的大匾，但祖先的光荣并不能使他们摆脱现实的困境。没有出路的焦虑和苦闷，很容易滋生出一种赌徒心理，一种对于偶然的期盼。罗德的祖父种过大烟，并因发财梦破灭而发疯死去，罗菊说她懂得了罗德为什么赌博，罗菊和罗梦的死，也都和这种赌一把的心理有着很深的关系。罗家的故事在这里显出了一种普遍性，一种残酷的、使人不忍谛视的真实。

　　出现在张存学小说中的，也许只是某种趋于极端的生存样态。它在多大程度上还在说明着今天的现实。要一个批评者去判定作品所描绘的一切与真实生活之间的相合程度，这种现实主义的要求，显然高估了批评者的能力，在这一点上，批评者其实与作者一样只有有限的经验和能力。我们宁愿将《罗庄》理解为一种历史记忆，这种记忆也依稀出现在笔者二十多年前曾有过的农村生活经验里。在一些西部乡村，赌博的陋习至今还是屡禁不绝。一些年来，生活发生了很大的变化，物质的丰富，一定程度上缓解了来自生存本身的紧张，但对一个曾深深体验过这种绝望和焦虑的人，一个曾把逃离视为生命中唯一可能的生机的人，具体环境的改变，并不会使这种生命感觉消失，从某种意义上说，它可能会固化在个人生命的某个角落里。

二、阴冷的世界与荒凉的人生

在《罗庄》中，我们已经感觉出，这一片土地，在青年人心目中已失去了"家园"的意义。没有留恋，只有憎恨，只有那一种切盼逃离的感觉。这是一种致命的感觉。在 20 世纪 80 年代初路遥创作的《人生》中，我们已见识过农村青年离开土地的愿望，但就是在高加林顶着良心的压力抛弃巧珍时，对整个的乡土还是怀有一种深深的歉意。小说在当时最打动人的，不是高加林追求新生活的果敢，而是由他的故事所牵系起的对于乡土的那一腔脉脉温情，以致许多人，包括电影的导演，都承认自己是"刘巧珍党"。在张存学的小说里，这一切都消失了，即使在某些地方留有一点余痕，也抵不过整体故事的阴冷。是的，阴冷。这是张存学小说最让人感觉不舒服的地方，它使那些向小说企求生活温情的读者，不得不背身离去。笔者的朋友看了张存学的小说后对笔者说，他承认这些小说写得有些意思，但他却不能喜欢它们，那感觉太让人难受。家园不单是一片土地，它也是一段历史，一种人情伦理。在张存学的大多数小说中，土地已然失去了它吸引人劳动、栖居的诗意，它们简缩为一片苍黄的背景。罗庄山头雨后的微绿，使主人公想起的是天旱时飞扬的尘土；拉池城自始至终都是"土苍苍"的，就是德鲁的草原也因文明的侵入而堆满了垃圾。那么历史呢？人情呢？在《那个早晨》和《期待灾难》中，张存学将他的笔伸向了更深的历史和亲情的领域。《罗庄》中尚未展开的一切，在这里尽情地展开了，家族史本身就刻满了错综的仇恨，充满了逼人疯狂，逼人远离一切。发生在《那个早晨》中地主庄园里的一切，本可以构成一个独立的故事，一个十分诱人、十分"西部"的长篇传奇，假如张存学这样做了，他也许会赢得比现在更大范围的读者，它符合一个传奇故事所要求的一切叙事要素，荒僻的环境、荒唐的人物、弑亲、逃离、流浪、沦落为匪、阴谋、叛卖……拍成电影，肯定会有不错的上座率，然而这也只是一个传奇而已，出了电影院，人们很快就忘了这一切。张存学没这么做，他只是让它成为一个更为现实的故事的远景。仇恨及其传递，它对无辜者精神和生活的影响和破坏，才是这部作品惊心动魄的东西。历史并没有过去，旧的罪孽会衍生出新的罪孽。在这样的环境里，年轻人不可能寻觅到一种纯净的幸福感觉，看上去只有死亡或逃离，才有希望摆脱这一切。《期待灾难》把我们拖入了一个更具现实感的仇恨世界，在这里，仇恨以一种更分明的形态存在着。权力有能力滋生出罪恶，滋生出仇恨，却没有办法使它消弭，它以一种妖魔般的力量在时间中膨胀、扩散，最终使整个世界都产生出一种不祥的气息。笼罩在整部作品中的这种仇恨感，以及伴随故事进展透露出的种种爱恨交缠，疯狂、逃离、阴惨的死亡、兽性的虐待、幸灾乐祸的笑声，读来使人产生一种恶心、喘不过气来的感觉。这一切最终都汇聚到叶春那阴毒的目光和挑衅的行动里。尽管复仇的火山还没有最后爆发，一切还在蓄势待发的阶段，但这种期待灾难的姿态，比灾难本身还更具有一种令人恐惧的张力。

在笔者与张存学仅有的一次短促对话里，我们谈到了余华，谈到了余华小说在 20 世纪 90 年代以后的转变。话题是由笔者挑起的，笔者之所以提到这一点，是因为在余华的早期小说里，也是充满了死亡与灾难，充满了人世的宿命感受和现实的极端恶意，他就是以这一点首先震撼了中国文坛。但在 90 年代，在《活着》《许三观卖血记》及其一连串精彩的短篇小说里，余华却让人在苦难之后品尝了温暖，在残酷之中发觉了人道。笔者的谈话在暗示着人道，在笔者不无幼稚的善良愿望里，原是以人道为文学表现人性的指归的。笔者在暗示张存学，他也应该放弃对于苦难、死亡、空虚这类问题的执拗，而将表现的注意力放在人生的温暖和生活的美好上，笔者希望文学给人"生"的勇气，给试图走出困境的人以力量，而不要只是鬼打墙似的在苦难里转圈。笔者的话不多，但意思很明显。满指望这种古典人道主义式的苦心能得到共鸣，却不料张存学只说了一句话："可余华那种人道主义让他就这样了。"轻轻一拨，让笔者有了一下子扑在空处的无措感觉。虽然口里还在说"可我不这么认为"，心里却早又生出了一天的疑云，甚至联想起海德格尔关于萨特"存在主义是一种人道主义"的反应。禁不住再一次问自己，张存学要干什么？

三、隐匿的激情与绝望中的期待

其实，在张存学的小说里，一度也曾出现过亮色。在 1996 年发表的《姿态》中，他给自己也给我们塑造了明霞和亚林。故事以回忆的口吻又把我们带回到罗庄，带回到那为贫穷、病痛、冷漠、仇视、无望所笼罩着的村庄，但这一回他只是让它们成为"一种氛围，一种背景"。在这一背景上，他要凸现的是亚林那"飞奔的姿态"，那无视生活的苦难"咧嘴而笑"的姿态。那是一种带点稚气的乐观，是初生牛犊面对世界扬起的犄角，是无畏的生之勇气。在这种姿态的映照之下，周围的世界不是显得麻木，就是显得贫血。亚林的母亲长年卧病，亚林的父亲"绝不是一个支撑起全家的栋梁，他散漫的性格中缺乏农民的那种韧性和耐力"，亚林的哥哥颟顸而自私，亚林的舅舅们为了不养活老母而互相斗殴。唯一的例外是明霞。虽然这只是一个极普通的农村女孩名字，但我相信张存学在选用它时，有意无意地赋予了它某种象征的寓意。在这样一种灰暗的生活背景下，明霞的存在真像是满天阴霾中一抹明丽的霞光，让人感觉到世界上毕竟还存在着温暖和美丽。然而，她也想逃脱这个村庄，在经历了一连串的挣扎和幻想的破灭后，"生活的无意义感已经过早地剥蚀了她年轻的灵魂"，她终于也陷入了和叙事者一样的绝望的虚空状态。明霞让我们目睹了一次毁灭，嫁给城里的驼背的她事实上已成为某种精神的废墟。在明霞身上，作者寄托了他对那些曾经对生活抱有梦幻，而至终不得不经历幻灭的美丽善良农村女孩的同情和悲悯。这是一些令人欲哭无泪的故事，尽管那段生活整体上已成为历史，但对苦难的记取和回味，是可以使人心变得纯净的。作品的叙事者仍是一个逃离者，一个逃来逃去找不到出路的人，青春老成，抱着对生活的重重心事沉湎在自己的世界里，慵懒、无为，冷眼看着周围的一切，一边感伤家族的命运，一边绝望地等待着又一次的逃离。同在一个村庄，并且不时有些来往，但他仿佛和亚林生活在两个不同的世界里。在当时，亚林并不在他的眼里，亚林所做的一切在他看来都有些孩子气；追思起来，亚林又像一个奇迹。作品的末尾说，"对于我来说，亚林的状态具有某种圣洁的性质"，大概正由于此，作者给他安排了一个车祸丧生的结局，一个具有如此顽强的生之热忱的人，却死得这样莫名其妙，这也许正可以见出生活的荒诞和偶然，但也未必不体现着作者另一面的苦心，"他跳跃在灾难之上，又被灾难所毁灭，但他仍然远离灾难而去。在遥远的某个地方，我似乎感到他对我对世人咧嘴而笑"。圣洁的事物，大概终究不能长存于世界的此岸。

在《姿态》沉滞的叙事语调背后，我觉察到张存学对生活那一份隐匿着的激情。在《姿态》发表的同一年，张存学还发表过一篇《蓝丽》。这大约是更为他所珍爱的作品，以致他也将它用作了自己小说集的名字。和其他小说不同的是，他将《蓝丽》的故事发生地安排在了德鲁，整个作品中也更多地弥漫着一种梦幻般的气息。尽管这个作品的背景中仍然有着一贯的逃离、死亡、仇恨、家庭关系的冷漠等因素，但作为前景的故事，却发生在几个有艺术气质的年轻知识分子之间。主人公对生活的形而上体验和玄思，在这部作品中占了一个明显的位置，但同时也不乏关于爱情的记忆和想象的浪漫。德鲁在张存学的小说中是一个有着特别意义的地方，他的大部分小说故事不是发生在罗庄，就是发生在拉池，德鲁通常是通过记忆或传说出现在这些故事里的，那标志着另一种环境，另一种感觉："德鲁是一个家园，周昆成长于斯并融进了它的历史"。德鲁是一个草原上的城镇，它使我联想起张存学曾经生活过的甘南。周昆所钟爱的草原是混合着记忆、经验和想象的，它和蓝天、白云、野花、海子、马蹄联结在一起。这是他的草原意象的一个方面。从这个意象我们也可以破解出"蓝丽"这个名字的寓意，这是关于一段岁月的记忆，它唤起人对未经污染的自然和未经污染的人性的激情想象，甚至是对某种悄然隐去的神性的期待。然而，草原还有另一面，那就是"空茫"。周昆说，"草原永远只属于草原，它的本质不是绿色绵延的绿草、海子和牛羊，它的本质是空茫，人无法彻底融进那种空茫中，人总要被它逼到呼求神灵或外在救助的境地"。工业文明的侵入惊扰了神的安居，它夺去了草原在主人公心目中的圣洁，却驱不散那种空茫的感觉，毋宁说倒使它播散到了整个世界。在这种空茫感的驱迫下，人只能在世界上逃来逃去。而最终的逃脱也许只是"死"，在张存学的作品中它一再洞开虚无的大口，引得主人公们临渊张看。世界袒露在人面前的似乎只有灾难、残破、荒诞和丑恶，对它的反抗没有人能赢，逃离者至终还得归来。就连爱情也不能逃开这种宿命的追逼。失爱后的周昆逃入了城市，但城市在他眼前的呈象却是"荒原"。这很使笔者想起海子的命运和诗句："目击众神死亡的草原上野花一片，远在远方的风比远方更远。"（《九月》）多么令人惊讶的相似，如果不说它们反映了相同的时代精神病状，那就会让人猜想可能存在某种相同的思想渊源。但张存学的"神"并没有死亡。周昆说："神在远处宁静的地方漫步着，他凝神注目的雪山岿然不动，而雪山之巅的皑皑白雪在神的注视下闪烁着晶光。你和我，"周昆接着说，"都需要神的关注，但神永远在远处漫步。神拒绝一个喧闹而趋向绝望的世界，只有这个世界本身成为废墟时，他的衣袖和步履才会轻临于其上。"这段有着明显的海德格尔色彩的话，似乎道出了张存学艺术追求的一种形而上本质。他所着意描绘的一切，逃亡、绝望、空虚以及绝望中的期待，最终的根据大约都在这里。在《蓝丽》的结尾，作者还是让蓝丽的归来带来"一个拯救的谕示"，经历了一连串的死亡、挣扎、灾难和孤独的主人公们终于获得了某种"超越"。周昆说："我和你都已经超越了死亡，现在，我们站在大地上不再倒下。"这是个略微带有点浪漫和英雄主义色彩的结局，它本该使笔者满意了，然而这样的理解，却使笔者疑心有点跌入了"成长小说"的套路。

四、破碎的感觉与冥想的诗情

失去家园的人在大地上没有根基，命运注定了他们只能逃来逃去。在张存学的小说里，一开始就存在着一种矛盾：一方面是无休无止的逃离，另一方面却是希望能"在大地上立住脚"。在他大部分的小说里，我们都看到一个性情暴躁甚至乖戾的父亲，一些性情各异而又都意图逃离的儿子，和一个温和、坚韧，默默承受着一切的母亲。

默不做声的母亲的形象是耐人寻味的，张存学仿佛是想将她塑造成涵容承载的大地，历经磨劫，看穿一切，又承当一切。从《罗庄》中的李瑞芝开始，母亲的形象就以一种默不作声然而洞明一切的形象出现，在故事的进程中，她并不总是显得多么引人注目，但她的存在是不可或缺的。然而母亲力量的源泉和它的存在，一开始就显得有些可疑。说李瑞芝"在大地上立住了脚"意味着什么呢？是说她结婚生子并且承受住了生活所有的灾难和不幸吗？这会不会本身就是一种屈服、妥协？在不幸袭来时，她能洞察却不能阻止，如果说在她身上显出了一种力量，那也只是一种生存之力，一种不向死亡求取出路，以对命运的冷冷谛视战胜命运折辱的坚韧生存意志而已。《罗庄》之后，母亲身上所体现的这种力量显得越来越弱。《那个早晨》中的姨妈尚能以特有的方式促成善恶报应，《期待灾难》中的刘满玲就只能逃入疯癫以躲避罪恶的追袭，亚林的母亲索性"常年卧病不起"，"躺在炕上像一个局外人观望家庭的一切"，《蓝丽》中的母亲才四十多岁就早早死去。到《迷醉》中，这个形象的内在力量已显得完全支离破碎。

这部发表在 2001 年第五期《十月》上的中篇小说，一开始就把我们带入这种破碎的感觉中，儿媳的堕胎完全击垮了母亲。这个曾经在 1976 年的水光连天中，独自将三个孩子——一个七岁，一个尚在腹中，另一个是路上收养的六岁的可怜孤女——从遥远的乡下徒步带入兰州城，卖血接出因斗殴而躺在医院中的丈夫，往后的日子里靠捡垃圾支撑着一家人的生存的母亲，在堕胎的事实面前彻底被击垮了，她的生命意义变得模糊。"养孩子是为了一种命，现在这命断了"，她说。这种对生命本身的重视，对生命绵延的维护，是母亲生存意志的力量之源，然而它断裂了，剩下的只是破碎的感觉。1976 年水光连天中的母亲形象，是张存学小说中最光辉的片断，母亲的力量的显现在这里达到了一个顶点。但这样一个母亲最终还是被命运击垮了，母亲整天不停地剪碎布片的描写，很恰当地表现出了这种人生破碎感。作为这个世界的整合的力量消失了，这个世界还能怎么样。

与前面的故事不同的是，《迷醉》故事的背景被移入了城市。这也许只是间接地反映出了近些年中国社会的一种变化，但也可能有更深的意义。对外在的荒凉的远离，使内在的荒凉更触目地显露了出来。作为故事主人公的罗布兄弟，仍然没有摆脱不断逃离而又无处可逃的宿命。在这里，我们又一次看到了张存学小说中一向存在着的、家庭中父与子之间的那种血缘的联系和精神的对立；看到了恶与罪怎样在人与人之间衍生、转移、传播；看到善良的愿望和努力在宿命的力量面前是怎样的软弱无力。罗成的堕落是这部作品中的一个关键因素，一切的不幸似乎都缘此而起。但也就是在这一点上，张存学的仇恨叙事显现出了一个问题，促使罗成堕落的真正原因是什么，是什么使得他"老与人与事作对"？是童年生活中的不幸，由父亲暴戾、自私的性情和行为而产生的强烈的反叛意志？还是他天性中本有的不安分？如果是前者，难道有那样一个胸怀博大的母亲，那样一个曾经共命运的妻子，由她们所构成的那个"家"，还不能使他的灵魂趋于平静？如果是后者，这是否透露了张存学对于人性本身的一种悲观感觉？罗成形象的出现不是偶然的，存在于他身上的弑父倾向，很容易使人联想起《那个早晨》中的钱子浩，想起张存学其他一些作品对于父亲形象的刻画，这真是可以拿来做精神分析的话题，从中我们也许可以发现一些隐藏很深的俄狄浦斯情结一类的东西。

　　但笔者更感兴趣的是这部作品的标题："迷醉"。这显然与作品中写到的吸毒有关，但也可能有更深的寓意。这篇作品的主题和叙事重心均不在吸毒本身，尽管作品对吸毒行为本身也有着深刻的解剖和批判，"吸毒更多的是一种阴性的、软弱的和自欺欺人的行为，而且不管出于怎样的原因都是群体和潮流性质的"。但吸毒本身所具有的社会悲剧意义，在这部小说中仍被置于一种次要的地位，作者更感兴趣的是一个生存论意义上的问题。吸毒也可能构成逃离的一种方式，"吸毒的过程伴随着另一片天空的出现，它是陌生而鲜亮的。岳玲看到了自己心中的另一片天地。她为此而迷醉……""她不是出自于对那个家的逃离和背叛，不是的。吸毒这个行为是突然而至的，它不存在先决的原因，即使存在着决定性的原因，也是在吸毒之后慢慢显现的，它们更像是粘贴上去的。"这是一段语意复杂的话，它所揭示的因果关系存在着一种内在的缠绕，人性中非理性的一面与理性的一面存在着一种复杂的双向渗透。酗酒和吸毒都是罗成所憎恨的，他向酗酒的父亲举起过刀子，但他也跌入酗酒的泥坑；他不惜毁家和岳玲同居的同时又无限憎恨着这个吸毒者。"他想，这姑娘和他一样浑身充满了向外喷发的毒素，他们都不屈从，都想将自己从固有的生活中拉出来。"不屈从什么？岳玲和他本来都曾拥有一个不错的"家"，就是到了最后，在妻子王红艳和他之间还是存在着一种无法割断的关系，他们好像是有意地在毁坏着生活中的稳定，就像他弟弟感觉到的那样，"在罗成的天地里秩序总是被赶得远远的"。这就暴露出了人性中的一种阴暗，"用刀子刺破一切的意识一直存在。罗成甚至认为连最细小的东西都可以刺破让它们流出恶心的脓来。世界就是由这些脓来组成的，而他活在其中。"究竟是世界的存在是恶，还是对世界的这种仇恨才是恶，还是一种恶诱出了另一种恶，使得恶与恶在颓放中不断地增殖，这个问题我们无法去问罗成。显而易见的是，堕落不仅是痛苦，它还伴随着一种快感，一种失重时的轻脱，就是这种感觉诱使堕落者越坠越深。这是否就是标题中出现的"迷醉"？

除去《罗庄》用一种简短的语句，表现那种简单的生活外，张存学的大部分作品都语调舒徐，充满了某种沉思冥想式的诗情韵味，我觉得这样一种语言风格与故事中那种荒凉、冷酷的生活很不相应，虽然有一点陌生化效果，但总不及《罗庄》的语言那样感觉贴切。后来渐渐明白，这种语言风格本身就具有一种精神性的东西，正是这种语调使叙事者或隐含的作者，与他讲述的故事间拉开了一段距离，而留存了超越的希望。从这种叙事语调里，我察觉到一种"家"的存在，尽管那只是一个语言的"家"，但它毕竟告诉我们，除了荒凉、冷酷之外，世间还存着某种温暖明亮的东西，它也许就是生者对于生活的咀嚼回味。《迷醉》的结尾以一场大火结束了堕落而罪恶的生活，尽管王红艳打掉了自己肚子里的孩子，并且因而使得母亲不愿再开口说话，但在她对罗布的关心里，在她为了这个弟弟不再被罪恶所吞噬而做出的果决行动里，却展示了一种伟大母性的复活。虽然充满了堕落和罪恶，但在笔者的感觉里，这部小说比张存学以前所有的小说溢出了更多的暖意，而由那些长短错落的句子构成的自然语调，也比他以前的作品更多地显出一种生命的活力。《迷醉》的结尾，我们看到了母亲动情的泪水，也看到了她的另一个儿子对生活的彻悟："罗布一遍遍回想他的亲人，每一个亲人在他的头脑里走过。这是温暖而冷峻的时刻，他甚至对自己半年前的逃离感到不可思议……"我不禁问自己，逃离的故事到了这里，是有了一个停顿，还是将继续下去？

第四节 "进城"：一个现代中国故事

作为一场持续的社会现代化运动，中国社会的"进城"经历了一个漫长的过程。20世纪八九十年代以来，随着中国经济的高速增长，社会总体的"进城"速度大幅提升，处于转型期的中国社会，又一次面临着一系列由"农民进城"带来的复杂问题。这些问题分布在社会的不同层面，既关乎现实的政治经济发展，又牵连到长远的精神伦理秩序。学界对"三农"问题的探讨，侧重的多是其中较为现实的一面。作为社会生活的一种反映，文学对社会问题的关怀，有其独到之处。自新文学运动以来的中国现代文学，其创立和发展，都与社会的这种城市化趋势有着密切的关系；中国现当代文学对城乡文化冲突，以及由"农民进城"所引发的种种社会问题的反映，从不同层面构成了它的一个贯穿性主题。以往的文学研究已从不同侧面对这一问题有所探究，但将其作为一个整体性的问题，放在目前正在加速进行的社会城市化背景下重新看待，我们仍能从中发现许多全新的东西。这一切，不但对于我们全面认识中国现当代文学传统，而且对于我们认识当下转型中的中国社会，均具有重要的理论、现实意义。

有关农民进城问题的研究，目前渐成学术热点。但目光多集中在当代挣扎在城市边缘的那些体力劳动者身上，而未充分意识到所谓"进城"，其实是近代以来中国社会的一种整体性蜕变。它所涉及的，不仅是一些具体的人群的迁移，更涉及社会生活整体从乡土到城市的现代化转换。作为现代化运动的一项重要内容，20世纪以来中国社会城市化的发展多方面决定着现代生活，同时也对中国现当代文学的发生、发展产生了实质性的影响。形形色色的"进城"故事，业已构成中国现当代文学的一个贯穿性主题。

一、"进城"：中国现当代文学的一个贯穿性主题

中国现代的"进城"问题，从根本上说是一种文明形态转换问题。中国现代化问题的复杂性，决定了"进城"过程的长期性、曲折性。社会的"进城"，不同时期有不同特点，其间有正有逆，有隐有显，主次错综，时有

转换，但作为一种历史趋势，其总体走向和对人心的吸引始终未变。中国文学有关这些问题的表现，亦随时代变化而变化，呈现出相当繁复的面貌。

早在中国现代文学的创生期，社会的城市化运动就给了它决定性的影响。诞生于新文化运动的中国现代文学，从很多方面看，都与一种新兴的城市文化联系在一起，但它的作者队伍却大都仍然与农村文化保持着难以割离的关系，在很长时段里关注的也主要是一些与农村生活密切相关的问题。"20世纪前半期的进城农民，主要由那些因战乱、天灾以及资本主义经济的挤压所造成的破产者构成"，当时只是着眼于"农民"一词的狭义而言，若就社会的整体趋势来说，这种看法其实是不完整的。构成现代化"进城"大军的，除了普通的农民，还有传统农业社会的许多其他成员，既包括因种种原因失去乡村生活根基、乡村生活兴趣的地主，也包括不断为现代文明所吸引的乡土知识分子。中国现代文学的先驱，大都有过"逃异乡，走异路，寻找别样的人们"的经历①，正是他们的出现，促生了"现代文学"，也正是他们的出现，首先将一种现代意义上的"城""乡"对照，以及文化上的"进城"问题带入了我们的文学视野。20年代的乡土小说，深受鲁迅影响。这些作品描写的，往往都是一个知识分子进入城市，又带着城市文明的眼光反观乡土人生，结果发现的却是陌生和疏离。不论是"苦恼的是失去了地上的'父亲的花园'"的许钦文，"烦冤的却是离开了天上的自由的乐土"的王鲁彦②；还是写着《竹林的故事》的废名，其"乡愁"及有关乡土社会的描写，都只有放在"侨寓文学"的背景上，放在与城市文明的对照中，才能得到准确的理解。正是在城市现代文明之光的烛照下，传统的乡村生活不可遮掩地显出了它的衰败与病容。

20世纪30年代是中国社会城市化趋势最为突出的时期之一。这一时期的文学，无论京派还是海派，自由主义还是左翼；无论各自的表现兴趣如何不一，在描写农村经济生活凋败，传统伦理及其美学的幻灭上，却存在一些

---

①　鲁迅：《呐喊自序》，《鲁迅全集》第1卷，人民文学出版社2005年版，第437页。

②　鲁迅：《中国新文学大系小说二集序》，《鲁迅全集》第6卷，人民文学出版社2005年版，第256页。

颇为一致的东西。从茅盾的《子夜》、《春蚕》到吴组缃的《一千八百担》《樊家铺》；从叶圣陶的《多收了三五斗》，到叶紫的《丰收》；从巴金的《家》《春》《秋》，到老舍的《骆驼祥子》《月牙儿》；从废名的《桥》，到沈从文的《边城》《八骏图》；从艾青的《大堰河》，到何其芳的《画梦录》，乃至施蛰存、刘呐鸥他们的新感觉派叙事，几乎所有这一时期重要的文学现象和作品，都可以从这一背景中获得更深刻的理解。直到延安文艺出现以前，颓败的田园与叛离的子孙、动荡的乡村与浮华的城市，都一直构成着中国现代文学最重要的表现张力。

抗战爆发以后，整个中国社会发生了大规模的社会流动，在特殊的社会情势下，与"进城"的方向相反，"下乡"一度成为更流行的主题。文学中对土地、对农民的崇拜，形成了这一时期文学的一个重要特点①。乍看上去，这是一次逆向的运动。然而这只是一个方面，问题的另一面是，随着战争时期急剧的社会流动，现代城市文明的影响也从国家的东部扩展到了中西部腹地，这其实也是一个将城市文明带入乡村的过程。知识分子们的下乡，带来的其实也是一种乡村社会改造的可能。作为一场新的启蒙运动的一项隐蔽内容，城市文明以一种微妙的方式将其影响渗透到了社会的底层。正是这样的背景下，我们读到了解放区文学与前截然不同的对农民生活的反映。在40年代的"新农民"身上，其实有着一些远非传统农村文化所能概括的东西。孙犁、康濯小说中对读书识字一类新鲜事感兴趣的青年农民不必说，就是在像赵树理的《小二黑结婚》、李季的《王贵与李香香》这一类看上去完全"乡土化"的作品所描绘的解放区农民对婚姻自主的追求，其实也都有与城市现代文明联系在一起的现代人生观念的渗透。

孙犁写于新中国成立之初的《山地回忆》，是一篇十分值得注意的作品。小说所写的，不过是一个农村女孩和一个战士之间的平常交往，以往的解读，都将其纳入军民关系的范畴，但女孩形象的动人之处很大程度上却有赖

---

①　钱理群：《"流亡者文学"的心理指归——抗战时期知识分子精神史的一个侧面》，王晓明主编：《批评空间的开创》，东方出版中心1999年版，第250—255页。

于作品所写她对一些新事物的向往，像新式织机、洋布等，甚至连她对战士刷牙的嘲弄，也透着对山外文明（城市）带来的新奇事物的向往。这一切本该展开为 1949 年后新的时代文学的主题。然而，多少有些匪夷所思的是，整个 50—70 年代的"当代文学"，却都对城市文化表现出一种相当消极的态度。随着 50 年代之后新的社会制度的建立，与革命队伍联系在一起的乡村文化得到了更有力的支持。此后若有"城市文学"，其实表现的却都是对城市生活的拒斥。早在 40 年代末，面对即将到来的胜利，进城问题就曾被作为时代最重大的课题之一提出。从郭沫若的《甲申三百年祭》到西柏坡会议毛泽东关于进城问题的讲话，关心的似乎都是如何抵御进城后队伍的被污染问题。就是在这样的情况下，形成了新的文学主题。从 50 年代初文学界对《我们夫妇之间》的批判，到 60 年代初《霓虹灯下的哨兵》，对城市文化的这种戒惕，一直都是当代文学中最引人注意的问题。

　　即便如此，50 年代以来的工业化运动还是对农民产生了很大的"进城"吸引力。我们今天读 50—70 年代文学，也不能不从这一角度去考虑一些问题。当年人们读《创业史》，注意的"新人"，大都只是梁生宝，对于他那个恋人——改霞，除了把她当作主人公"寻找圣杯"道路上的"诱惑者"，很少再去措意。然而，今天看来，进城当工人的改霞，代表的未必不是当时青年的另一种梦想。50—70 年代的中国历史，一再发生诸如"知青下乡""居民迁移"一类的反城市化运动：但作为一种潜流，"进城"的趋势仍然难以遏止。为数众多的优秀农村青年，通过招工、提干、参军、上学等途径，不断汇入城市人口。就是"知青下乡"这一事件本身，其意义也是复杂的。他们的下乡，也逆向地激活了更多人进城的心。这一切，构成了当代文学表现中一个饶有意味的内容。

　　中国社会的城市化运动对新时期文学的发展同样产生了重要的影响。进入 80 年代，随着城市经济、城市文化向农村的辐射，城市生活对农村青年产生出一股极大的吸引力，新时期文学对"进城"的表现，也进入了一个新的时期。事实上，就社会潮流而言，70 年代末的"知青返城"运动业已构成了新时期城市化运动的先声。尽管其后"知青小说"对"返城"问题的抒写在最终的城乡文化选择上存在着耐人回味的复调，但就主要趋向而言，这些小说还是写出了青年一代对"城市文明"的留恋与向往。更为重要的是，此时的城市也正在对新一代土生土长的农民显示出新的魅力。从这一点上说，铁凝80年代初的《哦，香雪》，堪称与50年代初孙犁的《山地回忆》有着异曲同工之妙。这篇小说写到的开进山村的火车，对山民尤其是山村孩子来说，实际上构成了一种城市生活的远景。明亮的车厢灯光、车上人的衣着风度、塑料铅笔盒，以及那个面色白净的列车员，对于香雪和那个叫作凤娟的山乡女孩，无疑具有一种梦幻性质，正是这种城市之梦在指引着许多农村青年的人生轨迹。可以说，整个80年代的农村生活小说，集中表现的都是一种对于城市化生产、生活方式的向往。《鸡窝洼人家》中的桂兰进一趟城，发现自己从前的生活都是白活了；《人生》中的高加林，生活的幸与不幸最终都系于"进城"这一最大的人生欲望；《塔铺》中的高考补习生，《新兵连》中的普通战士，所有的悲欢也都与他们对城市生活的向往有关；而《陈奂生上城出国记》的主人翁，也正是伴随着对"城市"的靠拢，一步步远离着他的先辈"阿Q"。一个十分有意思的细节是，在路遥的《人生》中，我们竟然又一次看到了《山地回忆》中曾经写到的"刷牙"问题，历史仿佛在围绕这样一个生活细节，在反复给我们展演着"文明的冲突"，而这一次冲突的结果，当然是以城市生活习惯的完全获胜而告终。

八九十年代以来中国经济的高速发展，加剧了社会的都市化进程，同时也将更多的农民带入城市，"进城"问题再一次被推到社会关注的前沿。中国现阶段的和谐社会建设，必然涉及种种与"进城"有关的问题，而从这一角度去认识我们当前文学创作的得失，也是一个十分有意义的话题。

二、"进城"问题的政治—经济层面和伦理—美学层面

自从有了城市，就有了"农民进城"故事。但中国现当代文学中的农民"进城"，却有着与过去截然不同的含义。古代中国的城市，并不完全是一种与乡村异质的东西，虽说也存在"城乡差别"，但城市与农村之间还存在着有机的联系，一个人城乡身份的转换，并不存在根本性的困难。古代社会的

"城"，一开始或许只是防御工事，其后成为政治中心，并与"市"结合在一起成长为经济生活空间。但"市"还是附丽于"城"之上的，经济生活的重要性并不是决定城市意义的最主要的东西。现代的"进城"则不然。现代生活中的城乡对照，从根本上体现的是人类文明的两个不同阶段。进入现代之后，工业化、市场化代替自给自足的农业经济成为主要的社会财富生产、流通方式，市民生活方式对社会的组织和精神秩序也产生了深刻的影响。中国现代的"进城"问题，从根本上说，其实是要实现一种文明形态的转换。即便一个人将户口落在城里，并长期住在城里，也不拥有"进城"的全部含义。作为一项社会现代化指标，"进城"不仅涉及一个人身份、劳动方式、生活环境的改变，而且也涉及一整套分别建立于城乡生活基础之上的伦理、美学等生存意识的调整。也就是说，现代意义上的"进城"，包含有生活实际中的进城与心理上的进城两个侧面。"进城"，不仅是一种社会生活趋势的描述，更是一项生活指标、一种文明理想的表达。而这也就决定了，"进城"带来的社会问题，既有政治—经济的层面，也有伦理—美学的层面。

就社会生活的全体而言，现代意义上的"进城"首先就是要重新建立现实生活的经济基础。纵观历史不难发现，现代中国"进城"趋势的隐显，总是与社会某一时期经济发展速度有关，中国现当代文学对"进城"问题的表现，也总与该时期城乡经济生活的活跃度有关。中国现代史中的 30 年代和当代史中的新时期，是城市经济发展相对较快的时期，也是文学中城乡生活对照最为鲜明的时期。但"进城"也不单纯是一个经济问题，它也和一连串的政治问题联系在一起。近代以来城乡生活的差异，除了物质方面，也表现在社会组织方式以及由之决定的政治生活上。启蒙运动之后建立的现代民主政治，以及与之相伴的那一套以人权、民主、自由、平等为核心的价值观，也是建立在新兴的城市文明、市民社会基础之上的。就中国而言，将一代代农村青年吸引向城市的，除了城里人的物质生活，也还有他们所享有的市民社会权利。中国社会城乡经济发展的不平衡性，决定了它的二元结构，作为这种结构的一种反映和保障，户口制度在当代生活中曾经具有举足轻重的地位。不论对于具体的人，还是整个社会，这个制度都发挥过极为重要的作用。路遥创作于 80 年代初的《人生》，大概是新时期以来最著名的"进城"问题小说。在这篇小说中，主人公的命运起落及其不幸结局，除了观念上的原因，还在于他的户口。正是一本农村户口，最终限制了高加林人生选择的自由。对户口身份的追求，其实是对权利的追求。对当代生活中的高加林来说，户口制度所起的作用，实际就是将他排除在这些权利之外。尽管中国社会自汉代起就开始"编户齐民"，但当代户口制度的一个重要意义，仍可能与社会在城市容量有限的情况下对进城趋势的限制有关。而当代中国一次次以"下乡""支边""迁移"为名的运动，均不排除隐含有对城市人口进行一次次微妙的调控的意图。就是革命军进城后对城市文化的批判，也未尝没有一些抑制、调控滋生于这支队伍内部的进城欲望的意味。但获得在一个城市的居住权、就业权其实只是这种追求的一个起点。

中国传统的以乡村生活为代表的社会，是一种建立在小农经济基础上的宗法——伦理社会，社会的组织架构，始终离不开自然形成的土地和血缘纽带（即便是城市生活也是如此），因而不可避免地具有一种封建性。土地改革、合作化、公社化虽然曾给予这一社会组织形式以一定程度的改造，赋予了中国社会一个全新的"低层结构"[①]。但这个新建立起来的结构，仍然是有缺陷的。就是在作为新社会生活基础的户口、单位等制度设计中，也仍然残存着一些不尽人意之处。这从根本上是和中国城市社会的不发达联系在一起的。现代意义上的"进城"，就社会生活的全体而言，也就是要通过生产方式和生活方式的改造，从基础上建立完善中国式的市民社会。五四以来的新文学，一直高扬"反封建"的旗帜。但五四式的"反封建"，其着力点仍然主要在婚姻、家庭一类属于个人生活的领域。就是新时期文学的重提"反封建"，着力最多的还是意识形态领域的东西。早在 30 年代，就有左翼作家认为："封建制度是更深的表现于那特有的土地生产关系上"[②]，其后的中国革命和革命文学，从现实到思想都不断致力于这种关系的改变，但其所完成

---

① 黄仁宇：《中国历史与西洋文化的汇合》，《放宽历史的视界》，中国社会科学出版社 1998 年版，第 176 页。

② 马子华：《他的子民们·跋》，春光书店 1935 年版，第 191 页。

的，主要还是对地主土地所有制的改造；至于对那种长期以来决定性地将人束缚在某一社会关系之中的更根本性的东西，却很少被纳入关注的视野。这也就难怪革命文学在表现农村生活时，一边突出着激烈的阶级斗争和社会关系的改变，一边却对体现着现代文明的城市和城市文化抱有一种轻蔑的态度。

除了政治—经济的层面，现代意义上的"进城"，还牵涉到一系列伦理、美学等生存意识领域的调整。中国现当代文学对于农民融入城市的困难，有过许多生动的表现。以往我们阅读这些文本，注意点更多都放在较为外在的方面，即农民如何突破种种经济的、制度的障碍，获得进入城市生活的权力或可能。至于农民的文化心理以及农村生活习惯在"进城"中的意义，即便有所涉及，也往往认识不够。在笔者看来，"进城"问题的深刻性和复杂性，恰恰在于除了那些政治、经济性的因素之外，还存在一些涉及道德、伦理、美学的问题。工业化使传统生活的经济基础动摇，市场经济使勤劳致富的人生观念受挫。随着社会从整体上向乡土告别，传统的社会秩序和价值伦理必然面临着解体的危机。一个失去稳定价值观，只知道追逐经济利益的社会，难免陷入社会秩序紊乱和道德领域的危机。以往我们读《春蚕》《子夜》《骆驼祥子》一类的作品，注意的主要是社会的黑暗和其所暗示的社会革命必要性，而没有意识到，这当中也包含着许多与城乡文化转换有关的内容，而其中最令人深思的，便是在资本主义经济的冲击下，传统中国生活观念，尤其是它的伦理秩序所发生的动摇。

"进城"问题的深刻性、复杂性，最终还牵涉到一个精神家园问题。古代中国的"城""乡"对举，虽然也有"文"（先进、高雅、精致）"野"（落后、低俗、粗朴）之分的含义，但两者之间在文明形态上并不存在根本的差异。城市的物质生活虽然较乡村优越，但在精神上并不具有绝对的优势。古书中时见以"田舍汉"骂人，但"村夫野老"也并不比"引车卖浆者流"更受人轻蔑。相反，在多数情况下，倒是乡村生活更成为一个人精神优越的象征。古代知识分子对城乡文化的选择，通常以或仕或隐的形式显现出来。对他们来说，"隐"似乎总是比"仕"更具魅力。一个从乡土社会走出的孩子，无论他官做得多大，事业有多辉煌，最终还是要归根于这种生活。与现代文学出现大量"进城"故事的情形相反，古代文学最引人注意的，往往是那些"归乡"的主题。从张衡的《归田赋》到陶渊明的《归园田居》，从王、孟、韦、柳，到苏东坡、范石湖、袁中郎的诗文辞赋，两千余年的古典文学，只要写到乡村生活，似乎时时处处都可以看到一种"久在樊笼里，复得返自然"的欣悦。古代文学中也有嘲笑乡下人的故事。譬如《红楼梦》中的刘姥姥进荣国府，就很可以看作集这类故事之大成。这个故事充满喜剧色彩的前半，表现的都是城里人对乡下人从物质到精神的优越，但到故事的后半，作者却让刘姥姥这个曾屡遭嘲弄的对象，从道德人格上显示出一种颇称高尚的东西。到现代这一切似乎都很自然地发生了翻转。就说鲁迅笔下的那个阿Q，一生的得意处似乎都在于他进过几次城，虽然小D们并不就此买他的账，但他因此也真的比他们更有了点见识。他唯一的一次露脸也是因为进城——连赵太爷都放下架子请他去，即便是为了贪点便宜。至于高晓声笔下那个陈奂生，也是因为"进城"，不但挣得了买帽子的钱，而且也挣得了在村人前炫耀见识的资本。

从鲁迅、废名、沈从文、萧红到汪曾祺、贾平凹、张炜、刘亮程，文学中的农村生活曾一再显示出巨大的精神价值，然而，无论是《故乡》《社戏》《竹林的故事》《边城》《呼兰河传》，还是《受戒》《大淖纪事》《商州初录》《九月寓言》，不同时期乡村生活诗意想象的底层，深藏着的都是一种由新的价值认同而产生的感伤和失落。就此而言，现代意义上的"进城"，同样包含着一种重建精神家园和审美理想的任务。在一篇旧文中，笔者曾经写道：中国人的家园原型，始终是一种现实乡土人伦社会。长期的农业生活决定着在这一社会中人与自然关系的首要性，天人合一成为这一世界的最高理想，家园与田园几乎融而为一。世世代代的中国人，就是在这样的世界里，"存吾顺世，殁吾宁"。如果说，西方人在现代化过程中所经历的最重大的精神危机，是上帝之死，那么中国人所经历的，就是这个由土地与人伦构成的家园世界的坍塌和破毁……随着工业化带来的生产、生活方式的变化，传统文化在现代社会中地位和意义的调整，中国人昔日赖以安身立命的那片领域变得日渐模糊可疑，和农业文明联系在一起的乡土从精神上变成昨日的世界……城市业已成为我们最主要的谋生之所……然而对绝大多数人来说，它还不是一个充分意义上的家园。一个真正的家园，必须是使人生时依恋，死后魂归的地方，今日的城市还远远做不到这一点。在今天，这仍然是一个值得深思的问题。

三、和谐社会建设的巨大风险和重要机遇

时至今日，社会的"进城"已是不可遏止的趋势。"20 世纪 90 年代的乡土小说，一面是被乡土小说家强化了的土地迷恋和理性化的'离乡'愿望，另一面是农民因城市橱窗而神魂颠倒的实利性的'离土'倾向"[①]；而同一时期的城市文学，也充满了因大量农民涌入而带来的驳杂色泽。剖析这一时期围绕"进城"问题而产生的种种文学现象，对我们更深地认识生活无疑具有积极的意义。

改革开放以来的中国社会，出现了明显的阶层分化；同时，不同地区发展速度也不同，东、西部之间的矛盾更加突出；急剧发展的社会产生出一系列复杂的政治经济问题。而这一切最终也都将投影于城乡问题之上。"进城"带来的发展问题，不仅涉及速度，而且涉及方式。一方面，数以亿计的农村人口顷刻涌向城市；另一方面，中国的人口、土地、资源、城市的容量，以及新兴的可持续发展思想，共同要求将现有形态的城市扩张保持在一个合理的限度。这就决定了在中国社会如何进城的问题上，同样存在着复杂的选择。是通过现有城市的扩张，不加限制地吸收农民进城，还是通过对乡村经济的改造，将人们的生活从整体上带入城市，社会可以有不同的选择。中国的新一代青年农民，是否可以在不离乡土的情况下完成身份的转换，并将社会整个地带入现代城市文明，是一个很值得思考的问题。中国社会现阶段进行的小城镇建设、新农村建设，所做的或许也正是这样的尝试。新农村建设的目标，其实是要在保持社会连续性、稳定性的基础上，实现国家整体生活

① 丁帆等：《中国乡土小说史》，北京大学出版社 2007 年版，第 338 页。

的工业化、城市化、现代化。但这一过程同样既包含着政治—经济层面的问题，也包含着伦理—美学层面的问题。如果说 80 年代初路遥的《人生》抒写的主要是新一代农民在面临进城的制度性障碍时所产生的精神困境的话，《平凡的世界》则以更广阔的画面、更从容的笔调，抒写了这一代农民更为曲折复杂的人生选择。与《人生》中的高加林一样，《平凡的世界》中孙少安、孙少平兄弟，同样表现出一种向城市所代表的文明的趋近，但其人生轨迹并不相同。与屈于负重的哥哥相比，径直跑到城里的弟弟孙少平对新生活的追求，或许更热烈、更坚决，也更直截了当。然而，孙少安通过办砖窑改变生活的故事（包括他挣了点钱后进城拿三万元赞助拍电视剧的举动），同样耐人寻味。新时期文学，尤其是被称之为"主旋律文学"的那部分，一直不停地书写着这一类创业、致富故事，但对它的真正意义，人们至今似乎还没有去做认真的思索。

近年来中国社会的一个重要特征，就是它的流动性大幅增加。随着经济的发展和一系列社会控制手段的放松，人口在不同空间、不同阶层间的流动，已逐渐成为一个最为重要的社会现象。然而，这也为它的发展又一次带来了复杂的社会秩序和道德伦理问题。除了经济方面的意义，"进城"带来的原也是一种对城乡社会进行现代改造的可能。对一个人来说，"进城"，或许主要指他通过种种努力，获得足够的城市就业生活空间，并因之享有市民社会的诸多权利；对整个社会来说，则是要通过一系列调整和改革，构建起一整套与市民社会相适应的政治生活秩序。面对现实重建我们的生活秩序，首先面临的也是一个是将其建立在传统小农经济下的宗法—伦理秩序之上，还是建立在未来的经过城市化改造的新的市民社会基础之上的问题。19世纪末叶，面对新兴的资本主义带给俄国社会的种种混乱、无序，托尔斯泰曾经无奈地将其社会理想寄托在基督教信仰和传统宗法伦理秩序的"复活"上；无独有偶，在《白鹿原》这部 20 世纪 90 年代的长篇小说中，陈忠实也在对 20 世纪中国革命史进行过一番颇具反思性的描述后，对以"祠堂"为代表的儒家宗法伦理社会送去深情的一瞥。近些年，有关"市民社会"问题的讨论，在学界时有耳闻，有关当代社会城乡二元结构和农民的国民待遇问题的讨论，更成为一个学术和政治共同关心的话题。然而，对于普通的民众以及对经济政治未做专门研究的知识分子，这仍是一个听上去有点隔膜的话题。在新时期文学中，我们曾看到《秋菊打官司》（《万家诉讼》）的故事，看到许多为农民维权、为农民工讨工资的"主旋律"描写，但所有这一切，均还停留在较为具体的层面，还未能从更深远的背景上去理解，这不能不说是一个遗憾。

八九十年代之交，中国社会生活中一次意味深长的转变，就是城乡文化的易位。仔细观察可以发现，20世纪90年代以前，即便在发达城市，乡村趣味、乡土美学、乡土生活伦理在日常文化生活中占据着较重要的地位。90年代以后，这一切仿佛都被颠倒了过来。经济生活和交往方式的变化，使90年代以后的中国社会迅速城市化。工农业生产在国民经济中比重的变化，现代交通、传媒、通信技术的普及和推广，这一切都推动着中国社会从根本上远离着乡土生活。90年代以后，城市生活趣味开始发挥决定性的影响，只要看一看今天农村青年的服饰、发型、做派、兴趣，就不难明白这一切。新时期文学一开始，从表现对象看，仍然还是以农村生活为主，王朔登上文坛以前，引人注目的作家、作品、现象多与农村生活有关。接近90年代之际，这一切开始发生转变，新写实小说中虽然也不乏有关农村生活的描写，但总体趣味更趋近市民生活。从20世纪90年代到21世纪，文学的注意力更多地转向城市，到近些年，当代文学与乡土生活的疏离，已成为一个不得不引人深思的问题。20世纪末刘亮程《一个人的村庄》的问世，一度曾颇引起轰动，然而，所有读过这部书的人都感觉得出，这不过是传统乡土生活和乡土文化的最后回声，释卷之际不免暗问：随着作者的进城，这种情调还能持续多久？进城后的作者，又将如何再度获取那种属于内心深处的平衡与满足？

对于城乡经济发展带来的社会道德观的变化，新时期以来的文学原本持一种乐观的态度，读80年代的一些小说，如贾平凹的《腊月·正月》、王润滋的《鲁班的子孙》等，可以发现，虽然人们对经济发展带来的道德观、伦理观变化一度也曾表现出疑虑，但总体态度还是欣喜的。到90年代之后，情况变得复杂起来。急剧的社会变化使站在城市化门槛前的民众产生出深度精神迷惘，传统的伦理观、价值观也不可遏止地发生着动摇。与此同时，对于城市化给社会生活带来的变化，人们也不再有当初那样单纯的乐观。贾平凹《废都》对西京城人情伦理的描写已带有浓重的悲观情味；莫言《丰乳肥臀》的结尾，也以一种荒诞、夸张的笔墨，表现出一种经济、社会发展带来的惶惑；到余华的《兄弟》下卷，更以一种漫画式的笔触，将经济发展带来的这一种信仰、伦理危机表现得触目惊心。在这样的历史情境下，如何重构稳定的社会秩序和道德理想，已是一个十分严重而紧迫的问题。

无论是从政治—经济，还是从伦理—美学的层面看，"进城"都为中国当代社会带来了巨大的风险。然而，问题的另一面是，社会从整体上的"进城"，同时也为城乡经济的发展，为中国式市民社会形成及社会主义民主政治的充分实现，为新的信仰、道德、伦理、美学体系的建立提供了根本性的机遇。因而，认清社会的"进城"趋势，并有的放矢地推动其朝和谐稳定的方向发展，无论对文学研究，还是对整个社会生活，都将是意义深远的事。

第五节　海岛文明的"失乐园"与"复乐园"

雨　下了一夜

我　又梦见了亲人

人生短暂啊

就像山上过路鸟

思念漫长啊

就像海里漂泊的船……

一首咿咿呀呀的黎族古歌，拉开了七集电视人文纪录片《海之南》的序幕。天堂岛、沉香、花梨、人家、滋味、海口、祖宗海，七个专题，恍若七席视听艺术的盛宴，以一种近乎奢侈的方式，将海南自然人文的绚烂多姿，尽呈观众目前。制作的精良、目光的深邃、视域的宽广，都予人以深刻的印象。

按主创者的构思，该片"与以往反映地域文化纪录片最大的不同"，就在它试图"深入一个地域文明的内部，从自然、历史与人物命运的变迁中，呈现了一个文明生长的内在动力与机制……不仅用影像重建了海南的文化版图，还用二十一世纪的理性精神照亮了海南长久被遮蔽的历史纵深"①。这无疑是一个颇具雄心的目标。而在笔者看来，这整部电视片所讲述的，也可以概括为一个相当深刻的"失乐园"和"复乐园"故事。

一、海岛文明的"天堂"想象

多少年来，对于长期生活在内陆地区的中国人，海南始终是一个颇有点神秘的地方。碧海、蓝天、椰风、岛韵，不但令无数人对之生出无穷的向往，甚至也诱引着他们一批批来到这里，以不同的方式寻觅自己的梦想。无数的人们向往海南、谈论海南，一次次深入海南旅游、冒险，但却又始终对之抱有一种无法全然去除的异域感。就此而言，这部电视片首先的一个贡献，就在于它第一次以现代视听的方式，揭开一向蒙在这座热带海岛上的神秘面纱，不但将它的自然、物产，也将它的历史、人文，乃至当下境遇，以一种极迫近的方式呈现到大众面前，不但让观众因其博大神奇而惊喜，也让他们因其现实境遇而忧而思。

整部电视片的开头，借着一些画面和旁白，摄制组就告诉观众，早在1938 年 9 月，美国《国家地理》杂志就曾向世人宣告，海南岛是除巴厘岛、火奴鲁鲁以外世界上第三个"天堂岛"，是"世界上最重要最美丽的地方之一"。其后，通过一幅幅画面、一个个故事、一组组数据，不断告诉我们，海南岛是一个"天堂"。

从很久以前，人们就知道海南是一片奇异而富饶的土地。早在公元 15世纪，"世家海南，北学中国"的著名文人丘濬，作《南溟奇甸赋》赞美自己的家乡："……土性殊，而物之生也多奇相。草经冬而不零，花非春而亦

---

① 央视网：《纪录片顶级首播·海之南·本片介绍》，见 http://jishi.cntv.cn/special/djsb/haizhinan/。

放。境临乎极边，而复有海泄其宛气而无瘴。地四平以受敌，无固可负；岁三获以常穰，有积可仰。通衢绝乞丐之夫，幽谷多耆老之丈……民生存古朴之风，物产有瑰奇之状。其植物则郁乎其文采，馥乎其芳馨……其动物则彪炳而有文，驯和而善鸣……凡夫天下所常有者，兹无不有，而又有其素无者，于兹生焉。"① 已然将这座岛屿，描绘为一片人间乐土。所叹所咏，不离气候的温热宜人、物产的奇异丰盛、民生的和平自足，而所最突出者，则始终在一个"奇"字。

可以说，毫不客气的呈奇炫富，构成了这篇辞赋艺术表现的主要特征之一。仅就此言，我们在《海之南》中发现的，几乎是同样的表现冲动。像丘濬的名作以及古今许多同类辞赋一样，"奇"，在这里，同样构成了其审美意识的突出中心。首先，当然是物之奇。一个个精彩的画面，一段段诗意的解说，仿佛更将五百多年前丘濬笔下的一切珍奇，表现得更加活灵活现，加诱人深入。特别是《沉香》《花梨》两集，通过聚焦两种特殊的物产，将海南物类的神奇描绘得令人目醉神迷。但一切尚不止此。除了自然馈赠的一切，同样神奇的还有文明的创造、文化的印迹：纹面、医药、手工艺、船形屋、抱罗粉、文昌鸡、吃"公期"……

其次，像丘濬的名作一样，除了物之奇，电视片展现给我们的，当然还有人之奇。所不同的是，丘濬回答翰林主人"物之奇尔，如人何无"虽从海南开发历史说起，直说到"今则礼义之俗日新矣，弦诵之声相闻矣"，"其表表者，盖已冠冕佩玉立于天子殿陛之间"，但毕竟承认海南开发较晚，还无从列举出多少真正有名的人物。《海之南》则不然，出现片中的海南人物，除了不断提及像苏轼、丘濬等古代名士，视野也扩及像元末革新中国纺织术的黄道婆，以及创造了海南开发与革命传奇的那些现代历史人物，说到晚近，则更涉及各行各类的风流人物：袁隆平、李登海、王世襄、潘石屹、冯仑、刘运良、李少君……这些身份各异的专家、大师、商人、艺术家、诗人，哪一个的故事里，又没透着一些奇异？

---

① 范会俊：《邱浚〈南溟奇甸赋〉注析》，《海南大学学报》1983 年第 1 期。

而所有的一切，又仿佛都在一层层地不断印证着《美国国家地理》那个著名的赞叹：这里首先是自然王国的天堂；这里是渔猎文明的"天堂"；这里是农耕文明的天堂；这里是科技文明的天堂；这里也是旅游者的天堂：碧海、蓝天、白沙、绿树、雨林、珊瑚、黎锦、美食、人物……无一不加强着人们的浪漫向往。即便从旅游宣传片的角度看，它的成功，也该是不容置疑的。从这样的角度讲，我们即便称其为一部现代视听版的《南溟奇甸赋》大概也不为过。

二、"失乐园"的感伤和忧思

然而，仅仅如此还不足以概括它的意义。应该指出的是，电视片《海之南》或许一开始就不是一部意图单以炫奇、猎奇打动观众的作品。不难看出，伴随着它的种种"天堂"叙事，作品所流露的，又始终有一种"失乐园"的感伤和忧思。即便简单地看，它所涉及和思考的问题或许也有以下这样几个方面：

（一）生态问题。如前所述，海南岛曾被看作是一个万物生灵的"天堂"。然而，随着历史文明的演进，它同样不可避免地要遭遇到种种的破坏和损毁。在海南岛今日面对的一切问题中，最为全社会所注意的，首先就是生态。还在《天堂岛》一集的末尾，作品就给观众这样一个沉甸甸的质疑："由于海天阻隔，浩淼的南海之上……留下了一个天堂之岛"，但"未来，海南岛还会是世界是最重要最美丽的地方吗？"其后，它还告诉我们，早在苏东坡的时代，这位伟大的诗人就已对当时人们对沉香资源的过度开采，表达了深深的忧虑。而到 20 世纪后半期，生态问题开始从整体性上变得越来越突出。在 20 世纪初，海南的森林覆盖率还达 90%，全岛各县均有长臂猿分布。到 60 年代以后，雨林覆盖率不断减少，以至 2010 年绿色和平组织通过卫星图片分析，发现海南中部的雨林面积在近十年里，竟然已消失了四分之一。一度遍布全岛的海南黑冠长臂猿的栖息地，已退缩到了仅剩 16 平方公里的森林保护区，种群数量也骤减到了只有 20 只左右……与此同时，遍布海岛的其他物种，以及海里的珊瑚、鱼贝虾蟹是，也在急剧地减少，损害着海洋水质与渔业生产的赤潮却在不断涌起。影片用大量令人触目惊心的画面形象地警告人们，一种新的危机迫在眉睫。

（二）发展问题。与生态问题紧相联属的，是发展。由于地理位置特殊，在中国国家现代化过程的一个相当长的时期，海南不可避免地处于一种比较边缘的地带。除了近代开埠及民国初期的一些短暂时光，这里的社会经济发展一直维持在一个比较迟滞的水平。20 世纪 80 年代末期，随着海南建省的热潮，这里一度也发生了种种相当超前的喧哗、骚动。但随着 90 年代后国家整体发展战略的调整，一切又一次陷入到某种迟滞之中。《海口》一集，从这个城市近代以来的历史讲起，但着重讲述的却是八九十年代以来几个创业者的故事。然而，透过对一些成功人士的采访，我们所感觉到的，却更可能是：如果说这一时期的海南也是一座天堂，那么，它更像是一个冒险家的天堂。海南成为他们值得纪念的掘第一桶金的地方、事业腾飞的起点，然而，在不得不佩服他们的创业精神和绝顶聪明、理解他们对这一片土地所怀的感激的同时，或许也不得不暗问：当海南成就了他们的同时，他们给海南留下的，或用以反哺海南的又是什么？面对着"创业者"离去后一片片被毁损的土地，一座座至今未绝其踪的"烂尾楼"，你的心是否也会陷入更深的沉思？

（三）文化 / 民族问题。即使仅仅从电视片也可以看出，海南又是一个有着丰富的文化传统和独特的民族生活的地方。从纹面纹身、钻木取火的史前文明，取食山海的渔猎文明，织锦种稻的农耕文明，贸易航海的现代工业文明，直到以科技创新、生态农业为代表的后现代生态文明，其存在不仅有着漫长的历史，而且有着同在共生的当代现实，又与包括汉族、黎族、苗族等各个民族的和谐共处密切相关。然而，随着现代化、城市化的发展，包括资源、生态危机的出现，"传统"的延续与保存同样面临着严峻的挑战。不论是《沉香》《花梨》两集有关两种珍稀植物命运的传奇，还是《海口》《滋味》等集对于这个海岛现代开发历史及人民生活的各个方面的叙述，隐现其中的无不都有这种文化性的关怀。《人家》一集以两个特殊的人群——山上的黎族和海上的疍民——为对象，讲述他们的"落寞"，分析他们的困窘，展示其不可逆转的融入现代大众生活的历史宿命。文化的忧思交织着现实生活的忧虑，观之令人不禁生出无限的感叹唏嘘。像自然物种多样性一样，文化生活的多样性同样是人类所能拥有的最宝贵的、不可再生的财富。如何在发展经济的同时，保持海岛热带文化特色？如何在让它的人民分享城市生活、现代生活的同时，恰当抵御其对地方文化、民族特色的消解？这或许也是这部电视片留给我们的一个意味深长的问题。

（四）国土问题。从陆地面积看，海南无疑是全国最小的省，但加上海域，它是全国最大的省。作为一个长期以内陆生活、内陆文化为主的民族，中国人的海洋国土和海洋权益意识一向较为淡薄。但这在近期，却越来越成为中国人所面临的最为重大也最为复杂的问题之一。随着南海冲突的不断发生，在一个全球化的时代，如何在有效维护民族国家权益，维护它的海洋领土主权完整的同时，保持它的和平、稳定和发展，也越来越成为当下中国最为突出的问题之一。丘濬的赋，一开始即从华夏山川走势讲起，再经一种古典天地生成演化学说的铺垫，最终将重点放在了突出海南岛在整个中国地理、政治版图中的地位，以这座岛屿物产的丰美和民生的安适，歌颂其作为中华家园一个组成部分的美丽。就此而言，《海之南》的构思与主旨仍然与之有着惊人的相似。从《天堂岛》一集"破题"，由其在现代的重新"发现"和对其地质演化、文明进程的追述，讲到岛屿自古至今的人民生活，直到《祖宗海》一集以如此有鲜明家国情怀的标题"结题"，爱国主义教育也始终是贯穿这部电视片的最重要的主题之一。

三、现代化与"复乐园"

读过《南溟奇甸赋》的人都知道，在这篇奇文的开头和结尾，丘濬都以一种十分崇敬的心情谈到了明太祖对它的命名，称当琼郡尚"在炎天涨海之外""帝即视之以畿甸，而褒之以'奇之'一言"，认为其中当有"轨合"天下，"质变以文"，"遐兮如迩，来焉如既"（按：即远方如近地，既来之则安之之意）的深意。而至终将"斯地之所以为甸，而甸之所以为奇，虽造设于天地，然所以表而章之，昭示于万世者"之功，归之于"奉天启运、宰制山河之圣帝"。这虽然是辞赋一贯的"颂圣"文字，但也未尝没有包含着一种深挚的家国情怀。

作为一部现代电视艺术作品，《海之南》当然不会采用这样浮泛的意识形态说辞，但究其就里，贯穿始终的却一样有广博深厚的家国之爱。正是因为有了这种爱，为它的动人注入了更为内在的动力。也正因为有了这种爱，以及更为博大的人类情怀，它对前述一切的表现，特别是其"失乐园"的意绪中，又潜入了一种更为积极的"复乐园"意愿。

对人类在现代进程中所造成的生态危机问题，近年人们已越来越重视，经济要发展，环境也必须得到保护，可以说就理论而言，无论是中央政府、地方政府、当地百姓，还是旅游者，在这一点上都已有着普遍的共识。然而，即便如此，也不意味着所有的人都已洞彻这一问题的存在范围和严峻程度。在这一点上，电视片所做的一切，无疑具有十分突出的现实意义。编导想提醒人们的是"海南岛是美的，但这种美又十分脆弱，需要每一个人用心呵护"。同时，也是从第一集开始，它就在让我意识到危机的同时，也让我们看到了一个保护黑冠长臂猿的故事，接下去，无论说沉香、花梨，还是海洋水产，展示劫难的同时，往往同时也展示着希望。

同样的意识，也一并体现在那些涉及文化遗产的领域。文化的承载者始终是人——具体的人。《海之南》一个最值得称道之处，就在于将对海南美丽自然风光的描绘与对它的丰富人文内涵的阐发紧密地结合在一起；将海岛悠远的历史和它的现实命运结合到一起，在介绍着自然、人文的同时，又分头讲述着一个个具体的人物故事，从而使我们对这个岛有了迫近现场的感觉。可以说，展示、见证、思考、分析和展望，共同构成了这部人文纪录片的宏大主题。也就是在这样的背景下，我们看到了刘运良画骑楼的故事，看到了刘香创办的黎锦传习所，看到了《人家》《滋味》中人们对"公期"礼俗、对饮食文化的那种虔敬与醉心。可以说，保护始终也是这部电视片的另一个主题词。

这也就再一次涉及前述发展问题。开发是造成生态问题、文化／民族问题的根源，但解决生态问题的根本仍然是发展。无疑，许多生态的、文化的问题的出现，都与某种无度的开发有关。无论是通过《沉香》《花梨》的故事，还是《人家》《祖宗海》中对渔业资源问题的介绍，影片都给人一种沉甸甸的忧患感。《海之南》是一部有着很强的环保意识、生态意识的作品。对生态问题的担忧，不但贯穿始终；对其所作的思考，也时时给观念以积极的启示。沉香、花梨的珍贵，引来的是破坏；世世代代生活船上的疍民，为谋生最终不得不上岸。南海疆域之争的背后，仍是资源问题隐现。在现代化的进程中，海南并不是一个先进的地区。仅仅凭热带农业经济和旅游，是否能支撑起这个岛上千万人口的现代生活需求，仍然是一个最为现实的问题。像所有后发达地区一样，在相当一段历史时期中，它只是被看作一个农渔业地区，同时担负着为工业发展提供资源的任务。以至除了橡胶种植，这里就没有多少现代化的产业。如今的情况，虽然许多方面都有很大的好转，然而，过多地依赖房地产和低水平的旅游产品，能否保证这个地区现代化建设的成功，仍然值得深思。如何面对这种现状，解决这些问题，从而使海南再度成为现代人类栖居的美妙"天堂"，不但意味着思想的探询，而且要求着现实的尝试。而在此之前，首先要面对的，或许就是如何加深我们对这一切复杂性的认识，以求在克服工业文明诸多积弊的同时，又从中获得必要的支持，并最终超越之前建立起一种全新的后现代生态文明。这或许才是海南社会经济文化最该追求的发展之路。

当今的世界，已是一个全球化的时代，和平与发展作为人类文明的两个重大主题，仍然意义深远。作为中国崛起的重要凭借，连接着东南亚及印度洋、大西洋的南海，已成"一带一路"中"海上丝绸之路"的重要组成部分。在此形势下，如何化对抗为合作，使之再成和平之海、繁荣之海，不仅事关国家大局，而且直接影响着海南地区的宏观前景。而这也不仅考验着人们的立场、勇气，也考验着我们的气度和智慧。

从更广泛的意义上说，所谓"失乐园"其实是一种普遍的人类生活经验。现代人不可避免地面对着现代化带来的种种困扰，物质生活和精神生活中的"现代"，在带给我们方便和解放的同时，也不断使我们失去文明或人生意义上的"自然""纯真""统一"。"失乐园"的体验伴随着痛苦，伴随着感伤，也不断刺激出"复乐园"的愿望。但所谓"复"，也决非简单地再回到某种原初的状态。因为这既无可能，也无必要。这一方面是说，所谓"乐园"也未尝不是一种文化想象的产物，所谓的原初状态，根本无从追溯；另一方面，任何历史的运动，必然都带来螺旋上升所创造的一切，包含着文明的提升、人性的丰富。就是从《天堂岛》一集开头克拉克电影的剪辑你也可以看出，当初那个"天堂岛"，很大程度上仍然是一个人为选择和建构的结果。凌乱的街景、褴褛的衣衫、迟钝的眼神、棱棱的瘦骨……那其实也是进入现代化之前这座海岛的一种存在现实。所以，即便是"复乐园"，今天的历史所要追求的，也决非简单地回到前现代的过去，而更是要创造一种全新的文明生活。

结语：乌托邦精神与新世纪家园伦理

人类被逐出乐园有其永恒的意义：虽然逐出乐园已成定局，而且在这个世界上生活已是不可改变的了，可是，这个事件的永恒本质（或暂时名之为永恒的再现）使得我们得以继续栖住于乐园中，而事实上我们是永远住在那里，不论我们在此地是否察觉到这点。

——卡夫卡①

19世纪德国著名的浪漫主义者施莱格尔论及他的文学理想，曾云：

现代文学落后于古典文学的所有原因，可以概括为这样一句话：因为我们没有神话。但是我补充一句话，我们很快就有一个新的神话，或者更确切地说，现在已经是需要我们严肃地共同努力以创造一个新神话的时候了。

因为新神话将循着与古代神话完全相反的路来到我们这里。古代神话里到处是青春想象初放的花朵，古代神话与感性世界中最直接、最生动的事物联系在一起，依照它们来塑造形象。而现代神话则相反，它必须产生于精神最内在的深处；现代神话必须是所有艺术作品中最人为的，因为它要包容其它一切艺术作品，它将成为载负诗的古老而

---

① ［奥地利］卡夫卡：《卡夫卡的寓言与格言》，张伯权译，枫城出版社1975年版，第94页。

又永恒的源泉的容器，它本身就是那首揭示所有其他诗的起因的无限的诗。①

和这种对古代神话的浪漫想象相反的是，现代研究并向大众介绍希腊、罗马神话的学者依迪丝·汉密尔顿认为，与人们通常认为"我们可以通过这些神话，从远离大自然的文明的生活时代回溯到与大自然亲密无间的古人的生活时代。神话真正有趣的地方在于，它们能够引领我们回到世界还年轻的那段岁月，那时的人们与大地、树木、海洋、鲜花和山丘息息相关……"的想象不同：

> 只要想想各个时代、各个地方的未开化民族的作风，就足以戳破这个罗曼蒂克的肥皂泡了。无论是在今天的新几内亚，还是在无数世代之前的史前蛮荒世界，原始人都没有、也从来不曾用美丽的幻梦和奇妙和想象来填充他们的世界，这个事实再明显不过了。潜伏在原始丛林里的是"恐怖"，而不是山林仙女和水泽仙女。"恐怖"住在那里，旁边是它的贴身侍从"巫术"和经常形影不离的卫士"活人献祭"。人类最大的愿望就是避免触怒当时得势的任何神灵，这种愿望体现在他们举行的某些虽然愚昧、但却具有强大威力的巫术仪式或他们怀着悲痛之情献上的某种祭品之中。②

就像醉心于太阳、雨水、麦地、月光的诗人海子一样，人们最终都会发现，那个曾经浸润了我们无数的浪漫想象的乡村世界的真相，终不免"空虚而寒冷"，对过去的诗意怀恋，归根结底仍然折射的是人们对现实的不满，是文学对于逝去岁月的乌托邦虚构。从某种意义上说，人类在不断地复述"失乐园"的故事，乐园虽然未必一定会在未来出现，但我们也只能瞩望未来，而不应一味将目光盯着过去。

施莱格尔说现代神话"必须产生于精神最内在的深处"，但产生于"精

---

① ［德］施勒格尔：《雅典娜神殿片断集》，李伯杰译，三联书店1996年版，第230—231页。

② ［美］依迪丝·汉密尔顿：《神话——希腊、罗马及北欧的神话故事和英雄传说》，刘一南译，华夏出版社2010年版，第1—2页。

神最内在深处"的东西，同样必须有现实的落脚点，而这最终将使我们将寻求"复乐园"道路的目光，暂时从诗与艺术移开，而投注到诸如政治学、经济学、社会学、法学等，对于构建我们的"新中国"更具基础意义的领域。就此而言，所谓"城市化与文明秩序的重建"也就不是一个能一次性完成的论题，而是一个需要从不断的实践中发明的事物。

有学者指出："在《失乐园》中，对上帝公正的真正证明，在于弥尔顿把人之堕落构想成具有教育意义，是均可避免的事，甚至是因祸而得福，即所谓 felixculpa（有福的罪过），人由于恶而认识善，而最终会造就更美好的人类状况。"这种看法虽然"与圣经文本的正统解释分歧"①，却代表了基督教世界对人类灵魂故事的新的认识。在《失乐园》的最后，大天使迈克尔说：

> 离开这个乐园，却会在你自身
>
> 拥有一个内在的乐园，远更美好

这或将是人类永恒的期待，永恒的希望！在《失乐园》的结尾，弥尔顿如此描写亚当、夏娃的离别乐园：

> 他们滴下自然的眼泪，但很快就拭掉；
>
> 世界整个放在他们面前，让他们选择安身的地方，
>
> 有神的意图作他们的指导。
>
> 二人手携手，慢移流浪的脚步，
>
> 告别伊甸，踏上他们孤寂的路途。

据说，在韦伯看来，这段话堪称"清教徒或甚至整个基督教精神之最佳代表作。其中表明的是一种不卑不亢之入世制欲精神（asceticism，非禁欲），所表明的是一方面肯定人堕落之事实，另一方面却不绝望，带着盼望来在此世中承担积极之责任。"②

在不少信仰基督教的人看来，亚当、夏娃的"失乐园"，从根本上预示

---

① 张隆溪：《灵魂的史诗——失乐园·导读》，文化艺术出版社 2010 年版，第 50 页。

② ［德］马克斯·韦伯：《韦伯作品集Ⅶ·新教伦理与资本主义精神》，康乐、简惠美译，广西师范大学出版社 2007 年版，第 65—66 页。引语见陈佐人牧师的讲道书《人之堕落（创世纪之四）》，豆丁网，https：//www.docin.com/p—24982401.html。

的是主的救恩。《失乐园》一开篇云："关于人类最初违反天神命令，偷尝禁树的果子，把死亡和其他各种各色的灾祸带来人间，并失去伊甸乐园，直等到一个更伟大的人来，才为我们恢复乐土的事，请歌咏吧。"年鉴学派的马克·布洛赫认为："基督教将人类命运视为在堕落和最后审判之间的一次漫长的历险。每一个生命，每一次个体的朝圣，都是这种天路历程的表象。正是在时间，也就是历史的过程中，全部基督教思想的轴心——原罪与救赎，上演了一幕幕活剧。在我们的艺术，在不朽的文学名著中，都激荡着历史的回声。"①

　　一个不可回避的问题是，对于没有基督信仰的中国人，"失乐园"意味着什么呢？从周秦时代开始就已脱离了彼岸牵系的他们，其家园寻找之旅的最终归宿又在哪里？苏东坡说"此心安处是吾乡"，那么，哪里才是现代人的"此心安处"呢？三毛说："我的半生，漂流过许多国家。高度文明的社会，我住过，看透，也尝够了，我的感动不是没有，我的生活方式，多多少少也受到它们的影响。但是我始终没有一个固定的地方，将我的心也留下来给我居住的城市。"②面对当代世界，流散已成为某些人不得不然的命运性选择，有人将目光投向了中国文化。余光中说："凡我在处，就是中国"③。白先勇也说："人家问我说，你的家在哪里，我一下答不上来。不是地理上的，我说，我的家乡，是中国传统文化"④。然而，不得不看到的是，这个文化也正处在不断的变动不居之中。余秋雨评白先勇："他在变幻的长流中寻找着恒定，寻找着价值，终于他明白自己要寻找什么了。简言之，他要寻找逝去已久的传统文化价值，那儿有民族的青春、历史的骄傲、人种的尊严。"⑤那

---

①　[法]马克·布洛赫：《历史学家的技艺》，张和声、程郁译，上海社会科学出版社1992年版，第8页。

②　三毛：《白手成家》，《撒哈拉的故事》，哈尔滨出版社2003年版，第170页。

③　梁笑梅编：《余光中对话集》，人民日报出版社2011年版，第108页。

④　白先勇著，刘俊编选：《一个人的文艺复兴》，广西师范大学出版社出版2019年版，封底。

⑤　余秋雨：《世纪性的文化乡愁》，白先勇：《台北人》附录，广西师范大学出版社2015年版，第261页。

么，一个不得不面对的问题是，这逝去的一切还能再回来吗？

　　这一点，或许可以用约瑟夫·J.坎贝尔在谈论托因比的历史研究巨著时所说来作回答："灵魂的分裂和社会整体的分裂是不能用回到过去的好时光的规划（复古主义）或保证有个理想的未来的纲领（未来主义），或甚至用把瓦解的部分焊接起来的切实而精明的工作来解决的。只有出生才能征服死亡——不是旧的事物的再出生，而是新事物的出生。如果想长期生存下去就必须在灵魂中、在社会整体内用持续的'重复出生'（palingenesia）来使不间断的死亡无效。因为如果我们未曾获得新生，报复女神涅墨西斯就会通过我们自己的胜利来进行报复：毁灭就会恰恰从我们自己的胜利中脱颖而出。于是和平是个圈套；战争是个圈套；变化是个圈套；持久不变也是个圈套。当死亡战胜我们的那一天来到，死亡就会逼近；我们无能为力，只能被钉死在十字架上——然后复活；被完全肢解，然后重生。"①

　　这，或许同样是我们无法回避的宿命。

---

　　① ［美］约瑟夫·坎贝尔：《千面英雄》，张承谟译，上海文艺出版社 2000 年版，第 13 页。

参考文献

巴金:《巴金全集》,人民文学出版社 1994 年版。

白先勇:《一个人的文艺复兴》,广西师范大学出版社 2019 年版。

北岛等:《五人诗选》,作家出版社 1986 年版。

北岛:《北岛诗歌集》,南海出版公司 2003 年版。

蔡翔:《革命／叙述:中国社会主义文学 - 文化想象(1949-1966)》,北京大学出版社 2010 年版。

蔡元培:《中国伦理学史》,东方出版社 1996 年版。

曹禺:《曹禺全集》,花山文艺出版社 1996 年版。

昌耀:《命运之书——昌耀四十年诗作精品》,青海人民出版社 1994 年版。

陈鼓应:《老子注释及评价》,中华书局 1984 年版。

陈鼓应:《庄子今注今译》,中华书局 1983 年版。

陈志华:《北窗杂记——建筑学术随笔》,河南科学技术出版社 1999 年版。

陈来:《古代宗教与伦理——儒家思想的根源》,三联书店 1996 年版。

陈平原等:《二十世纪中国小说理论资料》(1—5 卷),北京大学出版社 1997 年版。

陈思和、辜也平编:《巴金:新世纪的阐释——巴金国际学术研讨会论文集》,福建教育出版社 2002 年版。

陈思和:《中国现当代文学名篇十五讲》,北京大学出版社 2003 年版。

陈徒手:《人有病,天知否:1949 年后中国文坛纪实》,人民文学出版社 2000 年版。

崔卫平编:《不死的海子》,中国文联出版社 1999 年版。

董洪川:《荒原之风:T.S. 艾略特在中国》,北京大学出版社 2004 年版。

范智红:《世变缘常——四十年代小说论》,人民文学出版社 2002 年版。

冯友兰:《中国哲学史》,中华书局 1961 年版。

丰子恺:《缘缘堂随笔》,人民文学出版社 2000 年版。

费孝通:《江村农民生活及其变迁》,敦煌文艺出版社 1997 年版。

傅道彬:《晚唐钟声:中国文学的原型批评》,北京大学出版社 2007 年版。

高尔泰:《寻找家园》,花城出版社 2004 年版。

郭沫若著,桑逢康校:《女神汇校本》,湖南人民出版社 1983 年版。

郭庆藩:《庄子集释》,中华书局 1961 年版。

郭小川:《郭小川诗选》,人民文学出版社 2000 年版。

顾平旦编:《大观园》,文化艺术出版社 1981 年版。

何其芳:《何其芳文集》,人民文学出版社 1983 年版。

洪兴祖:《楚辞补注》,中华书局 1983 年版。

洪子诚:《问题与方法——中国当代文学史研究讲稿》,三联书店 2002 年版。

贺敬之:《贺敬之诗选》,人民文学出版社 2006 年版。

贺麟:《文化与人生》,商务印书馆 1988 年版。

黄仁宇:《放宽历史的视界》,中国社会科学出版社 1998 年版。

黄子平:《革命·历史·小说》,牛津大学出版社(中国香港)1996 年版。

公羊编:《思潮:中国"新左派"及其影响》,中国社会科学出版社 2003 年版。

胡风:《胡风全集》(第 1 卷),湖北人民出版社 1991 年版。

贾平凹:《废都》,北京出版社 1993 年版。

金肽频主编:《海子纪念文集·评论卷》,合肥工业大学出版社 2009 年版。

康有为:《大同书》,华夏出版社 2002 年版。

旷新年:《写在当代文学边上》,上海教育出版社 2005 年版。

老舍:《老舍全集》,人民文学出版社 1999 年版。

林毓生:《中国意识的危机》,贵州人民出版社 1988 年版。

林语堂:《生活的艺术》,安徽文艺出版社 1988 年版。

林语堂:《吾国与吾民》,华龄出版社 1995 年版。

刘禾:《语际书写——现代思想史写作批判纲要》,三联书店 1999 年版。

刘禾:《跨语际实践——文学,民族文化与被译介的现代性(1900—1937)》,宋伟杰等译,三联书店 2002 年版。

刘亮程:《一个人的村庄》,春风文艺 2006 年版。

刘小枫:《拯救与逍遥》,上海三联书店 2001 年版。

刘小枫:《这一代人的怕和爱》,华夏出版社 2007 年版。

鲁迅:《鲁迅全集》,人民文学出版社 2005 年版。

鲁迅:《中国小说史略》,上海古籍出版社 1998 年版。

李长之、艾芜等著,孙郁、张梦阳编:《吃人与礼教——论鲁迅(一)》,河北教育出版社 2002 年版。

李广田:《李广田文集》,山东文艺出版社 1984 年版。

李振声:《季节轮换:第三代诗叙论》(修订版),复旦大学出版社 2008 年版。

李剑国:《唐前志怪小说史》,南开大学出版社 1984 年版。

李健吾:《咀华集·咀华二集》,复旦大学出版社 2005 年版。

李俊清：《艾略特与〈荒原〉》，人民文学出版社 2007 年版。

李杨：《50—70 年代中国文学经典再解读》，山东教育出版社 2003 年版。

李泽厚：《美的历程》，广西师范大学出版社 2001 年版。

李泽厚：《中国古代思想史论》，人民出版社 1986 年版。

李泽厚：《己卯五说》，中国电影出版社 1999 年版。

茅盾：《中国神话研究初探》，江苏文艺出版社 2009 年版。

茅盾：《茅盾文集》，人民文学出版社 1963 年版。

穆旦：《穆旦诗文集》，人民文学出版社 2006 年版。

庞朴：《庞朴学术文化随笔》，中国青年出版社 1996 年版。

钱锺书：《管锥编》，中华书局 1986 年版。

钱锺书：《谈艺录》，中华书局 1999 年版。

钱锺书：《钱锺书集》，三联书店 2002 年版。

钱理群：《心灵的探寻》，北京大学出版社 1999 年版。

钱穆：《中国文化史导论》，商务印书馆 1994 年版。

沈从文：《沈从文全集》，北岳文艺出版社 2002 年版。

圣野、曹辛之、鲁兵选编：《黎明的呼唤》，四川人民出版社 1982 年版。

司马迁：《史记》，中华书局 1958 年版。

孙昌武：《禅思与诗情》（增订本），中华书局 2006 年版。

孙玉石：《中国现代主义诗潮史论》，北京大学出版社 1999 年版。

孙周兴：《说不可说之神秘：海德格尔后期思想研究》，上海三联书店 1995 年版。

唐湜：《新意度集》，三联书店 1989 年版。

唐小兵编：《再解读：大众文艺与意识形态》，北京大学出版社 2007 年版。

童寯：《园论》，百花文艺出版社 2006 年版。

王国维：《王国维文学论著三种》，商务印书馆 2010 年版。

汪晖：《现代中国思想的兴起》，三联书店 2004 年版。

汪晖：《反抗绝望：鲁迅及其文学世界》，河北教育出版社 2000 年版。

汪晖、钱理群等：《鲁迅研究的历史批判——论鲁迅（二）》，河北教育出版社 2002 年版。

王学泰：《游民文化与中国社会》，学苑出版社 1999 年版。

王晓明主编：《二十世纪中国文学史论》（1—3 卷），东方出版中心 1997 年版。

王晓明主编：《批评空间的开创——二十世纪中国文学研究》，东方出版中心 1998 年版。

王瑶：《中国现代文学史论集》，北京大学出版社 1998 年版。

闻一多：《闻一多全集》（1—2 卷），湖北人民出版社 1993 年版。

闻一多：《唐诗杂论》，上海古籍出版社 1998 年版。

吴福辉：《都市漩流中的海派小说》，复旦大学出版社 2009 年版。

吴国盛：《时间的观念》，北京大学出版社 2006 年版。

吴晓东：《从卡夫卡到昆德拉：20 世纪的小说和小说家》，三联书店 2003 年版。

夏志清：《中国古典小说史论》，江西人民出版社 2001 年版。

夏志清：《中国现代小说史》，香港中文大学出版社 2001 年版。

萧登福：《汉魏六朝佛道两教之天堂地狱说》，台湾学生书局 1989 年版。

萧夏林编著：《无援的思想》，华艺出版社 1995 年版。

西川编：《海子诗全集》，作家出版社 2009 年版。

谢冕、杨匡汉主编：《中国新诗萃(50 年—80 年代)》，人民文学出版社 1987 年版。

徐复观：《中国艺术精神》，华东师范大学出版社 2001 年版。

徐复观：《中国人性论史·先秦篇》，上海三联书店 2001 年版。

延安大学中文系编：《红太阳颂》，人民文学出版社 1977 年版。

严家炎：《中国现代小说流派史》，长江文艺出版社 2009 年版。

杨绛：《我们仨》，三联书店 2003 年版。

杨绛：《走到人生边上》，商务印书馆 2007 年版。

杨绛：《杨绛作品集》，中国社会科学出版社 1993 年版。

杨联芬：《晚清至五四：中国文学现代性的发生》，北京大学出版社 2003 年版。

杨联升：《报——中国社会关系的一个基础》，《中国哲学思想与制度论集》，台北联经出版事业公司 1981 年版。

杨义：《中国现代小说史》，人民文学出版社 1988 年版。

杨义：《京派海派综论》，中国社会科学出版社 2003 年版。

杨义：《重绘中国文学地图通释》，当代中国出版社 2007 年版。

俞平伯：《俞平伯论红楼梦》，上海古籍出版社 1988 年版。

余虹：《艺术与归家》，中国人民大学出版社 2005 年版。

余英时：《东汉生死观》，上海古籍出版社 2005 年版。

余英时：《中国思想传统及其现代变迁》，广西师范大学出版社 2004 年版。

余秋雨：《山居笔记》，文汇出版社 2002 年版。

袁珂：《山海经校注》，上海古籍出版社 1980 年版。

袁珂：《中国神话传说》，人民文学出版社 1998 年版。

袁行霈：《陶渊明集笺注》，中华书局 2003 年版。

袁行霈：《中国诗歌艺术研究》，北京大学出版社 2009 年版。

张存学：《蓝丽》，中国和平出版社 1997 年版。

张光直：《中国青铜时代》，三联书店 1999 年版。

张洁宇：《荒原上的丁香——20 世纪 30 年代北平“前线诗人”诗歌研究》，中国人民大学出版社 2003 年版。

张隆溪：《灵魂的史诗：〈失乐园〉》，文化艺术出版社 2010 年版。

张泉编译：《钱锺书和他的〈围城〉——美国学者论钱锺书》，中国和平出版社

1991 年版。

张英进：《中国现代文学与电影中的城市》，江苏人民出版社 2007 年版。

赵家璧主编：《中国新文学大系》（建设理论集、文学论争集），上海文艺出版社 2003 年版。

赵静蓉：《怀旧——永恒的文化乡愁》，商务印书馆 2009 年版。

赵静蓉：《文化记忆与身份认同》，三联书店 2015 年版。

赵萝蕤、张子清等译：《荒原——T.S. 艾略特诗选》，北京燕山出版社 2010 年版。

赵毅衡：《礼教下延之后：中国文化批判诸问题》，上海文艺出版社 2001 年版。

赵园：《想象与叙述》，人民文学出版社 2009 年版。

赵园：《地之子》，北京大学出版社 2007 年版。

赵园：《北京：城与人》，北京大学出版社 2001 年版。

郑敏：《结构—解构视角：语言·文化·评论》，清华大学出版社 1998 年版。

钟叔河编：《周作人文类编》，湖南文艺出版社 1998 年版。

中国作家协会编：《散文特写选》，人民文学出版社 1956 年版。

中国作家协会编：《特写选》，人民文学出版社 1957 年版。

周国强编：《北京青年现代诗十六家》，漓江出版社 1986 年版。

周伟民、王瑞明等点校：《丘濬集》，海南出版社 2006 年版。

朱大可：《流氓的盛宴——当代中国的流氓叙事》，新星出版社 2006 年版。

朱熹：《诗集传》，中华书局 1958 年版。

朱熹：《四书章句集注》，中华书局 1983 年版。

朱谦之：《老子校释》，中华书局 1984 年版。

朱维之：《圣经文学十二讲》，人民文学出版社 1989 年版。

周立波编选：《散文特写选》，人民文学出版社 1963 年版。

宗白华：《美学散步》，上海人民出版社 1981 年版。

［匈］阿格尼斯·赫勒：《现代性理论》，李瑞华译，商务印书馆 2005 年版。

［英］阿利斯特·E.麦格拉斯：《天堂简史》，高民贵、陈晓霞译，北京大学出版社 2006 年版。

［英］阿伦·布洛克：《西方人文主义传统》，董乐山译，三联书店 1997 年版。

［英］安东尼·吉登斯：《现代性的后果》，田禾译，译林出版社 2000 年版。

［法］埃德加·莫林：《地球，祖国》，马胜利译，三联书店 1997 年版。

［德］埃利希·诺伊曼：《大母神——原型分析》，李以洪译，东方出版中心 1998 年版。

［德］鲍吾刚：《中国人的幸福观》，严蓓雯、韩雪临、吴德祖译，江苏人民出版社 2004 年版。

［美］本尼迪克特·安德森：《想象的共同体民族主义的起源与散布》，吴叡人译，

上海人民出版社 2003 年版。

　　[日] 柄谷行人：《日本现代文学的起源》，赵京华译，三联书店 2003 年版。

　　[英] 厄内斯特·盖尔纳：《民族与民族主义》，韩红译，中央编译出版社 2002 年版。

　　[美] 弗雷德里克·杰姆逊：《后现代主义与文化理论》，唐小兵译，陕西师范大学出版社 1987 年版。

　　[英] 弗雷泽：《旧约中的民俗》，童炜钢译，复旦大学出版社 2010 年版。

　　[德] 海德格尔：《存在与时间》，陈嘉映、王庆节译，三联书店 1987 年版。

　　[德] 海德格尔：《林中路》，孙周兴译，上海译文出版社 2004 年版。

　　[德] 海德格尔：《荷尔德林诗的阐释》，孙周兴译，商务印书馆 2004 年版。

　　[德] 海德格尔：《演讲与论文集》，孙周兴译，三联书店 2005 年版。

　　[美] 金介甫：《凤凰之子·沈从文传》，符家钦译，中国友谊出版公司 2000 年版。

　　[瑞] 卡尔·荣格：《人类及其象征》，张举文、荣文库译，辽宁教育出版社 1988 年版。

　　[英] 凯伦·阿姆斯特朗：《神话简史》，胡亚豳译，重庆出版社 2005 年版。

　　[美] 李欧梵：《中国现代作家的浪漫一代》，王宏志等译，新星出版社 2005 年版。

　　[美] 李欧梵：《上海摩登——一种新都市文化在中国》，毛尖译，北京大学出版社 2001 年版。

　　[美] 理查德·罗蒂：《筑就我们的国家——20 世纪美国左派思想》，黄宗英译，三联书店 2006 年版。

　　[美] 罗兰·罗伯森：《全球化：社会理论与全球文化》，梁光严译，上海人民出版社 2000 年版。

　　[捷克] 马立安·高利克：《中西文学关系的里程碑》，伍晓明、张文定等译，北京大学出版社 1990 年版。

　　[德] 马克斯·韦伯：《新教伦理与资本主义精神》，于晓、陈维纲等译，三联书店 1987 年版。

　　[美] 米尔恰·伊利亚德：《宗教思想史》，吴晓群、晏可佳译，上海社会科学院出版社 2004 年版。

　　[美] 米尔恰·伊利亚德：《宇宙与历史：永恒回归的神话》，杨儒宾译，台北联经出版社事业公司 2000 年版。

　　[美] 米尔恰·伊利亚德：《神圣的存在：比较宗教的范型》，晏可佳、姚蓓琴译，广西师范大学出版社 2008 年版。

　　[加] 诺思洛普·弗莱：《神力的语言：〈圣经〉研究续编》，吴持哲译，社科文献出版社 2004 年版。

　　[瑞士] 荣格：《集体无意识的原型》，《心理学与文学》，三联书店 1987 年版。

　　[日] 山口守、坂井洋史：《巴金的世界》，东方出版社 1996 年版。

［美］史景迁:《天安门:知识分子与中国革命》,尹庆军等译,中央编译出版社1998年版。

［美］斯维特兰娜·博伊姆:《怀旧的未来》,杨德友译,译林出版社2010年版。

［美］苏珊·桑塔格:《疾病的隐喻》,程巍译,上海译文出版社2003年版。

［美］王德威:《想象中国的》,三联书店1998年版。

［法］西尔维娅·阿加辛斯基:《时间的摆渡者——现代与怀旧》,中信出版社2003年版。

［法］西蒙娜·薇依:《扎根:人类责任宣言绪论》,徐卫翔译,三联书店2003年版。

［日］小川环树:《风与云——中国诗文论集》,周先民译,中华书局2005年版。

［美］杨晓山:《私人领域的变形:唐宋诗歌中的园林与玩好》,江苏人民出版社2008年版。

［英］以赛亚·伯林《浪漫主义的根源》,吕梁等译,译林出版社2008年版。

［德］尤尔根·哈贝马斯:《后民族结构》,曹卫东译,上海人民出版社2002年版。

［美］宇文所安:《追忆:中国古典文学中的往事再现》,郑学勤译,三联书店2004年版。

［英］约翰·弥尔顿:《失乐园》(多雷插图本),朱维之译,吉林出版集团有限责任公司2007年版。

［美］约瑟夫·坎贝尔:《千面英雄》,张承谟译,上海文艺出版社2000年版。

［美］约瑟夫·R.列文森:《儒教中国及其现代命运》,郑大华、任菁译,中国社会科学出版社2000年版。

［日］针之谷钟吉:《西方造园变迁史——从伊甸园到天然公园》,邹洪灿译,中国建筑工业出版社1991年版。

后　记

对于我来说，这本书的出版确实拖得太久了。仅从合同的签订到现在，也已过去了五年，而其中的内容，其实也大都是早已写成或发表过。感谢人民出版社王怡石女士的催促，也感谢她的耐心。要问为什么会有这样的拖延，简单的回答是，对于我，始终感觉它还未写完。

但这并不是说其中没有统一的意思，相反，在我看来，虽然它的话题涉及面很广，从先秦神话、古典诗文、小说一直写到现当代文学，但却决非拉杂成书、随意拼凑，因为即便在我写这些具体的文章时，心中其实一直都有一个贯穿如一的问题意识和感情基调。

要真正说清我所感到的这种意犹未尽之感，必须从我何以写这么一本书说起。数十年来，我的学术活动，其实大半都是在写一本叫《现代化与失乐园》的书。在这本书中，我所要做的，就是从自己的独到体验的角度，讨论中国文明的现代转型问题。在我看来，20 世纪以来的中国现代文化建设，始终面临着两大任务：一是人格重构，一是家园重建。前者的目标，是要塑造一种现代意义上的理想的"人"，后者则是要为他的存在提供一个真正的安身立命之所。人格问题固然重要，但若离开家园问题去谈论它，却常会因飘浮无根而变得空洞。

"原始的清淳的古中华已经一去不复返了"，这或许早已不是一两个人的感叹。中国文明的现代转型问题研究，意义重大，也异常复杂。这里所涉及的可能是一些具体的生活现象，也可能是一些更为深刻的信仰、伦理、美学。在此中，我们到底经历了怎样的丧失、怎样的获得，决非一句两句话可以说得清道得明。20 世纪的中国，历史在大踏步地前进。虽然其间不无曲折，不无困顿，但总的趋势却确实是不断向前，不断进步。即便一些时候令人感觉"山重水复疑无路"，但要不了多久又让人感觉"柳暗花明又一村"。仅就生活形态而言，每隔五年或十年，往回看总能发现，人们身处其间的一切又已悄然发生了很大的改变。就此而言，我常说，我其实是中国现代化历史的乐观主义者。不过，承认这一切，并不意味着就可以漠视这中间的"失落"，漠视那些意含丰富的复杂心理体验和文化选择困难。

现代化是我们身处的情境，失乐园是我们的心理迷失体验。"失乐园"可以指向一种感伤主义的哀怨文学，也可以指向一种激进主义的乌托邦梦想。我们大多数时候，又总是在两者之间彷徨、依徊。而现代文学的深刻意义，也颇多与此相关。

现在这本书叫《中国现当代文学中的家园伦理问题》，这个题目及书中的内容主要来自我所做过的一个国家社科基金项目，当初在设计这个题目的时候，我就颇踌躇于在"家园"和"伦理"之间要不要加上一个顿号。好像加上就是两个问题，不加就是一个问题。在直觉中，我是倾向于不加的，但对究竟什么才是我说的"家园伦理"，当时的自己也颇有点说不清。直到书中的内容写到一半，才豁然醒悟，对于早已失去了彼岸信仰的中国人来说，赋予生命以意义的此岸"伦理"，其实本就是生命的"家园"。

就个人具体的心路历程而言，我的失乐园体验可能起于四岁时的一次搬家，那当然也是和大的时代变化联系在一起的。不过渺小如我，当时当然并不会了解它的深远背景和文化意义，但它所引起的那种无根感、漂泊感、虚无感，却伴随了我的大半生。同时也引起了我对自己身处时代的某种整体性的省思。虽然目前所得，也还只是这样一个初步的展开，但我渴望，终有一天，我真能写出我所希望的那本更理想的《现代化与失乐园》，我希望，像弥尔顿的《失乐园》一样，它所表达的决不止是感伤，而更是对我们身处情境的一种清醒认知和对未来的乐观展望。它将不会是一本感伤之书，而是一本希望之书。

　　我们一生的奋斗，或许都只是找到一个真正的"家"，无论生生死死，都有一种"在家"感。随着现代化的进展，对许多人，这个"家"，正在日益萎缩为一种文化眷恋；而我更希望，通过一种现实的重建与精神的磨洗，它将重新成为一个现实的栖居之地。

　　书稿的写作时间很长，其间所受启发、教益的人、事，也就颇为不少，这里不一一列名致谢了，但心中的感念，还是会随着它的问世而铭刻久远的。

　　是为记。

2021 年 11 月 15 日

责任编辑：王怡石

图书在版编目（CIP）数据

中国现当代文学中的家园伦理问题／邵宁宁 著 . — 北京：人民出版社，
　2022.12

ISBN 978－7－01－024090－9

Ⅰ.①中…　Ⅱ.①邵…　Ⅲ.①中国文学－现代文学－伦理学－文学研究
　②中国文学－当代文学－伦理学－文学研究　Ⅳ.① I206.6

中国版本图书馆 CIP 数据核字（2021）第 241629 号

中国现当代文学中的家园伦理问题
ZHONGGUO XIANDANGDAI WENXUE ZHONG DE JIAYUAN LUNLI WENTI

邵宁宁　著

人民出版社 出版发行
（100706　北京市东城区隆福寺街 99 号）

北京汇林印务有限公司印刷　新华书店经销

2022 年 12 月第 1 版　2022 年 12 月北京第 1 次印刷
开本：710 毫米 ×1000 毫米 1/16　印张：21.75
字数：330 千字

ISBN 978－7－01－024090－9　定价：89.00 元

邮购地址 100706　北京市东城区隆福寺街 99 号
人民东方图书销售中心　电话（010）65250042　65289539